기억을 비추는

환등열차

안전가옥 오리지널 40

기억을 비추는
환등열차

심은정
최현유
그리고 안전가옥

저는 이야기를 읽는 것을 물리적인 여행과 정확히 동일하게 느낍니다. 설레는 마음으로 준비하고 여정을 만끽하며 돌아온 후에는 한동안 의미를 오물거립니다. 가끔 지루한 여행도 있고 피곤한 여행도 있지만, 대체로 즐겁고 설레는 편입니다. 《기억을 비추는 환등열차》의 추천사를 부탁받았을 때 저의 일상은 직업적인 이유로 수많은 작품을 하루 종일 읽어야 했습니다. 이를테면 여행 애호가가 일시적으로 여행사를 운영하게 된 느낌일까요. 그래서 솔직히 조금은 부담스러웠습니다. 하지만 돌아와 짐을 풀고 있는 지금 저는 《기억을 비추는 환등열차》가 저를 다시 지독한 여행 애호가로 돌려놓았다고 생각합니다. 이 작품이 '이야기의 존재 이유'를 깊이 건드리고 있기 때문입니다.

죽은 영혼의 기억을 수집하는 원정과 수한의 여정은 망자의 삶을 요약한 해시태그로 시작됩니다. 타임라인 피드를 내리며 서로의 삶을 쇼핑하는 현재의 세상에서 해시태그로 요약된 누군가의 삶은 피상적이고 휘발되는 낱장의 카탈로그와 비슷하다고 느낍니다. 서로에 대해 아무것도 알려주지 못하지요. 그러니 그 요약본 너머에 들어앉은 한 사람의 인생을 집요하게 들여다보는 것이 우리가 이야기를 읽는 중요한 이유입니다.

　　우리가 깊은 상처를 받았을 때 제대로 회복하지 못하면 시간이 흘러 기억이 사라져도 곪아 버린 감정은 남게 됩니다. 그리고 그 감정은 죽을 때까지 우리 삶에 풍화 작용을 일으킵니다. 반대로 상처에서 훌륭하게 졸업한 이들은 당시의 기억을 생생하게 간직하고 있더라도 함께 찾아오던 감정은 날려 보낸 상태입니다. 그래서 성숙한 사람들은 아픈 기억을 웃으며 이야기하게 되는 것이겠지요. 그것이 과거의 상처로부터 자유로워진 상태가 아닐까 생각합니다. 누적된 기억이 그 사람 자체라면, 잊고 싶어 하는 기억은 곧 인정하기 싫은, 혹은 인정하지 못하는 자신의 일부라는 의미입니다. 그리고 이 작품에는 자기 삶의 일부를 받아들이지 못해 악귀에게 기억을 먹이로 주는 여러 인물이 나옵니다. 보통의 우리처럼요. 이렇게 깨진 픽셀로 가득한 자기 모습을 온전한 그림으로 돌려놓는 여정이 우리 모두에게 반드시 필요합니다. '이야기'는 바로 이러한 의례를 위해 필요합니다. 《기억을 비추는 환등열차》는 여러 망자가 이야기를 통해 이러한 의례를 거치는 과정이며 이를 돕는 수한도 결국 자신의 모습을 완성하게 되는 기록입니다. 이야기를 읽어 나가는 역할의 수한이 결국 자신의 그림을 완성했듯 《기억을 비추는 환등열차》를 읽는 독자 여러분도 비슷한 체험을 하게 되시길 바랍니다.

이종범
웹툰 〈닥터 프로스트〉 저자

추천사

＊해당 작품은 안전가옥이 기획하여 심은정, 최현유 작가님과 함께 만든 이야기입니다.

차 례

프
롤
로
그

찡-. 눈알이 욱신거릴 정도로 깊게 찔러 오는 두통과 함께 수한이 깨어났다. 눈앞에서 위태로이 흩날리는 촛불을 보며 수한은 자신이 잠들었던 것인지, 아니면 의식을 잃었던 것인지, 기억을 되짚어 보려 했다.

　… 근데 나비 촛대라니. 민속촌에서나 볼 법한 장식에 이상함을 느낀 수한은 몸을 일으켰다. 낯선 조명과는 달리, 넓은 방에는 낯익은 사무용 책상과 집기들이 있었다. 그러나 수한의 시선은 거기에 오래 머물지 않았다.

　수한은 정면에 있는 커다란 통창을 보았다. 창문 너머로는 검은 강과 짙은 안개가 빠르게 스쳐 지나가고 있었다. 그제야, 수한은 시끄러운 열차 소리가 귓가에 울리고 있다는 것을 알아차렸다.

"딱 맞춰 일어나셨네."

일어나셨네? 딱 봐도 20대 중반 정도밖에 되지 않아 보이는 여자가 반존대로 말하자 수한은 얼굴을 찡그렸다. 불쑥 나타난 여자는 수한의 얼굴을 이리저리 뜯어보더니 안심한 듯 천진한 미소를 지었다.

"아무리 기다려도 정신 못 차리길래 걱정했는데, 다행히 괜찮아 보이시네요."

수한은 여자가 하는 말을 귀담아듣지 않고 그녀의 옷차림새를 훑어보았다. 여자가 입고 있는 은색 자수가 놓인 검은 두루마기는, 여느 코스프레 행사장에서나 볼 법한 것이었다.

수한은 본능적으로 마른침을 꿀꺽 삼켰다. 왜인진 몰라도 의식을 잃었고, 정신을 차려 보니 웬 스산한 강을 달리는 열차 안인데, 내부는 마치 자신을 잘 아는 사람이 꾸며 놓은 것처럼 익숙한 물건들이 가득한 데다가, 유일하게 보이는 사람은 전혀 평범치 않은 도포를 입고 있는 상황. 이건 적어도 납치에 불법 감금이었다.

"긴장하셨구나. 하긴, 나라도 그럴 것 같아요. 갑자기 웬 열차래? 이것들은 다 뭐고? 막 별 게 다 이상해 보이시고 그러죠?"

여자가 수한의 얼굴에서 마음을 읽기라도 한 듯 말했다. 수한은 왜인지 자존심이 살짝 상했다.

"…지금 어디로 가는 겁니까? 절 왜, 어떻게 태운 거예요?"

"아, 맞다. 그걸 빼먹었네. 여기는 저승의 랜드마크! 삼도천 플랫폼에서 출발해 판결문까지 달리는 환등열차입니다. 저는 차수한 씨의 담당 차사 이원정이고요. 앞으로 잘 부탁드립니다!"

원정은 살짝 상체를 숙이며 수한에게 하이 파이브를 권했다. 하지만, 원정의 말에 수한의 얼굴은 이전보다 더 굳어졌다.

"뭐, 저승이요?"

그때였다. 콰앙-! 강한 굉음과 함께 열차가 크게 흔들리며, 수한도 그 충격에 바닥으로 내팽개쳐졌다. 반면, 원정은 양손과 발로 중심을 잡았다.

"괜찮으세요?"

수한은 대답 대신 바닥을 짚으며 몸을 일으켰다. 수한의 안전을 확인한 원정은 창가로 걸어가 밖을 살폈다. 무언가를 감지하듯 귀와 코를 짧게 움찔거린 원정이 급히 수한을 돌아보았다.

"피해요!"

동시에, 콰광-! 또 다른 굉음과 함께 검은 덩어리가 수한을 덮치더니 열차 밖, 삼도천 위로 떨어뜨렸다.

"으아아아아악!"

수한은 비명을 지르며 멀어지는 열차를 보았다. 이렇게

죽는 건가? 전신을 부서뜨릴 차가운 강물을 예상하며 몸을 한껏 웅크리는데, 촤악! 다리 위에서 날아온 채찍이 수한의 몸을 감싸더니, 휘익, 그를 위로 당겼다.

어딘가에 사뿐히 내려진 수한은 질끈 감은 두 눈을 조심스럽게 떴다. 그는 원정의 두 팔 위에 신부처럼 곱게 안겨 있었다. 그러나 수한의 입에선 내려 달라거나, 고맙다거나, 이게 대체 무슨 상황이냐는 말 한 마디 나오지 않았다. 수한의 머릿속은 알 수 없는 것과 이해할 수 없는 것의 콜라보레이션으로 카오스 그 자체였다. 원정도 그 이상 수한을 신경 쓸 겨를은 없어 보였다.

"이런, 씨."

짧게 내뱉은 원정은 수한을 짐짝처럼 어깨에 둘러업은 뒤, 철로 위를 달리기 시작했다. 대롱대롱 거꾸로 매달린 수한은, 저 멀리에 있는 객실부터 차례로 폭발하는 모습을 넋 놓고 바라보았다. 수한의 눈동자에 작게 일렁이던 붉은 불빛이 점점 커지며, 쾅, 쾅, 쾅, 아득하게 들리던 폭발음도 가까워졌다. 마침내 마지막 객실만 남았을 때,

"꽉 잡아요!"

원정의 말에 수한은 눈앞에 보이는 두루마기 자락을 꽈악, 움켜쥐었다.

엄청난 폭발 소리와 함께 두 사람의 몸이 붕, 날아올랐다.

연꽃 팔각 문양이 중앙에 자리한 한옥 격자문이 활짝 열리고, 190㎝는 되어 보이는 덩치 큰 남자가 안으로 들어섰다.

"강림 차사님, 오셨습니까!"

발 디딜 틈 없이 가득 서 있던 차사들이 강림을 향해 고개를 숙여 인사했다. 저벅저벅, 빠르면서도 묵직하게 걸어가던 강림은 무언가를 보고 걸음을 멈추었다. 벽면 한가득 진열된 촛불 중 몇 개에 방금 꺼진 듯한 검은 연기가 피어오르고 있었다.

"쯧, 골치 아프게 됐구만."

강림은 도포 자락을 펄럭이며 안쪽으로 걸음을 옮겼다. 거대한 통나무 원목으로 만든 좌탁 위로 '일을 키우지 말자'라는 문구가 크게 적혀 있었다. 좌탁 상석에 자리를 잡고 앉은 강림은 나란히 서 있는 차사들을 쭉, 둘러보았다. 그리고, 그들 사이에 있는 원정을 향해 까닥, 손짓했다.

"원정, 워치."

"예."

책상 앞으로 걸어간 원정은 손목에 차고 있던 워치를 풀어 벽을 향해 비추었다.

꿍음과 함께 열차 사고의 현장이 벽에 영사되었다. 수한이 검은 덩어리의 공격을 받고 삼도천으로 떨어지자, 목에 차고 있던 초크를 풀어 수한을 향해 채찍처럼 휘두르는 원정의 모습에 이어, 멀리서부터 차례로 하나, 둘, 폭파하는 환등열차의 모습까지. 그 모든 장면을 다 본 강림이 침묵 끝에 입을 열었다.

"그러니까, 저 검은 덩어리가 갑자기 삼도천에서 튀어나와서 환등열차를 공격하고 사라졌다?"

강림의 질문에 차사들은 짧게 "네."하고 대답했다. 강림은 미간을 구기며, 진열된 촛불들을 보았다. 중간중간 불이 꺼진 촛불들이 더 선명하게 눈에 들어왔다.

"망자들의 기억을 먹은 악귀가 바로 저 자식이었군."

강림은 골치 아픈 듯 관자놀이를 문지르며 눈을 지그시 감았다.

"…옥황상제님과 염라대왕께도 알려야 할까요?"

한 차사가 조심스럽게 물었다.

"무슨 헛소리야. 둘 다 자기 일 아니라고 떠넘기다가 결국 알아서 하라고 할 게 뻔한데. 거기서 끝나면 다행이지, 괜히 환등열차 디자인이 마음에 안 든다, 워치가 너무 어려워서 영 손에 익지 않고 불편하다, 시스템 좀 바꿔 봐라……. 관련도 없는 걸로 괜히 잔소리만 해대면서 일만 벌일걸."

강림은 생각만 해도 싫은 듯 몸서리를 쳤다. 옥황과 염라의 지난 만행들을 떠올린 차사들도 탄식을 터뜨리며 고개를 가로저었다.

"일단 우리 선에서 해결해 보고, 진짜 정- 안 되면. 그때 말하자고."

"예, 알겠습니다."

"악귀가 언제 어디서 어떻게 발생했고 어디로 달아났는지는 내가 알아볼 테니까, 앞으로 망자 한 명당 차사 두 명이 붙어서 담당하도록. 특이 사항 발생하면 망자 인도 보고서에 반드시 기재하고."

"예."

"그리고 악귀를 잡기 전까진 TF팀도 당분간 유지한다. 알겠나, 원정?"

강림의 질문에 원정이 대답하려던 그때,

"망자에, 악귀요? 댁들 대체 정체가 뭡니까?"

멀리서 목소리가 들려왔다. 차사들이 그곳을 향해 고개를 돌려 보자, 간이침대에서 몸을 반쯤 일으킨 수한이 보였다.

"쟤냐, 걔가?"

강림이 묻자, 원정은 고개를 끄덕였다. 강림이 거구를 일으켜 수한에게 걸어가자, 원정도 그 뒤를 따랐다. 수한은 강림을 보자마자 알아차렸다. 저자가 여기 있는, 코스프레 차림의 수많은 사람 중 가장 힘이 센 사람이라는 걸. 그만큼 강림의 외모에선 물리적인 힘과 내면의 카리스마가 모두 느껴졌다.

위압적인 강림의 모습에 수한은 복잡해진 머릿속을 한시라도 빨리 해결하고 싶은 마음을 잠시 참기로 했다. 여기서 어떤 말을 주고받느냐에 따라 앞으로의 신상이 크게 달라질 거라는 직감이 들었기 때문이었다.

"몸은 어때? 괜찮나?"

수한의 눈썹이 살짝 움찔거렸다. 강림의 반말은 기분 나쁘지 않았다. 오히려 그게 당연하다고 생각될 정도로 자연스러웠다. 당당한 말투로 비추어 보았을 때 이자는 자신의 힘을 잘 알고, 얼만지 모르지만 오랜 시간 그 힘을 누려 온 게 분명해 보였다. 수한은 들릴 듯 말 듯 안도의 숨을 터뜨렸다. 늘 같은 대우, 같은 대접을 받아 온 사람일수록 다루는 건 쉬웠다.

"몸은 보시다시피 괜찮습니다. 심리적인 후유증이 조금 걱정되긴 하는데, 제대로 된 치료 및 보상 절차가 있으시겠죠."

권력이 센 사람일수록 책임감을 자극하는 것. 그게 수한이 강림 같은 사람을 다루는 방법이었다. 거기에,

"그 전에, 아까 그건 대체 뭡니까? 악귀라고 하는 것 같던데, 신종 테러 집단입니까? 아, 관할서가 어디죠? 아시는지 모르겠지만, 제가 경찰이거든요, 그것도 위기 협상가."

자신의 전문성까지 드러내 주면 앞으로의 대화는 수월해질 것이었다.

"뭐? 보상… 절차? 위기 협상가?"

수한의 작전이 먹힌 듯 강림은 당황해하며 되물었다. 수한이 당당하게 고개를 끄덕이자 강림은 뒤돌아 원정에게 무언가 속삭이며 의논했다. 강림과 원정이 대화를 나누는 동안, 수한은 한결 편안해진 마음으로 그들의 대화가 끝나기를 기다렸다. 문득, 자신을 덮쳐 오던 검은 덩어리가 떠올랐지만, 잘못 본 거라 애써 생각하며 창문 쪽으로 시선을 돌렸다. 그런데, 창밖을 본 수한의 입이 힘없이 벌어졌다. 창밖 하늘에 환히 빛나고 있는 해와 달. 그건 보고도 믿기지 않는 풍경이었다.

마침, 강림과 대화를 마친 원정이 수한에게 한 걸음 다가오며 말했다.

"아까 제대로 설명을 못 드렸는데, 여긴 저승입니다. 차수한 씨는 오늘 사고사로 돌아오셨어요."

"어이, 정확히 어디까지 기억나는 거야? 시스템상으론 기억이 다 지워진 걸로 뜨는데. 그럼 위기 협상가니, 뭐니도 기억 못 해야 맞는 거 아니야?"

강림도 수한에게 다가오며 물었다. 수한은 멍한 얼굴로 원정과 강림을 번갈아 보았다.

"위기 협상가가 뭔지 설명해 봐. 응?"

"자, 이거 보이죠, 워치. 이걸 어떻게 쓰는지 아십니까?"

강림과 원정은 수한을 가운데에 두고 이것저것 물었지만, 수한은 아무런 말도 하지 못했다. 정적 끝에 수한이 힘겹게 내뱉은 말은,

"제, 제가, 주, 죽어요?"였다.

한참을 멍하니 앉아 있던 수한은 갑자기 자기 뺨을 세게 여러 대 때리더니, 순간적으로 일어나 도망치듯 달렸다. 차사들에게 잡혀서도 놓으라고 발악하던 수한은 저승 어딘가에서 만들었다는 청심환을 강제로 삼킨 뒤에야 축 늘어졌다.

강림과 원정은 수한을 다시 간이침대에 앉힌 뒤 상황을 천천히 설명해 주었다. 두 사람의 말투는 친절하고 상냥했지만, 그 내용은 전혀 친절하지 않았다.

요약하자면, 내용은 이러했다. 이곳은 이승에서 죽은 영혼들이 오는 사후 세계로, 망자들은 흐려지고 잊힌 기억을 선명하게 해 주는 만수사화 꽃차와 옥춘당을 먹은 뒤 환등열차에 오른다. 환등열차에서는 생의 중요 기억을 돌아보게 되는데, 이를 바탕으로 판결대에 올라 심판을 받게 된다. 이것이 대략의 과정인데…….

며칠 전부터 꽃차와 옥춘당으로도 기억을 되살리지 못하는 망자가 하나, 둘 발생하기 시작한 게 문제의 시작이었다. 강림은 그 원인을, 저승 어디에선가 발생한 악귀 때문이라고 판단, 긴급히 TF팀을 신설했다. 이에 원정을 비롯한 TF팀 차

사들은 이승으로 내려가 망자의 기억을 되찾아야 했는데, 오랜 시간 열차에서만 일해 오던 차사들에게 이승에서 기억 찾기란 쉽지 않은 일이었다.

그렇게 망자들의 기억을 먹으며 힘을 키운 악귀는 이승으로 달아나기 위해 하필 수한이 타고 있던 환등열차를 공격했고, 그 공격으로 수한의 기억들이 삼도천에 흩뿌려졌다는 것이 원정과 강림의 설명이었다.

"네 기억은 작게는 수백 알, 크게는 세 알의 연의 사슬로 이어져 있다. 기억을 찾는 방법은 두 가지. TF팀 차사들이 이승으로 내려가 기억을 찾아 주는 것과, 네가 차사가 되어 다른 망자 세 명의 기억을 찾아 주는 것이지."

"차사요? 제가요? 하, 그쪽의 관리 소홀로 벌어진 사고인데, 당연히 그쪽에서 알아서 해 줘야죠."

수한이 헛웃음을 터뜨리며 말했다.

"그래? 그럼 이렇게 하지. 원정."

"예."

"당분간 여기 차수한과 함께 차사 일을 수행하도록."

"예?"

"저기, 제 말을 잘 이해 못 하신 거 같은데,"

수한은 손을 들어 강림의 말을 제지하려 했다. 하지만, 강림의 단호한 목소리가 수한의 말을 막았다.

"결정은 내 권한이고, 애초에 네게 의견을 물은 적은 없다. 열차 사고로 인력도 부족해진 마당에, 너 하나 때문에 망자 인도 스케줄을 바꿀 수도 없는 노릇. 게다가, 네가 네 입으로 말했잖아. 위기 협상가니 뭐니, 능력 쩐다고."

"아니 그건, 그러니까 기억을 찾는 건 엄연히 당신들 영역이잖습니까?"

"싫어? 그럼 천계고, 하계고, 환생이고, 그냥 지금 여기서 영원히 소멸하면 돼. 그렇게 해 줄까?"

"……."

대놓고 하는 협박에 미간을 짧게 찡그린 수한은 이내 현실을 받아들인 듯, 아니 받아들일 수밖에 없는 듯 고개를 떨구었다. 원정도 뭐라 할 말이 있는 듯 입을 달싹였지만,

"이원정, 만약 차수한이 자기 기억을 못 찾고 소멸되면 네 성과도 깎인다. 이번 성과에 꽤 공들이는 걸로 알고 있었는데, 아닌가?"

원정은 입술을 잘근 깨물 뿐 뭐라 더 대꾸하진 못했다.

"자, 그럼 정리된 걸로 알고. 회의 끝!"

말을 마친 강림이 도포를 힘차게 펄럭이며 자리를 떠나자 다른 차사들도 따라 자리를 떠났다. 이내 수한과 원정만이 덩그러니 남게 되자, 원정은 들으라는 듯 한숨을 푹 내쉬더니 마지못해 수한에게 악수를 청했다.

"공식적인 첫 후배를 이렇게 받게 될 줄은 몰랐네. 잘 부탁한다. 앞으로 선배라고 불러."

귀찮다는 표정이었지만, 의기양양하게 반짝이는 눈빛은 후배가 생긴 것에 꽤 즐거워하고 있다는 걸 말해 주었다. 수한은 거기에 동의해 줄 생각이 전혀 없었지만, 너무나 많은 것을 받아들인 하루라 뭐라 대꾸할 기력이 남아 있지 않았다.

"예, 잘 부탁드립니다."

적어도 스무 살은 어려 보이는 원정의 손을 맞잡으며, 수한은 한숨을 내쉬었다.

첫 번째 승객 —— 이미애

솜을 뜯어 놓은 것처럼 짙은 안개가 결을 이루며 넘실거리는 환등열차 플랫폼은 여느 열차 플랫폼과는 다른 모습이었다. 승강장 반대편으로 끝이 보이지 않는 넓은 광장이 펼쳐져 있었는데, 광장에는 붉은 만수사화 꽃차와 색색깔의 옥춘당을 먹으며 기다릴 수 있는 평상이 중간중간 마련되어 있었다.

그중에서도 수한을 가장 놀라게 한 건, 광장 이곳저곳에서 불쑥불쑥 나타나는 망자들이었다. 마치 순간 이동이라도 한 듯 등장한 망자들은 광장을 둘러보곤, 이내 평상으로 걸어가 다른 망자들과 다과를 즐겼다.

눈앞에 등장한 망자가 티켓을 확인하며 평상으로 걸어가는 걸 신기하게 보면서 수한은 졸지에 사수가 된, 조카뻘 원정의 뒤를 쫓았다.

차사 보급품으로 받은 위치에는 망자 정보와 함께 망자가 있는 평상 위치가 적혀 있었는데, 원정은 위치를 보지도 않고 코만 찡긋거리며 걸음을 옮겼다. 대체 뭘 하는 건지. 수한은 불안한 마음에 위치를 확인했다. 영정 사진과 함께 나이, 직업, 사인이 적힌 망자 정보를 넘기자, 망자의 특징을 간략히 정리한 글귀들이 떴다.

#평온무사 #금수저 #외유내유 #참교육자 #비혼주의

처음 해시태그 글귀를 봤을 때만 해도, 수한은 죽은 사람에 대해 이렇게 가볍게 말하는 게 조금 서늘하게 느껴졌다. 그런데, 보다 보니 망자의 성격을 파악하기엔 효율적이라는 생각이 들었다. 금수저 교수에 평온무사라. 수한은 미애라는 사람의 전형이 금세 머릿속에 그려졌다. 그러다 문득 자신의 해시태그는 무엇이었는지 궁금해졌다.

"저기, 혹시 제 정보는 뭐였는지,"

"어! 이미애 씨!"

원정은 수한의 말을 끊고, 평상에 걸터앉은 한 할머니에게 손을 흔들었다. 평상 앞으로 걸어간 원정은 미애 앞에 놓인 빈 찻잔과 접시를 확인하곤 미소를 지으며 미애를 보았다. 미애는 다른 대부분의 망자와 마찬가지로 여기에 있는 게 맞는지, 불안과 경계가 섞인 얼굴로 앉아 있었다.

"안녕하세요. 이미애 씨. 저는 차사 이원정, 그리고 여기는 제 후배 차수한이라고 합니다."

"아, 예. 안녕하세요."

"먼저, 죄송하다는 말씀을 드려야 할 것 같습니다. 최근 저승에 악귀가 발생하여 망자들의 기억을 공격하고 있는데, 이미애 씨의 기억도 악귀에 의해 일부 지워진 상태라는 게 확인되었습니다."

뭘 저렇게까지 솔직히 말한대, 괜히 거부감만 커지게. 수한은 원정의 말을 들으며 생각했다.

"……그럼 전 어떻게 되는 건가요?"

아니나 다를까, 미애가 놀란 눈으로 물었다.

"너무 걱정 안 하셔도 됩니다. 기억이야 다시 찾으면 되니까요."

원정의 말에도 미애는 불안한지 손가락을 만지작거렸다. 그러자, 원정은 미애의 손 위에 자기 손을 포개었다.

"저희가 최선을 다해 이미애 씨의 기억을 온전히 찾아 드리도록 하겠습니다. 믿어 주세요."

손에서 느껴지는 온기 때문인지, 아니면 원정의 설득이 통한 건지, 미애의 굳은 얼굴이 조금 풀어졌다. 반면, 수한은 못마땅한 얼굴로 원정을 보았다. 하는 꼴이 꼭 아픈 환자에게 섣부른 확신을 주는 돌팔이 의사 같았기 때문이었다. 그런 수한의 마음을 알 리 없는 원정은 열차 플랫폼으로 미애를 안내했다. 그들이 멈춘 곳은 플랫폼 맨 끝이었다.

정갈한 벤치들이 놓여 있던 앞쪽과는 달리, 맨 끝에는 노점 포차에 있을 법한 간이 의자 두어 개가 덜렁 놓여 있었다.

"악귀가 나타난 게 겨우 며칠 전이라, 급하게 확장하느라 좀 누추한 점 이해해 주세요."

미애는 괜찮다며 의자에 앉았다. 수한은 원정에게 가려져서, 또 뒤를 따라가느라 제대로 볼 수 없었던 미애의 얼굴을 그제야 바로 보았다. 곱게 늙은 미애의 외모는 해시태그와 잘 어울렸다. 시선을 철로로 돌리던 수한은 순간 미간을 찡그렸다. 그리곤 다시 미애를 보았다. 다시 보니 확실했다. 정확히 기억하지 못해도 분명 수한이 아는 얼굴이었다.

"저 아시죠?"

"네? …잘 모르겠는데."

"아니요, 분명 본 적이 있을 겁니다. 다시 생각해 보십쇼."

수한은 자기도 모르게 미애를 다그치며 말했다. 방금까지만 해도 기억이 없다는 게 크게 불편하지 않았는데, 낯이 익다는 생각이 드는 순간 답답함이 치밀어 올랐다. 얼굴을 제대로 보라고 한 번 더 말하려는데, 원정이 수한의 뒷덜미를 잡고 당겼다.

"죄송합니다. 얘가 갓 들어온 생짜 신입이라."

원정은 수한 대신 미애에게 사과하더니, 수한을 조금 떨어진 기둥 뒤로 끌고 갔다.

"아, 쫌. 이것 좀 놓으십쇼! 아는 사람인 것 같길래 말 좀 건 게 그렇게 잘못한 일입니까?"

수한은 쏟아 내듯 원정에게 말했다. 그러나 원정은 아무 말도 하지 않고 수한을 가만히 보기만 했다.

"뭐요, 그거 하나 물어봤다고 자르기라도 할 겁니까?"

"네가 기억이 없어서 얼마나 답답할지 난 잘 몰라. 근데, 이미애 씨한테 아무리 물어봤자 네 기억은 돌아오지 않는다고, 그거 말해 주는 거야. 강림 차사님이 말씀하셨잖아. 저승은 지독한 인과율로 움직인다고. 네 기억을 찾고 싶으면 망자의 기억부터 찾아 줘야 해. 그렇게 물어볼 게 아니라."

원정이 수한의 눈을 똑바로 보며 말했다. 이리저리 흔들리던 수한의 눈빛이 점차 안정을 찾고 잠잠해졌다.

"네 기억을 찾는 건 나한테도 중요해. 내 목표는 너랑 같이 망자들 기억도 다 찾아 주고, 너도 성공적으로 판결대로 보내서 TF팀 성공률 1위를 달성하는 거거든. 그니까 우리 힘을 모아서 아자아자 하자고! 알겠지?"

원정이 수한의 어깨로 손을 뻗어 톡톡, 두드리며 말했다. 제 나름대로는 힘을 북돋으려 하는 행동인 것 같았지만, 수한은 안정됐던 기분이 묘하게 나빠졌다.

"아, 그리고 이거. 호신용 무기야."

소매 안쪽에서 무언가를 꺼낸 원정이 수한에게 건넸다. 받아 보니, 낡아 녹슨 단검이었다.

"이게 호신용이라구요?"

단검은 날이 다 무뎌져서 사과도 제대로 못 깎을 것 같았다.

"그것도 겨우 가져온 거야. 좀 좋은 건 열차 사고 때문에 싹 긁어 갔더라고."

수한의 얼굴에서 실망한 기색을 읽어 낸 원정은 "걱정 마. 무기 쓸 일이 뭐 있겠어, 응?" 하며 수한을 달랬다. 그래, 없는 것보단 낫겠지, 하며 수한이 단검을 품에 넣으려는 그때, 손에 들려 있던 단검이 온데간데없이 사라졌다.

"…어? 이게 사라졌습니다?"

수한의 물음에 원정도 놀란 듯 수한의 빈손을 보았다.

"어머. 완전 허접한 건 줄 알았는데. 스텔스 기능이 있는 거였네?"

"스텔스요?"

"응. 연옥에 있는 장인이 만든 희귀한 기능인데, 필요한 순간이 되면 저절로 나타난다고 들었어."

"……그러다 안 나타나면, 어떻게 되는 겁니까?"

"에이, 나타나겠지. 그리고, 내가 있잖아, 차 후배. 선배를 믿으라고."

원정은 거추장스럽게 들고 다니는 것보다 낫지 않느냐며 수한의 등을 툭, 쳤다. 수한은 또다시 기분이 나빠지는 것을 느꼈다. 저게 남 일이라고. 저래 놓고 지는 엄청 좋은 무기 쓰는 거 아니야? 하며 원정을 쏘아보는데, 열차 기적소리와 함께 시계 종소리가 광장에 울려 퍼졌다.

"열차 온다!"

원정이 들뜬 목소리로 외쳤다. 멀리 다가오는 열차를 보던 수한은 시계탑 숫자가 바뀌는 모습을 보고 자기도 모르게 걸음을 멈추었다. 시계탑 맨 위 숫자 '12'가 '25'로 바뀌더니 1, 2, 3시를 표시하던 숫자들도 차례로 '5, 10, 15'로 변했다. 25시 한 시간만을 나타내는 시계가 된 것이다. 그 모습을 신기하게 보던 수한은 혹시, 하며 손목에 찬 워치를 확인했다. 워치의 시간도 시계탑과 똑같이 25시로 바뀌어 있었다.

후욱, 바람이 불어오며 짙게 깔린 안개가 흩어졌다. 바람에 도포 자락이 휘날리며 수한의 머리도 헝클어졌다. 바람을 피해 고개를 돌렸던 머리카락을 정돈하며 보자, 단칸짜리 열차가 앞에 도착해 있었다. 흡사 원형 등불처럼 생긴 열차는 앞에 보이는 일반 망자들이 타는 열차에 비해 너무나 허름하고, 허술하고, 낙후되어 보였다.

"이게 보기엔 이래도, 엄청난 전통을 가진 저승식 수동 열차예요. 기억의 위치를 찾아 달리고 멈추는 데 이만한 게 없답니다."

원정은 혹여나 미애가 불안해할까 싶어 덧붙였다. 그러나 다행히도 미애는 딱히 걱정하는 기색이 아니었다.

"전 좋은데요. 관광 열차 같기도 하고, 이쁘네요."

"그쵸! 이거 다 장인들이 한 땀 한 땀 손으로 만든 거래요. 정말 대단하죠?"

원정은 누가 보면 손녀딸인 줄 알 정도로 살갑게 말하며 미애의 손을 잡고 열차에 올랐다. 오히려 불안한 건 수한이었다. 열차 창을 부수며 달려들던 악귀의 모습이 선명히 떠올랐기 때문이었다.

"어이, 차 후배! 뭐해, 안 타고?!"

원정의 부름에 수한은 힘겹게 발을 떼었다. 아무리 생각해 봐도 다른 선택권은 없었다. 수한은 열차에 오르며 생각했다. 저 철없어 보이는 어린 선배나, 언제 나타날지 모르는 녹슨 단검에 절대 의지하지 말자고. 오직 나, 차수한만을 믿고 움직이자고.

"와…. 제가 자주 가던 수목원이랑 똑같아요. 의자도 연구실에서 쓰던 거네요."

미애의 열차 안은 파릇한 대나무 수목원의 모습으로 꾸며져 있었다. 어떤 기술이 접목된 건지 몰라도, 상쾌한 나무 냄새를 품은 시원한 바람도 기분 좋게 느껴졌다. 미애는 익숙한 환경에 한결 편안해진 것 같았다. 미애가 제 자리를 찾아가듯 의자에 앉자, 원정은 그 옆으로 다가가 앞으로의 일정을 설명했다.

"지금부터 저와 제 후배가 이미애 씨의 지워진 기억을 찾아 드릴 겁니다. 자동 열차의 경우 사흘간 여유롭게 인생의 주요 기억을 돌아보며 판결대로 가게 되지만, 저희는 사흘이라는 시간 동안 지워진 기억도 찾아야 하기 때문에, 기억이 지워진 미싱 링크까지는 빠른 속도로 달리게 될 거예요. 저희가 미리 수집, 분석한 데이터에 따르면 이미애 씨의 미싱 링크는 스물두 살부터 약 육 개월 동안의 기억인 걸로 확인되었어요. 그러니까, 초년의 기억들은 빠르게 스쳐 지나가는 정도로만 확인한다고 아시면 됩니다."

"…네, 알겠어요."

미애가 고개를 끄덕이며 답하자, 원정은 미애의 의자 옆에 있는 열차 조작키 앞에 서서 버튼을 이것저것 눌렀다. 그러자 푸슝, 하는 기계 작동음과 함께 열차가 천천히 움직이기 시작했다. 잠시 후, 열차 차창 너머로 광활한 삼도천이 모습을 드러냈다. 원정이 워치를 터치하니, 삼도천에서 굵은 빛줄기가 솟아올라 차창 위로 떨어졌다. 하얀빛 사이로 색들이 하나둘 자리를 잡더니 미애의 첫 기억이 재생됐다.

모래사장 위를 달리는 다섯 살 남짓한 여자아이와 그 뒤에 자리를 펴고 앉아 따뜻하게 웃어 주는 아이의 부모. 십 초도 되지 않는 장면이었지만, 얼마나 이 아이가 부모의 사랑을 많이 받고 있는지 충분히 느낄 수 있는 기억이었다.

"너무 따뜻한 첫 기억이네요."

미애를 향해 따뜻하게 미소를 지어 보인 원정은 "그럼, 속도를 올리도록 하겠습니다. 꽉 잡으세요." 하더니 열차의 속도 조절 레버를 올렸다. 덜컹, 기어가 바뀌는 진동과 함께 열차는 이전과 비교할 수 없는 속도로 철길 위를 달려 나갔다. 그에 따라 차창으로 보이던 미애의 기억도 빨리 감기를 한 것처럼 빠르게 지나갔다.

미애의 초년 기억은 해시태그로 미리 본 것과 별로 다르지 않았다. 한마디로 말하면 금수저의 안락한 삶이었다. 사춘기도 있긴 했지만, 수한이 느끼기에 힘든 기억이라고 할 만한 거라곤, 친한 친구의 아버지가 미애네 공장에서 일하다가 손가락이 잘려 친구와 멀어진 일 정도였다.

딱히 반전 없는 기억에 수한은 팔짱을 끼며 등을 열차에 기댔다. 언제쯤 자신과 관련된 기억이 나올까, 하며 미애를 보던 수한은 원정을 보곤 엥, 고개를 갸웃했다. 평온하다 못해 뻔한 기억에 무슨 감명을 저리 받는지, 원정의 눈가는 촉촉해져 있었다.

"정말 따뜻한 어린 시절을 보내셨네요. 제 마음도 같이 따뜻해지는 것 같아요."

"감사합니다. 지금 생각해도 참 복을 많이 받은 삶이었어요."

미애와 따뜻한 시선을 주고받는 원정을 보며 수한은 자기도 모르게 코웃음을 터뜨렸다. 원정은 잘못 들은 건가, 고개를 갸웃하며 수한을 보았다. 수한은 시선을 피하며 괜스레 워치를 보았다. 워치 화면으로 미애의 기억 타임라인 속 현위치가 미싱 링크에 가까워진 것이 보였다.

"저기, 이제 미싱 링크 시작되는 것 같은데."

"…나도 알고 있어요, 차 후배."

수한을 살짝 흘겨본 원정은 열차의 속도를 천천히 늦췄다. 마치 빨리 감기를 한 것처럼 수업을 듣고, 술을 마시고, 동아리 활동을 하는 미애의 대학 시절 기억이 점차 느려지더니, 동기 두 명과 함께 대학 도서관에서 나오는 미애가 보였다.

"이놈의 기말 준비는 해도 해도 끝이 안 나냐."

"그러게 말이야. 시험 범위가 1학기에 배운 내용 전부라는 게 말이 되냐고."

"우리 우울한 생각하지 말고, 재밌는 생각하자. 기말 끝나고 미팅도 하고, 여행도 가는 거 어때? 내년이면 졸업인데, 방학 때 추억 좀 쌓아야지."

미애의 말에 친구들은 "좋지!", "어디로 갈까?"라며 동의한다. 그러자 미애가 신이 난 얼굴로 뭐라고 말하는데, 동시에 영상 중간중간 검은 구멍이 생기더니 이내 기억 전체가 검게 변했다.

"이게 아까 말씀하신… 그건가요?"

미애가 걱정 어린 얼굴로 원정을 보았다. 열차를 완전히 멈춘 원정은 열차 조정석에서 나오며 미애의 질문에 답했다.

"네, 맞아요. 이제 저와 여기 차수한 차사가 함께 이미애 씨의 기억으로 들어가서 미싱 링크를 상세히 살펴볼 거예요. 그리고 거기서 얻은 단서를 바탕으로 이승으로 내려가 기억을 찾아올 겁니다. 그동안 이미애 씨는 모든 걸 저희에게 맡겨 두고 맘 편히 여기서 주무시고 계시면 돼요. 이래 봬도 제가 성공률 탑 쓰리에 드는 차사랍니다. 헤헤."

미애는 마른침을 꿀꺽 삼키며 고개를 살짝 끄덕였다. 원정은 편안함을 주는 미소를 지으며 손가락을 미애의 귀 옆에 가져다 대고는 탁, 가볍게 튕겼다. 그와 동시에 미애의 눈이 스르르 감기더니, 툭, 미애의 팔이 힘없이 떨어졌다.

원정은 걸음을 옮겨 열차 출입문을 열었다. 문이 열리자, 삼도천의 강바람이 객실 안으로 불어왔다. 원정이 하는 일련의 행동들을 영문 모르는 얼굴로 바라보던 수한은 삼도천 강바람에 부르르 떨었다. 악귀들에게 공격받던 사고 당시의 기

억이 떠오른 것이다. 그때, 촤-악 소리가 들리며 삼도천에서
기다란 사슬이 열차로 솟구쳐 날아왔다. 원정은 능숙하게 사
슬을 잡아채 열차에 단단히 고정한 뒤, "자, 가자."라며 수한
을 출입문으로 이끌었다.

"어, 어딜 간다는 겁니까?"

"내 말 못 들었어? 이미애 씨 기억으로 들어간다고."

"그게… 어디 있는데요?"

"어디 있긴. 삼도천에 있지."

왜 그러냐는 듯 수한을 본 원정은 이내 수한이 겁에 질
린 이유를 알아차렸다.

"아…. 야, 너무 걱정하지 마. 이거 타고 가면 안전해."

원정은 버스 손잡이 같은 동그란 링 하나를 품에서 꺼내
사슬에 걸었다. 그 모습이 꼭 집라인 같았다. 수한은 대체 어
디가 안전하다는 건지 이해할 수 없었다.

"안전이요? 저기, 안전이라는 말의 의미를 모르는 건 아
니죠?"

수한이 불신 가득한 얼굴로 묻자,

"저기? 너 아까도 그렇고, 자꾸 저기라고 그러더라?"

수한이 자신을 부르는 호칭이 내내 마음에 들지 않았던
원정이 말꼬리를 잡았다.

"그럼 뭐라고 부릅니까? 이름으로 부를까요?"

"야, 당연히 선배라고 해야지!"

"아니, 댁이 어떻게 선뱁니까? 제 기억 찾는 게 댁 임무인 건데."

"그렇긴 한데, 강림 차사님께서 내 후배로 일하라고 했잖아!"

"그냥 함께 일하라고 했지, 후배로 일하란 말은 없으셨습니다."

"아닌데, 나 따로 불러서 후배라고 생각하고 잘 가르치라고 하셨거든?"

"거 봐요. 그렇게 생각하라는 거지, 후배라는 건 아니잖습니까."

"야! 꼭 정식으로 임명해야지 후배냐! 뭐라도 하나 배우면 스승이고 선배인 거지!"

원정은 어떻게 해서든 선배라는 말을 듣고 싶은지 막무가내로 우겼다. 어린아이가 떼쓰는 것 같은 모습에 수한은 급 피곤해졌다. 그래, 그까짓 거 선배라고 부르는 게 뭐가 대수랴, 어차피 기억만 찾으면 더 볼 일 없을 텐데.

"알겠습니다, 선배라고 부르죠. 자, 그래서 어떻게 내려간다고요?"

"여기 앞에 서."

원정은 뭔가 못마땅한 얼굴로 보며, 수한을 열차 문 앞에 세웠다.

"워치 잘 차고 있지?"

"예. 근데 그건 왜?"

수한이 미처 말을 끝맺기도 전에 원정은 수한의 등을 툭, 밀었다. 으아아아악-! 수한의 괴성이 삼도천에 울려 퍼졌다.

"빈말인 거 표정으로 다 보이거든? 두고 봐, 내가 너한테 선배로 인정받고 만다."

열의가 이글거리는 눈으로 수한을 바라보던 원정은 링을 한 손으로 잡고 여유 있게 점프했다.

첨벙, 삼도천에 빠진 수한은 워치에 몸을 맡긴 채 이리저리 휘둘렸다. 귓가엔 삼도천에 흐르는 기억 속 목소리들이 빠르게 스쳐 지나갔다. 천이라고 하지만, 막상 안에는 물기 하나 없는 곳이어서 숨 쉬는 데엔 문제가 없었다. 이놈의 저승. 어디 하나 상식대로 움직이는 법이 없구만. 수한은 멀미가 올라오는 것을 느끼며 눈을 질끈 감았다.

얼마나 지났을까. 잠잠해진 움직임에 수한은 눈을 떴다. 그곳은, 1977년. 미애의 스물한 살 기억 속 대학 캠퍼스였다. 언제 왔는지 원정은 마치 쭉 옆에 있었던 것처럼 서 있었다.

"사람을 그렇게 미는 게 어딨습니까? 이승이었으면 살인 미수입니다!"

"그러게, 누가 빈말하래? 쌤통이다, 헤헤."

헤헤? 수한은 밝게 웃으며 걸어가는 원정을 어이없는 얼굴로 보았다. 차라리 대놓고 꼰대면 편할 텐데, 저건 천진난만하다고 해야 할지, 티가 없다고 해야 할지, 종잡을 수가 없었다. 도대체 전생에 어떤 사람이었길래. 수한은 고개를 절레절레 저으며 원정의 뒤를 따랐다.

"우리가 할 일은 망자와 같은 기억을 가진 사람들의 진술을 확보하거나, 기억을 한 번에 불러일으킬 만한 핵심 단초를 찾는 거야. 단초는 물건일 수도 있고, 소리, 냄새, 촉감, 맛, 다양해. 단초만 잘 찾으면 악귀가 먹은 기억일지라도 한 번에 미싱 링크 모두를 되찾을 수 있는 거지. 무슨 말인지 알겠어?"

"…예. 그러니까, 잃어버린 기억을 공유하고 있는 사람이나, 기억을 함축하는 단초? 그것만 잘 파악하면 된다는 거 아닙니까?"

"오. 너 머리가 꽤 좋다? 안 그래 보이는데."

품, 원정은 혼자 웃더니 워치 화면을 눌렀다.

"미싱 링크 직전 기억부터 다시 볼 거야. 집중해."

멈춰 있던 주변 풍경이 움직이며, 산들산들 바람이 느껴졌다.

"이놈의 기말 준비는 해도 해도 끝이 안 나냐."

갑자기 들려오는 목소리에 수한은 소리를 좇았다. 대학

도서관에서 미애가 동기 두 명과 나오고 있었다. 수한과 원정은 그들에게 보이지 않는 것 같았다.

"그러게 말이야. 시험 범위가 1학기에 배운 내용 전부라는 게 말이 되냐고."

"우리 우울한 생각하지 말고, 재밌는 생각하자. 기말 끝나고 미팅도 하고, 여행도 가는 거 어때? 내년이면 졸업인데, 방학 때 추억 좀 쌓아야지."

"좋지!"

"어디로 갈까?"

영상이 검게 변하기 직전, 원정은 워치를 눌러 기억을 정지시켰다. 굳은 듯 멈춰 선 미애와 친구들 사이로 걸어간 원정은 킁킁, 냄새를 맡더니 친구들이 들고 있는 책의 이름을 확인했다.

"진경희 그리고… 김현화. 이 두 사람 이름 기억해 놔."

"예."

"이제 미싱 링크로 들어갈 거야. 악귀가 먹다 흘린 기억들이 있는지 확인해 보자고."

원정은 워치 화면에 있는 '2x' 글씨를 터치했다. 수한은 점점 검은 얼룩이 지는 기억을 유심히 바라보았다. 5초, 10초, 워치에서 나오는 불빛만이 존재하는 암흑 속에 아무것도 들리지 않는 상황이 이어졌다. 그러다 갑자기 두근거리는 소리가 귀를 울릴 듯 크게 들리더니 아주 잠깐, 빛이 번쩍였다.

"방금 뭐였습니까?"

수한의 질문에 원정은 워치를 천천히 뒤로 돌렸다. 짧게 번쩍했던 건, 악귀가 채 없애지 못한 기억의 편린이었다. 가로, 세로, 너비가 세 뼘이 채 안 되는 작은 공간으로 살짝 피가 나는 손가락과, 그 손가락을 지혈해 주는 남자의 얼굴이 있었다. 남자는 상대를 보며 뭐라 말했지만, 두근거리는 심장소리에 가려졌는지, 아니면 악귀가 소리를 먹어 버린 건지 말은 들리지 않았다.

원정은 남자의 냄새를 킁킁, 맡은 뒤 다시 기억을 재생시켰다. 어둠과 정적이 이어지던 기억에 다시 심장 소리가 들려왔다. 원정은 워치의 '1x' 글씨를 터치하며 재생 속도를 늦췄다. 두근, 두근, 두근, 긴장을 고조시키는 빠른 심장 소리와 함께 멀리서 달려오는 누군가의 모습이 보였다. 산발한 머리에 옷은 이곳저곳 찢어져 긁힌 살갗이 보였다. 눈물에 머리카락이 엉겨 붙은 그 사람은, 미애였다.

"킁킁."

원정이 또 냄새를 맡는 소리가 나자 수한은 따라 코를 킁킁거렸다. 하지만, 아무런 냄새도 느껴지지 않았다. 수한은 무슨 냄새가 나는 거냐, 물어보려다가 말았다. 대답을 들어도 자신의 상식으론 이해되지 않을 게 분명했다.

다시 검게 변한 미애의 기억은 잠시 후, 어둠이 걷히며 완전하게 환해졌다. 수한은 고개를 갸웃했다. 암흑 구간이 나오기 전의 장소와 같았기 때문이다. 다만, 이전 기억의 계절이 여름이었다면, 지금은 늦가을이라는 점이 달랐다. 지난 기억처럼 도서관에서 나온 미애와 친구들은 곧 있을 기말고사에 관해 얘기했다.

"미애 넌 시험 안 쳐도 돼서 좋겠다. 아, 나도 휴학할걸."

"나였음 휴학하면 도서관 근처에도 안 올 텐데. 진짜 놀 만큼 놀았구나? 뭘 하고 놀았길래, 응?"

친구의 말에 미애는 그저 미소를 지을 뿐이었다. 그때, 게시판 앞을 지나던 미애가 우뚝, 걸음을 멈추었다. 천천히 고개를 돌리는 미애의 시선이 멈춘 곳은, 사회 고발 대자보들 사이에 있는 국비 유학생 모집 전단이었다.

"왜 그래?"

"…나 유학이나 갈까 봐."

"유학? 갑자기?"

"알잖아, 울 아버지 교육열 높으신 거. 어머니도 미국 대학에 편입해서 석박사까지 하는 게 어떻겠냐, 하시고…."

"이야, 박사까지?"

"잠깐. 편입이면 당장 준비해서 간다는 거잖아. 야, 너무하다. 우릴 두고 간다고?"

첫 번째 승객 ──── 이미애

45

친구들은 미애의 양쪽 팔짱을 끼며 절대 못 간다, 졸업하고 가라, 설득했다. 미애는 아직 결정된 건 아니라면서도, 가게 되면 편지 자주 쓰겠다며 웃었다. 그 모습을 보고 있자니, 미싱 링크에서 본, 산발이 된 미애의 모습이 떠올랐다.

"어때? 뭐 좀 짐작 가는 거 있어? 아직 아무것도 모르겠지?"

원정은 수한이 그렇다고 답하기만 하면, 그럼 앞으로 자기만 믿고 따라오라고 할 심산으로 수한을 보았다. 생각에 빠진 얼굴로 미애의 멈춘 기억을 바라보던 수한이 입을 열었다.

"…이 기억들이 기본적으로 이미애 씨가 지우고 싶어 했던 기억인 거죠?"

"응. 망자가 지우고 싶어 하는 마음이 있어야 악귀가 먹을 수 있어."

"그럼 확실한 거 하나랑 짐작 가는 건 두 개 정도 있는데."

"그래? 뭔데?"

원정이 의외라는 듯 보며 물었다.

"먼저, 확실한 건, 지워진 기억이 로맨스라는 겁니다."

"에이. 심장 두근거렸다고 다 로맨스는 아니지."

"예, 압니다. 심장이 두근거리는 이유는 많이 있죠. 놀랐거나, 긴장했거나, 카페인을 많이 먹었거나, 그것도 아니면, 협심증이 있거나. 꼭 심장이 빨리 뛰어서라기보다는, 아까 열차에서도 그렇고 여기 들어와서도 그렇고, 기억 내부에서 묘하게 선명한 지점들이 있었습니다. 왜 그런가 싶었는데 여기, 국비 유학 전단을 보는 걸 보고 확실해졌습니다. 바로, 이미애 씨의 시선이 닿는 곳은 더 선명하게 나타난다는 거죠."

수한이 도서관 앞 게시판을 가리키며 말했다.

"여기 저승에서 어떤 기술로 기억을 현실화 한 건지는 모르지만, 그 기본엔 이미애 씨의 기억이 있으니, 직접 본 것들이 선명한 건 어찌 보면 당연합니다. 뭐, 그쪽도 이미 알고 있었겠지만요."

"난 몰랐는데? 내가 눈은 안 좋거든. 너 진짜 대단하다."

원정이 눈을 멀뚱히 뜨며 엄지를 치켜들었다. 예상하지 않은 쿨한 칭찬에 수한은 흠흠, 헛기침했다.

"그래서, 더 자세히 말해 봐."

"…아까 손가락 다쳤던 기억에서 선명하게 보였던 건, 다친 손가락이 아닌 지혈해 주던 남자의 얼굴이었습니다. 이미애 씨의 심장이 귀가 먹먹해질 정도로 크게 두근거렸던 건, 물론 다쳐서 놀란 것도 있었겠지만, 그 남자가 큰 이유일 거예요. 그러니까, 이 기억은 지우고 싶은 사랑의 기억이다, 라는 게 제 추측입니다. 99퍼센트 확실하니까, 사실에 가깝겠네요."

"짐작 가는 것도 있다며. 그것도 말해 봐."

"사랑에 빠진 기억 다음으로 이어진 게 만신창이가 되어 달아나는 기억이었죠. 짐작건데, 데이트 폭력이나, 스토킹, 그런 범죄 피해가 있었을 수도 있다는 생각이 듭니다. 유학을 가고 싶었던 것도, 그 일에 대한 기억에서부터 벗어나기 위해 그랬던 것 같고."

"그니까, 유학을 가려 한 이유를 알아내면 된다?"

"예. 그렇죠."

오, 하는 모양으로 입을 오므린 채 수한을 보던 원정이 갑자기 짝, 수한의 등짝을 세게 쳤다.

"좀 한다, 너? 그, 협상가라는 게 막 이야기 지어내고 이런 건가 보지?"

"예? 그게 무슨…,"

"자, 그럼 이승으로 가 볼까?"

원정이 워치를 누르자 한 줄기 바람이 불어오더니 그 기세가 점점 강해졌다. 발밑을 확인한 원정은 수한을 자신 쪽으로 당겼다. 수한도 따라 발밑을 보니, 안전선 같은 초록 불빛이 반짝이고 있었다.

"잠시 후 도착하오니 안전선 안으로 물러나 주십시오."

안내와 함께 바람이 불어오는 방향에서 커다란 상자 같은 것이 빠르게 다가왔다. 가까워질수록 상자로 보였던 것의 크기도 점점 커졌다. 마침내 수한과 원정 앞에 멈춰 섰을 때, 수한은 그것이 일종의 엘리베이터라는 것을 알아차렸다.

열린 엘리베이터 안으로 원정이 들어갔다. 수한은 어떤 원리로 움직이는 건지 도무지 알 수 없는 엘리베이터를 잠시 바라본 뒤, 이번에도 어쩔 수 없다는 듯 짧은 한숨을 내쉬곤 뒤따라 엘리베이터에 탔다. 상단에 있는 LED 화면엔 '삼도천'이라는 글씨가 빛나고 있었다. 층수 버튼이 있어야 할 곳에는 숫자 대신 터치 키보드가 있었다. 잠시 고민하던 원정은 키보드를 신중히 눌렀다.

'이승 – 한국대병원 장례식장'

덜컹, 흔들린 엘리베이터는 이내 수한이 지금껏 경험해 보지 못한 속도로 움직이기 시작했다. 안전봉을 세게 쥔 수한은 최대한 이 불안한 움직임에 집중하지 않기 위해 입을 열었다.

"근데, 아까부터 이승, 이승, 하시던데, 설마 진짜로 산 사람들의 세상으로 내려간다는 건 아니죠?"

"엉? 그 말 맞는데?"

경직된 수한과 반대로 원정은 지루한 듯 하품을 하며 대충 대답했다. 수한은 눈썹을 움찔, 했다.

"그럼… 저도 다시 살아나는 겁니까?"

하품 때문에 촉촉해진 눈을 닦아 내던 원정은 수한의 질문에 쯧, 혀를 찼다.

"어째 대화가 좋게 흘러간다 했다. 왜, 도망이라도 치게?"

"…아뇨, 그냥 궁금해서 물어본 건데. 저는 뭐, 확인도 못 합니까?"

수한은 괜히 뜨끔해 둘러댔다. 하지만, 다시 살아난다면, 원정에게서 도망쳐서 새로운 인생을 살 수 있지 않을까, 하는 생각이 절로 드는 건 어쩔 수가 없었다.

"네가 무슨 생각을 하는지 아는데, 네 기억을 찾는 데도 기한이라는 게 있거든. 네 기억이 삼도천을 지나 심연의 절벽으로 떨어지면 넌 소멸이야. 그러니까, 도망칠 생각 같은 건 하지도 마."

"그런 거 아니라니까. 알았어요, 알았어."

수한이 불평 섞인 대답을 하는 사이, 엘리베이터는 어느새 이승에 도착했다.

* * *

미애의 장례식이 진행 중인 건물 앞에, 눈을 똑바로 뜨지 못할 정도의 강한 모래바람이 갑작스레 불어왔다. 지나던 사람들이 고개를 돌려 바람을 피하는 사이, 수한과 원정은 지상에 발을 내디뎠다. 수한은 기억에도 없는 이승이 반가운지 숨을 크게 들이마셨다. 부아앙, 트럭이 지나가서 매연을 물씬 마시고 말았지만, 그것조차 좋았다.

"소똥 밭에 굴러도 이승이 좋지?"

"개똥 아닙니까? 뭐, 개똥이든 소똥이든. 살 것 같네요, 정말."

"죽은 놈이 뭘 살 것 같대. 시끄럽고, 빨리 들어가자. 장례식장에 은근 정보가 많이 풀리거든."

원정의 말에 수한은 "이 옷차림으로요?" 하고 물으며 고개를 숙여 입고 있는 옷을 보았다. 그런데, 방금까지 입고 있었던 검은 두루마기는 온데간데없고, 문상에 더할 나위 없이 적합한 멀끔한 검정 정장을 입고 있었다.

"뭘 그런 걸로 놀래냐, 촌스럽게."

원정이 피식, 웃으며 앞서자 수한은 옷을 살짝 만져 보았다. 두루마기의 재질 그대로인데, 보이는 건 영락없는 양복이었다. 이게 가능한 일인지 수한의 상식으로는 당연히 이해되지 않았고, 이젠 그냥 그러려니 하게 되었다.

미애의 빈소엔 교수로 재직하던 대학에서 온 화환을 비롯해 미국 유명 대학 동문회와 여러 경제학회들, 내로라하는 기업에서 보낸 화환들이 줄지어 있었다.

"쿵쿵. 다행히 기억에서 봤던 친구들은 아직 안 온 것 같네."

확신에 찬 원정의 말에 수한이 헛웃음을 터뜨렸다.

"에이, 그걸 냄새로 어떻게 압니까?"

수한은 빈소 앞 부조함과 방명록이 있는 테이블로 가 방명록을 뒤적였다. …진경희, 김현화. 친구들의 이름을 떠올리며 방명록을 넘겨 보았지만, 이름은 보이지 않았다.

"아직 안 왔다니까."

수한은 고개를 갸웃, 했다가 그냥 찍은 거겠지, 생각하기로 했다. 빈소 안을 슬쩍 보니 미애와 비슷한 나이대로 보이는 남자가 왼팔에 상주 완장을 차고 있었다.

"저 사람은 처음 보는 것 같은데…."

미애의 얼굴이 낯익었듯 미애의 가족도 그럴 거라 생각했던 수한이 나직하게 말하자, 원정은 "뭐라고?" 하며 되물었다. 수한은 별말 안 했다며 얼버무렸다.

"이미애 씨 동생인가 봐."

원정이 빈소 옆에 설치된 안내 화면을 가리키며 말했다. 화면에는 다른 가족들의 이름 없이 오로지 '제(弟) 이 준민'이라는 자막만 한 줄 적혀 있었다.

"여기서 이럴 게 아니라, 들어가서 이것저것 물어보죠."

수한은 구두를 벗으려 상체를 숙였다. 그런데, 원정은 왜인지 움직임 없이 서 있었다.

"뭐해요, 안 들어가요?"

"잠, 잠깐만. 우릴 누구라고 소개할지는 정해야지."

원정의 목소리가 짧게 떨렸다. 한쪽 구두끈을 푼 수한이 고개를 들어 원정을 보았다. 원정은 긴장한 얼굴로 작은 책자를 신중하게 넘겨보고 있었다.

"…이승 활동 가이드?"

책자 표지에 적힌 제목을 읽은 수한은 이게 뭐냐고 원정에게 물었다.

"말했잖아. 이승에서 망자들 기억 찾는 건 원래 우리가 하던 일이 아니었다고. 물론, 망자들의 기억을 자주 보니까 세상이 어떻게 바뀌고 있는지 대충은 알고 있는데, 보는 거랑 직접 하는 건 천지 차이잖아. 크게 뉴스가 안 돼서 다행이지, 얼마나 많은 사고가 있었다고."

푸념하듯 말한 원정은 험난했던 지난 며칠 간의 기억이 떠오른 듯, 고개를 절레절레 저었다.

"그래서 급히 연옥에 있는 따끈따끈한 망자들을 모아서 만든 거야. 자, 보자, 보자. 학연, 지연, 혈연을 활용하거나, 방송국 피디, 기자, 경찰이라고 소개해라…."

책자를 넘겨 '대화편'을 펼친 원정이 굵은 글씨로 강조된 문장을 읽었다.

"이미애 씨 직업이 교수니까…. 뭐가 낫지? 기자? 경찰? 역시 방송국 피디가 제일 무난한가?"

"아이고야."

한숨 섞인 탄식을 내뱉은 수한은 원정의 손에서 책자를 빼앗았다.

"여깄잖습니까? 죽은 지 얼마 안 된 따끈따끈한 망자. 기억은 없어도 여기 사는 거 다 빤합니다. 게다가 제 직업이 위기 협상가인데, 대화로 정보 얻어 내는 거? 그 정도는 숨 쉬는 것보다 쉽습니다, 저한텐."

"그래? 협상가 그게 사기꾼 같은 거였나 보지?"

원정의 말에 수한은 하, 헛웃음을 터뜨렸다.

"아니, 아무리 죽은 지 오래됐어도 그렇지, 단어 뜻만 봐도 위기 협상가랑 사기꾼은 거리가 멀지 않아요?"

"뭐가 머냐? 딱 봐도 가까울 거 같구만. 됐고, 그래서 뭘 어쩌겠다는 건데?"

자존심이 상한 듯 툴툴거리는 원정에게 수한은 장례식장에선 미애의 제자라고 소개하는 게 가장 좋을 거라고 말했다. 아무래도 미애의 직업이 교수였으니, 수많은 제자가 있었을 거였기 때문이다.

"불필요한 질문은 피하고, 저희가 원하는 정보를 얻는 게 중요해요. 혹시 실수할지 모르니까, 들어가면 제가 주로 말하겠습니다. 알겠습니까?"

"야, 아무리 그래도 내가 선밴데."

"그럼 선배님께서 보여 주시겠습니까?"

"일단 네 말대로 해 봐. 네 능력도 볼 겸."

원정은 수한의 살짝 뒤에 붙어 섰다. 그 모습을 보며 수한은 풉, 웃음을 터뜨렸다. 문득 환등열차에서 삼도천으로 떨어지던 아찔한 기억이 수한의 뇌리를 스치고 지나갔다. 그래, 거긴 네 세상일지 몰라도 여긴 내 세상이라고. 수한은 의기양양하게 미애의 빈소로 들어갔다. 그런데,

"뭐야, 그냥 인사만 하고 나가는 거야?"

"그럼 상주한테 뭘 더 어떻게 물어봅니까?"

의기양양했던 것과 달리, 막상 미애의 동생을 마주한 수한은 아무것도 물어볼 수 없었다. 그도 그럴 것이, 뭐라 물어볼 분위기도 아닐뿐더러, 미애의 연애 이야기를 잘못 물었다간 장례식장에서 아예 쫓겨날 것 같았기 때문이었다. 수한은 다른 사람들에게 물어보자며, 원정의 팔을 잡아끌었다.

"식사 준비되어 있으니 편하게 드시고 가시죠."

수한과 원정의 뒤를 따라 나온 미애의 동생이 식당 쪽을 가리키며 말했다.

"예, 감사합니다."

수한이 꾸벅, 인사하며 식당으로 향하려던 그때, 원정이 수한의 손을 뿌리치며 미애의 동생을 마주 보았다.

"지금 미국에 사시죠?"

"어떻게 아셨어요? 말투가 좀 다른가요?"

"느낌이 왠지 그래서요."

수한은 코를 찡긋거리며 미소 짓는 원정을 보며 고개를

갸웃했다.

"교수님도 미국에서 유학 생활하셨었죠?"

"예, 맞아요. 누나 따라 미국 갔다가 거기서 결혼하고 자리 잡았죠."

"많이 따르셨었나 봐요, 교수님을. 같이 미국까지 가는 게 쉽지 않으셨을 텐데."

"…그랬죠. 아쉽게도 최근엔 많이 못 봤었어요. 누나가 재직했을 땐 세미나로 가끔 왔었지만, 퇴직하고 코로나도 닥치면서 몇 년 동안 만날 수가 없었거든요. 누나가 우리 애들 참 이뻐했는데."

안경 너머 동생의 눈가에 눈물이 반짝거렸다.

"…그러셨구나. 정말 상심이 크시겠어요."

원정이 진심을 담아 위로했다.

"저, 실례가 안 된다면 하나 여쭤봐도 될까요?"

두 사람의 대화를 지켜보던 수한이 조심스레 물었다. 초면인 데다가 상주인 동생의 마음을 여는 게 무모한 시도라고 생각했는데, 원정 덕분에 어느 정도 열렸기 때문이었다.

"예, 그러세요."

동생은 흔쾌히 고개를 끄덕였다.

"혹시 교수님이 왜 갑자기 유학을 가겠다고 하신 건지 아십니까? 그 시대에 유학 가는 게 쉽지만은 않았을 텐데, 그런 도전을 어떻게 하게 되신 건지 궁금해서요."

"아, 그때요?…."

동생이 말끝을 흐리더니 머리를 긁적였다.

"사실 저도 정확히는 몰라요. 군대에 가 있었거든요. 그냥 어느 날 휴가 나와 보니까, 누나가 유학 갈 거라고 했었습니다. 그 말 듣고 어찌나 놀랐던지."

"왜요?"

"저희 아버지가 완전 딸 바보셨거든요. 누나랑 엄마랑 서울 올라올 때도 엄청 설득했던 걸로 아는데, 그런 아버지가 유학을 허락하셨다는 게, 좀 놀라웠죠."

동생의 말에 수한은 짧게 미간을 찡그렸다. 미싱 링크 직후의 기억에서 미애는 아버지의 교육열 때문에 유학을 생각 중이라 했었다.

"부모님께선 혹시…?"

"두 분 다 돌아가셨습니다."

수한의 조심스러운 질문에 동생이 답했다. 원정과 수한은 어려운 질문에 답해 주셔서 감사하다며 인사를 건넨 뒤 식당으로 걸음을 옮겼다. 원정은 촉촉해진 눈가를 소매로 닦았다.

"왜 웁니까?"

"슬프잖아. 몇 년간 얼굴도 못 본 누나 장례식에 상주로 있는 모습이. 얼마나 그리울까? 표현은 안 하셔도 속으론 엄청 울고 계실 거야."

수한은 전혀 이해되지 않는다는 눈으로 원정을 보다가 화제를 바꾸었다.

"아쉽네요. 이미애 씨 부모님은 그때 어떤 일이 있었는지 알고 계셨을 것 같은데. 아! 돌아가셨으면 지금 사후 세계에 계신 거잖아요! 그럼 만나기 더 쉬운 거 아니에요?"

"쉽긴 쥐뿔. 판결대 지나가면 끝이야. 다신 못 본다고 봐야지."

"아예 불가능한 거예요?"

고개를 끄덕이던 원정은 문득 든 생각에 수한을 흘겨보았다.

"근데, 아까 너만 믿으라고 하지 않았었냐?"

"아, 그게…. 원래 협상이라는 게 기본적으론 서로 원하는 게 있어야 가능한 거라. 상대가 원하는 게 없을 땐 심리를 파고들어야 하는데, 그럴 분위기가 아니었잖습니까."

"하이고, 말은. 내가 보기에 넌 이 머리만 있지, 마음이 영, 차가워. 앞으로 배울 게 많겠어."

흥, 하고 코웃음을 친 원정은 성큼성큼 빈자리로 걸어가다가 콧등을 찡긋하며 휙 뒤를 돌아보았다. 막 빈소에서 나오는 두 할머니가 보였다.

"타이밍 좋게 오셨네."

"누군데요?"

"이미애 씨 대학 친구들. 방금처럼 제자라고 하는 게 좋겠지?"

원정이 눈을 동그랗게 뜨며 수한을 올려다보았다. 천진난만하고 장난기 많은 어린 진돗개가 떠오르는 그런 눈이었다. 하, 이런 캐릭터를 뭐라고 했었던 것 같은데. 맑은 눈의… 미친년이었나? 수한은 피식, 웃고는 그렇게 하자고 대답했다.

"안녕하세요, 같이 좀 앉아도 될까요?"

원정의 말에 미애의 친구들은 살짝 경계하며 "예, 그러세요." 대답했다.

"저희는 교수님 제자들이에요. 정말 존경하고 따랐었는데, 이렇게 갑자기 돌아가시다니…. 제자인 저희가 이런데, 친구분들께서는 얼마나 힘드시겠어요."

동생에게 그랬듯, 원정은 친구들의 슬픔을 어루만져 주며 마음을 열었다.

"어린 학생이 위로도 잘하네요. 고마워요."

"근데, 두 사람은 나이 차이가 꽤 나 보이는데…. 동기는 아니고, 무슨 사이예요?"

현화가 수한과 원정을 유심히 보며 물었다.

"아, 그게… 그러니까……."

"선뱁니다. 제가 입시를 오래 해서, 하하. 저도 이미애 교수님께 가르침 받았었어요."

원정의 말을 가로챈 수한은 술 한 잔 올리겠다며, 경희와 현화에게 술을 한 잔씩 따라 주었다.

"거짓말 못 하겠으면 차라리 아무 말도 하지 마세요. 내가 할 테니까."

경희와 현화가 술을 마시는 사이, 수한이 원정에게 속삭였다.

"…너 자꾸 선배한테 이래라저래라 할래? 나도 한다면 한다고."

원정은 입을 비쭉이더니, 경희와 현화에게 물었다.

"교수님에 대해서 어떤 기억이 제일 많이 나세요? 대학 때부터 아셨으니, 50년 가까이 된 우정인 거잖아요?"

"그러게, 벌써 세월이 그렇게 됐네. 그땐 우리 셋이 늘 붙어 다녔었는데."

추억에 잠긴 경희의 눈이 촉촉해지자, 원정의 눈에도 눈물이 글썽거렸다. 그런데,

"근데, 우리가 대학 친구인 건 어떻게 알았어요? 그런 말 한 적이 없는데."

현화가 원정의 말꼬리를 잡으며 물었다.

"아…"

"교수님이 친구분들 이야기 자주 하셨었어요. 친구분들이 엄청 미인이라 인기 많으셨다고."

수한이 원정 대신 답했다. 현화는 "걔가 그랬다고? 얘가, 별 얘길 다했네." 하며 딱히 부정하지 않았다. 수한은 원정을 흘깃, 쳐다보았다. 원정의 장단점은 명확했다. 진심 어린 공감으로 사람의 마음을 여는 건 탁월했지만, 그걸 이용해서 정보를 얻어 내는 능력은 없다. 특히, 현화 같은 사람에겐 다른 접근이 필요하다는 걸 모르는 게 분명했다. 악귀가 나타나기 전에 상담사의 역할을 했다더니, 딱 거기에 어울리는 능력이었다.

"교수님은 대학 다니실 때 어떤 분이셨어요? 평생 독신으로 사셨던 걸 보면, 대학생 때도 연애에 전혀 관심 없으셨던 것 같은데."

수한이 현화의 빈 잔에 술을 따라 주며 물었다.

방어적인 사람에게 정보를 얻는 가장 빠른 방법은 방어 기제를 더 발동시켜서 스스로 사실을 털어놓게 하는 것이다. 기말고사 끝나면 미팅하자던 미애의 기억에 따르면 미애가 연애에 관심 없이 살았다는 건 거짓에 가까웠다. 일부러 거짓을 사실 마냥 말함으로써 현화에게서 진실을 끌어내는 것. 그게 수한의 머릿속에 떠오른 정답이다.

"글쎄, 너무 오래전 일이라. 미애가 그랬었나?"

경희가 고개를 기울이며 현화에게 물었다.

"뭘 그래. 맨날 미팅하자 그러고, 짝사랑도 자주 하고 그 랬지."

옳거니, 수한은 속으로 쾌재를 부르며 대화를 이어 갔다. 이젠 구슬릴 차례였다.

"짝사랑한 것까지 다 아실 정도면 진짜 속 다 털어놓는, 그런 사이셨나 봐요."

"뭐, 그렇다고 봐야지. 유학 가서도 꾸준히 편지 주고받 고 했었으니까."

"그럼 혹시 유학 가기 직전에 어떤 분을 좋아하셨었는지 도 기억하세요?"

수한의 질문에 현화는 소주잔을 입으로 가져가려다가 잠시 멈추었다.

"아마 없었을걸? 좋아하는 사람이 있었으면 그렇게 훌 쩍 가진 않았을 거야. 미애 성격에."

현화는 생각에 확신을 주듯 고개를 끄덕이며 잔을 비웠 다. 수한은 보일 듯 말 듯 미간을 찌푸리며 현화를 보았다. 몇 십 년 전 기억이기에, 현화의 말을 곧이곧대로 믿을 수 없었 다. 현화의 방어 기제를 건드리지 않으면서 더 자세히 물어볼 만한 질문이 없을까, 생각하던 그때,

"아, 여행. 여름방학 때 여행은 안 가셨어요? 거기서 딱 첫

눈에 반하고 그러셨을 수도 있잖아요."

원정이 불쑥 말했다. 맞다, 여행 얘기도 있었지. 근데 그걸 그렇게 대놓고 물어보면 어떡하냐? 수한은 머리를 빠르게 굴려 부연 설명을 덧붙였다.

"얘가 남자 친구를 여행 가서 사귀었거든요. 하도 교수님을 좋아하다 보니 교수님도 그러셨나, 했나 봐요."

"아, 그래? 난 또 우리가 여행 갔던 건 어떻게 알았나 해서, 깜짝 놀랐네."

다행히 경희가 먼저 대답하며 현화의 의심을 상쇄시켜주었다.

"우린 그런 거 없었어. 그때가 내 생에 첫 바다 여행이라 생생히 기억나는데, 여행 내내 셋이서만 붙어 다녔거든, 응."

"아, 그러셨구나."

여행도 아니면 어디서 만난 거지? 분명 사랑의 반응이었는데.

"왜. 혼자 있을 때 만났을 수도 있지."

"혼자 있을 때요?"

현화의 말에 수한이 반색하며 물었다.

"응. 우리만 올라오고 미애는 혼자 몇 달 더 있었어. 휴학까지 하면서."

수한과 원정은 눈을 마주쳤다. 미싱 링크의 기간과 정확히 일치했다. 수한은 애써 아무렇지 않은 척 자연스럽게 질문을 이어 갔다.

"몇 달을요? 원래 그러기로 하셨던 거예요?"

"우리야 알 수 없지. 미애가 말을 안 해 줬으니까. 근데, 같은 과 선배가 미애 편지 보더니 이상하다고 그러긴 했어."

"왜요?"

"편지에 적힌 주소가 완전 달동네라고. 무슨 공장 다니는 사람들이 모여 사는 곳이랬나."

"……혹시 그 동네 이름 기억하세요?"

"에이, 그걸 어떻게 기억해."

현화의 말에 수한과 원정의 얼굴에 실망이 어렸다. 이 정도 정보를 얻은 것만으로 만족해야 하던 찰나,

"어! 저기 마침 왔네!"

빈소에서 나오는 누군가를 보며 현화가 반갑게 손을 흔들었다.

"방금 말한 선배가 저 사람이야. 정 궁금하면 가서 물어봐. 부산 토박이고, 지금도 부산에 사니까 아마 기억할 거야."

잠시 후. 현화가 소개해 준 선배에게서 '부산 재송동'이라는 답변을 들은 원정은 자리에서 벌떡 일어나 현화와 선배 모두가 들을 만큼 큰 목소리로 외쳤다.

"감사합니다! 복 많이 받으실 거예요! 인연이 되면 나아

아아중에 노오오옾은 곳에서 다시 뵙자고요!"

수한은 어안이 벙벙한 얼굴로 원정을 보았다. 이게 무슨 해괴망측한 농담이란 말인가. 이승에선 부디 인간답게 굴어 달라, 한마디 하려던 수한은 한숨으로 참아 냈다. 어차피 기억만 찾으면 만날 일 없는 사이. 굳이 감정을 쌓을 필요가 없었다.

"그럼 이제 부산으로 가면 됩니까? KTX? 아님 비행기?"

"뭘 복잡스럽게 그렇게 해. 그렇게 이동하다가는 열차 삼도천 다 지나겠다."

원정은 복도 끝 비상문을 열고 계단실로 들어갔다. 그럼 대체 어떻게 가겠냐는 건지 물어보려던 수한은 발끝에 생긴 초록빛 안전선을 보곤 말을 삼켰다. 이내 요란한 바람이 위층 계단에서 불어왔다. 설마 저기서 내려오는 건 아니겠지? 수한의 불길한 예감은 이번에도 들어맞았다. 우당탕탕 소리를 내며 비좁은 계단을 내려온 엘리베이터는 안전선 앞에 겨우 멈춰 섰다.

"재송동에 도착하면 거기에 남아 있는 이미애 씨의 흔적을 찾을 거야. 미싱 링크에서 봤던 남자도 찾을 수 있으면 찾아보자고."

주머니에서 뼈다귀 모양의 껌을 하나 꺼내 씹으며, 원정이 말했다. 창문 너머로 빠르게 지나가는 풍경을 보던 수한은 멀미가 난 듯 얼굴을 찡그리며 원정을 보았다.

"흔적이야, 열심히 발품 팔면 찾을 수도 있지만, 얼굴만 알고 이름도 모르는 남자를 어떻게 찾습니까?"

"사람 찾는 데 이름이 왜 필요해? 이거만 있으면 되는데."

원정은 씩, 웃으며 검지로 자신의 코를 톡톡, 두드렸다.

"이미애 씨 기억에 들어갔을 때 냄새 저장해 놨어. 자, 가자."

원정은 순식간에 부산에 도착한 엘리베이터에서 폴짝 뛰어내렸다. 신이 난 듯 촐랑촐랑 걸어가는 원정을 보며 수한은 헛웃음을 내뱉었다.

"정말 개야, 뭐야."

수한의 말투엔 살짝 못마땅함이 섞여 있었지만, 이내 따라 웃으며 원정의 뒤를 따라갔다. 후각이 뛰어나든, 신기가 있든, 관련한 능력이 있는 것만은 확실했기 때문이다.

* * *

"아우씨, 냄새 원툴, 저거."

구름 하나 없는 하늘에서 내리쬐는 햇볕에 수한이 땀을 닦으며 투덜거렸다. 벌써 수십 번은 언덕을 오르락내리락한 것 같았다.

"킁킁. 하, 또 어묵 냄새에 가려졌네. 분명 미애 씨 냄새가 바람에 섞여 있었는데."

원정이 머리를 긁적이며 말했다. 인근 대형 어묵 가게의 냄새 때문에 정확한 냄새를 맡을 수 없다는 변명도 벌써 스무 번은 넘게 들었다.

초반만 해도 수한은 미애의 기억을 금방 찾을 수 있을 거라 기대했다. 재송역에서 나온 지 두 시간 만에 기억을 일부 찾았기 때문이었다.

1977년의 모습은 하나도 없어 보이는 재송동의 모습에 실망도 잠시, 수한은 원정에게 동네에서 가장 오래된 부동산을 찾아가 보자고 제안했다. 그리고 원정이 능력을 발휘하여 이십 년 된 부동산을 찾아냈고, 운이 좋게도 그 부동산을 운영하는 공인중개사는 대대로 재송동에서 공인중개업을 하고 있는 사람이었다.

"1977년이면…. 사진첩이 있을 거예요. 아버지 취미가 사진이어서 매년 동네를 찍어 두셨거든요."

사장은 마치 가보를 자랑하듯 책장에 꽂힌 사진첩을 꺼내 수한과 원정에게 보여 주었다. 원정은 혹시나 미애의 기억이 반응할까, 사진을 한 장 한 장 워치로 찍었지만, 안타깝게도 아무런 기억도 떠오르지 않았다. 아쉬운 마음을 안고 짧은 머리의 여공이 담긴 마지막 사진을 워치로 찍는 순간, 수한과 원정의 위치에서 한 줄기 빛이 나오며 미애의 기억이 일부 되찾아졌다는 알림이 떠올랐다.

부동산에서 나온 수한과 원정은 미애의 기억으로 들어가 어떤 기억인지 확인했다. 돌아온 기억은 미싱 링크 중 초반의 기억으로, 친구들과 부산 여행을 하던 미애가 아버지 공장에서 일하는 여공을 보고 충격을 받는 내용이었다.

"잠깐, 방금 미애 씨 냄새가 난 것 같은데?"

"정말? 어디서?"

미애의 냄새가 나는 곳을 찾기만 하면 끝날 거라며, 기대 섞인 말들을 주고받은 지도 벌써 몇 시간째. 수한은 어묵 냄새를 핑계로 재송동을 빙빙 도는 원정의 뒤를 졸졸 쫓아다니고만 있었다. 답답함을 참다못한 수한이 한숨을 내쉬자, 원정이 쓱, 돌아보며 수한의 눈치를 보았다. 수한은 그 모습이, 이 와중에 선배로서 무언가 보여 주고 싶은 것처럼 보여 더 답답해졌다.

"저기, 저는 여기 잠깐 앉아 있을 테니까, 그냥 혼자 있다 생각하고 움직여 봐요. 괜히 선배라는 부담 갖지 말고."

수한의 말에 원정은 무언가 생각하더니 고개를 갸웃했다. 수한은 그런 원정을 뒤로하고, 연석 위에 앉았다. 이러다가 고생은 고생대로 하고, 기억은 못 찾을 수 있다는 걱정에 가슴이 답답해졌다. 수한이 기댈 수 있는 건 하나. 기억은 모두 지워졌지만, 지식은 남아 있다는 것이었다. 그리고 기억을 찾는 일은, 경찰들이 하는 수사와 꽤 유사했다.

수사가 막혔을 땐 단서를 다시 살펴봐야 한다는 말이 수한의 뇌리를 스치고 지나갔다. 그래, 찾은 기억을 다시 보고 다음 기억을 추측해 보자. 수한이 부동산에서 찾은 미애의 기억을 다시 확인하기 위해 워치 버튼을 누르자, 아파트 단지와 상가들이 즐비한 현재의 모습이 연기처럼 흩어지더니 1977년 부산의 봉제 공장단지 모습으로 바뀌었다.

"여기가 울 아버지 공장 중에 하나다. 알제, 울 아부지 공장 손에 꼽지도 못하게 많은 거."

미애가 자랑하듯 친구들에게 아버지의 공장을 소개했다. 친구들은 생각한 것보다 크다며, 네가 비싼 옷만 입는 이유가 있구나, 하며 미애를 부러워했다.

"우리 그럼, 아부지한테 점심 사 달라고 하자! 부산역에 맛있는 경양식집이 있다던데!"

"아. 아부지 오늘은 다른 공장에 계시다. 여긴 수요일에만 나오실걸? 나 태어나기 전까지만 해도 여기가 엄청 어려웠는데, 나 태어나고는 자리 잡아서 울 아부지는 나만 보면 복덩이라고 하신다. 내가 공장 살렸다고…."

웃으며 말하던 미애가 어딘가를 보며 말끝을 흐렸다. 시선의 끝에는 짧은 머리에 헤진 작업복을 입고, 피곤함 가득

한 얼굴로 쭈그려 앉아 주먹밥을 먹고 있는 여공들이 있었다. 여공들과 눈이 마주친 미애는 눈을 내리며 시선을 피했다. 자신이 입고 있는 단정하고 깔끔한 옷이 왠지 부끄러운 듯 미애는 소매를 불안하게 매만졌다.

"반찬도 없이…, 쯧쯧."

경희도 여공들을 봤는지, 안타까운 듯 혀를 찼다.

"신문 보니까 요즘 노동자들이 모여서 조합 만들기도 한다더라. 그런 거라도 만들어지면 필요한 거 요구도 하고 할 텐데."

"에이, 그런 거 생기면 미애 아버지만 피곤해지지. 미애야, 네가 아버지한테 직원들 밥 좀 잘 챙겨 주라고 좀 해야겠다. 응?"

"어…. 그럴게."

미애는 죄인이 된 것 같은 얼굴을 하고 여공들을 돌아보았다. 이내 짙은 연기가 수한의 주위를 감싸더니, 배경이 변했다. 부산에 있는 미애의 집, 방 안이었다. 쉬이 잠들지 못하고 뒤척이던 미애는 몸을 일으켰다. 함께 이불을 덮고 누워 있는 친구들은 깊은 잠을 자고 있었다.

조용히 방을 나선 미애는 복도를 걸어 아버지의 서재 문을 두드렸다. 들어오너라, 하는 말에 문을 여니, 장부를 확인하는 아버지가 보였다.

"아직 안 잤나?"

"아버지…. 저 오늘 도공봉제에 갔었는데."

"거긴 와?"

"그냥, 지나다가. 근데… 신문 보니까 급식소 운영하는 공장들도 많다던데. 직원들 밥도 잘 챙겨 주고. 아버진 그런 거 안 해?"

"급식소는 무슨. 그런 거 다 챙겨 주면, 너랑 네 동생 학비는 어디서 구하고? 니는 경제학과라는 놈이 그런 계산도 안 되나? 세상모르는 소리 하지 말고, 가서 자라."

더는 대화하기 싫다는 듯 미애의 아버지는 장부를 탁! 덮었다. 미애는 입술만 잘근, 깨물 뿐 아무런 말도 하지 못하고 서재에서 나왔다. 터벅, 터벅, 무거운 발걸음으로 복도를 걷던 미애가 우뚝 멈췄다.

"거짓말. 얼마 전에도 신형 자동차 뽑았으면서."

미애는 눈을 가늘게 뜨며 아버지의 서재를 흘겨보았다.

"도공봉제 직원들 밥 먹을 돈으로 내가 공부하는 거라고? 그럼 그렇게 공부한 거, 도공 사람들이랑 나눠야겠네. 흥!"

뚱땅뚱땅, 방으로 들어가는 미애의 모습을 마지막으로, 미애의 기억은 끝이 났다.

금수저 철부지 20대 여학생의 사랑에 덴 기억이 펼쳐질 거라 생각했는데, 위장 취업이라니. 다시 봐도 받아들이기 어려웠다. 후, 한숨을 내쉰 수한은 하나하나 단서들을 다시 쌓아 보기로 했다. 미싱 링크에 따르면, 분명 핵심은 사랑이었다. 그렇다면, 위장 취업을 하다가 사랑에 빠진 건가? 그럼 상대도 공장 직원일 가능성이 크다. 근데 도공봉제가 없어진 지는 30년이 넘었고, 얼굴만 아는 그 사람을 찾을 방법은 아무리 생각해도 떠오르지 않았다. 진짜 원정이 냄새로 찾는 방법뿐인 건가?

"꼭 그 남자가 아니더라도 같이 일했던 사람만 찾으면 뭐라도 알 수 있을 거 같은데."

수한이 머리를 헝클이며 혼잣말했다. 그때, 멀리서부터 덜덜덜 바퀴 끄는 소리가 들려왔다. 고개를 들어 보니 나이 지긋한 할머니 한 분이 보행기를 끌고 느릿느릿 걸어오고 있었다.

내가 왜 그 생각을 못 했지? 수사의 기본은 탐문인데! 벌떡 자리에서 일어난 수한은 성큼성큼 할머니에게 걸어갔다.

"안녕하세요, 할머니. 혹시, 이 동네 사시나요?"

수한은 최대한 예의 바르게 인사하며 물었지만, 낯선 얼굴에 양복을 차려입은 남자의 질문에 할머니는 한껏 경계 어린 눈으로 바라보았다.

"그러는 니는 어디 사는 누군데?"

"아, 저는 방송국 피디입니다. 서울에서 왔어요."

"피디? 무슨 프로?"

할머니의 질문에 혀에 기름 바른 듯 술술 답하던 수한의 말문이 막혔다. 머릿속에 떠오르는 프로라곤 시사 프로그램 뿐이었다. 그것보다 더 온화하고 따뜻한 프로그램이 필요한데……. 공장단지와 사랑. 그리고 아픔. 이 세 가지를 담을 만한 프로그램이 뭐가 있을까? 수한은 뿌연 머릿속을 쥐어 짜냈다.

"사, 사랑을 싣고, TV는 사랑을 싣고라고 아시죠?"

"그건 진즉에 끝난 거 아닌교?"

"예, 그렇긴 한데, 제가 그걸 다시 해 보려고 기획 중입니다. 워낙 전 국민의 사랑을 받았던 프로그램이었잖아요. 하하하."

"맞나?"

다행히 할머니는 수한의 말이 그럴듯했는지 이전보다 경계를 풀며 수한을 보았다.

"그래서, 알고 싶은 게 뭐꼬?"

"옛날에 이 동네에 도공봉제라고 공장이 있었다고 들었는데, 혹시 도공봉제 다니셨던 분을 혹시 아실까요?"

"도공 다녔던 사람을 찾는다고? 그럼 동네를 잘못 찾아 왔네."

"예? 도공봉제가 여기 재송동에 있었던 거 아닌가요?"

"그랬는데, 재개발한다고 해서 다 반여동으로 이사 갔다. 반여동 노인정 가면 거기서 일하던 사람들 수두룩 **빽빽**이제."

할머니의 말에 수한의 눈빛이 번뜩였다. 재개발 때문에

사람들이 다 옮겨 갔구나. 원정이 냄새를 잘 맡지 못한 것도 그 때문일 것이리라.

"죄송한데, 시간 괜찮으시면 그분들 좀 소개해 주실 수 있으세요?"

수한이 눈을 활처럼 만들어 웃어 보이며 물었다. 원정의 미소처럼 순수하거나 맑은 느낌은 아니었지만, 그리 나쁘진 않았다.

수한이 원정의 부재를 깨달은 건 노인정에 거의 도착했을 때였다. 이거 대체 어디서 뭘 하는 거야? 기억을 찾고 있긴 한 거야? 수한은 자신이 더 열심히 하고 있다는 생각에 억울한 기분마저 들었다. 만나기만 해 봐라, 이를 갈며 노인정 문으로 들어서는데,

"어? 왔어?"

마치 제집인 것마냥 편하게 앉은 원정이 채로 수한에게 손을 흔들었다. 벌써 거하게 한 상 얻어먹었는지, 밥상 위엔 빈 그릇들만 보였다.

"…어떻게 오셨습니까?"

"네가 그랬잖아. 혼자라고 생각하고 움직이라고. 그렇게 생각하니까, 배가 고프더라? 마침 밥 냄새가 나길래 와서 한 상 얻어먹었지."

원정이 볼록 나온 배를 툭툭, 치며 자랑하듯 말했다.

"운도 좋네, 누군 쌔빠지게 머리 굴려서 왔건만."

"어? 뭐가."

"아닙니다."

수한은 살짝 힘이 빠지는 것을 느끼며 원정의 옆에 앉았다. 원정은 배 안 고프냐 물었지만, 수한은 괜찮다며 거절했다.

"여기도 피디 선생이라 카든데, 그럼 그쪽도 피딘교? 아님 뭐라 카드라, 작가?"

"저요?… 아, 네! 저도 피디예요, 방송국 피디!"

수한과 함께 온 할머니의 물음에 원정이 신이 나서 대답했다.

"아이고, 맞나? 뭐 쫌 믹이야지. 야, 빵이랑 우유도 좀 내와 봐라."

할머니들이 맛있는 걸 잔뜩 내어주자 원정은 실실 웃으며 넙죽넙죽 받아먹었다.

"역시 피디가 최고다, 그치?"

수한은 원정의 귓속말을 무시하며 원정에게서 살짝 등을 돌렸다.

"여기 네 사람 다 도공봉제에서 일했다, 맞쩨?"

수한을 데려온 할머니가 네 명의 할머니를 소개했다. 얼굴이 넓적하니 인상 좋은 영주댁, 빼빼 마른 울산댁, 백발에 빨간 뿔테 안경을 쓴 대구댁, 머리와 눈썹이 갓 염색한 듯 도드라지는 포항댁, 이렇게 넷이었다.

"도공봉제⋯⋯? 아! 도공봉제!!"

빵을 가득 물고 할머니들과 수한을 번갈아 보던 원정은 어떤 상황인지 뒤늦게 알아채곤 워치를 조작해 녹취를 시작했다.

"1987년도에 도공봉제에서 일했던 이미애 씨의 요청으로 이미애 씨의 첫사랑을 찾고 있는데요, 혹시 아실까요?"

"이미애? 그런 이름이 있었등가?"

할머니들은 고개를 갸웃하며 사진은 없냐고 물었다. 그러자 원정은 품에서 태블릿을 꺼내 미애의 어릴 적 얼굴을 할머니들에게 보여 주었다.

"⋯이거 송화 아이가?"

화면을 물끄러미 보던 대구댁이 코에 걸친 안경을 쓱, 올리며 말했다.

"송화 아니고 미앤데, 이미애."

원정이 이름을 정정하던 그때, 수한의 머릿속에 생각이 번뜩했다. 위장 취업을 했다면, 이름도 속였을 가능성이 컸다.

"송화가 맞을 겁니다. 위장 취업을 하셨거든요."

수한의 말을 들은 할머니들은 조금 놀란 듯도 하다가 왠지 그럴 것 같았다고 말했다. 서로 눈을 마주친 할머니들은 갑자기 호호호호, 웃음을 터뜨렸다. 수한은 궁금한 얼굴로 할머니들을 보았다.

"걔가 일을 못해도 진짜 못했쩨! 영 파이다, 파이야. 특히 나랑 여기 포항댁은 송화랑 같은 조였는데, 위에서 할당량 채우라 캐가 정신 나가도록 일만 햇쩨."

"우리처럼 가난한 집이면 우야든동 일을 빨리 배워서 돈 벌어야지, 하면서 눈치도 보고 빠릿빠릿하게 하는데, 송화는… 우째 달랐어, 우리랑."

"뭐, 그래도 애는 착했제. 모난 데도 없고."

"맞아요. 엄청 착하고 소녀 같으시더라고요."

원정이 맞장구를 치며 웃었다.

"이미애 씨, 아니 송화 씨의 첫사랑도 혹시 아시나요?"

할머니들의 웃음이 잦아지자 수한이 물었다.

"그거야 뻔하지, 민승현이 때무이지 뭐. 공장 내부에 모르는 사람이 없었을걸. 작업반장도 혹시 위장 취업한 학삐리 아닌가 했다가도 긴가민가했을 끼야. 민승현이 앞에선 고마 사랑에 푹 빠진 아가씨였으니까."

"성함이, 민승현이라고요?"

"응, 송화가 사고 날 뻔한 걸 승현이가 구해 준 적이 있거든. 그날부터 승현이가 미애를 많이 도와줏다. 가가 가운데서 다리 놔줘서 우리캉 친해진 기고."

그 말과 동시에 승현과 원정의 위치에서 빛줄기가 뿜어져 나왔다. 미애의 기억이 일부 돌아왔다는 신호였다. 원정은 작게 "오오." 하며 수한의 옆구리를 툭, 쳤다.

"덕분에 우리 돈으로 못 먹는 거 마이도 무쩨. 송화가 하루는 실수해서 미안하다고 어묵 사 주고, 다른 하루는 작업량 못 맞춰서 미안하다고 꽈배기 사 주고,"

"또 하루는 승현이한테 맞난 거 믹이고 싶으니까 괜히 우리한테도 사 주고. 낄낄. 다들 포동포동 살이 올랐제, 그때."

빼빼 마른 울산댁 할머니가 웃으며 말했다.

"민승현 씨는 어떤 분이셨어요? 민승현 씨도 송화 씨를 좋아했었나요?"

원정이 할머니들에게 물었다.

"일도 곧잘 하고, 착했제. 천성이 다정다감하다고 해야 하나. 뭐, 나쁘게 말하면 유약해 비기도 했고."

포항댁의 말에 수한이 "유약하다…"며 말을 곱씹었다.

"좋아한 건, 송화 못지않게 가도 좋아했을 거야. 매일같이 집 바래다주고 또 같이 출근했는데."

"맞아. 만날 어묵집 앞에서 만나가 같이 오곤 했제. 지금 생각하면 참 풋풋했니더."

"왜, 니도 그때 지금 서방 만나가 사귀짜나."

할머니들이 추억 얘기에 빠지자 원정이 수한에게 속삭

였다.

"뭐 짐작 가는 거 있어? 이것만 봐서는 어쩌다 그렇게 끝이 난 건지 상상이 안 되는데."

"민승현이 유약했다는 말이 조금 걸리긴 한데, 더 물어봐야 확실해질 것 같습니다."

"내가 한번 물어볼까? 미애 씨가 어떻게 일을 그만뒀는지?"

"…그건 안 됩니다. 아까 방송국 피디라고 하면서 이미애 씨가 사연 신청자인 것처럼 말했거든요. 그런 건 이미애 씨한테 물어볼 수 있는 거 아니냐며 괜한 오해를 살 수 있어요."

"그럼 뭐라고 물어본다…?"

그때, 영주댁이 수한의 무릎을 톡, 두드렸다.

"근데, 송화가 그때 왜 일을 그만뒀다고 했제?"

"예? …어, 그게…, 저희도 그건 잘…."

당황한 수한이 말을 얼버무렸다. 할머니는 그러냐며, 다른 할머니들과 무언가를 쑥덕거렸다. 그 모습을 본 수한은 무언가 있구나, 직감이 왔다. 그렇다면 상황은 오히려 쉬웠다. 할머니들도 원하는 게 있다면, 협상이 가능하다.

"그게 왜 궁금하신 건지 여쭤봐도 될까요?"

"아…."

수한의 질문에 이번엔 영주댁이 말끝을 흐렸다.

"…이걸 말해도 되나?"

"이유를 말씀해 주시면, 저희가 대신 여쭤봐 드릴게요."

수한이 여유롭게 웃으며 말했다. 할머니들은 서로를 보며 고민하다가, 조심스럽게 입을 열었다.

"그게, 송화랑 민승현이랑 둘 다 어느 날 갑자기 사라졌거든. 그래서 우리끼리 말이 많았어. 누구는 둘이 야반도주했다 카고, 누구는 둘이 배신하고 도망친 거라 카고. 누구는 승현이가 미애를 배신해서 미애가 잡혀간 거라 카기도 하고."

"배신이요?"

"어, 아까 피디 양반 말처럼 송화가 노동 운동을 쫌 했제."

수한의 질문에 대구댁이 말했다.

"직원들 설득해서 노조를 만든 거야. 그땐 뭘 크게 요구할라 칸 것도 아이었어. 몸수색하지 말아 달라, 머리 기르게해 달라, 뭐 그런 거였지."

"다 같이 준비해서 불시에 파업했는데, 요상한 게 딱 그날 이후로 송화랑 민승현이 둘 다 없어져 뿟더라고?"

"그때 파업이 완전 망했거든. 파업 선언도 못하고 경찰들이 들이닥쳐서 불법 집회로 다 붙잡혀 가고 그래가 그런 소문이 파다했제. 둘 중 하나든, 둘 다든 경찰한테 파업한다 꼰지르고 도망간 기라고."

대구댁의 말에 워치에서 한 줄기 빛이 솟구쳤다. 됐다.

수한은 원정을 보며 씩, 미소를 지었다. 수한을 향해 고개를 끄덕인 원정이 다시 할머니들을 보았다.

"그럼 지금 민승현 씨가 어디 있는지는 아시는 게 없으시 겠네요?"

할머니들은 고개를 가로저으며 없다고 대답했다.

"아. 그 작자는 알라나."

자리에서 일어난 대구댁이 서랍에서 무언가를 꺼내 원정에게 건넸다. 홍보 명함이었다.

'준비된 시의원 박구용 / 무엇이든 시에 원하시는 게 있으면 함께 목소리를 내드립니다'

"시의원 세 번 낙선한 놈인데, 이놈이 그때 민승현이 지냈던 하숙집 주인 아들이었제. 둘이 꽤 친했으이 혹시 몰라, 아직도 연락하고 안 지낼라."

원정은 감사하다며, 인연이 되면 나아아아중에 다시 만나자는 이상한 인사를 남기고 수한과 함께 노인정을 나왔다. 둘은 뭐라 말할 것도 없이 워치를 눌러 되찾은 미애의 기억으로 들어갔다.

* * *

노인정 외관이 연기가 되어 흩어지며 콩나물시루처럼 기계와 사람이 빽빽한 의류 공장 내부의 모습으로 바뀌었다. 모두 같은 옷을 입고 짧은 머리를 한 여공들은 햇볕을 쐬지 못해 하얀 얼굴과 작고 마른 몸집마저 비슷했다. 수한과 원정은 그들 사이에서 미애를 쉽게 찾지 못했다. 공장에 들어오기 전의 미애는 여공들과 다른 인종인 것처럼 구분됐지만, 머리를 짧게 깎고 앉아 있으니 다른 여공들과 구분하기 어려웠다.

작업이 서툴렀다고 했었지. 수한은 기계처럼 움직이는 여공 중에 유독 작업이 더딘 사람을 찾아 눈을 이리저리 움직였다. 미애는 커다란 기계 앞에 앉아 꾸벅꾸벅 졸고 있었다.

"짝!"

미애의 뒤를 지나던 작업반장이 등짝을 세게 때렸다.

"이것이 누구 엿 멕일라 그라나! 그라다 다치면, 회사 탓할라 그라제! 니 오늘도 할당량 못 채우기만 해 봐라. 해고 명단에 올릴 테이까!"

작업반장의 말에 미애는 기어들어 가는 목소리로 "죄송합니다." 말했다. 작은 일에도 깔깔 웃음을 터뜨리던 이전의 미애가 아니었다. 미애는 정신을 차리려 눈을 비비고, 뺨을 살짝 때렸다. 하지만, 졸음은 쉽사리 가시지 않았고, 눈꺼풀은 금세 무거워졌다.

"어, 어!"

순간, 미애의 손이 단추를 찍어 내는 기계에 빨려 들어

갈 듯하자 놀란 수한이 외쳤다. 그 순간, 어디에서 나타난 건지 한 남자가 달려와 다급히 기계에서 미애의 손을 빼냈다.

"아악!"

깜짝 놀란 미애가 외쳤다. 다행히 크게 다치진 않았지만, 살짝 집혔는지 미애의 손가락에는 피가 나고 있었다.

"뭐꼬! 뭔 일인교!"

미애의 외침을 들은 작업반장이 씩씩대며 달려왔다.

"내 이럴 줄 알았어, 니 당장," 하는데,

"이송화 씨! 정신 똑바로 안 챙깁니까! 반장님, 제가 정신교육 좀 시키고 오겠심니더. 당장 따라 나오소!"라며 미애를 구해 준 남자가 작업반장보다 더 크게 화를 내었다. 작업반장은 어버버하다가 똑바로 시키고 오라며 남자와 미애를 보내주었다. 수한은 남자의 얼굴을 알아보았다. 그가 바로 미애가 사랑한 남자, 민승현이었다.

공장 밖 외진 곳으로 미애를 데려간 승현은 눈물을 뚝뚝 흘리며 울고 있는 미애를 보더니 한숨을 푹 내쉬었다.

"죄, 죄송합니더. 너무 잠이 와가…,"

"그게 글타, 계속 기계랑 천 쪼가리만 보고 있는데 안 졸릴 턱이 있나. 마이 놀랐제?"

예상치 못한 승현의 위로에 미애는 눈을 동그랗게 뜨고 승현을 보았다.

첫 번째 승객
——
이미애

83

"울지 마라, 울면 더 잠 온다 안 카나."

"아… 네."

미애는 갑자기 부끄러워진 듯 승현의 눈을 피하며 소매로 눈물을 닦았다.

"다친 데는 개안나? 어데 함 보자."

승현은 미애의 다친 손가락을 보더니 속상한 듯 얼굴을 찡그렸다.

"아이고야, 피 나노. 아프겠다."

승현은 주머니에서 천 조각을 꺼내 미애의 손가락에 둘러 지혈을 해 주었다. 미애는 그런 승현을 슬쩍, 쳐다보곤 다시 시선을 떨구었다.

"열아홉이라고 들은 거 같은데, 맞나?"

미애는 작게 고개를 끄덕였다. 위장 취업을 하려고 나이도 어리게 속였던 것이다.

"난 스물이다. 니도 말 놓고 편하게 오빠라 캐라."

"……."

"어? 알았나?"

"응…."

"그래. 보니까 니 같은 조 사람들이랑 아직 안 어불리던 거 같던데, 맞나?"

"내가 너무 일을 못 해가, 내 때매 자꾸 잔업도 많아져서 미안해가 말을 잘 못 걸었다…."

"그럴수록 더 어불려야 된다. 모르는 거 많이 가르쳐 달라 카고 도와 달라 캐야 아니겠나. 내가 그 조 누나들이랑 친하거든? 이따가 퇴근할 때 슬쩍 말 터놔 줄 테이까 니도 슥 와가 껴서 얘기하고 그라자. 알겠제?"

"어, 알았다."

"그럼 들가자. 반장한테는 음청 혼나가 풀 죽은 것처럼 하고, 무슨 말인지 알제?"

"어."

미애가 승현을 보며 고개를 끄덕였다. 미애의 얼굴에서 사라졌던 생기가 다시 반짝였다.

노인정에서 찾은 첫 번째 기억은 거기까지였다.

"다음 기억으로 좀 가닥이 잡히겠다. 그치?"

"네, 이미애 씨가 일을 그만둔 이유가 담겨 있겠죠."

원정은 수한과 기대 가득한 시선을 교환한 뒤 워치 버튼을 눌렀다.

"흐음-."

다음 기억의 시작은, 빵집이었다. 원정은 고소한 빵 냄새를 음미하며 빵집 안을 둘러보았다. 빵집을 가득 메운 사람들 사이엔, 휴일인지 사복을 입은 미애와 승현, 그리고 다른 여공들이 앉아 빵을 먹고 있었다.

"이따 가기 전에 다들 빵 하나씩 더 사 가. 내가 쏠게."

"야, 니 솔직하게 말해라. 니 부잣집 딸이제?"

눈썹을 짙게 그린 여공이 미애에게 물었다.

"…에, 에이, 내가 뭔. 아이다."

"근데 어디서 그렇게 돈이 나오노?"

"식모살이하면서 쫌 모아 뒀다."

"참나. 그래 고운 손으로 그캤다 카면 지나가는 개도 안 믿겠다."

"그만해. 다 얻어무면서 뭔 의심을 그래하노."

영주댁으로 보이는 얼굴이 둥그런 여공이, 포항댁으로 보이는 눈썹 짙게 그린 여공의 옆구리를 쿡, 찌르며 말했다.

"하, 그나저나 오늘 하루 쉬고 내일 또 일이고. 하루만 더 쉬면 얼마나 좋겠노?"

"됐다마. 일한 만큼 돈만 잘 주면 되제. 맨날 허구한 날 잔업 시키면서 돈은 안 챙겨 주고."

"난 그것도 됐고, 퇴근할 때 몸수색만 안 하면 쫌 살겠더라. 은근히 이곳저곳 만지는데 우웩, 구역질 난다니까."

"…들어 보니까 조합을 만들면 쫌 나아진다 카던데. 어떻노? 우리도 조합 함 만들어 보까?"

미애의 말에 불만을 털어놓던 여공들이 조용해졌다.

"…그런 걸 우리가 할 수 있으까?"

86

"엄청 위험하다던데. 근처 공장에서도 조합 만들라다가 걸려서 다 해고됐다 카든데."

"전체 직원이 다 가입하도록 하면 된다. 누구 하나 발 빼거나 쁘락지 짓 할 수 없구로."

"엥? 작업반장도?"

"그 자식은 빼고. 조합만 생기면, 지금 언니들이 말한 거 다 공식적으로 사장한테 요구할 수 있데이. 솔직히 사장 돈 벌어다 주는 건 우린데, 사장만 맨날 우리한테 이래라저래라 하고, 열 받는다 아인교?"

미애의 말에 여공들은 잘 모르겠다며 망설였다.

"오빠는 어때? 안 괜찮나?"

미애는 동조해 달라는 눈빛으로 승현을 보며 물었다.

"난 싫다. 요구사항도 딱히 없고."

예상과 다른 승현의 답변에 놀란 미애는 다시 말을 꺼내려 했지만, 승현의 헛바람 넣지 말라는 말에 더는 말하지 못했다.

장소는 어두운 골목길로 변했다. 멀리 걸어오는 미애와 승현의 옷차림을 보니 같은 날인 것 같았다. 미애는 토라진 듯 빠른 걸음으로 앞서 걸었고, 승현은 그런 미애의 뒤를 따라오고 있었다. 미애의 하숙집에 어느 정도 도착했을 무렵, 미애는 획, 돌아 승현을 보았다.

"조합이 뭐가 그래 싫은데? 조합 만들면 잔업도 줄고, 밤에 집 안 가도 되고, 둘이 같이 맛있는 저녁도 먹고 할 수 있잖아."

미애가 투정 섞인 말투로 말했다. 승현은 달빛이 내려앉은 미애의 얼굴을 가만히 바라보다가 무겁게 입을 열었다.

"잔업 안 하면 수당도 줄어든다 아이가. 난 돈 벌어야 된다. 아버지도 많이 아프시고, 딸린 동생들도 많다."

"그럼 다 같이 입 모아서 임금을 높여 달라 카면 되잖아."

"말이야 쉽지. 아까 누나도 말했잖아. 다른 공장에서도 조합 만들다가 해고됐다고. 니도 위험하게 그런 말이라도 뺑긋하지 마라. 괜히 학삐리로 의심받는다 아이가."

"내 맞다, 학삐리."

"…뭐?"

"서울에서 대학 다니다가 내려왔다. 본명은 이미애고. 나이도 니보다 누나다."

"아이씨, 니 거짓말하지 마라."

"거짓말 아이다. 사실 도공봉제 사장, 우리 아빠다."

미애의 폭탄선언에 승현은 아무런 말도 하지 못하고 눈만 껌뻑였다.

"…뭐라고?"

"아부지가 급식소 안 만들어 준다길래 홧김에 들어온 거라고, 여기."

뭐라 이어서 말하려던 승현의 입이 미애의 말을 듣고는 꾹 닫혔다. 놀란 기색이 가라앉은 승현의 얼굴에 차가움이 서렸다.

"그럼 만약에 노조 걸려도 니는 괜찮겠네?"

"…어?"

"니 다 장난이제?"

이번엔 미애가 말문 막힌 얼굴로 승현을 보았다.

"그렇게 좋은 집안에서 태어났으면, 그냥 배부르고 등 따시게 살제. 누군 하루하루 먹고살기 바쁜데 장난으로 남의 밥줄 위험하게 하지 말고."

승현의 말에 미애는 상처받은 듯 시선을 떨구었다. 한동안 정적만이 흐르던 골목에 미애의 목소리가 나직하게 들려왔다.

"네 말이 맞다. 내 때문에 위험해질 수 있는 거, 잘 안다."

"……"

"근데, 장난은 아이다. 니랑 같은 거 먹고, 같이 경험하고, 똑같은 생각을 하고 싶다, 나는. 그런 날이 올 때까지 계속하고 싶고."

"……정말 그런 걸로 우리가 비슷해질 수 있다고 생각하나?"

"내야 모르지. 그냥 해 볼 뿐이다, 니를 원하니까."

승현과 눈을 마주친 미애가 너무 노골적인 자신의 말에 부끄러운 듯 웃었다. 승현의 볼도 살짝 붉어졌다.

"간다!"

명랑하게 인사하곤 숙소로 들어가는 미애의 모습을 마지막으로 미애의 기억은 다음으로 넘어갔다.

다음 날부터 미애는 작업반장의 눈치를 보며 다른 직원들에게 조합에 가입할 것을 설득했다. 승현은 작업반장이 오는 걸 헛기침으로 신호를 주기도 하고, 친한 재단사들에게 미애를 소개해 주는 등 음지에서 미애를 도왔다. 승현의 도움 덕분에 한 장, 두 장 쌓이던 노조 가입서는 어느새 두툼한 서류 뭉치가 되었다.

"짜잔! 드디어 다 받았다!"

귀갓길, 미애는 승현에게 가방에 든 서류 뭉치를 자랑스럽게 보여 주었다.

"사람들 입 타기 전에 다 받아 뿌는 게 전략이었는데, 성공했다. 작업반장은 꿈에도 모를걸? 이제 내일 아침 업무 시작 전에 노조 결성된 거 발표하고 요청 사항만 말하면 된다."

미애가 상기된 얼굴로 말하자 승현도 기분이 좋은 듯 웃었다. 그런데 그때, 앞에서 다가오던 남자 두 명이 미애와 승현을 불렀다.

"어이."

"에? 누구세요?"

가로등 불빛을 등지고 있는 남자들의 얼굴은 잘 보이지 않았다. 불길함을 감지한 승현은 미애를 뒤로 당겼다.

"도공봉제 직원 맞죠?"

"누구시냐구요."

남자 중 하나가 승현의 작업복에 적힌 도공봉제 자수를 보고 "맞습니다"라고 말했다. 승현은 달아나기 위해 미애의 손을 잡고 뒤를 돌았지만, 아래에선 다른 남자들이 더 올라오고 있었다.

"뭐하냐, 퇴근 안 할라고?"

가장 덩치 큰 남자의 말에 나머지는 기합을 넣으며 미애와 승현에게 달려들었다. 승현은 처음에 남자들을 향해 발길질을 해 보았지만 역부족이었다. "꺄악!" 미애의 비명에 승현은 미애를 감싸안았다. 퍽, 퍽, 살을 때리는 소리와, "안돼!", "제발 그만 해요!" 하는 미애의 간절한 외침이 메아리치듯 울렸다.

다음 날. 다른 직원들도 다친 것을 본 미애의 몸이 파르르 떨렸다.

"분명 작업반장이 꾸민 일이라니까? 이것들 확 경찰에 신고해야 하는 거 아이가?"

눈썹을 진하게 그린 여공이 강하게 말했다. 일부 직원들은 더 큰 일이 생길까 염려하며 망설였다.

"송화야, 우야노?"

미애는 아무런 답도 하지 않고 허공만 보았다. 애써 힘을 쥐어 떨리는 손을 꽉 쥐어 봤지만, 금세 힘이 풀려 버렸다.

"뭘 우짜긴 우짜노! 지금부터 싸움 시작인 거다!"

눈썹을 짙게 그린 여공이 강하게 외쳤다. 그러자 다른 직원들도 동조하며 사장실로 직행하자, 본때를 보여 주자, 외쳤다.

"저, 잠시만요."

힘들어하는 미애를 보던 승현이 사람들 앞에 나섰다.

"이럴수록 침착하게 대처해야 됩니다. 분명 저짝은 오늘 우리가 분노해서 문제를 일으킬 거라고 예상하고 있을 낀데. 우리도 제대로 전략을 짜가 움직여야 합니다. 제가 작업반장을 만나 볼 테니, 우선 아무렇지 않은 척, 아니, 그냥 쫄아서 더는 아무것도 안 할 것처럼 행동하입시더. 그리고 더 제대로 본격적인 한방을 준비해가 날립시더."

승현의 말에 흥분됐던 분위기가 조금 가라앉았다. 승현은 미애의 어깨를 톡톡, 두드려 주곤 반장실로 향했다. 계단을 오르는 승현과 그런 승현을 바라보는 미애의 모습에서 기억은 넘어갔다.

다음 기억에서 미애는 재단실에 있는 승현을 보고 있었

다. 그런데, 승현은 미애에게 눈길조차 주지 않고 일만 할뿐이었다.

"야, 송화야, 가자."

같은 조 언니들이 승현을 보더니 고개를 절레절레 저으며 미애를 끌어당겼다.

"아까 보니까 작업반장한테 홀랑 넘어간 것 같더라. 저 자슥 처음에 니가 노조 만들자고 했을 때도 영 반응이 별로였다 아이가. 그냥 저놈은 저놈대로 살라고 하고, 우리는 우리대로 하자고, 어?"

언니들은 미애를 달래며 말했다. 미애는 뒤를 돌아 승현을 보았다. 승현은 부기가 빠지지 않은 얼굴과 터진 입술을 하고 눈앞에 있는 일감만 보고 있었다. 결국 미애는 승현에게서 시선을 거두고 공장을 나갔고, 미애의 기억은 거기서 끝이 났다.

"뭐야! 여기서 끝나면 어떡해!"

원정이 아쉬워하며 말했다. 정작 결정적인 이유는 담겨 있지 않은, 감질나는 기억에 수한도 짜증이 나는지 눈을 질끈 감았다.

"아까 삼도천에서 무슨 냄새 맡은 건 없습니까? 달아나는 이미애 씨에게서 민승현 씨 냄새가 났다거나, 아님 다른 거라도요."

"그게, 아무런 냄새도 안 났었어. 악귀가 먹었나 봐."

원정의 말에 수한은 손끝으로 미간을 매만지며 골목을 서성였다.

"지금 이 기억만 보면, 가장 가능성이 큰 건 민승현의 배신입니다. 민승현이 작업반장한테 이미애 씨의 위장 취업 정보를 흘렸고, 작업반장이 미애 씨에게 폭력을 행사한 거예요. 그래서 미애 씨가 그렇게 만신창이가 되어서 달아났던 거고요. 그런데,"

"근데?"

"그게 정답이라고 확신하기엔 한 가지가 걸려요."

"그치? 민승현 씨가 배신할 사람 같지 않지?"

"아뇨, 충분히 가능성 있습니다. 특히 저 시대라면, 사소한 걸로도 사람 목숨을 위협할 수 있었으니까요. 다만, 제가 걸리는 건, 미싱 링크 직후의 기억입니다."

"직후의 기억이라면, 유학 간다던 그 기억을 말하는 거야?"

"네."

"그게 왜? 끔찍한 기억을 지우려 유학 간 것 같다며."

"이미애 씨의 유학이 도피성인 건 확실해요. 그런데 그게 피해자의 도피가 아닌, 가해자의 도피일 수 있다는 생각이 들어요."

"가해자의 도피?"

"네. 방금 본 기억에서 이미애 씨는 이미 두려움에 떨고 있었습니다. 민승현 씨는 그런 이미애 씨를 지켜 주려 했고요. 그런 상황에서 배신을 할 가능성이 큰 건 오히려 이미애 씨 쪽입니다. 사소한 걸로 목숨을 위협받을 수 있는 시대라는 건 이미애 씨에게도 마찬가지였을 테니까요."

진지한 얼굴로 말하는 수한을 보던 원정은 자기도 모르게 고개를 끄덕였다.

"이게 말을 잘하는 건지, 정말 일리가 있는 말인 건지…."

"당연히 일리가 있죠. 누구처럼 감정에 휘둘리는 게 아니라, 이성적으로 판단한 거니까."

수한은 원정을 비아냥거리며 말했다. 하지만,

"누구? 누가 감정에 휘둘려? 나도 아는 사람이야?"

원정은 수한이 말한 '누구'가 자신인지 전혀 모르는 것 같았다. 누구긴 누구야, 너지. 수한은 대놓고 말하고 싶은 걸 꾹 참고 말해도 모를 거라 말했다.

"여튼, 차수한 넌 말투 조금 건방진 거 빼면 데리고 다닐 만하겠어. 쯧쯧. 건방진 건 약도 없댔는데. 됐고, 박구용 씨한테 연락이나 해 봐."

원정은 품에서 핸드폰을 꺼내 명함과 함께 수한에게 건넸다. 수한은 어째 시키는 게 편해진 원정의 태도에 기분이 나빠졌다.

"근데, 망자의 기억을 찾아주면 전 제 기억을 인과율로 받잖아요? 그럼, 댁은 뭘 받는 겁니까?"

"나? 뭐, 이런저런 아이템들? 무기나 뭐, 일할 때 필요한 것들."

원정이 눈에 띄게 시선을 피하며 말을 얼버무렸다.

"혹시, 그 삼도천 내려갈 때 쓴 그 손잡이 같은 것도 기억 찾아서 받은 거예요?"

"…뭐, 왜! 억울하면 너도 기억 다 찾은 다음에 받으면 되잖아!"

"하, 참나. 그럼 기억 다 찾을 때까지 그렇게 맨몸으로 빠져야 한다 이 말입니까?"

화를 내며 씩씩대던 수한은 문득 워치 화면을 보며 하나하나 따져 보기 시작했다.

"장례식장에서 정보 얻은 건 반씩 했다고 치고. 부동산은, 제가 가자고 해서 간 거였잖아요. 방금 노인정에서 기억 찾은 것도 제 공이 컸던 거 같은데, 안 그렇습니까?"

"야, 너는 그걸 어떻게 그렇게 딱 나누냐?"

수한은 원정에게서 받은 핸드폰과 박구용의 명함을 도로 주었다.

"제 느낌인데, 아니, 확신에 가까운데, 여기서 제가 많이

일한다고 해서 제 기억 많이 찾아 줄 것 같진 않거든요? 보상
의 값어치는 비슷할 것 같은데. 다음 기억은 그쪽이 찾아보시
죠. 선배의 면모도 좀 보여 주실 겸."

"참나, 내가 기억 찾아 준 망자가 몇인데. 이까짓 거 뭐,
누워서 떡 먹기지."

명함을 휙, 낚아챈 원정은 거침없이 박구용의 전화번호
를 눌렀다.

"…여보세요? 예, 박구용 씨 맞으시죠? 저는 이원정이라
고… 방송국 피디입니다. 예."

픕, 수한은 속으로 비웃었다. 시의원 세 번 떨어진 사람
한테 방송국 PD라고 소개하다니. 민승현의 민 자도 제대로
꺼내기 힘들 거라, 수한은 예측했다.

＊ ＊ ＊

수한의 예측은 반전 없이 적중했다. 정책 팸플릿과 자료를
잔뜩 준비한 박구용은 자리에 앉기도 전에 팸플릿부터 내밀
었다.

"제가 십 년 전부터 밀고 있는 정책인데, 우리 해운대구
를 클린 시티, 에코 시티로 만들자는 말입니다."

"아, 저희는 정책 얘기를 들으러 온 게 아니라, 민,"

97

"압니다, 알아요. 그래도 일단 저희 사무실에 오셨으니까! 함 보시죠. 독일에 가면요, 에너지 자립 마을이 있습니다. 프라이부르크라고, 이 얼마나 미래지향적이고 친환경적입니꺼?"

"예, 예. 근데 저희도 시간이 얼마 없어서요. 혹시 민,"

"여 관심 없으면, 이거 한 번 봐 보소. 우리 해운대구에 꼭 필요한 정책입니데이. 바로 차세대 에너지, 소형 모듈 원자로입니더."

"아니, 민승현이라고,"

"아이참. 지금 그게 중요한 게 아니라니까. 이 소형 모듈 원자로, 영어로는 에스, 엠, 알. 일반 원자력 발전소는 위험하다 뭐다 말이 많잖아요? 이건 훨씬 안전하다, 이 말입니다."

"아까는 친환경 에너지 하자면서요?"

구용의 말을 듣던 수한이 재미있는 듯 실실 웃으며 물었다.

"그게 그 말 아입니까? 원전이 얼마나 친환경인데요? 여튼, 다음으로 이건 해운대구에 역사의 거리를 만들자는 긴데,"

"저기, 의원님. 이걸 저희한테 말해 봤자 저희가 도움 드릴 수 있는 게 없어요."

원정이 구용의 손에서 정책자료집을 빼앗으며 말했다.

"아니이!"

구용은 원정의 손에서 다시 자료집을 빼앗았다.

"누가 나한테 도움이 된대요? 이런 정보들 들어 놓으면 피디님들한테 도움이 돼요. 정치와 삶을 분리하지 마시고 둘은 하나라는 걸 명심하세요! 정치 이꼬르 라이프!"

흠흠, 목을 가다듬은 구용은 역사의 거리 조성 방안에 대한 설명을 이어갔다. 원정은 슬쩍, 수한 쪽을 보고는 한숨을 작게 쉬었다. 도움을 구하기는 싫은 것 같았다. 밖에 있는 직원을 부른 원정은 뜨거운 물 한 잔만 가져다 달라 부탁했다.

"아이고, 우리 예비 시의원님. 말씀 많이 하시느라 목 아프시겠네. 자, 이거 한 잔만 드셔 보세요."

원정은 품에서 꺼낸 꽃잎을 뜨거운 물에 띄워 구용에게 건넸다. 망자의 기억을 선명하게 해 주는 만수사화 꽃차였다.

"…이걸 지금 이렇게 준다고요?"

수한이 원정에게 속삭였다.

"기억 잘 나게 하는 거니까, 괜찮을 거야."

"아니, 괜찮은 게 문제가 아니라, 이렇게 수상하게 주면 누가 마시겠냐고요."

수한이 답답해하는 사이, 원정은 구용에게 차를 재차 권했다.

"일하다가 목 아플 때 저도 가끔 마시는데 이거 마시면 목청이 완전 트여요. 이래 봬도 얼마나 어렵게 구한 건데요."

"전 커피가 있어서. 이거 마시겠습니다."

아니나 다를까, 구용은 원정의 차에서 몸을 한껏 멀리하며 경계했다

"그러니까 이 역사의 거리를 조성하면 예상되는 방문객이,"

"커피 그거 쓰기만 하고 심장에도 안 좋은 거, 건강관리 하셔야죠."

"저 심장 튼튼합니다, 하하. 방문객이 무려,"

"이거 드시면 제가 다른 기자들도 소개해 드릴 수도 있는데."

"저도 아는 기자 많습니다. 저도 이래 봬도 이 바닥에서 십 년이 넘었으예. 그니까, 방문객이 얼마나 오냐면,"

끝나지 않을 것 같은 두 사람의 모습을 보자, 수환은 처음 환등열차에서 원정과 꽃차를 마시냐 마느냐로 실랑이하던 일이 떠올랐다. 차 한 잔도 자연스럽게 권하지 못하는 녀석이 어떻게 차사가 된 건지. 쯧쯧, 혀를 차던 그때, 바닥에 떨어진 복주머니 같은 게 보였다. 누가 봐도 저승의 디자인이었다.

꽃차를 꺼내면서 떨어뜨렸나. 주머니를 든 수한은 주머니를 열어 보았다. 그러자, 주머니 안에서 연기가 무럭무럭 피어오르더니 수한을 감쌌다. 구용과 입씨름하던 원정은, 킁킁 냄새를 맡더니 깜짝 놀라 수한의 손에 들린 주머니를 급히 빼앗았다.

"야! 너! 향낭! 어디서!"

"아니, 이게 떨어져 있길래…."

"이걸 맘대로 열면 어떡해!"

원정은 뒤늦게 향낭을 닫았지만, 연기는 계속 뿜어져 나왔다. 원정이 향낭을 가져가자, 연기는 수한에게서 원정에게로 옮겨갔다.

"아이씨, 이걸, 어떻게… 야. 잡아."

"예?"

"잡으라고, 박구용!"

원정의 외침에 자리에서 일어난 수한은 박구용의 뒤로 가 양팔을 잡았다.

"뭡니까? 와 이라노? 저기 정 비서!"

원정은 박구용의 입에 향낭을 물리고 급히 사무실 문을 잠갔다. 연기는 구용을 짙게 감싸더니 한순간에 빨려 들어가듯 구용의 몸에 흡수됐다. 읍읍, 소리를 지르던 구용은 스르르 눈을 감더니, 이내 조용해졌다.

"괘, 괜찮은 겁니까? 저게 대체 뭡니까?"

수한은 계속 구용의 팔을 결박한 채로 원정에게 물었다.

"망자와 공유한 기억을 강제로 불러오는 향낭이야. 하이씨, 망했네, 망자 한 명당 한 개밖에 안 나오는 아이템인데…. 아무 반응 없는 걸 보면 미애 씨랑 공유한 기억이 없나 봐."

101

그때였다. 구용이 발작하듯 몸을 부르르 떨더니, 형형색색의 연기가 사무실 안을 가득 채울 기세로 뿜어져 나왔다. 놀란 수한은 구용을 붙들고 있던 팔을 풀고 연기를 피해 뒷걸음쳤다. 하지만, 두려워하는 수한과는 달리 원정은 활짝 웃고 있었다.

사무실 벽을 감싼 연기는 점점 색이 일정해지더니, 오래된 주택의 복도를 그려 냈다.

"박구용 씨의 기억인 겁니까?"

수한의 말에 원정은 끄덕이며 쉿, 검지를 입에 가져갔다.

띵동-, 초인종 소리가 들리자, 방에서 까까머리를 한 고등학생이 걸어 나왔다. 명찰에는 박구용이라는 이름이 적혀 있었다.

"누구세요?"

현관문 앞에는 미애가 서 있었다.

"승현이 있어예?"

"네. 형 여자 친군교? 형 왜 쓰러진 겁니꺼?"

"요즘 무리하더니, 갑자기 쓰러졌어예. 좀 보고 가도 될까예?"

"…예, 들어오이소."

구용은 미애를 승현의 방으로 안내했다. 미애가 들어가고, 방문이 닫히자, 걸음을 옮기던 구용의 얼굴에 장난기 어린 미소가 번졌다. 살금살금, 방문 앞으로 걸어간 구용은 문에 귀를 대고 안의 대화를 엿들었다.

"걱정했제. 미안…. 근데, 니랑 가까워질 수 있는 방법이…. 열심히 일하는 거, 그거뿐이더라, 내한텐."

"알아…. 나도 이해해. 그래서 나도 노조 활동 더 열심히 하는 거다. 니를 지켜야 하니까."

"……."

"내일 전 직원 다 같이 파업하기로 했다. 작업반장 빼고는 한 명도 빠짐없이 하기로 했으니까, 회사에서도 이번엔 못 막는다. 우리 이래라도 계속 다가가자. 그리고 우리가 진짜 같아졌을 때, 이걸 다시 내한테 도."

말을 엿듣던 구용이 미애의 인기척을 듣고는 몸을 숨겼다. 집을 나서는 미애의 뒷모습을 보던 구용은 돌아서 걸어갔다. 그것이 마지막이었다.

돌아온 사무실에는 아직 의식이 돌아오지 않은 구용이 두 사람을 기다리고 있었다.

"야, 일어나서 헛소리하기 전에 얼른 튀자."

원정의 말에 수한은 고개를 끄덕이며 사무실 밖으로 나왔다. 잠시 후, 눈을 뜬 구용은 덩그러니 놓인 꽃차를 보고 고개를 갸웃했다.

"어이, 정 비서! 이것들 언제 나갔어?"

"한 오 분 됐습니다."

"뭐야, 이것들. 야! 들어와서 이것 좀 치워! 뭔 정체도 모르는 걸 멕이려 하고 말이야. 이것들 진짜 피디 맞아?"

구용은 한동안 계속 투덜거렸다.

한편, 사무실 밖으로 나온 수한과 원정은 미애의 기억이 돌아왔다는 워치 신호에 미애의 기억을 확인했다. 전반적인 내용은 구용의 기억에서 들은 것과 같았다. 다만, 구용의 기억에서 보이지 않던 것이 하나 보였다. 바로, 두 사람이 진짜 같아졌을 때 돌려달라고 한 물건의 정체였다.

"저 손수건이 우리가 찾아야 할 마지막 기억의 단초일 가능성이 커. 저걸 찾으려면, 아무래도 민승현 씨를 만나야 할 거 같은데."

말을 마친 원정은 킁, 냄새를 맡더니 고개를 갸웃하며 손으로 코끝을 비볐다.

"이제 와서 찾을 수 있겠습니까? 시간도 얼마 안 남았고, 노인정 할머니들 말 들어 보면, 이 동네에 있지도 않은 것 같은데."

"그래도 해 봐야지. 미애 씨를 연옥에 보낼 순 없잖아."

원정은 킁킁, 하더니 다시 코를 비볐다.

"남은 기억을 대충 추측해 보면 이미애 씨의 기억도 돌

104

아오지 않을까요? 예를 들면, 민승현이 정보를 경찰한테 흘려서 파업을 망쳤고, 이미애 씨가 경찰의 폭행으로부터 달아난 거라던가."

"우리가 찾은 단서들이 전부라면 이미애 씨의 기억이 이미 다 찾아졌을 거야. 아직 우리가 모르는 뭔가가 있는 게 분명해. 그리고 그걸 알아내려면 민, 승, 현, 씨, 를, 찾아야 하고."

원정은 민승현의 이름 한 글자 한 글자마다 코를 세게 비비며 말했다. 얼마나 비볐는지, 코가 새빨갛게 달아올라 있었다.

"피 나겠네. 왜 그렇게 코를 문질러요? 비염이에요?"

"비염이냐니, 그런 수치스런 말을."

"비염 환자가 얼마나 많은데, 그분들 다 수치스럽다는 말입니까?"

"그런 게 아니라아! 잠깐 그런 거야. 기억을 왔다 갔다 하다 보면 가끔 이상한 냄새가 나거든. 저놈의 어묵 냄새랑 같이 계속 나는데, 어제오늘 죽겠다, 아주."

"참나. 별 희한한 사람 다 보겠네. 냄새가 어떤데요?"

수한이 헛웃음을 지으며 말했다.

"민승현 씨 냄새랑 이미애 씨 냄새가 오묘하게 섞인 것이, 달달하기도 하고 쌉쓸하기도 하고. 방금 기억에서 본 손수건에서도 비슷한 냄새가 났던 거 같은데…. 설마, 이게 비염

이야? 나 이제 끝장나는 거야?"

원정이 절망스러운 얼굴로 수한을 보며 물었다.

"냄새가 나는 거면 비염은 아닌데. 비염은 냄새를 못 맡거든요."

"그래? 그럼 뭐지?"

원정은 킁킁대고, 코를 문지르는 행동을 반복했다. 그때였다. 수한의 코에도 고소한 어묵 냄새가 흘러들어 왔다. 어디서 나는 냄새지? 고개를 두리번거리던 수한의 시선에 재송동과 반여동 사이에 있는 대형 어묵 가게가 들어왔다. 가게를 보던 수한의 눈이 가늘어졌다. 외관은 전혀 달랐지만, 과거 미애가 동료들과 자주 가던 어묵집의 위치와 비슷해 보였다.

"저 어묵집, 이미애 씨가 직원들이랑 퇴근하면 자주 가던 거기 아니에요?"

"그런가?"

원정은 대충 보고는 다시 킁킁 냄새를 맡았다. 수한은 그런 원정을 뒤로 하고 어묵집을 향해 걸어갔다. 건널목 하나만을 남긴 수한은 "맞네, 여기" 하며 멈춰 섰다. 혹시나 그 당시 어묵을 팔던 사장님이 살아 계시지 않을까, 생각이 들던 그때, 수한의 시선이 어묵집 옆에 있는 작은 양장점으로 향했다. 고풍스러운 느낌이 물씬 풍겨 오는 양장점 창가에는 한 중년 남자가 서 있었다.

"민승현?"

수한은 멀리 떨어져 있는 원정을 다급하게 불렀다. 코를 비비며 휘적휘적 걸어온 원정은 양장점에 있는 남자가 민승현 같다는 수한의 말에도 시큰둥하게 대답했다.

"몇 킬로 떨어진 냄새도 맡을 수 있다면서요. 좀 잘 좀 맡아 봐요."

"어묵 냄새 때문에 잘 안 난다고 했잖아. 잠깐. 킁킁. 방금 내가 말한 냄새가 저기서 나는 거 같은데?"

원정이 양장점을 가리키며 말했다.

"그럼, 저 사람이 민승현이란 겁니까?"

"에이, 설마…. 그런가?"

"…하! 지금까지 저 냄새를 오류인 줄 알고 있었던 거예요? 어제부터 계속?"

"야! 세상에 얼마나 냄새가 많은데! 특히 이런 대형 음식점 있으면 엄청 어렵다고!"

"하, 됐습니다. 애초에 냄새 믿고 설칠 때부터 알아봤어야 했는데. 무슨 개도 아니고."

"개도 아니고? 너 지금 개 비하하냐?"

"칭찬입니다. 개는 냄새 맡으면 찾아가기라도 하지, 그걸 왜 꼬아 생각해서 생고생을 시킵니까?"

"뭐? 생고생? 야. 내가 그래, 이성적인 판단 이런 건 좀 부족할 수 있는데, 이 감은 저승에서 최고거든? 내가 헷갈린 건 다 이유가 있어서 헷갈린 거고, 생고생도 다 이유가 있어서 한 거라는 말이야! 우리가 지금까지 찾은 기억들 없이 민승현 씨 만났으면, 뭐라고 하면서 이미애 씨 얘기 꺼낼 건데? 응? 말해 봐, 머리 좋다며!"

수한은 닥치면 어떻게든 했을 거라 반박하려다, 후, 한숨을 내쉬며 말을 삼켰다. 감정적인 사람에게 감정적으로 대해서 시간을 버리고 힘을 빼고 싶지 않았다.

"예, 선배님 말씀이 맞습니다. 다 이유가 있어서 고생했겠죠. 대신, 앞으론 뭐든 냄새 맡으면 바로바로 말씀해 주십쇼."

"그래, 좋아. 나도 널 믿을게."

원정은 빨개진 코를 찡긋, 하며 웃었다.

"그럼 이제 가 볼까?"

수한의 어깨를 툭, 치며 걸어가던 원정을 수한이 불러세웠다.

"왜? 시간 없다며."

"잠시만요. 사건으로 치면 인질범이랑 직접 대면하는 건데, 작전 제대로 짜고 들어가야죠. 우리가 아는 민승현 씨는 이미애 씨의 기억 속 모습뿐. 그의 본모습 어떻고, 이미애 씨를 어떻게 생각했고, 어떤 삶을 살아왔는지 알 수 없는 상황이니까, 변수를 좀 정리하는 게 좋을 것 같아요."

"아… 그래, 좋아."

수한이 생각에 잠기자 원정도 무언가 곰곰이 생각했다. 잠시 후, 생각이 정리된 듯 작게 고개를 끄덕인 수한이 원정을 보았다.

"됐어? 갈까?"

원정이 다시 횡단보도로 걸음을 옮기며 말했다.

"저기, 작전 짜고 들어가자니까요?"

"넌 네 생각대로 해. 난 내 생각대로 할게. 왠지 지금은 그게 더 좋을 거 같아."

"예…? 아니, 무슨 생각을 했는데요. 그건 말해 줘야죠."

"그냥 별 생각 안 했는데. 민승현 씨의 냄새에서 왜 미애 씨의 냄새가 섞여서 났을까? 혹시 오랜 시간 그리워했던 게 아닐까? 민승현 씨는 매일 저 어묵집을 보며 어떤 느낌이었을까? 힘들었을까? 아니면 그리웠을까? 뭐 그런 생각?"

원정의 말에 수한은 자기도 모르게 웃음을 터뜨렸다. 자신이 한 생각과는 전혀 결이 달랐기 때문이다. 하지만 그게 썩 나쁘진 않다는 생각이 들었다. 오히려 자신과 정반대인 원정이 있다는 사실에 마음이 조금 놓이는 것도 같았다.

"잠깐. 혹시 그 안에 뭐 여벌 옷 같은 것도 있습니까?"

수한이 턱 끝으로 원정의 상의 안주머니를 가리키며 물었다.

"옷? 옷은 왜?"

"양복 빌리러 가는데, 양복을 입고 갈 순 없잖아요."

원정은 잠시 그게 무슨 말이냐는 듯 보다가 "아" 하며 미소를 지었다.

딸랑, 경쾌한 종소리와 함께 양장점 안으로 수한과 원정이 들어섰다. 양장점 주인은 두 사람을 미소로 맞았다. 가까이서 보니, 승현의 어릴 적 모습이 남아 있었다. 수한은 빠르게 가게 내부를 살펴보았다. 벽에 걸린 영업 신고서에는 민승현이라는 이름이 적혀 있었다.

미애와 매일 만나던 곳에 차린 양장점이라. 수한은 승현에게 미애의 냄새가 섞여 있다던 원정의 말을 떠올렸다. 이미애 씨가 달아나려 한 건 대체 무엇 때문이었을까? 진실은 승현과의 대화에 달려 있었다.

"검은 양복 대여도 되나요? 이모가 돌아가셨는데, 깔끔한 걸로 입고 가고 싶어서요."

수한이 낮은 목소리로 말했다.

"아, 예, 그럼요. 사이즈 한 번만 재 보고 맞는 걸로 추천드려 보께예."

승현은 수한을 거울 앞으로 안내했다. 작은 테이블 위에 올려놓은 안경을 쓴 승현은 줄자를 들고 수한의 어깨부터 사이즈를 쟀다.

"7, 80년대만 해도 여기 재송동에 봉제 공장이 많았다던데, 혹시 사장님도 여기서 공장 다니셨었어요?"

거울에 비친 승현을 바라보던 수한이 나지막하게 물었다. 치수를 메모지에 적던 승현은 안경을 고쳐 쓰며 가벼운 미소를 지었다.

"예. 처음에 기술 배울 때 이 동네에서 공장 다녔지예. 근데, 이 동네 분이신가 봐요, 젊은 분이 그런 걸 다 아시고."

"저는 아니고, 돌아가신 저희 이모가 이 동네 봉제 공장에서 위장 취업 했었다고 하시더라구요. 그때 말로 학삐리라고 하던데. 맞나요?"

"…학삐리, 예, 맞십니더. 위장 취업한 대학생을 학삐리라고 캤죠."

대답하는 승현의 눈이 아주 잠시 깊어졌다.

"이모님께서 강단 있는 분이셨나 봅니더. 학삐리를 한다는 게 쉽지 않았을 텐데. 나이를 먹을수록 그래지더라구예. 굳이 보지 않아도 되는 것들을 일부러 보고 경험하는 건, 정말 대단한 일이지예."

"저도 이모가 위장 취업을 하셨었다길래 놀랐어요. 늘 해맑고 소녀 같은 그런 분이셨거든요."

수한의 말에 줄자를 펼치던 승현의 손이 멈칫했다.

"…혹시, 이모님 나이가 우째 됩니꺼?"

승현은 가벼운 궁금증인 것처럼 물었지만, 수한은 승현의 말끝이 살짝 떨리고 있다는 걸 알아차렸다. 수한은 곧바로 대답하지 않고 승현을 보았다. 지금 미애에 대한 정보를 주는 것이 좋을지, 아니면 더 떠보고 얘기하는 게 좋을지 고민이 됐다. 머리는 미애의 기억을 찾을 마지막 기회이기에 조심해야 한다고 말했지만, 마음은 기회를 놓치지 말고 승현의 마음을 흔들어야 한다고 말하고 있었다.

모든 기억을 잃지 않았다면, 어떻게 행동했을까? 수한은 아무 기억도 없는 머리보다는 마음을 믿어 보기로 했다.

"향년 67세셨어요. 함자는 이, 미 자, 애 자, 이미애입니다."

수한은 거울에 비친 승현을 면밀하게 주시했다. 승현은 수한의 말을 듣지 못한 것처럼 아무런 미동도 없었다. 저 반응의 의미는 무엇일까? 죄책감? 사랑? 알 수 없는 승현의 반응에 수한은 초조해졌다.

"사이즈 다 쟀구요, 맞는 양복들 꺼내 오겠심더."

승현은 안경을 벗어 테이블 위에 올려놓고는 가게 뒤편 창고로 걸어갔다.

"저기, 사장님."

이대로 보내면 안 된다는 생각에 수한은 승현을 불렀다.

"이모한테 그때 어떻게 위장 취업을 그만두게 된 건지, 아무리 물어봐도 얘길 안 해 주셔서요. 제 생각으론 안 좋은 일이 있었던 것 같은데, 뭐, 예를 들면 같이 노동조합을 만들었던 사람이 배신하고 경찰한테 정보를 넘겼거나, 하는 일이요."

"……."

"사장님은 어떠셨어요? 일하면서 그런 일 당하거나, 목격하셨거나, 그런 적 없으셨어요?"

"글쎄요. 이모님이 얘길 자세히 해 주시지 않은 데에는 이유가 있겠죠. 그땐 사소한 거 하나에도 목숨을 걸어야 했던, 그런 시절이었으니까."

"이유라. 배신을 한 사람도 이유가 있었을까요?"

"…예, 그럴 겁니다."

수한은 두루뭉실하게 피해 가는 승현의 대답이 마음에 들지 않았다. 어떤 단어든 반응을 보이면 그걸 파고들 텐데 승현의 대답은 너무 담백했다. 그렇다고 시간이 촉박한 상황에서 언제까지 에둘러 말할 수는 없었다. 부디 미애의 죽음이 그에게 작은 울림이라도 주길 바랄 뿐이었다.

"사실 저희는 이미애 씨의 조카가 아닙니다. 돌아가신 이미애 씨와 사장님의 관계도 어느 정도 알고 있구요."

"……."

"돌아가신 이미애 씨를 몹시 아끼셨던 거 알고 있습니다. 여기에 양장점을 내신 것도 이미애 씨 때문이죠?"

말없이 수한을 응시하던 승현이 마침내 입을 열었다.

"정말… 미애가 죽은 게 맞습니꺼?"

"예, 이틀 전에 작고하셨습니다."

탄식과 함께 승현이 비틀거리며 테이블에 몸을 기댔다.

"사람들은 자신의 치부가 드러날 일에 말을 아낀다고 하죠. 혹시 그래서 지금 말을 아끼시는 건가요? 50년 전 이미애 씨를 배신하고 정보를 넘겼던 것에 대한 죄책감 때문에 이곳에 양장점을 내신 건가요? 아니면, 다른 이유가 있는 겁니까?"

수한이 취조하듯 승현을 몰아세웠다.

원정이 수한의 어깨를 톡톡, 두드렸다. 돌아보자, 원정은 자신에게 맡기라는 듯 고개를 살짝 끄덕였다. 원정은 천천히 승현에게 다가가 승현의 손 위에 자기의 손을 포개어 잡았다.

"미애 씨가 편히 가시려면 그날의 기억이 꼭 필요해요. 그리고 그걸 말해 줄 수 있는 건 할아버지뿐이고요."

승현은 경계와 눈물이 뒤섞인 눈으로 수한과 원정을 번갈아 보았다.

"대체 무슨 말을 하는 건지. 가만히 있는 사람 괴롭히지 말고 이만 나가쇼."

"말씀하시는 게 어려우시면, 미애 씨가 주셨던 손수건이라도 잠깐 빌려주실 수 없을까요? 그걸 보면 기억을 떠올리실 수 있을 거예요."

원정의 말에 승현의 눈빛이 흔들렸다. 손수건은 미애와 승현만이 아는 것이었다. 대체 정체가 뭐냐고 물으려던 승현은 질문을 바꾸었다. 눈앞의 두 사람이 절대 평범한 사람이 아니라는 건 묻지 않아도 충분히 알 수 있었고, 그건 크게 중요하지 않았다.

"…미애도 원하는 일입니꺼?"

"네?"

"그날의 기억을 찾는 게, 미애도 바라는 일이냐, 이 말입니다."

"그게,"

"댁들이 누군지, 뭐 하는 사람들인지 모르지만, 사람한테는 말입니더. 그 어떤 순간에도 떠올리고 싶지 않은 기억이 있기도 합니다. 그런 기억을 공유하는 사람으로서, 아니, 어쩌면 기억하고 싶지 않게 만든 사람으로서, 함부로 할 수 없습니다."

"……."

"더 할 말 없으면 이만 나가 주십쇼."

승현의 말에 수한은 원정을 바라보았다. 더 무슨 말을 한다고 해도 승현은 절대 마음을 돌릴 것 같지 않았다. 승현을 설득하는 걸 포기하고 다른 방법을 찾자, 말하려던 그때, 원정이 무겁게 입을 열었다.

"맞아요. 저희가 기억을 찾는 건 미애 씨의 의사가 아닙니다. 기억을 찾고 싶은 거냐고 미애 씨에게 물어보지도 않았어요. 대신, 모든 기억을 찾아야 새로운 단계로 나아갈 수 있다, 이렇게 얘기했을 뿐이죠. 솔직히 저도 잘 몰라요, 이게 왜 그렇게 중요한 일인지. 근데요, 그럼에도 이 일이 미애 씨를 위한 일이라는 건 확신해요."

그래. 나한테도 기억을 찾고 싶은지는 물어본 적 없었지. 수한은 자기도 모르게 원정의 말에 자신을 대입해 생각했다. 그리고, 이게 망자를 위한 일이라는 원정의 말에도 전혀 동의할 수 없었다.

"사장님 말씀대로, 미애 씨에게 그 기억은 지우고 싶을 정도로 아픈 기억이었을지도 몰라요. 그런데요, 사장님. 미애 씨와 기억을 공유하는 게 사장님뿐이라면, 미애 씨의 아픔을 알아주고 치유해 줄 사람도 사장님뿐이에요."

"……."

"지난날 미애 씨의 다친 손가락을 치료해 주셨던 그 마음. 따뜻하고 향긋했던 그 마음을 다시 한번만 꺼내 주시면 안 될까요? 부탁드립니다."

승현은 고개를 들어 원정을 바라보았다. 승현의 눈에 맺힌 눈물이 반짝, 빛났다.

어느덧 환등열차는 판결대를 목전에 두고 있었다. 그런데 미애의 객실에는 아무도 없고, 열린 열차 문에 사슬 하나가 걸려 있었다.

수한과 원정 그리고 미애는 미애의 기억 속에 있었다. 그들의 앞에 펼쳐진 기억은 검게 비어 있는, 미애가 승현에게 손수건을 주던, 마지막 남은 미싱 링크 직전의 장면이었다.

"민승현 씨가 우리 말을 들어줄까요?"

수한은 원정에게 속삭이며 물었다. 원정은 대답 없이 애꿎은 입술만 잘근, 깨물었다.

몇 시간 전. 수한과 원정은 승현에게 명확한 답을 듣지 못하고 양장점을 떠나야 했다.

"오늘 밤, 주무실 때 꼭 그 손수건을 가지고 주무셔 주세요. 그럼 민승현 씨의 기억이 이미애 씨에게 전달될 겁니다."

원정의 간절한 말에도 승현은 말없이 볼 뿐이었다.

원정은 초조함의 탄식을 내뱉으며, 워치를 보았다. 살아 있는 자와 망자가 연결되는 25시가 되기까지 이제 십 초도 남지 않았다. 수한과 원정은 숨을 죽이며 텅 빈 손수건을 간절하게 보았다. 마침내 초침이 정각을 가리키고, 시계의 맨 위의 숫자가 25로 바뀌는 순간. 깜빡! 깜빡! 깜빡! 불이 들어오듯 뻥 뚫려 있던 손수건에 색이 채워졌다. 수한과 하이 파이브를 한 원정은 미애의 마지막 기억을 재생시켰다.

* * *

바들바들, 아무리 힘을 주어 봐도, 손이 계속 떨렸다. 작은 탁상 거울을 보며, 몇 번을 시도한 끝에야 난 이마에 두건을 제대로 맬 수 있었다. 얼마나 지났을까. 창문으로 들어온 햇빛이 얼굴을 비추었다. 거울 속 내 모습은 이제 어느 정도 익숙해졌지만, 손은 계속 떨려왔다. 이 떨림의 이유가 무엇일까. 긴장일까, 설렘일까. 난 그 이유를 알려 하지 않았다. 그게 무엇이든, 물러설 수 없었기에.

다행히, 공장 대강당으로 가는 길은 생각보다 가까웠다. 출근길에서부터 두건을 매고, 손수건으로 코와 입을 가린 동료 직원들이 하나둘 보이더니, 공장에 가까워질수록 두건을 맨 사람들이 많이 보였다. 몇몇 직원들은 나를 알아보고 주먹을 쥐어 보이기도, "아자!" 외치기도 했다. 누군가는 악수를 권하기도 했지만, 난 그 손을 잡는 대신 미소를 지으며 고개를 끄덕일 뿐이었다. 혹시나 손을 잡았다가, 내 손의 떨림을 들킬까 걱정됐다. 그때,

"미애야! 이미애!"

익숙한 목소리에 내 심장은 두근두근두근 빠르게 뛰었다. 돌아보니, 수많은 사람 사이에서 나를 향해 달려오고 있는 승현이 보였다. 승현은 전날 내가 준 손수건으로 코와 입

을 가리고 있었다.

"왜, 왜 왔어, 몸도 안 좋잖아."

난 승현을 만류하기 위해 손을 뻗었다. 그런데, 내 손이 몸에 채 닿기 전에 승현은 내 손을 뜨겁게 마주 잡았다. 승현의 따뜻한 체온이 손을 타고 심장까지 흘러들어 오는 것만 같았다.

"혹시라도 뭔 일 생기면, 무조건 숙소 쪽으로 달려가야 한데이. 알겠제? 숙소 쪽!"

승현의 목소리는 따뜻했지만, 어딘가 단호하게 느껴졌다.

"야, 미애야!"

같은 조 언니들의 목소리에 돌아본 나는 금방 가겠다며 손을 흔들곤 다시 승현이 있던 곳을 보았다. 승현이 있으면 마음이 한결 안정될 것 같았지만, 그는 여기에 있으면 안 됐다. 난 괜찮으니 그만 돌아가라고, 말하려 했는데. 승현은 어디로 갔는지 사라지고 없었다.

우레와 같은 박수 소리가 강당 안을 가득 메웠다. 내 손엔 정갈한 글씨체로 적은 파업 선언문이 들려 있었다. 파들파들. 손의 떨림이 종이에까지 전달됐다. 직원들의 박수 소리 위로 작업반장이 보낸 괴한들이 승현을 폭행하던 소리가 들렸다. 여기 있는 건 아니겠지. 강당 안을 둘러보았지만, 승현은 보이지 않았다.

"미애야, 뭐하노? 시간 다 됐다."

언니들의 말에, 난 자리에서 일어나 단상 위로 올라갔다. 부디, 아버지가 우리의 목소리를 제대로 들어주기를 바라며, 확성기로 손을 뻗는 순간, 쨍그랑! 창문이 깨지며 최루탄이 강당 안으로 날아들었다.

"한 명도 빠짐없이 체포해!"

강당의 앞뒷문이 거세게 열리더니, 경찰들이 밀고 들어왔다. 아니, 그런 소리가 들렸다. 나는 언제 그랬는지, 단상 아래에 숨어 바들바들 떨고 있었다. 처량하고, 비겁하게. 단상 너머로 반항하는 동료들의 목소리와, 살을 때리는 그 끔찍한 소리가 들려왔다. 나가야 한다. 나가서 싸워야 한다. 머리는 계속 재촉했지만, 몸은 꼼짝도 하지 않았다.

"꺄악!"

비명이 들리더니 내 눈앞으로 동료가 쓰러졌다. 출근길에 "아자!"하고 외쳤던, 그 직원이었다.

"저기… 저기요!"

미애는 직원의 몸을 흔들어 보았지만, 직원은 의식을 잃은 채 반응하지 않았다. 직원의 머리에서 흘러나온 피가, 바닥에 뚝, 뚝, 떨어졌다. 그때, 단상 가까이에서 우당탕 소리가 들리더니, 경찰의 곤봉이 옆으로 굴러왔다. 잡아야 해. 잡아서 동료들을 도와줘야 해. 그러나, 몸은 이번에도 말을 듣지 않았다. 곤봉을 잡는 대신, 내 몸은 앞문이 텅 비어 있는 것을 확인했다. 유리에 비친 모습을 보니, 공장 직원들과 경찰들은 반대쪽으로 쏠려 있었다.

"혹시라도 뭔 일이 생기면, 무조건 숙소 쪽으로 달려가."

승현이 했던 말이 불쑥 떠올랐다. 그제야 몸이 반응했다.

"숙소, 숙소…."

무릎을 짚고 일어난 나는 열린 앞문을 향해 달렸다. 최루탄 연기에 눈물이 계속해서 앞을 가렸지만, 멈추지 않았다. 그때, 톡, 무언가가 내 발목을 잡아 넘어뜨렸다. 뒤를 돌아보니, 잡은 게 아니라, 쓰러진 동료의 발에 걸린 것이었다. 이미 모든 자극에 무뎌진 듯, 무심히 일어나려던 내 시선이 한 곳에 멈추었다.

멀리 경찰과 대항하고 있는 그는, 코와 입을 가렸던 손수건이 떨어지자 한 손에 꼭 쥐곤 다시 경찰과 맞붙는 승현이었다. 경찰을 강당 구석으로 몰아붙인 승현은 뒤돌아 단상을 보았다. 그리곤, 이내 문 앞에 선 날 발견했다.

승현은 절박한 얼굴로 무어라 크게 외쳤지만, 내가 있는 곳까지 닿지 않았다. 난 승현의 부름에 응하지 않고 고개를 돌렸다. 승현을 구해야 한다는 생각 따윈 없었다. 오직 살아야 한다는 마음뿐이었다.

넘어지고 부딪히며 달리다 보니, 머리는 산발이 되고, 옷도 이곳저곳 찢어져 살갗이 드러났다. 얼굴은 눈물, 콧물로 엉망진창이 되어 있었지만, 닦으면 더 아려 오는 최루탄 때문에 닦을 수도 없었다.

"미애야! 야, 이미애!"

숙소에 다다른 난, 갑자기 들려오는 목소리에 소스라치게 놀라며 자리에 주저앉았다. 그런데, 내게 달려온 사람은 다행히도 아는 얼굴이었다.

"아저씨…."

그렇게 난, 아버지 운전기사의 손에 이끌려 집으로 향하는 차에 올랐다. 잠시 후, 창밖으로 펼쳐진 끝없이 넓은 바다를 보자, 몸의 떨림이 조금씩 잦아들었다. 그러나, 그 대신 마음이 아려 오기 시작했다.

"…들어 보니까 조합을 만들면 좀 나아진다던데. 어떤교? 우리도 조합 한 번 만들어 보까요?"

"나. 너랑 같은 걸 먹고, 같은 경험을 하고, 같은 생각을 하고 싶어. 그런 날이 올 때까지 계속해 볼 거야."

"내일 전 직원 다 같이 파업 하기로 했다. 작업반장 빼고는 한 명도 빠짐없이 하기로 했으니까, 회사에서도 이번엔 못 막을 거고. 서로 다른 방법이라도, 계속 다가가자. 어?"

하. 난 터져 나오는 헛웃음을 참을 수 없었다.

"비겁한 년…."

투둑, 가증스러운 눈물이 얼굴 위로 떨어졌다. 그리고 한 번 시작된 눈물은 멈추지 않았다. 함께 어묵을 먹던 같은 조 동료들의 얼굴, 작업반장의 눈치를 보며 가르쳐 주던, 나이는 어려도 경력은 나보다 많은 동생들의 얼굴, 조합 가입 서명을 받는 내게 힘내라며 사탕을 쥐여 주던 직원들의 얼굴을 지나 승현의 얼굴이 떠올랐다. 그런데, 볼 때마다 웃어 주었던 승현임에도, 왜인지 승현의 웃는 얼굴은 떠오르지 않았다. 강당에서 본, 절박한 그 모습만 계속 눈앞을 맴돌았다.

그 무엇보다 나를 더욱 비참하게 만든 건…, 그럼에도 다시 돌아가고 싶지 않다는 것이었다. 그러기엔 지금 있는 이 차 안이 너무나 안전하고, 따뜻했다. 그렇게 급식소 하나 차려 줄 생각으로 시작했던, 치기로 가득한 내 위장 취업은 끝이 났다.

* * *

미애의 마지막 기억을 본 수한은 모든 퍼즐이 맞춰지는 듯한 기분이 들었다. 미애가 왜 그렇게 이 기억을 지우고 싶어 했는지, 승현은 왜 그런 태도를 보였는지, 다 알 것 같았다. 다만, 다시 미애와 승현이 만날 수 없다는 것이 조금 애잔할 뿐이었다.

"이미애 씨."

원정은 미애의 어깨를 토닥이며 휴지를 건넸다.

"이후로 단 한 번도 부산을 찾으신 적이 없으시더라구요."

"너무 미안해서 갈 수가 없었어요. 승현이 말대로, 장난 삼아 한 것 같아서…"

"사실 마지막 기억을 되찾을 수 있었던 건 민승현 씨의 도움 덕분이었습니다. 민승현 씨도 이미애 씨의 마지막 기억을 모두 보셨고, 지금 이미애 씨를 기다리고 계세요. 괜찮으시다면… 민승현 씨를 만나 보시겠어요?"

"…제가 어떻게 보겠어요. 절 원망하고 있을 거예요."

미애가 자책하듯 말했다. 그때였다. 기억 저편, 어둠 속에서 작은 목소리가 들려왔다.

"이미애 씨 목소리 같은데요?"

원정의 귀가 쫑긋하더니, 소리가 들리는 곳으로 미애를 안내했다. 무슨 말인지 모를 정도로 작게 들리던 목소리가 점점 커졌다.

"안녕하십니까, 19살 이송화입니다."

"…이건, 제가 공장에 처음 간 날이에요."

미애의 말이 끝남과 동시에 촤르르, 공장 내부의 모습이 펼쳐지며, 직원들 앞에 서서 자기소개를 하는 미애의 모습이 보였다. 그리고 미애를 바라보는 승현도 보였다.

"민승현 씨의 기억인 것 같습니다. 미애 씨에게 꼭 보여 주고 싶으신 게 있으신가 봐요."

불안한 듯 돌아서려 했던 미애는 원정의 말에 용기를 내어 승현의 기억을 마주했다. 원정과 눈이 마주친 수한은 다행이라는 듯, 작게 고개를 끄덕였다.

승현의 기억 속, 소개를 마친 미애와 승현의 눈이 마주쳤다. 황급히 고개를 돌린 승현은 흠흠, 헛기침을 내뱉었다. 두근, 두근, 두근. 승현의 심장 소리가 기억 안을 가득 메웠다. 이후 승현의 시선의 끝엔 늘 미애가 있었다. 졸다가 다칠 뻔했을 때도, 승현은 미애가 혹여나 다치지 않을까 주시하고 있었다. 그렇게 조금씩 가까워지고, 마음을 고백해야겠다, 생각하고 있던 무렵.

"사실 도공봉제 사장, 우리 아빠다."

미애의 말에 승현은 그들이 서 있는 곳이, 같은 땅 위가 아님을 깨달았다. 그리고 미애 역시, 그걸 알고 있었다.

"니랑 같은 거 먹고, 같이 경험하고, 똑같은 생각 하고 싶다, 내는. 그런 날이 올 때까지 계속하고 싶고."

"…정말 그런 걸로 우리가 비슷해질 수 있다고 생각하나?"

"내야 모르지. 그냥 해 볼 뿐이다, 니를 원하니까."

미애가 부끄러운 듯 웃자, 승현은 자신의 마음에도 따뜻한 무언가가 퍼지는 것 같았다.

"형, 왔나?"

하숙집으로 돌아온 승현에게 교복을 입은 구용이 반갑게 인사하며 다가왔다.

"오늘도 그 누나 데려다주고 왔나? 근데 얼굴이 와 그렇노? 누나가 부담스럽다 카나?"

"아니, 그런 게 아니라…. 내랑 좀 많이 다른 사람이더라."

"맞나? 뭐가 그리 다른데?"

"그냥 뭐… 전반적으로?"

"에이, 형. 가족이 아닌 이상 사람은 다 다르다. 그 거리를 좁혀 나가느냐 마냐가 중요하지."

"맞나…."

구용의 말에 생각에 잠겼던 승현이 천천히 고개를 끄덕였다.

"나도 한번 해 봐야겠다. 사랑한다면 그 정도는 해 봐야지."

구용의 모습이 사라지고, 공장에서 조합원들을 모집하는 미애와, 그런 미애를 알게 모르게 돕는 승현의 모습이 이어졌다.

"짜잔! 드디어 다 받았어!"

미애가 가방 속 두툼한 서류 뭉치를 보여주며 기쁘게 외쳤다. 승현의 얼굴에도 웃음이 번지며 함께 즐거워하던 그때, 두 사람 앞에 괴한들이 등장했다. 승현은 어떻게든 미애를 다치지 않게 하겠다는 마음으로 미애를 감싸안았다. 내리치는

각목에 맞는 아픔보다, 품 안에서 떨고 있는 미애에 대한 걱정이 더 컸다.

"분명 사장이랑 작업반장이 꾸민 일이라니까? 이것들 확 경찰에 신고해야 하는 거 아이가?"

"미애야, 우리 우째야 하노?"

"뭘 우짜긴 우짜노! 지금부터 싸움 시작인 거다!"

승현은 상기된 직원들 가운데에 있는 미애를 걱정스레 보았다. 불안한 듯 흔들리는 눈빛과 미세하게 떨리는 손. 승현만 알아볼 수 있는 그건, 지난밤 폭행이 남긴 두려움이었다. 이대로 밀어붙이면 미애에게 더 큰 상처가 생길 게 분명했다. 승현은 떨리는 손을 힘주어 쥐며 미애 대신 나서 작업반장을 만나고 오겠노라, 큰소리쳤다.

"반장님, 잠시 대화 좀 하시죠."

"어, 들어와."

승현은 후, 숨을 내쉬곤 반장실 문을 열었다. 차갑게 대응하려 했지만, 막상 반장의 얼굴을 보니 분노가 스멀스멀 끓어올랐다.

"어젯밤 직원들한테 깡패들 보낸 거, 반장님이 하신 겁니까?"

"깡패? 난 무슨 말을 하는 건지 모르겠는데? 니들 뭐 내한테 맞을 짓 했나?"

"아뇨. 맞을 짓이라뇨. 전혀 아니죠."

"그래? 당당하네?"

반장이 비꼬며 말했다. 발뺌하고 있지만, 반장의 태도는 그가 저지른 일이 맞다는 걸 말해 주고 있었다.

"이번 일 문제 삼지 않을 테니, 직원들과 사장님이 모여서 대화할 수 있는 자리를 마련해 주십쇼. 저희가 원하는 거, 큰 게 아닙니다. 그저 인간적인 대우를 해 달라는 거고, 사장님께서도 저희와 대면하시면, 흔쾌히 들어주실 겁니더."

"와. 딸이 여 와 있으니까?"

"예?"

승현의 얼굴이 굳어졌다.

"이송화가 사장님 딸이라는 거 내 모를 줄 아나? 고 가시나가 수율마다 얼굴 가리고 다니는 이유가, 혹시나 아부지가 지 알아볼까 그러는 거 아이가?"

"…혹시, 사장님도 아십니까?"

"미쳤나. 그걸 내가 와 말하노. 내 무긴데. 딱 봐도 지 아부지한테 반기 들고 여기 와 있는 거 같은데, 지가 여기서 무슨 일을 당해도 어떻게 지 아부지한테 말하겠나. 말한다고 해도, 사장님이 해 줄 수 있는 것도 없고. 자기 공장에서 벌어진 일을 우짤 낀데? 뭐, 경찰한테 신고를 할끼가, 뭘 하겠노?"

승현은 반장의 말을 들으며 입술을 잘근 깨물었다. 송화

의 정체를 알려 주면 적당히 물러설 줄 알았는데, 이미 알고
있었다니. 게다가 그 사실을 이용하려는 반장이 승현은 무서
워졌다.

"신고는 못 해도… 반장님을 해고하실 순 있죠."

"그치. 그래서 내가 방법을 하나 생각했는데. 아예 말 못
하게 처리해 버릴 수도 있지 않겠나? 가시나가 지 몸 하나 간
수 못해서 정조를 잃어버렸는데, 지 아버지한테 뭐라 말하겠
노?"

작업반장이 말을 끝맺기도 전에, 승현은 작업반장에게 달
려들었다. 작업반장은 치켜든 승현의 주먹이 같잖은 듯 웃었다.

"니 이거 감당할 수 있나? 고향에 있는 가족은 하나도
중요하지 않다, 이거가?"

승현의 주먹이 분노로 부들부들 떨렸다. 그리고, 이내 힘
없이 떨어졌다. 작업반장의 말이 맞았다. 많은 직원이 큰 부
상을 입고 다쳤지만, 그들이 할 수 있는 건 아무것도 없었다.

"사실 난 위장 취업이고 조합이고 관심 없다. 다만, 그거
에 정신 팔려서 생산량을 못 맞출까 봐 걱정인 거지."

작업반장이 승현의 어깨를 토닥여 주며 말했다.

"내 임무는 말이다, 승현아. 공장 생산량이 떨어지지 않
게 하는 거 그거 하나다. 어제도 니들이 생산량 맞출 생각은
안 하고 뒷구녕으로 다른 짓 하는 것 같길래 손 좀 봐 준 거

고. 내 말이 무슨 말인지 알겠나? 생산량만 맞춰 주면 니들이
조합을 차리든 짬뽕을 끓이든 난 상관 안 한다, 이 말이다."

　　대답 없이 생각에 잠겼던 승현의 입이 무겁게 열렸다.

　　"생산량이 떨어질 일은 없을 겁니다. 대신, 송화만 건들
지 말아 주십쇼."

　　"허, 뭐, 알았다. 대신 생산량 못 맞추는 순간 다 끝인 기
라."

　　반장실에서 나온 승현은 자신을 바라보는 미애를 무시
하고 재단실로 들어갔다. 손에는 식은땀이 한가득 고여 있었
다. 승현은 미애가 안전해질 때까지 미애를 가까이하지 않겠
다고 다짐했다. 혹시나 가까이했다가 반장의 위협에 못 이겨
비밀을 누설하게 될까 무서웠기 때문이었다. 반장이 더 큰 폭
력을 행하지 못하도록 막는 것. 승현은 그렇게 미애를 돕고자
했다.

　　반장실에서 내려온 반장은 목표 생산량을 평소보다 훨
씬 많게 올렸다. 새로운 거래처가 생겼다는 게 그 이유였다.
그날부터 승현은 누구보다 일찍 출근했고, 가장 늦게 퇴근했
다. 그렇게 얼마나 지났을까. 코피가 흐르는 날이 많아지더니
결국 승현은 과로로 쓰러지고 말았다.

　　"분위기 흐리지 말고, 집에 드가라. 오늘 푹 쉬어야 내일
와서 물량 맞추지 않겠나?"

정신을 차린 승현에게 반장이 한 말이었다.

하숙집에 간 승현을 구용이 깨웠다. 구용의 뒤엔 미애가
서 있었다. 이렇게 보는 게 얼마 만인지. 미애를 보는 승현의
눈에 눈물이 맺혔다. 승현은 미애가 보지 못하도록 소매로 눈
을 훔쳤다.

"걱정했제. 미안… 근데, 니랑 가까워질 수 있는 방법
이… 열심히 일하는 거, 그거뿐이더라, 내한텐."

"알아… 나도 이해해. 그래서 나도 노조 활동 더 열심히
하는 거다. 니를 지켜야 하니까."

"……"

"내일 전 직원 다 같이 파업하기로 했다. 작업반장 빼고
는 한 명도 빠짐없이 하기로 했으니까, 회사에서도 이번엔 못
막는다. 우리 이래라도 계속 다가가자. 그리고 우리가 진짜 같
아졌을 때, 이걸 다시 내한테 도."

미애는 손수건으로 승현의 이마에 맺힌 땀을 닦아 주고
는, 방을 나섰다. 내일이 파업이구나. 승현은 파업이 일어나면
더 이상 일을 많이 하지 않아도 된다는 생각에 반가움이 드
는 한편, 혹시나 반장이 위험한 행동을 할까 무섭기도 했다.
잠시 후, 승현은 화장실에 가기 위해 방을 나왔다. 그런데,

"내일 파업을 한다는 말을 들었는데, 예, 불법 파업인 것
같습니더."

누군가와 통화하는 구용의 목소리가 들려왔다.

"야, 니 지금 누구랑…."

승현의 목소리를 들은 구용이 깜짝 놀라 전화를 끊었다.

"니 설마…."

"왜, 내가 뭐 잘못했어? 불법 파업은 신고하는 게 맞잖아."

"그걸, 그걸 니가 왜 신고하는데! 니한테 피해 주는 일도 아니잖아!"

"와 피해가 아닌교! 우리 집 하숙생들 거의 다 그 공장 사람들인데, 파업하면 돈 못 벌 거 아이가! 그럼 하숙비도 밀리고, 그게 피해 주는 기지!"

말문이 막힌 얼굴로 구용을 보던 승현은 하숙집을 달려 나왔다. 경찰에게 신고가 들어갔다면, 내일 파업하는 직원들은 모두 체포될 게 분명했다. 어디를 가야 하나, 미애를 지키려면 어떻게 해야 하나, 고민하던 승현은 문득 달력을 보았다. 오늘은 수요일이었다.

"사장님 따님이 어디 있는지, 알고 있습니다."

대뜸 사장실로 들이닥친 승현은 사장이자 미애의 아버지 앞에 무릎을 꿇고 말했다.

"…미애가 어디 있는지 알고 있다고?"

"네. 여기 도공봉제에 있습니다. 석 달 전에 들어왔습니다."

승현의 말을 들은 미애의 아버지는 미애가 그런 이유를

알 것 같다는 듯 혀를 쯧, 찼다.

"근데, 이제 와서 날 찾아온 이유가 뭐꼬?"

"부디 오늘 미애를 집으로 데려가 주십쇼. 이대로 두면 크게 다칩니다."

"설마, 경찰이 말한 파업이 혹시 우리 미애가 벌이는 일이가?"

"예. 맞습니다."

미애의 아버지는 이마를 손으로 짚으며 크게 한숨을 내쉬었다.

"…내가 우리 미애를 어떻게 키운 줄 아나? 부족한 거 없이, 넘치게 키웠다. 그런데, 그렇게 키운 자식이 집을 나가서 아비 골치 아프게 하는 놈들이랑 똑같은 짓을 한다 카는데, 내 마음이 어떨 것 같나? 이대로 두면 다친다꼬? 난 크게 다쳐야 한다고 생각하네. 그래야 다신 그쪽으론 눈도 안 돌릴 거 아이겠나."

"사장님, 제발."

"근데 나도 내 딸이 경찰한테 잡히가는 건 안 원한다. 가가 잡혀가면 내 손으로 빼내 줘야 하는데, 그기 무슨 집안 망신이고? 그라이 미애 가가 지 발로 도망가게 자네가 그래 안 해 주겠나? 내 미애 숙소로 운전기사 보내 놓겠네."

미애 아버지의 말에 승현은 고개를 연거푸 숙이며 감사

하다고 말했다.

"파업이라니. 고게 뭘 안다고, 그런 일을. 다 장난인 줄 아나."

사장실을 나가려던 승현은, 미애 아버지의 혼잣말에 돌아보았다.

"장난 아닙니다. 진심으로, 직접 경험하고, 고민하고, 원해서…. 그래서 한 겁니다."

꾸벅, 인사를 하고 사장실을 나온 승현은 안도의 미소를 지었다. 그런데, 이상하게 눈에선 눈물이 자꾸만 차올랐다.

경찰들과 직원들이 몸싸움을 벌이는 강당으로 기억은 진행됐다. 승현은 경찰들에게 맞서며 치열하게 몸싸움을 벌였다. 경찰의 손에서 곤봉을 빼앗자, 다른 경찰들까지 승현에게 달려들었다. 양손을 붙잡힌 승현이 무자비하게 폭행당하던 그때, 앞문으로 달려 나가다가 쓰러진 동료의 발에 걸린 미애와 눈이 마주쳤다. 승현은 무어라 간절하게 외쳤지만, 주변의 소음에 승현 자신의 귀에도 잘 들리지 않았다. 결국, 미애를 제외한 다른 직원들은 경찰들에게 체포됐고, 승현도 그들 사이에 서 있다.

승현은 모진 취조를 받은 듯 성치 않은 몰골로 경찰서를 나왔다. 다른 직원들은 경찰이 파업 정보를 어떻게 알았을까, 하면서 승현을 의심의 눈초리로 보았지만, 승현은 개의치 않는 듯 해명도 하지 않고 공중전화 부스로 걸어간다.

"여보세요, 저 지난번 뵀던, 도공봉제 직원입니다. 미애
는, 잘 들어갔습니꺼?"

승현이 갈라지는 목소리로 물었다.

"감사합니다. 저, 혹시 미애가 절 찾으면, 우리가 늘 만나
던 그곳에 있겠다고 전해 주십쇼."

말을 마친 승현은 수화기를 내려놓았다. 승현은 전화 부
스 밖으로 나오려다가 주머니에서 무언가를 꺼냈다. 미애가
준 손수건이었다. 승현은 미애의 온기가 아직도 남아 있는 양
손수건을 세게 쥐었다. 그런데, 그때, 멀리서 자신을 부르는
구용의 목소리가 들렸다.

"형!"

숨을 헐떡이며 달려온 구용이 멈춰 숨을 두어 번 고르
곤 말했다. 아버지가 위독하다고.

세월이 지나고, 이전의 모습을 찾아볼 수 없는 재송동에
승현이 돌아왔다. 승현은 미애와 매일 만나 출근하던, 어묵집
앞에 멈춰 섰다. 어묵집 옆에는 '매매/임대'라고 적힌 빈 점포
가 있었다.

"여기로 하겠습니다."

승현이 점포를 가리키며 옆의 공인중개사에게 말했다.

135

"여기보다는 저쪽이 더 장사하시기엔 좋을 것 같은데."

"전 여기가 좋습니다. 여기서 기다릴 사람이 있어서요."

승현의 얼굴에 미소가 피어올랐다. 미애를 볼 때면 늘 떠올랐던, 그 미소였다.

승현의 기억이 끝나고, 기억이 영사되던 장막이 벗겨지듯 바닥으로 떨어졌다. 장막 너머에 있는 승현을 본 미애는 그 자리에 주저앉아 하염없이 눈물을 흘렸다. 미애에게 다가온 승현은 미애의 머리를 따뜻하게 쓰다듬어 주었다.

"어째 시간이 그렇게 지났는데, 그대로네."

"…미안해. 니가 그렇게 다치는데, 그냥 도망쳐 버려서…."

미애가 흐느끼며 말하자 승현은 미애와 똑같이 앉아 시선을 맞추었다.

"니 바보가. 내 말 잘 들어준 기다."

"…응?"

"오지 마. 그게 내가 한 말이다."

승현이 손에 든 손수건으로 미애의 눈물을 닦아 주며 말했다. 과거 미애가 승현에게 주었던, 미애의 마지막 기억을 찾아 주었던 그 손수건이었다. 승현은 한 손으로 미애의 손을 쥐고, 다른 한 손으론 미애를 껴안았다. 언제 깰지 모르는 이 꿈이 계속되길 바라며.

잠시 후. 수한과 원정은 판결대로 걸어가는 미애를 배웅했다. 미애는 편안한 얼굴과 가벼운 발걸음으로 판결대로 걸어갔다. 그때, 수한의 눈앞에 옥색 구슬 하나 두둥실 떠올랐다. 손을 뻗자, 구슬은 수한의 손 위로 내려앉았다.

　　"이게 뭡니까?"

　　"연의 사슬이야. 네 기억을 담고 있는 구슬이지. 이미애 씨의 기억을 잘 찾아 주었으니, 인과율로 네 기억도 돌아온 거야. 잘 보관해 둬."

　　수한은 긴장과 설렘이 섞인 얼굴로 구슬을 바라보았다. 여기에 내 기억이 담겨 있다니. 난 대체 어떤 사람이었을까. 어쩌다 이곳에 이렇게 와 있는 걸까. 구슬이 보여 줄 기억이 너무나 궁금했지만, 이전만큼 조급하진 않았다. 미애의 기억을 찾아 주며, 자신에 대해 조금은 알아낸 게 있었기 때문이다. 꽤나 능력 있는 사람이라는 것. 그건 분명하다.

두 번째 승객 ─── 정 수 혜

"꽥꽥, 꽥."

환등열차 플랫폼을 향해 걷던 수한이 문득 걸음을 멈추고 고개를 들어 올렸다. 하늘과 땅을 잇는 새라 불리는 오리가 시계 위에 앉아 기지개 켜듯 날개를 푸드덕거렸다. 오리가 밟고 선 시계 속 바늘은 어느덧 24:45분을 가리키고 있었다. 이제 곧 환등열차가 움직일 시간이었다. 서둘러 움직여야 했으나 수한은 쉽사리 움직이지 못했다. 시계 기둥에 누군가 휘갈겨 쓴 글귀가 그의 시선을 잡아끈 탓이었다.

- 당신에게 벌어진 모든 일에는 이유가 있다. 눈에 보이는 것이든, 눈에 보이지 않는 것이든. -

망자가 적은 것인지 차사가 적은 것인지 알 수 없으나, 꼭 수한 자신에게 하는 말 같았다.

"그러니까 그 이유가 뭐냐고!"

"네가 백날 그렇게 물어봐야 소용없어. 인과율로 찾는 것밖에는."

그동안은 보지 못했던 시계 기둥에 적힌 글귀에 대고 따지듯 묻던 수한의 등 뒤로 원정의 목소리가 들렸다. 수한은 고개를 확 돌렸다. 원정이 그를 표정 없이 응시하고 있었다.

"저승 법엔 남이 해 주는 건 없다고. 악귀가 저지른 악행을 네가 풀어야 네 기억을 찾는 것처럼. 그에 따른 죗값도 스스로 받고."

수한은 원정의 무심한 말투에 그녀의 눈을 가만히 들여다봤다. 이제 고작 함께 지낸 지 3일에 불과했지만, 가끔 저 눈빛이 소름 끼칠 때가 있었다. 아무것도 모르는 듯 천진난만한 것 같으면서도, 또 많은 것을 알고 있는 것 같은 냉철하고도 냉담한 저 눈동자가.

수한은 천천히 몸을 일으켰다. 원정도 그런 수한을 향해한 발 더 다가왔다. 그 사이, 시계 기둥에 박힌 듯 적혀 있던 글귀는 사라졌다. 수한도 원정도 그것을 눈치채지는 못했다.

"내가 받을 죗값이라니. 뭐 알고 있단 말로 들리는데, 다 알면서 알려 주지 않는 겁니까?"

"음. 내가 말 안 해 주려고 했는데 말이야. 환등열차 폭파 사고도 그렇고, 네 기억이 몽땅 사라진 것도 그렇고. 기억을 지우고 싶단 너의 욕망이 악귀를 만들어 낸 거 같거든? 그게 바로 네 죗값이고. 어쩐지 넌 죄가 커 보여. 아, 확실한 건 아니야. 사실, 나도 잘 모르거든."

원정이 장난기 가득한 웃음을 지어 보였다. 그녀의 웃음에 수한은 미간을 구겼다.

사람 놀리는 것도 아니고. 안 그래도 속 답답해 미칠 지경인 사람에게 마치 뭔가 알려 줄 것처럼 굴며 헛소리하다니. 이건 명백한 조롱이다. 그 조롱이 아주 심히 거슬린 수한은 원정의 말에 대꾸 없이 그녀를 뚫어지라 응시했다. 수한의 시선은 꽤 긴 시간 머물렀다. 그제야 원정의 얼굴에서 서서히 웃음기가 사라지고 그 사이로 언뜻 긴장감이 서렸다.

"어라? 그런 눈깔은 둘 중 하난데? 로맨스거나 스릴러거나. 눈깔 곱게 안 뜰래?"

"이 눈깔이 어딜 봐서 로맨스야?"

"야? 말꼬리가 급격히 짧아졌다? 다시 원상복구 안 해? 그 눈깔! 그 말투!"

"내가 꼬박꼬박 존댓말 해 주니까 넌 내 성격이 아주 솜사탕인 줄 아나 봐."

수한은 위압감 가득 담은 말을 무미건조하게 느릿느릿 내뱉었다. 그러자 원정이 발끈한 표정으로 허리춤에 양손을 얹고 가슴을 활짝 열었다.

"어쭈! 너 지금 나 협박하냐? 내 성격은 뭐, 비단결 같아 보이든? 너는 지금 기수로도 나한테 덤빌 수가 없어! 내가 저승 짬밥 몇백 년인 줄 알아? 자그마치 이백 년이야, 이백 년!"

수한은 원정의 호통 같은 외침에 피식 웃음을 지어 보였다. 단순한 미소가 아니었다. 원정을 한껏 귀여운 눈동자로 응시했다. 부드럽다 못해 느끼한 눈빛을 흘렸다. 그 순간 못 볼 것을 봤다는 듯 "으!" 탄식을 내뱉은 원정의 얼굴이 확 구겨졌다.

"저승 짬밥 이백 년이신 이원정 차사님. 자, 선택해. 이원정 할래, 차사 누나 할래. 참고로 넌 누나 되는 순간 내 격한 애교도 같이 봐야 할 거다. 내가 한 애교도 하는 변화무쌍한 남자인 것 같거든, 기억은 없지만."

수한은 진심이었다. 일명 '네가 버티나 내가 버티나' 작전으로 원정에게 누나라 부르며 갖은 애교를 떨어 볼 작정이었다. 이 진심이 원정에게 전달되었는지 원정은 기겁하듯 몸을 부르르 떨며 허리에 올렸던 양손을 풀었다.

"어어. 말 놓자, 말 놔. 그게 좋겠네. 근데 차수한. 다음에 기회가 되면 우리 주먹다짐 한 번 하자. 누가 이기나."

"원한다면 얼마든지."

수한은 이를 부득부득 가는 원정을 향해 아주 흡족한 미소를 지어 보이고는 벽시계로 고개를 돌렸다. 그 어느 때보다 일할 맛이 난다. 그 마음에 응답하듯, 벽시계가 움직이기 시작했다. 플랫폼 벽에 붙어 있는 호롱불이 탁탁탁 차례로 켜졌다. 환등열차도 붉은빛과 푸른 빛을 동시에 뿜어냈다. 그 사이 워치에는 망자의 간단한 프로필이 떠올랐다.

이름 : 정수혜
나이 : 1979年 3월 生
사인 : 과로사(뇌출혈)

이윽고 망자의 영정 사진도 불쑥 떠올랐다. 단정한 단발머리, 검은색 터틀넥에 진주 귀걸이와 목걸이를 한 채 우아하고도 고혹적으로 생긴 인자한 미소를 짓는 중년 여인의 모습이었다. 이 망자의 나이쯤 되면, 얼굴에 자신의 생을 담기 마련이다. 수한은 이 망자가 생전 인상을 쓰기보다 미소를 많이 지은 사람이라는 걸 알 것 같았다. 더 나아가 그녀가 꽤 많은 고생을 한 여인일 것도 추측됐다. 그다지 고생이랄 것이 없어 보이는 맑은 눈동자였지만, 그 맑음이 천진난만함보다는 산전수전 다 겪어 본 사람처럼 보였다. 양의 해에 태어나서인지 순해 보이는 인상에 부유한 듯 보이는 자태지만, 삶이 그다지 평탄하지는 않았을 것 같다. 망자의 영정 사진만으로 그녀의 생을 유추하던 수한은 워치 알림에 고개를 숙이며 손목을 올

두
번
째
승
객
—
정
수
혜

렸다. 워치에는 망자의 삶을 간단히 정리한 기록이 날아왔다.

#인생 풍파 극심 #자수성가 #인생은 혼자, 극 개인주의 #해탈한 자

역시, 수한이 유추한 것이 맞았다. 수한은 해탈의 경지에 오른 망자에게 어떤 미싱 링크가 벌어진 것인가 물으려 원정에게 고개를 돌리던 그때였다. 미동조차 없는 원정이 미간을 찌푸리며 무언가에 집중하고 있었다.

"너 뭐 해?"

"쉿!"

수한의 입술에 검지를 툭 가져다 대며 조용히 하라는 의미의 방울뱀 소리를 냈다. 수한은 자기 입술에 닿은 원정의 손길이 심히 거슬리는바, 그녀의 손을 확 쳐 냈다. 원정은 수한이 그러거나 말거나 수한을 빤히 응시하면서도 다른 무언가에 집중하는 듯 보였다. 얼마나 집중하는지 원정의 귓바퀴가 꿈쩍꿈쩍하며 저절로 움직이고 있었다. 수한이 신기한 개인기를 펼치고 있는 원정을 구경하듯 보는데 불쑥 원정이 중얼거렸다.

"왜 저렇게 서글프게 우는 거야?"

"울어? 누가?"

수한은 혼자 알 수 없는 말을 중얼거리는 원정을 보다가 희미하게 들리는 소리에 플랫폼 입구로 고개를 돌렸다.

또각, 또각, 또각.

무언가에 쫓기는 것인지, 급한 용건이 있는 것인지 알 길이 없는 다급함이 묻어나는 발걸음 소리는 점점 플랫폼에 가깝게 들려왔다. 이윽고 플랫폼 입구에 한 중년의 여자가 뛰어오고 있었다. 그녀였다. 영정 사진 속 망자. 망자는 불안하고 초조한 괴로움이 담긴 슬픈 눈으로 눈물까지 흘리며 황급히 달려오고 있었다. 수한은 서둘러 원정을 바라봤다.

"너 설마, 서럽게 운다는 게 저 망자 말한 거야?"

"봐, 서럽게 울면서 오잖아."

"그게 들렸다고? 진짜?"

원정이 혼잣말을 중얼거릴 때만 해도 망자의 모습은 보이지 않았다. 당연히 발걸음 소리도, 특히 우는 소리는 더더욱 들리지 않았다. 그런데 그 울음소리를 들었다고?

"저게 들렸다고? 너 정체가 뭐야?"

"정체가 뭐냐니? 능력이 어마어마하게 뛰어난 저승차사지. 망자 온다."

원정은 별거 아니라는 듯 말을 툭 던지고는 망자를 바라봤다. 아무리 봐도 그냥 생긴 능력 같지는 않은데 싶지만, 알아낼 방법이 없는 수한은 원정의 시선을 따라 고개를 돌렸다.

가까이 다가온 망자는 넋이 나간 사람처럼 보였다. 서럽게 울며 오는 것도 그렇고 이런 표정과 눈빛까지, 이미 제 죽음도 인지했을 망자가 이럴 일이 뭐가 있나 싶던 수한은 갑자기 다가와 덥석 손을 잡는 망자 때문에 화들짝 놀라 뒷걸음 쳤다. 망자는 그런 수한의 손을 더욱 꽉 부여잡았다.

"도와주세요! 내가 중요한 걸 놓고 온 것 같아요! 그게 뭔지 모르겠는데, 정말 소중한 거 같은데 기억이 안 나요! 제발, 그것 좀 찾아 주세요! 네?"

만수사화 차로도, 옥춘당을 먹어도 복구가 되지 않는 기억 소실로 인한 혼란이 망자를 고통에 밀어 넣은 모양이었다. 하지만 꼭 그것만은 아닌 듯했다. 기억이 없다면서, 소중한 것을 놓고 온 것 같은 느낌이라는 걸 어떻게 이해해야 하는가 싶던 그때 수한은 불현듯 신음을 내뱉었다.

"아!"

무언가가 심장을 꽉 쥐는 듯한 답답하고도 고통스러운 아픔에 수한은 옷자락을 움켜쥐었다.

"왜 그래? 어디 아파?"

통증은 금세 사라졌다. 수한은 갑자기 찾아왔다 사라진 통증에 어이가 없어 원정을 바라봤다.

"아니, 슬퍼."

"뭔 소리야, 갑자기."

그건 수한이 원정에게 묻고 싶은 말이었다. 망자의 말을 듣자마자 심장에서 알 수 없는 통증이 번졌다. 그 통증은 아픔에서 끝나야 맞는 것인데, 이상하게 아픔이 슬픔으로 바뀌었다. 지금 눈앞에선 망자의 마음을 고스란히 느끼고 있는 것 같은 기분이었다.

소중한 것을 잊은 그 괴로움과 슬픔.

"일단, 넌 나중에."

원정의 시선은 수한에게서 떠나 망자에게로 멈췄다. 어떻게 해야 할지 몰라 발을 동동 구르는 망자를 향해 원정은 아무런 걱정할 것 없다는 인자한 미소를 지어 보였다.

"보통 죽음의 순간, 많은 망자의 기억이 소실돼요. 그건 신이 인간에게 주는 망각의 축복입니다. 저희 환등열차는 그 기억을 선물로 드려요. 물론, 최근에 기억이 복구되지 않아 저희 TF팀이 신설되었지만, 저희는 무슨 일이 있어도 망자가 잊어버린 소중한 모든 기억을 다 찾아 드리니 걱정하지 마세요."

"정말 찾을 수 있겠죠? 아주아주, 소중한 것 같아요. 기억이 안 나는데 너무 걱정돼요."

"이 환등열차에 타시면 곧 알게 되실 거예요."

수한은 어서 환등열차 문을 열라는 원정의 손짓에 심장을 움켜쥔 손을 풀어 문을 젖혔다. 망자는 어떤 경계나 거부감 없이 서둘러 환등열차에 올랐다. 정말 그 소중한 것을 빨리 찾고 싶은 간절함만 보였다. 망자의 뒤를 따라 원정도 열차에 오르려는데, 수한이 다급히 원정을 붙들었다.

"저 망자가 느끼는 고통 같은 게 나한테도 느껴지는 것 같아. 이게 뭔데?"

수한의 물음에 원정의 눈빛이 사뭇 날카롭고 차갑게 바뀌었다. 그걸 왜 자신에게 묻느냐는 눈빛이었다. 수한은 평소 보이던 웃는 얼굴과 다른 무섭도록 냉정한 시선에 그녀에게 대답을 들을 수 없음을 깨달았다. 원정은 수한의 되물음을 무시한 채 냉정히 열차에 올라타 버렸다. 수한은 답답함에 한숨을 푹 내쉬며 원정을 따라 열차에 올라섰다.

이 망자의 삶 속에 자신의 심장마저 아프게, 슬프게 하는 것이 과연 무언인가?

혹, 이 망자와 자신이 어떤 인연으로 얽힌 것은 아닌가? 그렇다면 악연인가, 선연인가?

온갖 물음이 샘솟는 가운데 어느새 환등열차는 그녀의 생 절반인 이십 대 구간에 접어들었다. 환등열차 차창에는 지금의 망자와 사뭇 다른 젊은 20대 시절의 망자 모습이 흘러나오고 있었다.

* * *

"이 추운 겨울날 눈꽃 빙수를 먹고 싶어?"

수혜는 애인 진우가 눈꽃 빙수를 한 스푼 푹 떠 내밀자,

새끼 새처럼 받아먹으며 말했다.

"보일러를 너무 틀었나 봐, 더웠어. 이거 봐라? 다경이랑 어제 스티커 사진 찍었다? 다경 이쁘게 잘 나왔지?"

수혜는 빙수를 오물거리며 그에게 친구 다경과 찍은 스티커 사진을 펼쳐 자랑했다. 다정하게 서로를 꼭 끌어안고 찍은 수혜와 다경의 사진을 말갛게 보던 진우가 문득 티스푼을 툭 내려놓고 물었다.

"수혜야. 너 솔직히 말해. 다경이랑 나 둘 중에 누굴 더 사랑하는 거야?"

"또 또 질투하네. 자기는 사랑이고 다경인 우정이라니까. 글구 다경이는 나랑 오래된 사이잖아. 초, 중, 고, 대학까지. 그 우정이 얼마나 진하겠어?"

"그래서 지금 애인 앞에 두고 친구 선택한다고?"

"둘을 비교할 수 없단 뜻이지. 아참참! 나 졸업하면 미국 한 달 가기로 했잖아. 아버지가 다경이 여행비도 대 주신다구 같이 다녀 오래, 혼자 가는 거 걱정 되신다구."

"진짜? 좋겠네, 누구는. 미국까지 공짜로 가고."

"근데 미국으로는 안 갈 거 같아. 다경이 미국은 별론가 봐. 스위스는 어떠냐고 묻더라구."

"자기는 미국 가고 싶다면서. 뭐 그런 거까지 배려해? 공짜로 데리고 가 주는 것만도 감지덕지하지."

"다경이가 같이 가 주는 거지. 그렇게 말하지 마. 내 친구 한테."

수혜는 입술을 삐죽거리는 진우의 입안으로 빙수를 밀어 넣으며 피식 웃다가, 진우의 어깨 너머로 헐레벌떡 빙수집 안으로 들어오는 다경을 발견하고 손을 번쩍 들어 올렸다.

"어? 다경아? 수업은? 박 교수님 수업 한 번 빠지면 무조건 B야."

"너 왜 휴대전화 꺼 놨어? 큰일 났어! 큰일!"

"나 폰 꺼져 있어? 근데 무슨 큰일?"

"빨리 일어나! 빨리!"

수혜의 말에 다경은 어떤 것도 대답하지 않았다. 대신 수혜의 손에 들린 티스푼을 빼앗듯 들고 그녀를 거칠게 일으켜 세웠다. 수혜는 다경의 우악스러운 손길에 자연스럽게 몸을 일으켰다. 그 찰나의 순간 봤다. 다경의 붉어진 눈동자를.

"너… 왜 그래?"

"이럴 시간 없어! 너희 집에서 나한테 전화가! 너 빨리 집에 가 봐! 빨리, 아버지…."

다경은 뒷말을 내뱉지 못했다. 수혜는 얼굴을 감싸고 본격적으로 울음을 터뜨린 다경을 보며, 눈물에 가로막힌 다경의 뒷말이 뭔지 알 것 같았다.

"진우야, 다경이 좀 부탁할게."

"내가 같이 가 줄까?"

"아니야. 전화할게."

수혜는 진우의 제안에 고개를 저으며 가방을 챙겨 들었다. 우는 다경을 덩그러니 놓고 갈 수 없을뿐더러, 자신에게 벌어진 상황을 사랑하는 남자에게 보여 주고 싶지 않았다. 다경의 눈물 외에 보고 들은 것이 아무것도 없었음에도 그래야할 일이 생긴 것 같았다. 그녀의 느낌은 적중했다.

"정진만 씨가 오늘 아침 스스로 생을 마감하셨습니다."

보고도 믿어지지 않는다는 것이 이럴 때를 두고 하는 말인가 보다. 수혜는 차가운 영안실 안에 나무토막처럼 딱딱하게 굳어 있는 아버지를 보고도, 정말 아버지가 맞는지 의심이 됐다.

"이분이 우리 아빠… 맞는 거죠?"

"정진만 씨 회사가 오늘 아침 부도 처리됐습니다. 이미 하청업자들에게 70억 상당의 물품 대금 사기죄로 형사 고발당해서 수사 대상이었던 상태였고요. 아무래도 그 압박감을 감당하기 어려우셨던 것 같습니다."

아버지는 늘 씩씩하고 자신감이 충만한 강인한 사람이었다. 그래서 몰랐다. 아버지가 짊어진 무게에 대해서. 가장 사랑하고, 존경했던 아버지의 죽음 앞에 수혜는 이 순간 자신의 인생행로가 바뀌었음을 직감했다. 바뀐 인생행로는 수혜에게 꽤 많은 깨달음을 던졌다. 그중 하나가 사치였다. 몰랐다, 돈이 없는 사람에게는 장례식도 사치가 될 수 있다는걸. 장례식도 없이 아버지 시신을 화장 후 봉안당에 안치하고 돌아온 그날 새벽녘, 엄마는 그녀에게 통장 하나를 내밀었다.

"이 돈으로 일단 지내고 있어. 엄마가 곧 연락할게."

슬픔을 다 털어 내기도 전이었다. 엄마 옆에는 작은 짐가방이 놓여 있었다. 수혜는 직감했다. 엄마의 연락은 곧 올 수 없다는 것을. 어쩌면 영원히 오지 않을 수도 있다는 것을.

엄마가 사라지고 몇 시간이나 흘렀을까. 수혜는 문을 열어 준 기억이 분명히 없었으나, 사람들이 집으로 들이닥쳤다. 그녀가 삼촌, 이모로 부르며 따랐던 사람들이었다. 그들은 그녀의 집에 있는 모든 것을 앗아갔다.

하물며.

"이모, 나 그 겨울 부츠 하나 있어."

"난 이것도 없어, 네 아비 어미 때문에."

그녀가 가장 좋아했던 그 이모는 그녀가 신을 수 있는 모든 신발을 다 자루에 밀어 넣었다. 딱 하나의 신발만 남겨 놓은 채.

펄펄 내리는 눈이 발목까지 쌓이던 날, 그녀는 결국 그 집에서 쫓겨 나와야만 했다.

수혜는 여름용 샌들에 양말을 신은 발을 끼워 넣었다.

그녀의 추락과는 상관없이 하얀 눈이 참 예쁘게도 내리고 있었다. 그녀는 걸었다. 어디를 향해 가야 하는지도 모른 채 걷고 또 걸었다. 발이 눈 속에 푹푹 빠졌다. 젖은 양말이 무겁게 느껴지다 못해 한 발짝도 걸음을 뗄 수 없는 지경에 이르러서야 멈췄다. 수혜는 감각이 사라진 발을 두 손으로 만졌다. 와그작, 살얼음 깨지는 소리가 들렸다. 하얗던 수혜의 발은 보라색 물감을 들인 듯 변해 있었다. 이 보라색 발을 살얼음 낀 양말에 다시 넣는 것이 고통이었다. 수혜는 양말 한 켤레를 사야 했다. 그래야 다시 걸을 수 있을 것 같았다. 노점상에서 양말 한 켤레를 샀다. 금세 젖을 양말이었지만, 그 순간에 경험한 온기는 그녀가 그 어디에서도 느껴보지 못한 것이었다. 양말에서도 얻을 수 있는 온기를 정작 사람에게서는 얻을 수 없었다. 큰 숙부부터 고모, 외삼촌까지 피를 나눈 가족이었지만, 고통까지는 나누려고 하지 않았다.

결국 수혜는 엄마가 준 돈으로 귀신이나 좋아해서 살 법한 지하방을 얻었다. 학교를 자퇴하고 길거리에서 양말을 파는 노점 아르바이트를 시작했다. 그것으로도 부족한 것 같아 야간 아르바이트도 얻었다. 그렇게 열심히 살면 언젠간 이 삶이 다시 예전으로 돌아갈 수 있겠지 생각했다. 그렇게 사계절이 한 번, 두 번 지났다. 그러나 삶은 변하지 않았다. 돈에 허덕이는 나날은 여전했고, 행여 돈을 모았다 싶으면 귀신같이 알고 채무자들이 찾아와 그 돈을 가져갔다.

가난은 참 얄궂게도 돈이 나가는 일만 만들었다. 한겨울 돈 한 푼 아껴 보려 보일러를 틀지 않았다가 얼어서 터져 버려 큰돈이 나가게 하거나, 한여름에 곰팡이로 열감기에 걸리게 해 병원비가 깨지게 하거나. 일을 나갈 수 없어 돈을 벌 수 없게 하는 건 덤이다.

수혜는 한여름 감기로 정신을 차리기 힘들었다. 당장 병원에 가야 했지만 병원비가 없었다. 아르바이트 월급날은 아직 멀었고, 양말을 팔러 나갈 몸 상태도 아니었다. 그녀의 버팀은 무너졌다.

수혜는 남에게 절대 손을 벌리지 않기 위해, 이런 꼴을 보여 주고 싶지 않아서 모든 연락을 끊어 버렸던 휴대폰을 2년 하고도 7개월 만에 손에 쥐었다. 1번을 꾹 누르자, 발신자에 영원한 나의 벗이라는 글자가 떴다. 다경이었다. 그녀가 의지할 수 있는 유일한 사람이었다.

[…수혜니?]

2년 반 만에 듣는 다경의 목소리였다. 그 음성 한 번에 온갖 감정들이 소용돌이를 일으켰다. 반가움, 미안함, 그리움, 괴로움, 아픔, 민망함, 창피함. 그 무수히 많은 감정이 실타래처럼 칭칭 얽히고 있는 가운데 수혜는 힘겹게 말을 꺼냈다.

"잘 지내지?"

[응. 넌?]

"난 잘 못 지내. 그래서 전화했어. 다경아 미안한데… 나 병원 갈 돈이 좀 필요해. 감긴데… 주사 맞고 그래야 일을 할 수 있을 거 같아. 돈 좀 가져다줄 수 있어? 여기가 어디냐면."

[돈 필요해서 전화한 거구나. 돈 빌려줄 수 있는데, 수혜야. 나도 너한테 부탁할 게 있어.]

"어? 부탁?"

이상했다. 다경의 목소리를 듣고 있는데도 목소리가 들리지 않았다. 분명 다경이 말하는 것 같았지만, 갑자기 귀가 먼 것처럼 수혜의 귀에는 아무런 말도 들리지 않았다.

"꽉 잡으세요!"

덜커덩 꿍음을 내며 환등열차가 멈췄다. 미싱 링크로 인해 주마등 데이터가 끊기며 환등열차가 급작스럽게 멈췄다. 그 반동에 망자 수혜의 몸이 휘청이며 튕겨 나가려 하자, 수한이 다급히 수혜를 붙들었다.

"괜찮으십니까?"

기억 속보다 훨씬 주름진 얼굴을 한 수혜가 수한이 물음에 괜찮다는 듯 고개를 끄덕였다. 수한이 수혜를 다시금 자리에 앉혀 살피는 사이, 원정도 수혜 앞에 무릎 꿇고 앉았다.

"이 기억부터 미싱 링크가 일어난 모양이군요."

"왜, 기억이 안 나는 거죠?"

"아마도 망자께서 망자와 친구분 사이에 있던 일들을 잊고 싶으셨던 것 같아요. 최근에 망자의 그런 갈망을 먹고 힘을 키우는 악귀가 생겼습니다. 그걸 저희는 미싱 링크라고 불러요. 저희가 망자의 주마등으로 직접 들어가 미싱 링크 구간과 남아 있는 주마등 모두 살펴보고 찾아 드릴게요. 꼭 찾을 수 있으니까 너무 걱정하지 마세요."

"혹시 제가 지우고 싶어 했던 이 기억이 소중하게 느끼는… 그것과 연관이 있는 걸까요?"

"그럴 수도 있고, 아닐 수도 있고요. 일단 여기서 기다리세요. 저희가 다녀올게요."

"여기서 나 혼자 기다려요?"

"네. 망자는 곧 잠들 테니까요."

원정은 말끝에 방긋 미소를 지으며 수혜의 귓가에 손가락을 탁 튕겼다. 그 순간 수혜의 눈이 스르륵 감기며 테이블 위로 쓰러지듯 잠이 들었다. 원정은 수혜가 확실히 잠에 빠진 것인지 그녀의 감긴 눈앞에 손바닥을 펼쳐 흔들었다.

그런 원정을 빤히 지켜보던 수한이 참 예스럽게 확인하는 원정을 보며 고개를 절레절레 흔들고는 환등열차 문을 활짝 열었다. 삼도천의 차갑고 서늘한 바람이 홱, 열차 안으로 불어닥쳤다. 수한은 닻을 삼도천 아래로 홱 집어던졌다. 쇠사슬이 삼도천 아래로 팽팽하게 이어졌다. 원정은 그 닻줄이 팽팽한지 손으로 직접 흔들며 확인 후 품속에서 쇠고랑 모양의 손잡이를 꺼내 줄에 걸었다. 그러다 문득 곁에 선 수한을 응시했다.

"너 삼도천 아래로 떨어질 때 허리 아프지 않았니?"

"야, 안 그래도 내가 지금 그 이야기 하려고 했다. 이거 대체 어디서 사는 거야? 허리 끊어지는 줄 알았어."

"어디서 못 사, 이건. 정직 차사들만 쓸 수 있는 거라. 근데 뭐 나는 삼도천으로 다이브 하는 데 익숙한 저승사자라, 이거 필요 없긴 해서. 너 해."

원정은 큰 인심 쓰듯 한 발 뒤로 물러섰다.

"선심 쓸 거면 진작에 하지. 잘 써 주마."

수한은 원정이 비켜 준 곳으로 서서 원정이 양보한 손잡이를 잡으려 손을 뻗었다.

"아, 참! 나 너한테 받을 돈 있는데, 이걸로 퉁 치자."

"돈? 내가 너한테 무슨 돈을 줘야 하는데?"라고 묻는 수한의 말이 끝나기가 무섭게 원정은 골문을 향해 공을 차는 선수처럼 수한의 등을 향해 냅다 다리를 뻗었다.

"아아아악!"

수한은 냅다 비명을 지르며 그대로 삼도천 아래로 떨어졌다. 이윽고 풍덩 하는 묵직한 소리가 울려 퍼졌다. 삼도천

물결이 크게 출렁거렸다.

"감히 나한테 반말 찍찍한 값 받아야지. 음, 잘 빠졌네."

원정은 출렁거리는 검은 삼도천 물을 확인하고는 흡족한 얼굴로 손잡이를 잡고, 바닥에 다리를 튕겼다. 촤르륵 쇠고랑이 닻줄을 타고 흐르는 소리가 경쾌하게 울렸다.

삼도천을 지나 망자의 끊긴 주마등 속으로 툭 떨어진 수한은 허리를 부여잡고 원정을 죽일 듯 노려보고 있었다.

"나 다 들었다, 이원정."

"들으라고 한 말이야. 알려 줬잖아, 저승은 모든 게 인과율이라고. 계약직 차사가 정직 차사에게 반말을 찍찍하잖아? 그럼 이런 대가를 치르게 되는 거야."

"내가 진짜 궁금해서 묻는 건데, 파멸하는 방법은 없냐? 너 확 파멸시켜 버리게."

"차사직 잘 수행해서 강림도령한테 말해 봐. 그런 능력 좀 제공해 달라고. 일해, 차수한."

원정은 수한을 향해 얄미운 미소를 지었다. 수한은 기필코 저걸 없애 버리고 말겠단 다짐을 하며, 워치에 주마등 데이터 재생 버튼을 눌렀다. 그러자 사방이 곰팡이로 가득한 지하방에 멈춰 있던 망자 수혜의 모습이 다시금 움직이기 시작했다. 수혜는 여전히 들리지 않는 전화를 한참이나 들고 있다 아무 말 없이 수화기를 내려놓았다.

수혜는 다경과의 전화를 끊고 힘겹게 몸을 일으켜 곧장 욕실로 들어가 씻었다. 도저히 가만히 누워 있을 수 없었다. 온갖 잡념이 머릿속을, 심장을 아프게 헤집어 놓고 있었다. 계속 누워서 이런 잡념들로 고통받고 싶지 않았다. 차라리 양말 팔다 쓰러지는 한이 있더라고 나가 장사 하는 것이 지금, 이 고통보다는 덜 아프겠다.

수혜는 쉬이 움직이지 않는 다리를 질질 끌며 길거리로 나갔다. "양말 사세요."라는 간단한 말도 기침이 나와 절반은 내뱉지 못했다. 게다가 기침 때문에 양말을 사러 온 손님들이 다시 발길을 돌리자, 수혜는 기침을 참아 보려 이를 악물었다. 그 악착같은 버팀을 조롱하듯 비가 내리기 시작했다.

잠깐 스치고 갈 여우비가 아니었다. 장대비가 쏟아지는 것이 여름 장마인 듯했다. 하지만 수혜는 장사를 정리하지 못했다. 몇 개라도 팔아야 병원비가 나오기에. 수혜는 거세게 내리는 비를 온몸으로 견디며 양말 포장지가 비에 젖지 않도록 닦고 또 닦던 그때였다. 어디선가 느껴지는 시선에 수혜는 손님이 왔나 싶어 고개를 돌렸다.

"다경이?"

우산을 쓴 다경이 그녀를 말갛게 응시하고 있었다. 다경은 비를 맞고 있는 수혜를 그저 바라볼 뿐 그녀에게 달려와 자신이 쓰고 있는 우산을 씌워 주지는 않았다. 수혜는 그저 우두커니 자신을 응시하는 다경을 바라봤다. 다경이 한 발짝 한 발짝 다가왔다. 서로의 숨소리도 들릴 정도로 가까운 거리가 되었음에도 다경은 끝까지 자신의 우산을 수혜에게 씌워 주지 않았다. 그런 다경에게 수혜는 여길 어떻게 알았느냐는 물음을 건네려다 입을 다물었다. 양말을 팔고 있는 자신을 보는 다경의 시선에는 어떤 놀람도 묻어 있지 않음을 보니 알 것 같았다. 다경은 이미 다 알고 있었다는 사실을. 다 알면서 단 한 번도 자신을 찾아오지 않았다는 걸, 그녀는 방금 깨달았다.

"전화를 그렇게 끊으면 어떡해, 사람이 말하는데. 이거 다 너 때문에 벌어진 일이야, 수혜야. 네 집이 망하고, 네가 진우를 그렇게 버리지 않았다면 나랑 진우가 연인 사이 돼서 이런 상황까지 오진 않았겠지. 진우가 생각보다 변덕이 심하더라. 원해서 기껏… 아무튼 부탁할게. 너 돈 필요하다며. 일단 오백만 원이야. 네가 대신 잘 키워 줘."

그 흔한 안부 인사도 없이 다짜고짜 자신의 용건부터 내보이는 다경의 말에 수혜는 순간 피식 웃음이 새어 나왔다. 그 웃음 끝에 수혜의 시선에는 다경의 손에 안긴 그 작은 생명체가 눈에 들어왔다. 동시에 그녀의 귓가에는 다경의 뒷말이 환청처럼 울려 퍼졌다. 오백만 원. 그 돈이면 월세 3년 치가 해결되는 큰돈이었다. 지금 당장 병원에 갈 수도 있고, 한 달 동안 사지 못한 쌀을 살 수 있는 돈이었다. 꽉 조여진 숨통이 아주 많이 트이는 큰 액수임은 틀림없었다. 수혜는 다경의 이 말도 안 되는 부탁을 돈봉투 하나로 이해해 버렸다.

그럴 수 있지. 그때 다경이도 막 남자 친구와 이별했었고, 진우에게 이별 통보 없이 잠수했었고, 서로 내 걱정 하다가 자연스럽게 사랑을 나누게 됐겠지. 그래, 나한테도 책임이 있어. 책임이, 있어. 그냥 그 책임의 값이라고 생각하면 되는 거야, 정수혜.

그녀는 다경을 향해 네 제안을 받아 준다는 의미를 담아 고개를 끄덕였다.

* * *

"저건 뭔데?"

"검은 물체? 검은 안개? 검은 연기? 검은 덩어리?"

원정이 황당한 시선으로 수한을 노려봤다.

"그걸 묻는 게 아니잖아, 지금!"

"그럼 뭘 묻는 건데? 내 눈에는 뭐가 다른 게 보일까 봐서? 내가 너보다 능력이 더 뛰어난 것 같다만, 보이는 건 똑같다. 검은 형체."

"뭐래? 네가 무슨 나보다 능력이 뛰어나? 뛰어나면 저게 뭔지 알아맞혀 봐, 맞혀 봐!"

"유치하긴. 키워 달라고 했으니, 생명체는 확실한데. 이 생명체가 '지워졌다'라. 아무래도 이번엔 어떤 하나의 기억이 아니라 존재 자체를 지운 것 같다. 아마도 그 존재와 연관된 모든 기억을 다 지웠을 가능성이 커."

수한은 망자의 친구로 추정되는 다경이라는 사람의 품에 안긴 형태를 알 수 없는 검은 덩어리를 바라보며 말했다. 저것이 필시 악귀가 뜯어먹어 버린 망자의 갈망일 것이다.

"어이고, 그러셔요? 그렇게 싹 다 미리 알아서 참 좋으시겠어요. 아니면 어떡할 건데? 어?"라고 원정은 한껏 수한을 비꼬았지만, 수한의 예측이 모두 맞았다.

결혼도 하지 않고 혼자 악착같은 삶을 살아 냈고, 양말 사업으로 크게 성공한 사업가가 된 망자의 주마등에는 이 존재와 연관되었을 것으로 추정되는 모든 기억이 깨끗하게 도려내져 있었다. 그 존재가 지워진 구간은 무려 20년간 이어졌고, 망자의 죽음 직전까지도 함께한 존재기도 했다.

수한은 망자의 지워진 구간을 볼 때마다 확신에 확신을 더해갔다. 소중했지만 지우고 싶을 정도로 망자를 괴롭게 만든 존재가 누구인지. 가장 믿었던 친구와 사랑했던 애인 사이에서 생긴 존재, 돈 오백만 원을 받고 떠맡아 20년간 키우며 기억을 모두 지우도록 한 그 존재, 그 존재는 분명 다경과 진우라는 남자 사이에서 생긴 아이가 분명했다. 이 미싱 링크를 해결하기 위한 단초는 그 아이, 자체가 되겠다.

"이번 미싱 링크 해결은 아주 쉽겠다. 장례식장 가면 있을 테니."

망자의 마지막 죽음의 현장 주마등에 서 있던 수한이 의기양양하게 말하자, 원정은 고개를 절레절레 흔들었다.

"틀렸어. 장례식 벌써 끝났어."

"뭐? 장례식이 벌써 끝나?"

"지금 빨리 가면 화장터는 갈 수 있겠다."

수한은 워치를 살피며 남 일처럼 대답하는 원정을 확 밀쳤다.

화장터에서까지 놓치면 이 존재를 찾는 것은 번거로워진다. 쉽게 해결할 수 있는 상황을 절대 놓치고 싶지 않은 수한은 워치로 이승으로 내려갈 엘리베이터를 불러 올라탔다. 그러고는 한껏 느긋하게 걸어오는 원정의 옷자락을 잡아당겨 엘리베이터에 태웠다. 망자의 육신이 탈 화장터를 입력하자 엘리베이터가 빠르게 움직이기 시작했다. 몇 초나 흘렀을까.

덜커덩 엘리베이터가 멈추고 문이 열렸다. 문틈 사이로 쨍한 빛 한줄기가 수한이 눈동자로 들어왔다. 섬광에 눈을 감았다 뜨자, 사방에서 소음이 울려 퍼졌다. 망자의 집과 다른 풍경도 보였다. 상복을 입은 사람들이 돌아다니는 것이 화

두 번째 승객 —— 정수혜

장터인가 싶었으나 그러기에는 사방이 차분하고 고요했다. 수한이 확실한 확인을 위해 주변을 살피던 그때였다. 그의 얼굴 위로 무언가가 확 날아들었다. 깜짝 놀란 수한이 반사적으로 몸을 피했다. 수한을 비켜 간 그것이 '퍽' 둔탁한 소리를 내며 바닥에 떨어졌다. 하얀 꽃잎이 뼛가루처럼 사방에 흐트러져 있었다.

"뭐야, 이거."

"이거? 국화꽃다발."

"지금 묻는 게 그게 아니잖아. 이게 왜 나한테 날아든 건지 묻는 거지!"

수한은 원정을 향해 눈알을 부라리다 주변을 살폈다. 벽면에 똑같은 크기의 네모난 상자 모양이 쭉 나열된 것을 보니 이곳은 화장터가 아니라 봉안당 같았다. 원정이 말한 화장터도 놓쳤다. 수한은 어이없는 의문이 들었다. 왜 망자의 장례도 제대로 치르지 않고 이렇게 서둘러 정리한 것인지, 봉안당에서 국화꽃다발이 공중 부양을 할 일은 또 뭔지도 의문이었다.

수한은 꽃이 날아든 곳으로 시선을 돌렸다. 그곳은 망자의 유골함이 봉안된 안치실이었다. 그곳에 무 줄인 완장을 찬 두 명의 남자와 흰색 머리핀을 꽂은 한 명의 여자가 둥글게 모여 서로가 서로의 멱살을 움켜쥐고 있는 괴이하면서도 우스꽝스러운 형국이 펼쳐지고 있었다.

"야 인마! 찬물도 위아래가 있는 법인데 왜 네가 돈을 더 가져가?"

"오빠가 수혜 집 망하고 수혜한테 뭐 도움 준 적 있어? 큰아빠라고 뭐 해 줬냐고!"

"그러는 넌 있냐? 있어? 있으면 말을 해 봐!"

"아니 진짜 정씨 집안 사람들 웃기시네. 이보세요, 사돈. 이 외삼촌이 얼마나 수혜한테 잘했는지는 아십니까? 그쪽들만 가져갈 게 아니라니까요?"

말로만 듣던 상속 난투극 현장이었다. 괴상하면서도 어이가 없는 촌극에 화가 치민 것인지 원정이 이를 악물며 말했다.

"와. 뭐 이런 철면피들이. 집 망할 때 바로 안면몰수하고 연락까지 딱 끊은 인간들이 망자 재산 가지고 싸움 난 거야? 내가 이 인간세계에서 힘을 안 쓰려고 했는데 말이지, 진짜 화가 나서 견딜 수가 없어!"

원정은 도저히 이 참극을 가만 보고 있을 수 없다는 듯 두 팔의 소매를 걷어 올렸다. 수한은 그런 원정의 소매를 쭉 잡아 내렸다.

"오지랖이 삼도천 수준이네. 네가 뭔데 인간들에게 가장 재밌는 구경거리를 빼앗아? 이 인간 세상에서 불구경보다 재밌는 게 저 싸움 구경이야. 우린 얼른 망자가 키운 그 아이나 찾자고. 설마, 벌써 간 건 아니겠지? 그럼 골치 아픈데."

수한은 막무가내로 화를 내는 원정을 끌고 안치실을 나와 로비로 향했다. 사방에는 똑같은 상복을 입은 사람들이 돌아다니고 있었다. 수한은 그들 중 이십 대로 추정되는 사람들만 골라 어느 안치실로 향하는지 살폈다. 그들은 하나같이 망자의 안치실과는 다른 곳으로 흩어졌다.

"아무래도 저 인간들 보기 싫어서 먼저 집에 갔나 보다. 이원정, 망자 집 어디. 잠깐만."

수한은 아무래도 망자의 집으로 가 찾는 것이 더 빠르겠다고 생각하다가, 로비 벽면에 붙은 커다란 전광판에 멈칫했다. 전광판에는 안치된 망자들의 정보가 차례로 나오고 있었다.

'故人 정수혜님

상주: 숙부 정진구. 고모 정지연. 외숙부 조범례.

안치실 : 444호'

"저거, 이상하지 않아?"

"이게 왜? 피 한 방울 안 섞인 아이니까 상주에 이름 없는 거 아니야? 보통 상주는 직계 가족만 가능하니까."

"피 한 방울 안 섞였어도 20년간 키운 애야. 게다가 저 사람들은 20년간 연락 한번 한 적 없던 사람들이고. 너라면 누가 상주석에 서 있는 게 일반적일 것 같냐?"

"아, 그런가?"

"그리고 망자는 운전 도중에 뇌출혈로 도로 위에서 죽었어. 그랬다면 분명 병원으로 이송했을 테고, 휴대폰 연락처 뒤져서 가족에게 연락이 갔을 텐데. 20년간 연락도 없고 연락처도 모르는 저 사람들한테까지 연락이 갔다는 건…!"

"망자가 키운 그 존재가 장례를 치르지 않았을 수도 있단 의미가 되겠네? 이거, 무슨 상황이야?"

원정의 말끝에 수한은 알 수 없는 불안이 스멀스멀 올라오기 시작했다. 만약, 정말로 망자가 키운 그 존재가 이 장례에 참석하지 않았다면, 쉽게 해결될 거란 예상이 완전히 빗나간다. 수한이 이 상황을 빨리 확인하기 위해 망자의 집으로 걸음을 옮기려던 그때였다. 문득, 원정이 수한의 옷자락을 움켜쥐었다.

"왜?"

"저기. 저 사람이, 여길 왔어."

깜짝 놀란 눈빛으로 한 곳을 뚫어져라 보는 원정의 시선을 따라, 수한도 시선을 돌렸다.

그곳에는 짧지만 강렬한 인상을 남겼던 한 여자가 서 있었다.

"오백만 원, 그 여자다. 강다경. 저 여자가 여길 어떻게 온 거지? 그때 이후로 망자 주마등에서 못 본 거 같은데?"

"우리가 지워진 존재에 대한 주마등만 살펴서 그래. 언제 다시 재회했는지 봐야겠어."

품에 하얀 백합꽃다발을 들고 나타난 다경을 향해 원정은 워치를 조준했다. 워치 테두리에 붙어 있던 카메라 앵글이 번쩍이더니 다경의 얼굴을 찍었다. 워치 화면 속에 다경의 얼굴이 담기는 순간, 화면에 알 수 없는 숫자가 등장했다.

42세 - 1월, 42세 - 12월.

총 2개의 주마등을 찾았습니다.

"뭐야? 둘이 만난 적이 있었네?"

"이 기능은 또 뭔데?"

"망자 주마등 속에 저 여자 정보 찾는 거야. 이렇게 얼굴을 워치로 찍고 기간을 설정하면 그 기간 안으로 망자의 주마등에서 저 존재에 대한 기억을 찾아 줘. 만난 적이 없거나 기억이 지워졌으면 의미 없지만."

원정은 워치 주마등 버튼을 툭 눌렀다. 봉안당의 풍경이 하나씩 사라지고 전원주택으로 보이는 풍경으로 바뀌었다. 전원주택 마당에 수혜와 다경이 서로를 마주하고 앉아 있는 장면이었다. 평온한 수혜의 표정과 달리 다경의 얼굴에는 풀리지 않은 앙금이 남아 있어 보였다. 원정은 워치로 다음 주마등을 선택했다. 그러자 이번엔 전원주택 풍경이 사라지고 공원으로 추정되는 곳으로 바뀌었다. 그곳에서 수혜와 다경은 서로를 발견하고 흠칫하는 모습이었다. 다만 그 장면들 속에서는 어떤 대화도 들리지 않았고, 하나같이 흐릿하게만 펼쳐졌다.

"깊은 인연은 틀림없는데, 망자는 저 여자에게 어떤 마음도 없었나 보다. 그저 만났다, 정도의 기억만 남은 거 보면. 그나저나 저 여자가 그 존재를 전달한 사람이니까 아는 게 많겠지? 어떻게 접근할까?"

"혼란스러운 상황에는 더 큰 혼란을 던져 주면 되지."

"뭔 개소리야?"

수한은 두고 보면 알 거라는 말을 남기고 원정에게 멀어졌다. 원정은 "어쩌게."라는 말을 채 끝내지 못했다. 수한은 이미 다경의 곁에 도착했다. 수한은 다경과 시선을 맞추고 엷은 미소를 지어 보였다.

"누나. 여기서 뵐 줄은 몰랐네요."

한없이 친근하게 다경에게 말을 건넨 수한을 지켜보던 원정이 어이없어 콧방귀를 꼈다.

"헐, 누나. 저거 아주 누나가 입에 붙은 놈이었어."

어이없는 원정처럼, 다경의 반응도 그 못지않게 당혹스

러운 낯빛이었다. 갑작스럽게 누나라며 친근하게 다가온 수한을 향해 잔뜩 경계 서린 눈빛으로 수한을 죽 훑으며 응시했다.

"누구시죠?"

"다경 누나 아니에요? 저예요. 차수한. 한국대 경영학과요. 저 1학년 때 누나랑 반 학기 같이 다녔는데. 저 기억 못 하시구나, 전 보자마자 알겠던데."

수한은 한껏 서운한 표정을 지었다. 감쪽같은 수한의 표정 연기가 먹혔는지 다경은 퍽 난감한 듯, 정말 널 모르겠다는 표정을 지었다. 게다가 경계는 더욱 짙어졌다. 알지 못하는 남자의 입에서 흘러나온 자신의 이름에 거부감과 경계가 더욱 짙어진 것이었다. 이 경계심을 가장 빠르게 허물 방법은 동성을 마주하게 하면 된다. 수한은 원정을 향해 환한 미소를 지으며 손을 번쩍 들었다.

"제 와이프, 아니, 원정이 보면 기억나실 수도 있어요. 여보, 이리 와 봐. 다경 선배야."

수한은 다정하게 원정을 향해 손을 흔들었다. 원정은 갑자기 자신을 한껏 사랑스럽게 바라보며 손을 흔드는 수한 때문에 너무 당황한 나머지 반응 속도가 한 템포 느렸지만, 다경은 알아채지 못한 듯했다.

'여보'라니, 정말 별 연기를 다 하네. 원정은 뒤늦은 화답을 보내며 수한에게 다가갔다. 그러고는 능청스럽게 수한에게 팔짱을 꼈다.

"어머, 다경 선배를 여기서 보네요? 저 기억 안 나세요? 대한여고요. 저 선배 바로 밑 후배였는데. 수혜 언니가 대학교 때 이 사람 소개해 줘서 저희 결혼하고 같이 유학 갔었잖아요."

"대한여고? 내 후배라고요? 너무 어려 보이는데."

"아, 우리 원정이가 얼굴을 수시로 바꿔요, 더 어려 보이게. 그래서 못 알아보시나 보다."

수한의 말에 졸지에 성형인이 되어 버린 원정이 수한을 힐끔 째려보다 여전히 경계를 풀지 않는 다경을 향해 친근한 미소를 지어 보였다.

"아하하. 제가 너무 고쳤나 봐요. 그나저나 선배 많이 힘드시죠? 두 분 엄청나게 친했잖아요."

"그러게. 수혜 누나랑 초, 중, 고, 대학까지 같이 다니신 거라면서요?"

일부러 능청스럽게 알고 있는 정보를 끊임없이 흘리는 수한의 물음에 다경은 서서히 경계를 허물며 담담히 대답했다.

"그랬는데 대학교 때 이후로 소식 끊겼다가 최근에 다시 만났어요."

"그래요? 수혜 누나 학교 그만두고 난 뒤에도 다경 누나한테 너무 좋은 선물 받았다고, 그런 말도 하고 그래서 쭉 연락하고 지내는 줄 알았습니다."

"선물? 무슨 선물?"

"음, 이런 말 해도 될지 모르겠는데…."

수한은 다경의 눈치를 살피는 듯한 표정을 지으며 머뭇거리자, 다경이 재촉하듯 물었다.

"뭔데?"

"그게 참 말하기가."

원정은 수한의 머뭇거림에 그를 만류하듯 어깨를 툭 쳤다. 뭔가 함부로 말해서는 안 될 것 같은 분위기를 대놓고 흘리는 두 사람을 보던 다경은 조금은 짜증 섞인 말투로 재차 물었다.

"괜찮으니까 말해. 뭐냐고, 무슨 선물."

"그 이십 년 전에 말입니다. 누나랑 진우 형 사이에서…그, 수혜 누나가 선물이라고 하던데, 그 아이?"

넌지시 물어오는 수한의 물음에 순간 다경의 동공이 커졌다. 수한은 그녀의 동공 확장에 멈칫했다.

저 동공 확장의 의미는, 설마 모른다는 건가?

"그 아이라니?"

다경이 토끼 눈처럼 동그랗게 뜨고 수한에게 물었다. 수한은 당혹스러움을 미처 감추지 못했다.

이 여자가 기억 상실증에 걸리지 않고서는 모를 리가 없는데, 자신이 줘 놓고선 모른다고?

수한 못지않게 당황한 원정은 캐묻듯 다경에게 되물었다.

"언니가 수혜 언니 힘들 때 오백만 원도 주고, 그 아이도 줬다던데요? 수혜 언니가 언니한테 엄청 고마웠다고 그랬거든요."

수한의 말에 다경이 뒤늦게 "아." 탄식을 내뱉으며 어이없다는 듯한 미소를 흘렸다.

"아, 그 아이 말한 거였니? 정보은?"

수한은 마치 자신이 깜박했다는 듯한 제스처를 취하며 맞장구치듯 손뼉 쳤다.

"아아! 맞아요! 보은이!"

"정수혜 끝까지 천사표로 남네. 진짜 고마웠대? 그 강,"

"저 사람이 변호사라고? 이보쇼!"

한껏 조롱 섞인 코웃음을 짓던 다경이 말을 내뱉다 말고 고개를 돌렸다. 갑작스럽게 침투한 목소리 탓이었다. 수한은 이 중요한 시점에 끼어드는 이가 누구인가 몸을 확 돌리려다 중심을 잃고 휘청거렸다. 누군가가 강력한 힘으로 수한을 확 밀친 까닭이었다.

갑자기 이게 무슨 날벼락인가!

넘어질 뻔하다 간신히 중심 잡고 선 수한은 자신을 밀친 몰상식한 인간을 향해 사납게 돌아보았다. 망자의 큰 숙부였다. 큰 숙부는 한 손에 젊은 사내의 멱살을 움켜쥐고 질질 끌고 나타났다. 그 뒤를 이어 고모와 외숙부도 나타났다. 그들은 한데 뭉쳐 다경을 가로막듯 섰다. 그러고는 다짜고짜 큰 숙부는 다경을 향해 소리쳤다.

"이보쇼! 아니, 변호사가 말이야! 유언장을 직접 와서 말해야지, 감히 사무장을 보내?"

"아니, 오빠, 지금 그게 중요한 게 아니잖아! 우리 돈이 보은인가 뭔가한테 간다잖아!"

"씨부럴! 니들이 뭔데 수혜 재산을 자식한테 주느니 마느니 하는 건데!"

망자의 재산 상속 문제로 2차전에 돌입한 모양이었다. 수한은 큰 숙부의 말에 깜짝 놀라 다경을 바라봤다. 이 여자가 망자의 유언장을 전달한 변호사라니. 망자의 희미한 주마등 속에 대화도 들리지 않았던 재회가 바로 의뢰인과 담당 변호사로의 만남이었다니. 둘의 인연이 참 질기구나 싶다.

다경은 언짢은 표정을 감추지 않고 큰 숙부를 똑바로 응시했다.

"정수혜 대표가 살아 있을 때 대리인 지정했고, 모든 재산은 다 자식에게 상속하라고 유언장을 써 놨습니다. 그리고 저희가 정보은이나 대리인에 대한 개인 정보를 제공할 의무는 없고요.”

“자식은 지랄! 개새끼가 어떻게 자식이 되냐고! 그게 말이 돼? 사람도 아닌 개새끼한테 재산을 준다는 게? 우리는 죽어도 인정 못 하니까 그렇게 아쇼!”

큰 숙부의 말에 다경이 피식 실소를 흘렸다.

“그러게요. 개한테 재산이라니.”

이건 또 무슨 소릴까? 개라니? 여기서 개가 왜 등장하는 거지? 보은이한테 재산을 준다더니 이제는 개한테 재산을 준다고?

이들의 대화가 하나도 이해가 되지 않는 수한은 다경을 가로 막고 서 있는 망자의 유족들을 확 밀치며 다경의 시선을 자신에게로 돌려세웠다.

“개라니요? 재산이 보은이가 아니라 개한테 간다고요?”

수한의 물음에 다경은 대답 대신 그를 빤히 응시했다. 그러고는 모르냐는 눈빛으로 입을 열었다.

“보은이가 개예요. 내가 오백만 원 주면서 준 개. 그깟 개한테 재산 상속이라니. 끝까지 좋은 사람인 척, 어이가 없어서.”

개라니! 보은이가 개라니! 수한은 도저히 이 상황이 이해되지 않아 다시금 물었다.

"정말요? 정말, 그 존재가 개라고요? 사람이 아니고?"

다경은 더 말하는 것이 소모적이다 싶었는지 말 대신 보여 주겠다며 불쑥 자신의 휴대전화를 꺼냈다. 그러고는 화면을 켜 내밀었다.

"맙소사!"

곁에서 수한과 나란히 그 화면을 본 원정은 너무 놀라 터져 나오려는 비명을 막으려는 듯 입을 틀어막았다. 수한은 도저히 믿어지지 않아 다경의 전화를 빼앗아 들고 그 사진을 워치에 담았다. 확실한 확인이 필요했다. 망자의 주마등 데이터에 사진을 삽입하자, 워치 화면 속에는 [주마등 확인 중]이라 알리는 문구와 연꽃 이모티콘이 피었다, 지기를 반복했다. 그러다 연꽃이 활짝 피며 반짝 빛을 뿜어냈다. 동시에 문구가 떠올랐다.

[정수혜 망자 주마등 데이터가 60% 복구되었습니다.]

"하… 말도 안 돼. 망자가 지워 버린 그 존재, 사람이 아니라 강아지였어!"

수한이 탄식을 내뱉으며 고개를 들자, 곧 사방이 망자의 주마등으로 바뀌기 시작했다.

* * *

수혜는 다경의 품에 안긴 민들레 홀씨처럼 새하얀 털 뭉치에 새까만 눈, 혀를 반쯤 내밀고 활짝 미소 짓고 있는 하얀색 몰티즈 강아지를 보다가 다경이 내민 돈을 받아 들었다. 피식 웃음이 나왔다. 그녀의 웃음이 거슬린 것인지 다경의 표정이 싸늘히 식었다.

"너 왜 웃니?"

"그냥, 웃음이 나오네, 이 상황이. 강아지라…."

"진우가 사 달라고 해서 샀는데, 자기가 원하는 외모가 아니라서 키우기 싫대. 파양하려고 했더니 펫샵에서는 환불 안 된다 그러고. 너 알지? 나 강아지 싫어하는 거."

알다마다. 수혜는 다경에 대해 모르는 것이 없었다. 그녀가 어떤 잠버릇을 가졌는지까지 알고 있었다. 하지만 이제 모르겠다. 다경이 어떤 사람인지.

"다경아, 근데 이 강아지를 나한테 부탁할 만큼 우리 사이가 그렇게 얇았니? 너랑 아홉 살에 만나서 스물두 살 겨울까지 함께한 우정이 그렇게 얇았을까?"

알고 싶었다. 고작 2년 반 만에 안면몰수 하는 다경의 진짜 마음을. 그 마음을 이해해 보고 싶었다. 그래야만 조금 덜 무너질 것 같았다. 수혜의 물음에 내내 조롱 섞인 미소를 머금었던 다경의 입꼬리가 제자리로 돌아갔다. 얼굴에는 진심이 무겁게 깔렸다.

"함께한 시간이 많은 만큼 상처의 개수도 많아지는 법이야, 수혜야. 부잣집 아이와 가난한 집 아이가 친구가 되어 긴 세월을 함께한다는 게 그런 의미라고. 어때? 이렇게 봉투에 안 담긴 돈 받는 기분이. 넌 늘 나한테 이렇게 예의 없이 돈을 줬어. 그리고 네가 필요 없어진 물건들을 나한테 떠넘기듯 줬지, 이 강아지처럼. 그걸 받을 때마다 내 기분이 얼마나 거지 같았는지 넌 아니? 너도 느껴 보라고. 상처받는 기분이 어떤 건지."

"하. 그거였구나."

수혜는 심장 밑바닥에서부터 터져 나온 탄식을 토해 냈다.

수혜는 맹세코 필요 없어진 물건을 처분하기 위한 목적으로 다경에게 준 적이 단 한 번도 없었다. 자신이 가지고 있는 것을 부럽게 보는 다경의 눈빛이 안쓰러워 부모님께 혼이 나더라도 다경에게 물건을 줬었다. 다경이 돈이 필요할 때마다 봉투가 아닌, 그냥 돈을 건넨 건 부담 갖지 말란 의미였었다. 그게, 상처가 될 거라고는 생각하지 못했다. 그럼, 그때 말하지 그랬느냐고, 그렇게 싫었으면서 왜 늘 그 돈을 당연하게 받아 챙겼느냐, 그동안 너에게 준 돈 다 다시 돌려 달라는 말이 목구멍에서 나가고 싶다고 아우성쳤다. 하지만 수혜는 다경에게 어떤 말도 하지 않았다. 인제 와서 그런 말을 한들 무너져 내린 믿음의 모래성이 다시 쌓일 리는 없다. 수혜는 다경이 건넨 돈을 보란 듯이 주머니에 넣었다. 그리고 말했다. 다경은 한 번도 하지 않았던 그 말을.

"고마워, 다경아. 잘 쓸게."

수혜는 돈을 넣은 뒤 다경의 품 안에 안긴 고작 2개월 된 그 강아지를 받았다. 다경은 수혜에게 잘 지내라는 그 흔한 인사말도 없이 돌아섰다. 수혜는 다경의 모습이 온전히 사라진 뒤에야 노점을 정리했다. 비는 여전히 추적추적 내리고 있었다. 수혜는 품에 강아지를 안고 집으로 향해 걷기 시작했다. 걸음걸음마다 강아지와 시선이 마주쳤다. 그 시선이 맞닿을 때마다 뒤늦은 분노가 차곡차곡 쌓여 갔다. 이 강아지를 향해 서로 웃음을 지었을 진우와 다경의 얼굴이 눈앞에 아른거렸다. 그 분노의 덩어리는 집에 당도한 순간 폭발하며 그녀의 마음속에 깊은 다짐을 새겼다.

절대로 이 강아지를 집 안에 들이지 말자.

어차피 이 강아지를 끝까지 책임질 능력도 되지 않을 뿐더러, 배신의 산물 같은 이 강아지 따위를 키우고 싶지 않았다. 수혜는 건물 입구 앞에 강아지를 내려놓고 집으로 들어와 작은 상자를 찾아 다시 계단을 올랐다. 그러고는 입구 계단에 앉아 있는 강아지를 상자 안에 넣었다. 상자 안에서 반쯤 몸을 내민 강아지가 수혜를 빤히 올려다봤다. 수혜는 강아지의 시선을 외면한 채 계단을 내려와 현관문을 쾅 소리 나게 닫아걸었다.

누군가가 발견해 데리고 가든, 강아지가 알아서 사라지든 하겠지.

수혜는 곧장 욕실로 들어가 빗물을 씻어 내고는 라면 끓일 준비를 했다. 그러는 동안 째깍째깍 흘러가는 시계의 초침 소리가 유독 거슬리게 들렸다.

이렇게 비가 오는데, 분명 강아지는 다른 곳으로 갔을 거야. 아니 누군가가 데리고 갔겠지.

외면하고 싶었다. 죽어도 그 강아지를 키우고 싶지 않았다. 수혜는 문을 열어 계단을 올랐다.

제발, 없었으면 좋겠어. 네가 사라졌으면 좋겠어, 강아지야.

"하아…!"

심장이 철렁 떨어져 내리는 느낌이 이런 것일까.

수혜는 다리에 힘이 풀려 풀썩 주저앉았다. 비에 젖어 흐물흐물해진 상자 안에 앉아 쫄딱 비를 맞은 강아지가 초롱초롱한 눈망울로 수혜를 향해 젖은 꼬리를 무겁게 흔들고 있었다. 이 강아지가 너무 미운데, 보고 있는 것만으로도 분노와 원망이 이 작은 생명에게로 향하는데도 이상하게 눈물이 나기 시작했다. 홀로 문 앞에 있는 강아지의 모습이 꼭 도움 청할 곳 하나 없어 양말 하나 팔아 보겠다며 비를 맞으며 길바닥에 서 있던 자신의 모습과 닮아 보여서인지도 모르겠다.

아무도 의지할 곳이 없는 오롯이 혼자.

미운데, 원망스러운데, 화가 치밀어 오르는데 이 강아지를 더는 바깥에 둘 수가 없었다.

자동차 밑에 강아지를 노려보는 커다란 도둑고양이의 눈빛이 심상치 않았다. 쥐보다 조금 큰 이 강아지를 쥐로 착각할 수도 있겠다는 생각이 들었다. 이렇게 혼자 뒀다가는 죽을 수도 있겠다 싶어서 수혜는 쫄딱 젖은 작은 강아지를 꼭 끌어안고 집으로 들어왔다.

절대 틀지 않았던 보일러 온수를 틀고 따뜻한 물 속에 강아지를 푹 담갔다. 따뜻한 물의 온기가 좋았는지, 강아지는 그 속에서 꾸벅꾸벅 졸기 시작했다. 어떻게든 잠들지 않으려는 이 작은 생명체가 그녀에게서 미소를 끄집어냈다. 그 웃음 끝이 길지는 못했다. 마음이 복잡 미묘했다. 이 작은 생명이 예뻐 보이면서도 화나고 귀여우면서 미운 이중적인 마음. 이 강아지를 볼 때마다 불쑥 떠오르는 다경의 모습에 예쁨보다 미움이 더 커진다. 밉다, 이 강아지가 너무.

수혜는 강아지를 수건으로 쓱쓱 닦아 주고는 신발장에서 푸른색 노끈을 찾았다. 노끈을 들고 화장실로 들어가 수건걸이에 단단히 고정했다. 세게 힘을 주어 당겨도 풀리지 않았다. 그 끝을 잡고 강아지의 목덜미에 감았다. 그게 무슨 행위인지 아직 알지 못하는 강아지가 꼬리를 흔들었다. 수혜는 냉정하게 말했다.

"이제부터 강아지 넌 여기서 자는 거야. 똥오줌은 화장실에 누고. 안 하면 맴맴 할 거야."

그 말을 알아들었을 리 없는 강아지가 수혜의 발목으로 다가가 얼굴을 비볐다. 수혜는 그런 강아지의 작은 몸통을 한 손으로 움켜잡아 화장실 안으로 밀어 넣었다.

"그리고 앞으로 나한테 달라붙지 마. 알겠니?"

강아지는 여전히 무슨 말인지 모르겠다는 듯 초롱초롱한 눈으로 고개를 갸웃했다. 그러고는 다시 수혜를 향해 돌진하듯 다가왔다. 수혜는 서둘러 뒷걸음질 쳤다. 강아지가 돌아다닐 수 있는 반경은 화장실 입구에 놓아둔 발 매트까지였다. 그 뒤로 훌쩍 넘어가 버린 수혜가 닿지 않자, 강아지는 애처롭게 낑낑거리며 앞발을 휘적거렸다. 어떻게든 수혜에게 다가가려는 몸부림이었다. 수혜는 강아지를 냉정하게 응시했다.

"나, 너 싫어. 밉고, 원망스러워. 그러니까 나한테 이러지 마. 너 먹을 밥 사 올게."

수혜는 뒤도 돌아보지 않고 불을 모두 끄고 그대로 집을 나와 버렸다. 쾅 닫힌 현관문 사이로 희미하게 강아지의 울음소리가 들렸지만 무시하고 계단에 올라섰다. 그녀는 다경에게서 받은 돈으로 병원에 다녀온 뒤, 강아지의 사료를 샀다. 사료 코너 옆에 장난감 코너가 보였지만, 그것으로 손을 뻗지 않았다. 장난감을 사다 줄 정도로 살가운 사이가 되진 않을 거니까. 가게 주인에게 아직 어린 강아지이니 사료를 물에 불려 먹이라는 당부를 듣고 나온 수혜는 병원에서 맞은 주사 덕인지 조금 몸이 가뿐해지는 것이 느껴졌다. 그 덕인지 집으로는 향하는 걸음이 빨라졌다. 이런 생각을 하고 싶진 않았지만, 종일 굶었을 강아지가 조금 걱정이 되기는 했다. 아무리 미워도 밥은 주고 미워해야지.

원룸 건물 입구에 도착하자마자 계단을 세 개씩 밟아 내려갔다. 집과 가까워지자, 강아지의 소리가 들렸다. 아주 작은 새끼 늑대가 우는 것 같은 울음소리였다. 그 소리 때문에 마음이 조급해졌다. 열쇠를 꽂아 돌린 후 문을 연 수혜는 선뜻 집 안으로 들어가지 못하고 멈칫했다. 캄캄한 공간 안에서 혀를 반쯤 내밀고 뱅그르르 돌면서 균형을 잃고 넘어져도 굴하지 않고 일어나 온몸을 흔들며 수혜가 온 것을 반기는 강아지 때문이었다.

몇 년 만인지 모르겠다. 집안에서 생명체가 반겨 주는 것이.

그게 왜 이토록 기분이 좋은지 이유는 모르겠지만, 수혜는 안으로 들어가 사료 포대를 내려놓고는 강아지가 닿을 수 없는 곳으로 가 강아지를 바라봤다. 강아지는 어서 더 가까이 오라는 듯 앞발을 휘적거렸지만, 수혜는 다가가지 않았다. 대신 사료를 종이컵에 담아 물에 불리고는 강아지 앞에 내려놓았다.

"먹기나 해."

그녀의 예상처럼 배가 매우 고팠는지 강아지는 허겁지겁 제대로 씹지도 않고 사료를 먹었다. 수혜는 이제 자신이 의무는 끝났다고 생각하며 강아지에게서 시선을 거두고 화장실로 들어갔다. 그러자 강아지는 밥을 먹다 말고 수혜에게로 다가와 그녀의 발목을 쓱 핥았다.

수혜는 화들짝 놀라 고개를 떨어뜨렸다. 살결에 달라붙은 따스한 온기와 보드라운 촉감이 좋은데 싫다. 수혜는 발로 강아지를 쓱 밀쳤다. 그러고는 부러 아주 매서운 눈빛을 지으며 강아지를 노려봤다.

"하지 말랬지! 나 너 싫다니까."

수혜의 눈빛에 강아지는 가만히 행동을 멈추고 그녀를 말갛게 올려다봤다. 바닥에 궁둥이를 붙이고 주저앉았지만 꼬리 흔드는 행위를 멈추지는 못하겠는지 연신 꼬리를 흔들었다. 수혜는 그런 강아지를 발끝으로 최대한 더 멀리 밀쳐내고는 서둘러 발에 물을 묻혀 그 좋은 촉감을 씻어내 버렸다.

박박 발을 문지르며 수혜는 속으로 되뇌었다.

난, 널 절대 예뻐해 주지 않을 거야.

그 다짐으로 나가려는데 강아지가 또다시 수혜의 발 위로 올라서서 그녀의 종아리를 핥고는 해맑게 그녀를 올려다봤다. 자신을 예뻐해 달라는 눈빛으로. 수혜는 불쑥 화가 치밀었다. 미운 녀석이 말도 듣지 않고 자꾸만 자신의 마음을 헤집어 놓는 것이. 그 분노에 그녀는 빠르게 화장실을 나가 현관 앞에 놓인 신문지 뭉치를 집어 들었다. 돌돌 말아서 강아지 앞에 요란스럽게 흔들며 무섭게 소리쳤다.

"하지 말랬지! 내가 나 핥지 말랬는데 너 왜 내 말 무시해! 어!"

벼락같은 큰 소리에 깜짝 놀란 강아지가 "깨갱!" 비명을 지르며 화장실 문 뒤로 숨어 버렸다. 그 모습에 수혜는 들고 있던 신문지를 바닥에 툭 떨어뜨리며 긴 한숨을 푹 내쉬면서도 강아지를 향해 다시 경고했다.

"나한테 친한 척 굴지 마. 나 정말 너 싫으니까."

수혜는 차갑게 화장실을 나와 그동안 아파서 하지 못했던 밀린 집안일을 시작했다. 그릇들이 부딪치는 소리만 나던 집안에서 다시금 강아지의 소리가 들렸다.

"왕."

숨어 있던 강아지가 다시 나온 모양이었다. 수혜는 강아지 쪽으로 시선을 돌리지 않았다.

간간이 자신을 봐 달라는 것인지 소리를 내는 강아지였지만, 수혜는 끝까지 강아지를 보지 않았다. 하지만 강아지도 굴하지 않았다. 어떻게든 수혜의 시선을 받아 볼 요량인지 끈질기게 소리를 내었다. 아직은 설익은 목소리로 나름 우렁차게 짖어 보기도 했고, 히이이잉 말 울음소리 같은 것을 내기도 했다. 이러다가는 이웃 사람들 항의가 들어오겠다 싶어 수혜는 처음으로 고개를 돌려 강아지와 눈을 마주했다.

"너 조용히 안 해? 이러다 쫓겨난단 말이야, 너 때문에."

수혜의 불호령에 강아지는 마치 '힝! 미워!' 같은 뉘앙스로 "끼잉!" 소리를 내고는 화장실 발 매트에 주저앉았다. 그러거나 말거나 무심히 고개를 돌린 수혜는 불을 끄고 이부자리에 누웠다. 빛 하나 없는 지하방이라 눈이 어둠에 익숙해지자 뒤늦게 방안이 보였다. 수혜는 무심결에 몸을 뒤척이다 흠칫했다.

화장실 매트 위에 누워 수혜 자신을 빤히 바라보고 있는 강아지와 눈이 마주친 탓이었다. 당신 옆에 잠들고 싶다는 애처로운 눈빛을 뿜어내고 있는 강아지를 보고 있자니, 절로 한숨이 흘러나왔다. 이 눈빛을 마주 보고 싶지 않았다. 괴롭다. 수혜는 잠자리에서 일어나 강아지를 안아 화장실로 들어갔다. 수건을 바닥에 깔고 그 위에 강아지를 내려놓았다.

"넌 여기서 자. 나오지 말고."

수혜는 강아지가 따라 나오지 못하게 발로 밀치고는 화장실 문을 닫았다. 그러고는 다시 잠자리에 누워 화장실 문으로 고개를 돌렸다. 생각해 보니 화장실은 곰팡이가 많이 피어 있는 곳이다. 하는 수 없이 다시 일어나 화장실 문을 열었다. 그러자 강아지는 탈출하듯 화장실을 쏙 빠져나왔다. 강아지는 그런 수혜를 말갛게 바라봤다. 수혜는 강아지를 보며 긴 한숨을 내쉬었다.

이 강아지는 아무 잘못이 없는데 모든 것이 이 강아지 탓만 같다. 너무 밉고 보고 싶지가 않다. 이 강아지만 아니었다면 다경이 자신을 찾아오는 일도 없었을 테고, 자신이 이렇게 키우는 일도 없었을지 모른다는 억지스러운 미움이 자꾸만 이 강아지에게 향하고 있었다. 그 미움과 원망을 그대로 드러내는 수혜를 가만히 보던 강아지가 갑자기 벌떡 일어났다. 그러고는 몸을 반 바퀴 돌렸다. 강아지는 수혜를 향해 등을 보인 채 다시 주저앉았다.

강아지를 보고 싶지 않은 수혜의 마음을 알아주는 것처럼.

"하아…!"

수혜는 숨이 턱 막히는 것 같은 아찔한 감각과 함께 눈 언저리가 뜨끈해지는 것을 느꼈다. 이윽고 뜨끈해진 눈에서 눈물이 왈칵 쏟아져 내렸다.

어쩌다가, 이 지경까지 왔을까. 아무 잘못도 없는 이 작고 힘없는 연약한 강아지까지 미워하는 하찮은 인간이 되어 버렸을까. 그걸 알면서도 이 미움을 없애지 못하는 마음을 어떻게 해야 좋을까. 수혜는 이렇게까지 망가져 버린 자신을 마주하는 것이 슬프다 못해 괴로워, 머리끝까지 이불을 뒤집어쓴 채 오래도록 숨죽여 울었다.

* * *

망자의 주마등을 본 원정은 혼란스러웠다. 복구된 망자의 주마등은 망자의 말과는 사뭇 달랐다.

분명, 소중한 존재라고 했는데 망자의 복구된 기억 속에는 소중하기는커녕, 그 작고 힘없는 것을 미워하기 바쁜 망자의 모습만 담겨 있었다. 소중한 것이 지워졌다는 그 말은 분명 거짓 같아 보이지 않았다. 아니, 그런 거짓말을 할 이유가 없다. 그렇다면 분명 소중한 존재인 것이 맞는데 소중했다면서 미워하고, 그런 존재를 지워 버린 이유는 또 뭘까? 이 강아지에게 한 자기 행동에 대한 죄책감이 큰 것인가, 아니면 이 강아지가 소중했다는 말이 거짓일까? 게다가 망자에게 가장 씻을 수 없는 상처를 준 다경을 보은이를 관리하는 변호사로 지정한 건 또 무슨 의미이고. 망자는 도대체 어떤 마음인 걸까?

이 숱한 물음들의 답은 딱 하나다. 망자가 지워 버린 소중한 존재, 보은이를 찾는 것.

원정은 망자의 주마등에서 빠져나와 서둘러 주변을 살폈다. 유족과 다경은 여전히 실랑이를 벌이고 있었다. 수혜의 주마등을 모두 확인한 수한은 그런 다경을 날카롭게 응시하고 있었다.

원정은 주머니 속에서 슬쩍 향낭을 끄집어냈다. 이 여자가 과연 보은이가 어디 있는지 알고 있을까? 원정은 망설이듯 향낭을 주물럭거렸다. 딱 한 번의 기회다. 만약 이 여자에게 향낭을 사용했으나 보은이가 어디 있는지 모른다면 어쩌지? 원정은 이 향낭을 사용해야 하는 것이 맞나 고민하는 사이, 사무장이 "저랑 이야기하시면 된다니까요." 하며 온몸으로 유족들을 막아섰다. 다경은 그 틈을 노려 황급히 자리를 피해 입구로 빠져나갔다. 수한은 그런 다경을 놓치지 않고 뒤따라가 그녀의 앞을 막아서며 다짜고짜 물었다.

"보은이 지금 어딨습니까?"

원정은 너무 대놓고 질문을 던지는 수한의 옆구리를 콕 찔렀지만, 의미 없는 행동이었다. 수한은 보란 듯이 대답 없는 다경을 향해 다시 한번 질문했다.

"보은이 어딨냐고요."

"그걸 왜 알고 싶어 하죠? 보은이가 사람이라고 알고 있

191

을 정도면 당신들은 수혜랑 그리 가까운 사이는 아니었던 것 같은데."

"이 자리에서 할 말은 아닌데, 이 상황에선 해야겠네요. 누나, 수혜 누나랑 사이 안 좋았잖아요. 진우 형이랑도 그런 사이 됐고. 수혜 누나가 뭘 믿고 누나에게 보은이를 맡겼는지 모르겠지만, 보은이를 맡은 누나의 저의가 의심돼서요."

"난 네들이 하나도 기억 안 나는데 나에 대해서 많이 아네. 내 저의? 끝까지 착한 척 구는 정수혜가 진짜 그 약속 지키는지 지켜보려고. 내가 준 그 강아지를 끝까지 안 버리고 재산까지 물려주는지 확인하려고! 근데 정수혜, 버렸어, 보은이."

"뭐라고요?"

"버렸다고, 그 강아지! 정수혜 끝까지 착한 척한 거뿐이라고!"

다경이 울분을 토해 내듯 소리쳤다. 그 외침 끝에 다경은 긴 한숨을 푹 내쉬며 고개를 떨어뜨렸다. 미동조차 없이 고개를 숙인 채 서 있는 다경을 수한은 가만히 응시했다.

이 여자는 지금, 거짓말을 하고 있다.

수한은 다시 한번 다경에게 물었다.

"어딨습니까? 보은이."

다경은 수한의 차가운 물음에 보란 듯이 입술을 앙다물었다. 그런 다경을 곁에서 지켜보던 원정이 불쑥 다경에게 말을 던지려는 수한의 옷자락을 움켜쥐었다. 그러고는 무언가에 이끌린 사람처럼 난데없이 로비를 가로질러 건물 밖으로 나가고 있었다.

"야! 어디가!"

수한은 더 끌려가지 않으려 발끝에 힘을 주며 멈추자, 원정이 날카로운 눈동자로 그를 노려봤다.

"쉿! 따라오기나 해!"

원정은 매서운 경고를 날리고 걷기 시작했다. 발걸음을 뗄 때마다 귓바퀴가 꿈쩍꿈쩍 움직였다. 이건 또 무슨 짓을 하려는 건가 싶었으나, 수한은 일단 원정의 뒤를 따랐다. 원정은 봉안당 건물을 한참이나 벗어나 드넓은 앞마당 주차장을 가로질러 커다란 나무 그늘 밑에 세워진 승용차 옆에 멈춰 섰다.

"찾았다!"

원정은 차 옆으로 바짝 다가가 차창에 바짝 얼굴을 가져다 대고 킁킁거렸다. 수한도 그런 원정 곁으로 다가가 똑같이 차창에 바짝 얼굴을 들이밀었다.

"여기 뭐 있, 보은이다!"

수한은 전혀 예상치 못한 존재를 발견하고 소리쳤다. 망자의 주마등에서 봤던 바로 그 존재와 똑같이 생긴, 하얀 민들레 홀씨를 닮은 까만 눈동자의 작은 강아지, 보은이가 확실했다.

"너 어떻게 찾았어?"

"짖는 소리가 들려, 아니 지금 그게 중요한 게 아니라 보은이가 맞는지 아닌지 확실치가 않단 말이야. 보은이한테 맡았던 냄새가 나기는 한데, 이상하게,"

"네가 개야? 냄새로 어떻게 알아. 그리고 이 봉안당에 보은이랑 똑같이 생긴 개가 탄 차가 와 있을 확률이 몇 퍼센트나 될 것 같아? 확실히 보은이 맞아."

수한은 흥분한 얼굴로 차창 문을 확인했다. 강아지에게 공기를 주기 위함이었는지 네 개의 차창은 조금씩 열려 있다. 수한은 회심의 미소를 지어 보였다.

"문 따기가 쉽겠다."

"야! 잠깐. 내가 대화하면!"

"네가 개랑 무슨 대화를 해."

수한은 주변에 떨어진 나뭇가지를 찾아 운전석에 살짝 열린 차창 사이로 긴 나뭇가지를 넣어 버튼을 누르자 뚝, 하는 소리와 함께 자동차 문이 간단히 열렸다. 수한은 거침없이 문을 열어 강아지를 품에 안아 끄집어냈다. 단초를 찾았으니 이제 워치에 담기만 하면 된다. 수한은 강아지를 향해 워치 카메라를 조준하던 그때였다. 원정이 소리쳤다.

"어떡해! 사람 온다!"

"일단 숨어!"

수한은 보은이를 검은 도포 자락 속으로 쏙 밀어 감추고
는 서둘러 나무 뒤로 몸을 숨겼다. 원정도 얼른 다른 나무 뒤
로 몸을 숨기고 고개를 빠끔이 내밀어 다가오는 사람을 보다
깜짝 놀라 숨을 훅 들이켰다. 그들에게로 다가오는 사람은 다
름 아닌 다경이었다.

다경은 쫓아오는 수혜의 유족들을 피하듯 달려와 곧장
차에 올라탔다. 차는 빠르게 주차장을 빠져나갔다. 그런 다경
의 차를 유족들은 마치 좀비 떼처럼 소리치며 쫓아갔다.

원정은 그들에게서 고개를 돌려 나무 뒤에 숨은 수한을
응시했다. 보은이를 끄집어냈던 그 차가 바로 다경의 차였다.

"너, 강아지 절도범 됐다."

"망자가 강아지 버렸다더니, 거짓말은. 일단 단초 사진부
터 찍어."

수한이 품에 안은 보은이를 원정에게 건네려는데, 보은
이가 갑자기 "컹컹!" 짖기 시작했다. 행여 그 소리를 유족들이
들을까 싶은 수한이 다급히 강아지를 품속으로 숨기려는데,
원정이 그런 수한의 손목을 불쑥 붙들었다. 그러고는 보은이
를 놀란 눈으로 응시하며 물었다.

"뭐? 네가 보은이가 아니야? 그럼 너 누구야?"

"뭐야? 뭔 소리야?"

난데없이 보은이를 향해 질문을 던지는 원정을 보고 수

한이 묻자, 원정은 조용히 하라는 제스처를 보이고는 다시금 강아지에게 시선을 집중했다.

"그러니까 넌 강다경이 산 아이라고? 근데 너한테 보은이 냄새가 났어."

"으으으응, 컹컹."

이건 또 무슨 황당한 상황인가? 지금 강아지랑 대화하는 거야? 진짜?

수한은 강아지를 부여잡고 묻는 원정과 보은이를 번갈아 바라봤다. 둘은 영락없이 대화를 나누고 있었다.

"우연히 공원에서 보은이를 만났다고? 그래서 같이 오래도록 놀았다고? 보은이는 어때 보였니? 행복해 보였어? 보은이가 어떻게 살았는지 혹시 넌 아니? 혹시 주인한테 엄청난 학대를 당하진 않았어? 아니면 혹시 버려졌거나."

원정의 물음에 강아지는 갑자기 입을 반쯤 열고 혀를 내민 채 헉헉거렸다. 그 모습이 꼭 웃음 짓는 것처럼 보였다. 강아지는 그 상태로 더욱 격하게 짖었다. 그 짖음에 원정이 "하!" 하고 감탄을 토해 냈다. 그 얼굴 위로는 안도감이 서서히 번졌다. 그 찰나 갑자기 반짝이는 위치에 시선을 돌렸다. 반짝 빛을 뿜어 대던 위치에 문구가 떠올랐다.

정수혜 망자 주마등 데이터가 99% 복구되었습니다.

"뭐야, 이원정 너 개 말을 다 알아들어? 이렇게 개 진술로 복구가 된다고?"

수한이 기막히다는 표정으로 원정을 바라보는 그 순간, 그들의 주변이 서서히 바뀌며 망자의 주마등이 펼쳐졌다.

* * *

수혜는 얇은 이불 위로 반듯하게 누워 곁에 둔 스탠드 불을 켰다, 끄기를 반복하고 있었다. 불빛에 사방이 훤했다가도, 불을 끄면 사방이 암흑으로 변하는 이 극단이 꼭 수혜 자신의 인생처럼 느껴졌다.

[수혜 씨. 공장 인원 감축한다고 들었지? 이렇게 전화로 할 건 아닌데 미안해. 여기 가장들이 많잖아. 수혜 씨는 혼자 살고. 여러 상황 조합해서 수혜 씨 해고 결정이 났어. 다른 회사들 많이 있으니까 잘 알아봐.]

그야말로 버티는 삶이었다. 삶은 살아가는 것이 아니라 버텨 내는 거라는 말처럼 정말 악착같이 버티면 언젠가 신이 봐주는 날이 있지 않을까 생각하며 조금씩 빛을 향해 가려는데 또다시 암흑이 찾아왔다. 아무래도 신은 없는 모양이다. 신이 있다면, 간신히 버티는 삶을 사는 사람을 이렇게 잔인하게 버리지는 않을 테니까.

두 번째 승객 —— 정수혜

수혜는 그동안 저녁 아르바이트를 하던 공장에서 해고 통보를 받았다. 한 번도 해 보지 않았던 낯설고 험한 공장일에 적응하는 것은 쉽지 않았었다. 꽤 시간이 걸려 겨우 이제 일에 적응했는데 해고라니. 사장님은 몰랐나 보다. 다른 회사가 많아도, 그곳에 이력서를 내고 면접을 볼 여력이 그녀에게는 남아 있지 않다는걸. 간신히 버티는 삶을 사는 수혜에게 해고는 버티기를 그만하라는 종료 버튼과도 같은 것이었다. 수혜는 몸을 일으켜 화장실 문 앞에 묶여 있는 강아지 앞에 사료통을 통째로 가져다 놓고는 다시 방바닥에 누워 스탠드 불을 끄고 눈을 감았다. 오지 않는 잠을 청했다. 이대로 영원히 일어나지 않았으면 좋겠다는 마음으로 수혜는 오지도 않는 잠을 불러들였다.

"왕왕!"

얼마나 잤을까?

먹는 것도, 생리 현상을 해결하는 것도 잊은 채 잠들어 있던 수혜를 깨운 건, 날카롭게 짖어 대는 강아지였다. 작은 강아지의 짖음이 어찌나 사나운지 꼭 다급한 요청 같았다. 수혜는 눈앞으로 무언가가 쓱 지나치는 것 같아 반사적으로 눈을 감았다.

뭐가 날아간 거지?

수혜는 손을 옆으로 뻗어 스탠드를 켰다. 그 순간에도

그녀에게로 무언가가 날아오고 있었다. 벌레인가 싶던 수혜는 바닥에 흩어져 있던 것을 손으로 집어 들었다. 수혜를 향해 날아오는 것은 강아지 사료였다. 그녀가 배고 있던 베개 주변으로 사료가 사방에 흩어져 있었다. 수혜는 화장실에 묶여 있는 강아지를 바라봤다. 강아지는 입안에 사료를 물어 수혜를 향해 사료를 던지고 있었다. 이게 뭐 하는 짓인지 이해가 되지 않던 그때였다. 강아지는 자신의 발끝에 놓여 있는 사료를 죽 밀었다. 짧은 다리를 최대한 펼쳐 수혜 앞으로 사료를 밀어 주고 있었다.

"설마, 이거 나 먹으라고?"

수혜의 물음에 강아지는 대답이라도 하듯 "왕왕!" 짖기 시작했다. 그러고는 더욱 최선을 다해 사료를 그녀에게로 집어 던져 놓고 짖기를 반복했다. 당장 이걸 먹지 않으면 가만두지 않겠다는 단호한 눈빛을 보내는 것 같았다. 강아지는 다시 사료통에 고개를 집어넣고 사료를 입안 가득 물어 바닥에 놓고는 앞발로 사료를 수혜 쪽으로 밀기를 반복했다. 수혜는 그제야 확신이 들었다. 이 강아지가 자신의 끼니를 걱정하고 있음을. 어서 먹으라는 것 같은 강아지의 눈빛을 마주한 순간 심장이 쾅 내려앉는 기분이 들었다. 수혜는 울컥하는 마음을 애써 누르며 강아지를 향해 사료를 밀며 말했다.

"나는 인간이고 넌 개야. 우린 먹는 게 달라. 이건 네 밥이고 내 밥은, 먹어야겠지?"

수혜는 휴대전화를 들어 시간을 확인했다. 그저 몇 시간 잤겠지 싶었는데, 날짜가 바뀌어 있었다. 수혜는 천천히 몸을 일으켜 강아지가 흩트려 놓은 사료를 정리하고 라면을 꺼냈다. 끼니를 때우고 싶지 않았지만, 뭔가를 먹지 않으면 강아지의 사료 던지기가 계속 이어질 것 같았다. 수혜는 라면 한 그릇을 다 비우고 자신의 앞에 앉아 꼬리를 살랑살랑 흔들고 있는 보은이를 향해 빈 그릇을 보였다.

"됐어?"

강아지는 그제야 짖음을 멈췄다. 그러고는 자신도 밥그릇에 남은 사료를 먹었다.

배가 든든해져서였을까? 이대로 주저앉아 있고 싶지 않아졌다. 어떻게든 살아 보고 싶어졌다. 버티는 삶을 조금 더 이어가고 싶었다. 수혜는 해고 통보를 한 공장으로 달려갔다. 계속 일을 할 수 있게 해 달라 말이라도 해 봐야 할 것 같았다. 공장장에게 사장님을 뵙게 해 달라고 했지만, 돌아오는 대답은 없었다. 수혜는 공장 문 앞에 우두커니 섰다. 사장님을 뵐 때까지 돌아가지 않겠다는 엄포도 던졌다. 그러나 그 엄포를 진심으로 받아 주는 이는 없었다. 해가 달로 바뀌었다. 낮에 와서 새벽 3시가 될 때까지 수혜는 그 자리를 떠나지 않았다. 결국 내내 모른 척 외면하던 공장장은 수혜와 마주하고 섰다. 그는 한참이나 망설인 끝에 입을 열었다.

"수혜 씨. 내가 이런 말까지는 안 하려고 한 건데. 그동안 수혜 씨가 평소 다른 직원들이랑 잘 섞이지도 않고 혼자 일만 하는 게 불편하다는 직원들 민원이 많았어. 우리 일이라는 게 힘드니까 서로 돕고 으쌰으쌰 하면서 하는 일인데, 수혜 씨가 있으면 분위기가 안 좋다구."

수혜는 그제야 알았다. 진짜 해고 사유가 이것이라는 걸.

"아, 그런 이유라면 전 여기 못 다니겠네요. 전 사람이 두렵거든요."

이 세상에서 죽음보다 두려운 것이 있다면, 사람을 곁에 두고 사람을 믿고 의지하는 것인데 그걸 해야 한다니. 그러다 또 사람에게 상처받게 된다면 정말 회복 불능 상태가 될 테다. 그건 죽어도 못 할 일이다. 수혜는 그대로 돌아섰다.

어디서부터 잘못된 걸까?

버스도 끊긴 시각, 집으로 향해 뚜벅뚜벅 걸어가는 동안 수혜는 되짚어 생각하고 또 생각했다. 도대체 어디서부터 잘못되어 사람도 믿지 못해 일자리까지 해고되는 지경에 이르렀는지. 그 생각에 사로잡힌 채로 집 앞에 당도한 수혜가 지친 기색으로 문짝에 열쇠를 밀어 넣자, "왕왕!" 강아지의 짖는 소리가 들렸다. 반가움이 담긴 짖음에 문을 열자마자 현관 앞으로 강아지가 꼬리를 흔들며 나타났다. 분명 묶여 있어야 할 강아지의 목줄이 풀려 있었다. 수혜는 방안 스위치를 눌렀다. 강아지의 목에 너덜너덜해진 긴 노끈이 보였다. 이로 깨물어 끊어 버린 모양이었다. 해맑게 꼬리를 흔드는 강아지 뒤로 집안 풍경이 보였다. 옷가지며 신발이 방바닥 안에 제멋대로 널브러져 있었고, 휴지통에 있어야 할 쓰레기들이 바닥 곳곳에 장식처럼 놓여 있었다. 부엌에는 이로 꽉꽉 깨문 흔적이 역력한 사료통이 뚜껑이 닫힌 채 넘어져 있었다. 난장판이 된 집과 해맑게 꼬리를 흔드는 강아지를 본 순간, 공장장의 말이 환청처럼 귓가에 흩어졌다.

어디서부터 잘못되었을까 생각했는데, 아무래도 이 강아지를 받아 든 순간부터 모든 것이 잘못된 거다. 이 강아지 때문에 사람들과 어울리지도 못하고, 일자리까지 잃어버린 거다. 말 안 되는 이 억지가 원망과 서글픔으로 바뀌어 파도처럼 밀려 들어왔다.

"집이 이게 뭐야! 너 때문에 난 일자리도 잃었는데! 힘들어 죽겠는데 이게 뭐냐고!"

급기야 수혜는 현관문을 벌컥 열어 강아지를 문밖으로 밀었다.

"나 이제 너 안 키워! 재수 없는 너 키워 줄 다른 주인 찾아! 가! 가라고!"

수혜는 알고 있었다. 이 강아지가 왜 집을 이렇게 만들어

낳는지. 온종일 나타나지 않은 주인을 기다리다 기다리다 주인이 그리워서 한 행동이라는 걸. 아무짝에도 쓸모없는 자신을 오매불망 기다리는 이 죄 없는 작은 생명에게 미움과 원망을 품는 게, 또 그래서 생기는 죄책감이 얼마나 괴로운지 과연 이 녀석은 알고 있을까?

이번 생은 틀렸다. 수혜는 이 작고 여린 강아지에게 화풀이나 하는 망가진 인간으로 이번 생을 살아가고 싶지 않아졌다. 벗어날 수 없는 가난 속에서 계속 삶을 이어간다는 것은 그야말로 비극이다. 이번 생은 회복될 수가 없다.

수혜는 현관 앞에 우두커니 앉아 슬며시 꼬리를 흔들며 겁먹은 강아지를 두 손으로 움켜쥐고 처음으로 강아지의 눈을 똑바로 응시했다.

"진심이야. 나 이제 이 집 안 와. 그러니까 너 살길 찾아서 가. 다경이한테 다시 찾아가든, 다른 집 대문을 긁든, 알아서 가."

수혜는 강아지를 빌라 건물 입구에 두고 미련 없이 집을 나섰다. 곧장 버스 정류장으로 달려가 첫차를 탔다. 첫차는 수혜를 한강으로 데려갔다. 푸른 새벽녘을 담은 한강 물이 매혹적으로 출렁였다. 어서 이 품에 안겨 보라는 듯이. 수혜는 한강대교의 난간을 부여잡았다. 매혹적이던 한강 물이 무섭게 보이기 시작했다. 그녀는 두 눈을 꼭 감았다. 그러고는 난간 사이에 발을 올려놓았다.

두 번째 승객 —— 정수혜

"아!"

난데없이 발목 뒤에 강한 통증이 느껴졌다. 찌릿한 통증에 수혜는 감은 눈을 떠 고개를 숙였다. 눈앞에는 믿을 수 없는 광경이 펼쳐졌다. 강아지가 그녀의 아킬레스건을 꽉 깨물며 흔들어 대고 있었다. 온 힘을 다해 무는 강아지를 본 순간, 수혜는 그대로 주저앉아 버렸다.

"너 어떻게 여길? 왜 왔어! 왜! 왜! 너 잘 키워 줄 주인 찾으랬잖아! 뭐 하러 왔어!"

한없이 애가 타는 눈빛을 보내는 강아지가 앞발을 번쩍 들어 수혜의 무릎에 올렸다. 그러고는 최선을 다해 그녀의 얼굴을 핥기 시작했다. 제발 그러지 말라고, 날 떠나지 말라고, 조금만 더 버티면 좋아질 거라고 눈동자로 말을 건네는 강아지가 그녀를 핥고 또 핥았다. 그것은 위로였다. 작은 몸이 할 수 있는 최선의 위로.

"네가 뭘 알, 하아! 너 이 꼴로!"

수혜는 그 위로를 거부하고 싶었다. 이번 생은 틀렸다고 말하고 싶었는데, 강아지의 새하얀 털에 잔뜩 묻은 붉은 선혈을 보는 순간 와르르 무너졌다.

"다쳤으면 멈춰야지! 왜 따라오냐고, 바보같이! 이렇게 다치면 어떡해. 나 때문에 너까지 다치면 어떡하냐고."

수혜는 강아지를 품에 꼭 끌어안았다. 견딜 수 없는 죄책감이 몰려오자 엉뚱하게도 화가 났다. 소리쳐 화를 내도 강아지는 연신 수혜를 핥기 바빴다. 수혜는 강아지를 안고 달리고 또 달렸다. 길 따라 한참을 달리니 24시간 동물병원이라는 간판이 보였다. 수혜는 주저 없이 동물병원 안으로 들어갔다.

"강아지가 다쳤어요! 어떻게 다쳤는지 모르겠는데 발에서 피가 많이 나요."

입구 스테이션에 앉아 있던 직원이 수혜의 외침에 깜짝 놀라 벌떡 일어났다. 그러고는 수혜의 품 안에 안겨 있는 강아지의 다리를 조심스럽게 살폈다. 수혜의 옷자락까지 적셔진 피를 보던 직원은 아무래도 심상치 않구나 싶은 얼굴로 컴퓨터 앞에 앉았다.

"접수할게요. 우리 아이 이름이 뭐예요?"

"네?"

"아이 이름이요. 보호자님 강아지."

"아, 이름. 이름이, 강아지요."

직원은 당혹스럽게 수혜를 올려다봤다.

"혹시, 유기견 발견해서 데리고 오신 건가요?"

"아니요. 제가 키우는 건데요."

"아. 네. 진료실로 들어가세요."

직원은 더 물을 것 없다는 듯 수혜를 진료실로 안내했

다. 진료실 안에는 썩 인정머리 없어 보이는 차가운 외모를 가진 한 남자가 하얀 가운을 입고 앉아 있었다. 그는 수혜를 쳐다보지도 않고 강아지부터 바라봤다.

"여기에 올려놓으세요."

수혜는 강아지를 품에서 떼어 내 책상 위에 조심스럽게 올려놓았다. 아픈 듯 다리를 번쩍 드는 강아지의 발을 수의사는 이리저리 돌려 보며 살폈다. 그럴 때마다 강아지는 외마디 괴로운 비명을 질렀다. 그 소리에도 아랑곳하지 않고 강아지의 발 상태를 보던 수의사가 문득 물었다.

"어쩌다 다쳤어요?"

"절 쫓아오다가 다친 거 같아요. 저는 집에서 버스 타고 한강대교로 갔는데 거기까지 달려왔더라구요."

"육안상으로 확실치는 않지만, 발끝이 뭉개졌어요. 보통 교통사고로 차 바퀴에 깔렸을 때 보이는 현상인데, 이럴 때 발톱 다 뽑고 봉합 수술을 해야 합니다."

수술이라는 말이 목 언저리에 툭 걸린다. 공장도 해고된 마당에 수술비까지 많이 나오면 큰일이었다. 수혜는 눈앞이 캄캄해졌다.

"저기, 수술비는 얼마나 들어요? 제가, 돈이 없어서요. 할부로 천천히 갚으면 안 될까요? 카드도 없어서."

청력이 아무리 좋아도 제대로 듣기 어려울 정도로 작은

소리로 웅얼거리는 수혜의 말에 수의사는 별다른 표정을 짓지 않았다. 대신 들고 있던 강아지를 살포시 책상 위에 내려놓았다. 그러자 강아지가 뽀로로 수혜에게로 다가가 안아 달라는 듯 아픈 발을 흔들었다. 그 모습을 가만히 바라보던 수의사가 다시 강아지를 품에 안으며 자리에서 일어났다. 그러고는 진료실 문을 반쯤 열고 스테이션에 앉아 있는 직원에게 "수술 준비하세요"라고 말했다. 수술비에 관해 별다른 대답이 없던 수의사의 수술 지시에 수혜는 눈을 동그랗게 뜨고 그를 바라봤다.

"저, 선생님?"

"그렇게 하세요. 대신 다음에 올 땐 이름 지어 오세요."

"네?"

"강아지가 주인을 너무 좋아하는 게 학대 견은 아닌 것 같아서 도와드리는 거예요. 밖에서 기다리세요. 수술은 대략 한 시간 정도 걸릴 겁니다."

수의사는 강아지를 안고 수술실이라는 푯말이 달린 방으로 사라졌다. 수혜는 보호자 대기실로 가 힘없이 털썩 주저앉았다. 학대라는 말이 가슴에 콱 박혔다. 그 말이 뾰족한 가시가 되어 심장을 콕콕 찌르는 것만 같다.

학대했다. 이 작은 생명을 미워했고, 신문지로 엉덩이도 때린 적 있다. 늘 목줄을 메고 곁에 오지도 못하게 했다. 게다가 이름조차 지어 주지 않고 그저 강아지라고 불렀는데, 그게 학대가 아니면 뭐가 학대일까. 하지만 차마 수의사에게 "저이 강아지 학대했어요"라는 고해성사는 하지 못한 채, 발에 붕대를 돌돌 만 강아지를 품에 안고 집으로 돌아왔다. 집안에 어질러진 물건들을 구석 쪽으로 대충 쓱쓱 밀어 놓고 이부자리 위에 강아지를 조심스럽게 내려놓았다. 그러자 강아지가 수혜를 빤히 보는가 싶더니 벌떡 일어나 늘 자신이 앉았던 화장실 매트를 향해 절뚝이며 걸어가 앉았다. 그러다 무언가 생각을 하는 듯싶더니 다시 일어나 몸을 돌려 수혜에게 엉덩이만 보인 채 앉았다.

저 작은 아이에게 무슨 짓을 했던 걸까.

수혜는 천천히 강아지 곁으로 다가가 강아지를 품에 안고 강아지와 눈을 마주했다.

"미안해. 너무 미안했어, 그동안. 오늘 일 절대 안 잊을게, 너한테 받은 은혜 내가 두고두고 갚을게. 이제부터 네 이름은 보은이야. 보은아, 널 위해서 버틸게. 힘내 볼게. 이제부터 넌 내가 사는 이유야. 우리 같이 버텨 보자."

온기를 머금은 모든 생명체는 위로가 되는 법이라고 했다. 그 말은 틀리지 않았다. 수혜는 보은이에게 한 그날의 약속을 마음에 새기고 또 새겼다. 그 마음이 행운을 만든 걸까? 이전 공장보다 훨씬 높은 월급을 주는 새로운 일자리를 찾았다. 새벽부터 저녁까지 주말 없이 일을 해야 했지만, 일을 하고 돌아와 온몸으로 반겨 주는 보은이를 볼 때면 그 힘듦이 눈 녹듯 사라졌다. 물론 한편으로는 자신을 까막까막 기다리는 보은이에게 미안하기도 했다. 수혜는 퇴근 후 보은이를 데리고 밖으로 나가 늦은 새벽까지 양말을 팔았다. 그러다 아무리 깨워도 일어날 기미가 보이지 않도록 실신하듯 잠든 보은이를 보면 그제야 집으로 돌아왔다. 잠든 보은이를 이부자리에 눕혀 재워도 그녀는 잠들지 않았다. 사업가로 꿈을 이루지 못한 아버지를 대신해 자신은 꼭 성공하고 싶었다. 그녀는 자신만의 양말 브랜드를 런칭 하기 위해 포트폴리오를 만들었다. 하루도 빼먹지 않고 이 일과를 성실이 이행할 수 있는 힘을 만든 건 보은이었다.

　보은이는 수혜에게 버텨 내는 힘을 줌과 동시에 위로가 되어 주었다. 물론, 그 위로의 방식이 무척이나 남달라 난감하게 만들 때도 있지만.

　"으아아악! 보은아! 거기 오줌 싸는 곳 아니랬잖아! 내가 청소한다고 했잖니!"

　보은이는 수혜가 우울함에 빠질 틈을 주지 않았다. 양말이 잘 팔리지 않아서, 사업 준비가 잘되지 않아서 우울한 마음에 며칠 청소를 미루면 보은이는 보란 듯이 집안 곳곳에 오줌과 똥을 쌌다. 당장 청소를 해야 하게 만들었다. 처음엔 그 마음을 몰라 아무 데나 오줌과 똥을 싼다고 혼도 많이 냈다. 하지만 함께 지내는 시간이 길어지니 알게 됐다. 수혜 자신의 우울함이 길어질 때면 보은이는 자신을 움직이게 만들기 위해 일부러 배변 실수를 한다는 것을. 그럴 때면 수혜는 어쩔 수 없이 일어나 청소해도 티 나지 않는 집 안을 구석구석 청소했다. 보은이의 역할은 그뿐만이 아니었다.

"왕왕!"

새벽녘 양말 디자인을 만들다 잠든 수혜를 깨운 건 보은이의 남다른 목청이었다. 시계를 볼 줄 아는 것도 아니면서 보은이는 정확한 시간에 짖어 그녀를 깨웠다.

"벌써 아침이야?"

수혜는 눈을 비비며 일어났다. 보은이는 산책 줄을 물고 와 그녀 앞에 내려놓고는 꼬리를 흔들었다. 수혜는 그런 보은이를 말갛게 바라봤다.

"보은아, 너 가끔 스파르타식 교육하는 사관 같아. 오늘은 건너뛰면 안 되겠니?"

"으르릉! 와왕!"

수혜의 말에 마치 그럴 수 없다는 듯 보은이가 날카롭게 짖었다. 어서 움직이라는 보은이의 재촉에 수혜는 하는 수 없이 보은이 목에 목줄을 메고 일어났다. 모자를 눌러쓰고 새벽녘 만든 신생아용 양말을 챙겨 현관문을 열었다. 그러자 보은이는 재빨리 계단을 성큼성큼 뛰어 올라갔다. 보은이는 걷지 않았다. 달리고 또 달렸다. 얌전한 산책 따위는 집어치우라는 듯 달리고 또 달리는 보은이로 인해 수혜도 달리고 또 달렸다. 금세 숨이 턱 끝까지 차올랐다. 뜨거운 아침 햇빛 때문인지 땀이 주르륵주르륵 흘러내렸다.

"잠깐만 보은아. 좀 쉬자."

수혜의 말을 용케도 알아들은 보은이가 멈춰 섰다. 그러고는 당연하게 수혜에게 앞발을 들어 내밀었다. 수혜는 보은이 곁에 털썩 주저앉으며 보은이의 머리를 쓰다듬었다.

"넌 너무 똑똑해!"

수혜는 보은이가 내민 앞발에 새벽녘 만들어 놓았던 신생아용 양말을 신겼다. 그러고는 휴대전화를 꺼내자 보은이가 익숙한 듯 발을 들어 앞으로 쭉 뻗었다.

"타고난 모델이야, 우리 보은이는."

수혜는 피식 웃으며 아기 양말이 신겨진 보은이의 발을 찍어 양말 파는 사장님들에게 사진을 전송했다. 이것이 보은이와 함께 아침을 시작하는 일과였다. 아직 단 한 건의 주문도 없었지만, 괜찮았다. 이제는 하나의 놀이가 되어 버린 양말 사진 찍기는 보은이가 가장 즐거워하고 뿌듯해하는 시간이기에. 사진을 보낸 후 휴대전화를 주머니에 집어넣자, 보은이 수혜의 무릎 위로 휘딱 올라와 앉았다. 수혜와 눈을 마주하고 헥헥거리며 웃는 보은이의 미소를 보고 있자, 그 사이 바람 한 점이 확 불어왔다. 시원한 바람 한 점에 차갑게 식은 목덜미의 땀이 상쾌하게 느껴진다. 조금만 더 이 상쾌함을 만끽하고 돌아가자 싶던 그 순간이었다.

'띠링' 메시지가 왔다는 소리가 들렸다.

[강아지 왼쪽 발에 있는 디자인 주문하고 싶은데요.]

선명하게 찍혀 있는 문자 메시지에 수혜는 와락 비명을 질렀다.

"꺄아악! 보은아! 첫 번째 주문이야! 주문!"

수혜의 말을 용케 알아들은 것인지 보은이가 연신 수혜의 얼굴을 핥기 시작했다. 수혜는 그런 보은이를 꽉 끌어안았다. 이 모든 건 다 보은이 덕이다. 살아야만 하는 이유가 되어 준 보은이 덕에 이런 행복한 순간도 맛보게 되는구나 싶은 수혜는 보은이를 하늘로 번쩍 치켜올리고 환하게 웃어 보이며 말했다.

"너한테 늘 받기만 해서 미안해, 보은아. 엄마도 약속할게. 네 곁에서 끝까지 너 지켜 주면서 네가 원하는 거 다 해 줄 거야. 가장 행복하게 만들어 줄 거야."

수혜는 철석같이 약속했다. 하지만 그녀는 그 약속을 끝내 지키지 못했다.

* * *

수한은 망자의 주마등을 보다 불쑥 심장을 움켜쥐었다. 또 시작됐다. 이 알 수 없는 심장 부근이 알싸하게 저리는 통증이. 망자가 생을 억지로 끝내지 않고 살게 한, 삶의 이유가 되어 준 보은이의 모습을 보는 것이 왜 이토록 가슴 절절하게 느껴지는 것일까?

그것이 수한 자신에게 어떤 의미가 있는 것일까?

수한이 원인 모를 통증에 의문을 품는 사이, 원정은 품에 안은 강아지의 머리를 쓰다듬었다.

"정말 행복했구나, 보은이는. 넌 좋은 강아지인가 봐. 보은이가 딱 한 번 본 너에게 이런 말을 해 준 거 보면. 근데 넌 이름이 뭐니?"

"와왕."

"해피? 근데 넌 어쩌다 강다경 씨를 만난 거야? 강아지 싫어한다고 했던 것 같은데. 넌 괜찮은 거지?"

"왕왕왕."

"너에겐 좋은 주인이라니 다행인데. 인간적으로 보면… 그나저나 너 혹시 아니? 보은이가 어디 있는지?"

"흐으응, 왕왕?"

"네 엄마가 알 거라고? 네 엄마는 보은이가 어디 있는지

213

모른다고 했는데."

"그 여자, 거짓말한 거야."

수한이 불쑥 원정과 강아지의 대화 속에 침투했다. 원정은 수한의 말에 네가 어떻게 아느냐는 듯 응시했다.

"그 여자는 의식적으로 내 눈을 피했어. 거짓말을 들킬까 봐 시선을 마주치지 않았던 거야. 말투도 진심이 아니었고. 마치 자신이 내뱉은 말을 믿고 싶은 사람처럼 보였어, 강다경."

"나 지금 네가 뭔 소리 하는 건지 하나도 모르겠는데, 차수한."

"그 여자는 우리한테 절대 진실을 말하지 않을 거라고. 향낭밖에는 답이 없어. 그 여자 찾아야겠다. 강아지도 돌려줄 겸."

"그래야지."

수한의 말에 짧은 대답을 던진 원정이 품에 안고 있던 강아지를 다시 수한에게 건넨 후 상체를 반쯤 확 접었다. 그러고는 최대한 바닥과 가깝게 허리를 숙인 자세로 코를 킁킁거렸다. 영락없는 개의 모양새를 한 원정이 킁킁 소리를 내며 걷기 시작했다.

"너 뭐 하는 거야?"

"강다경 찾아야지. 그 여자가 꽤 달콤한 향수를 쓰더라구. 냄새 쫓아가면 돼."

"나 참나. 너 이 강아지랑 대화 되는 거 아니야? 애한테 물으면 되지."

"개가 인간들이 쓰는 주소를 어떻게 아니? 길이나 기억하지. 어으, 이렇게 일머리 없는 거랑 일하려니 힘들어 죽겠네."

"개 하나 상대해 놓고 아주."

수한은 투덜거리며 앞서 걷는 원정의 뒤를 따랐다. 어디까지 가나 두고 보자 했던 마음이 곧 후회가 됐다. 이렇게 먼 거리를 걸어서 올 줄은 꿈에도 몰랐다. 허벅지부터 무릎, 종아리가 차례로 통증을 호소하자 수한이 걸음을 멈추고 골목 입구 벽담에 몸을 기대고 서서 버럭 소리쳤다.

"야! 이원정! 어디 가냐고! 아, 진짜 다리 아파 죽겠구면!"

"찾았다, 찾았어! 여기야, 여기!"

원정이 그제야 허리를 펴며 기지개를 쭉 켰다. 허리를 숙이고 꽤 걸었음에도 수한과 달리 원정은 아주 멀쩡한 모습이었다. 아주 해맑게 수한을 향해 빨리 오라며 손짓까지 해 보였다. 아무리 귀신이라도 자신은 이렇게 육체의 통증을 다 느끼는데, 허리까지 숙이고 이 먼 거리를 걸어온 원정은 어째서 저토록 멀쩡할 수 있는 것인가!

망자의 사건 해결보다 그 의문을 더 풀고 싶은 수한이

"너 정체가 뭐"냐고 물어보려던 찰나였다. 원정이 가리킨 곳에는 골목길 안에 덩그러니 놓인 건물 한 채가 보였다. 그 건물 위에는 '강다경 변호사 사무실'이라는 간판이 붙어 있었다.

원정은 수한의 품에 안겨 있는 강아지를 건물 입구에 내려놓고는 말했다.

"여기부터는 너 혼자 찾아갈 수 있지? 우리가 직접 데려다주고 싶은데, 저 못된 남자 귀신이 널 막무가내로 데리고 온 거라, 그건 인간 세상에선 나쁜 짓이거든."

"야! 나도 사건 해결을 빨리 해 보려다가 우연히 그런 거지!"

"보은이 이야기해 줘서 고마웠어. 잘 가."

원정의 인사에 강아지가 몇 번 짖는가 싶더니 돌아서 건물 안쪽으로 몸을 돌리던 그때였다. 건물 안에서 불쑥 사람들이 튀어나왔다.

"해피야!"

총총 들어가는 강아지를 번쩍 안아 들며 소리를 지르는 이는 다경이었다. 다경은 경찰 두 명과 건물을 나서는 중이었다.

"네들! 네들이 내 강아지 납치한 거였어?"

확신에 찬 다경의 추궁에 수한은 전혀 모르겠다는 능청스러운 표정으로 다경을 응시했다. 어디에도 강아지를 납치했다는 증거는 없다.

"강아지 납치라니요? 그게 무슨 말이에요?"

"죄송해요. 저희가 일부러 납치하려고 한 건 아닌데 보은이랑 닮아 보여서."

수한은 동시에 입을 열고 실토한 원정을 향해 눈을 흘겼다.

손발이 맞아야 일을 해 먹지. 아무리 거짓말을 못 해도 해야 할 때는 해야 하는 거라는 판단이 그렇게 안 서나?

전혀 증거가 없는 이 상황 앞에 천진난만하게도 자백을 한 원정으로 인해 사건의 진실을 알게 된 다경이 소리쳤다.

"이 사람들이네요! 제 강아지 훔쳐 간 사람이."

"저기요, 두 분 이리 와 보세요."

다경 곁에서 원정의 자백을 모두 들은 순경들이 매서운 표정으로 다가왔다. 원정은 일부러 그런 것이 아니라며 부인의 손짓을 보냈지만, 소용없는 제스처였다. 수한은 원정을 잡고 뒷걸음질 치며 원정에게 조용히 읊조렸다.

"내가 저 두 사람 잡을 테니까, 넌 그사이에 도망쳐."

"넌?"

"어떻게든 되겠지. 일단."

"하아. 미치겠네. 내가 경찰 맡을 테니까 넌 그사이에 이 향낭을 저 여자한테 써."

217

수한은 도리어 자신이 경찰을 맡겠다는 원정에게 무슨 소리냐 물으려 했으나 묻지 못했다.

갑자기 펑 하는 소리가 울리더니 연막탄이라도 터진 것처럼 뿌연 안개가 내려앉았다. 그리고 원정은 사라졌다. 그 순간 두 사람을 향해 다가오던 순경의 걸음이 멈췄다. 갑작스러운 연기에 그들이 허공에 대고 두 팔을 휘적휘적 저으며 연기를 없애려던 그들이 불현듯 비명을 질렀다.

"아, 깜짝아! 이거 뭐야!"

순경들보다 먼저 그것을 발견했던 수한도 눈을 비비며 다시 쳐다봤다.

"뭐, 뭐야 이거! 여기 있던 여자 어디 갔어요! 뭔 개가!"

원정이 서 있던 바로 그곳에 원정은 없어졌고, 백구 한 마리가 위협적인 자태로 경고의 소리를 내고 있었다.

"으으으르렁!"

콧잔등이 잔뜩 구겨진 백구는 순경들을 향해 물어 버리겠다는 의지를 담아 쥐 몰이하듯 다가갔다. 깜짝 놀란 다경이 건물 입구 문에 바짝 붙는 사이, 백구는 순경들을 골목길 입구로 내몰기 시작했다. 사납게 구겨진 백구의 미간을 보니 수한은 알 것 같았다. 비록 개의 모습이었으나 딱 봐도 닮았다. 이원정이 인상을 쓸 때의 그 미간!

"이원정, 개였어?"

어쩐지. 수상했다. 냄새로 길을 찾질 않나, 먼 거리에서 나는 소리를 듣지 않나, 개랑 대화를 하질 않나! 정직 차사의 능력이라더니 개뿔!

수한은 원정의 진짜 정체가 심히 어이가 없었으나, 지금 그 감상에 젖어 들 때는 아니었다.

일단 빨리 이 여자에게 향낭을 사용해 알아내야만 한다. 단초 보은이가 있는 곳을.

원정 백구가 으르렁거리며 순경들을 골목길 밖으로 쫓아낸 사이, 수한은 다경의 몸 위로 향낭 주머니를 던졌다. 다경의 팔뚝에 맞은 향낭 주머니가 바닥에 툭 떨어졌다. 순식간이었다. 주변의 사물이 바뀌는 것은.

순경들과 다경과 해피가 사라지고, 건물과 골목길이 사라졌다. 그곳은 곧 사방이 탁 트인 잔디밭으로 바뀌어 있었다. 내부 인테리어 공사 중으로 보이는 집과 넓은 잔디밭 마당에 테이블이 놓여 있었다. 그곳에는 망자 수혜가 앉아 있었다. 수혜 앞에는 다경도 앉아 있었다. 수한과 원정은 다경의 주마등 속으로 들어온 것이었다.

* * *

다경은 확 트인 넓은 잔디밭 풍경을 바라봤다. 꽃이나 나무가 없는, 오로지 흙과 잔디밭으로 꾸며진 정원이었다. 다경은 세월의 흔적이 고스란히 내려앉은 수혜의 얼굴을 어이없게 응시했다.

"동명이인인 줄 알았는데 너였네, 정수혜. 일부러 나 찾은 거니? 이렇게 성공했다 보여 주려고?"

다경의 날카로운 물음에 수혜는 말간 표정으로 그녀를 응시했다.

"비록 중간엔 끊겼지만 그래도 20년 넘게 친구였던 너의 안부가 궁금했다고 생각해 주면 안 되겠니? 너한테 돌려줄 것도 있고. 부탁할 일도 있고."

"뭐?"

"이거, 오백만 원이야. 요긴하게 잘 썼어. 이 돈 너한테 안 주면 우리 보은이 돈 때문에 키운 걸로 되는 거 같아서. 너한테 큰 선물 받았다고 생각하고 싶어서 돌려주는 거야."

"보은이? 너… 그 강아지 안 버렸니?"

"네가 나한테 처음이자 마지막으로 준 선물인데, 내가 왜 버려."

말끝에 수혜는 테이블 위에 놓인 뼈다귀 모양의 장난감을 확 집어 던졌다. 그러자 어디선가 민들레 홀씨같이 작은 하얀색 몰티즈 한 마리가 나타나 장난감을 향해 돌진했다. 다경은 나이가 들어 뛰는 것도 느려진 강아지를 보며 이를 꽉 깨물었다.

그 강아지가 자랐다면, 저 모습이겠구나. 저 강아지를 안 버리고 키웠구나, 정수혜.

"벌써 우리 보은이가 17살이 됐어. 잘 컸지? 나 내 딸 보은이한테 재산을 물려주고 싶거든. 요즘 한국에도 은행에서 펫신탁 한다고 들었어. 그거 너한테 맡겨 보려고. 그래서 변호사님 보자고 한 거야. 강다경 변호사님. 아, 늦었지만 축하해. 변호사 된 거."

수혜는 다경을 향해 활짝 미소를 지었다. 그러나 다경은 따라 웃음을 지을 수가 없었다. 보란 듯이 자신을 불러, 자신이 버리듯 준 강아지를 '선물'이라고 헛소리하는 것도 모자라, 강아지가 필시 먼저 죽을 텐데 재산을 물려준다니. 그 저의가 뭔지 모르겠지만 아주 심히 불쾌했다.

"저 강아지가 먼저 죽을 텐데, 신탁한다고?"

"저 아이는 그냥 강아지가 아니라 내 자식이거든. 자식을 둔 부모 마음은 그렇더라. 저 아이를 두고 내가 갑자기 잘못돼서 죽으면 어떡하나. 최근에 우리 회사 물건 배달해 주던 기사님이 교통사고로 세상을 떴거든. 애들은 아직 갓난쟁인데. 그걸 보니까 사람 앞날은 모르겠더라. 오늘 당장 내가 죽을 수도 있다 싶어서 그래서 대비하려고. 가는 데는 순서가 없잖아."

두 번째 승객 — 정수혜

221

"너 이러는 저의가 뭐니? 너 나 믿어?"

수혜는 다경의 날카로운 물음에 대답 대신 자신의 발밑에서 장난감을 가지고 노는 보은이를 들어 다경에게 내밀었다. 한 번 안아 보라는 수혜의 손짓에 다경은 마지못해 보은이를 품에 안았다. 수혜는 다경의 품에 안긴 보은이를 미안한 듯 응시했다.

"아버지 일을 겪으면서 깨달은 게 있어. 사람을 믿는다는 게 참 신기루 같은 일인 거. 사람을 믿지 못하겠더라. 근데 또 그렇게 사니까 살아가는 게 힘들더라고. 그래서 가면을 썼어. 겉으로는 친한 척, 가까운 척, 믿는 척, 지금까지 그렇게 살아왔고. 근데 결국 보은이를 위해서라면 난 사람을 믿어야겠더라구. 보은이가 알려 주려는 것 같아. 세상을 살아가려면 결국 사람을 믿고 의지해야 한다고. 인제 그만 그 상처에서 벗어나 보라고. 보은이 대리인은 담당 수의사님으로 지정할 거야. 그리고 너도 우리 보은이 보호자로 지정하고 싶어. 나두 사람을 믿는 것으로 다시 해 보려고. 사람과 진심을 나누는 거 해 보려고. 그냥 그게 이유야. 별거 없는 이유."

수혜는 다경을 향해 픽 웃었다. 이제 정말 아무런 앙금도 남아 있지 않는 그 미소를 다경은 길게 바라볼 수 없어 고개를 숙이고 품에 안긴 보은이에게 시선을 돌렸다. 보은이도 다경을 빤히 올려다봤다. 눈이 마주치는 순간 이상하게 그 시

절로 돌아간 것만 같았다. 수혜를 향해 충만하게 품었던 자격
지심이 폭발하던 그때가. 미안했다는 말이 목구멍 언저리에
맴돌았지만, 다경은 끝내 그 말을 내뱉지 못했다. 잘못을 인
정하는 것도 용기다. 그 용기가 다경에게는 없었다.

"너도 키워 봐. 인생에 많은 걸 깨닫게 해 주는 존재야,
이 조그마한 생명체가."

"그 수의사 증명 서류 있으면 줘."

수혜는 다경에게 서류를 내밀었다. 그 서류에는 수의사
의 개인 정보와 병원 주소, 집 주소 등이 적혀 있었다.

* * *

다경의 주마등을 보고 빠져나온 수한은 괴로운 표정을 짓고
있는 다경을 바라봤다. 향낭으로 인해 원치 않았던 기억을 다
시 떠올린 다경은 후회의 눈물을 툭 흘렸다. 왜 지금, 이 순간
그날의 기억이 다시 떠올랐는지 알 길 없는 다경은 두 손으로
머리를 감싸며 바닥에 주저앉았다. 다경의 마음이 고스란히
느껴진 원정은 그런 다경 곁에 주저앉아 그녀의 어깨를 토닥
거렸다. 다경은 그런 원정의 손길을 매몰차게 뿌리치며 원망
스럽게 수한을 응시했다.

수한은 그런 다경을 향해 담담히 물었다.

"정말 보은이 버림받은 겁니까?"

다경은 아무런 대답을 하지 못했다. 수한은 그녀에게 다시 물었다.

"거짓말이죠? 왜 거짓말하셨습니까? 수혜 누나가 보은이 버렸다고, 왜 그런 거짓말을."

수한의 물음에 다경의 눈동자 속에는 그동안 묵혀 두었던 무수히 많은 감정이 파노라마처럼 스쳐 지나가는 것이 보였다. 그 끝에 머무르는 것은 딱 하나의 마음이었다. 그것은 죄책감이었다.

"…미워서. 수혜가 너무 미워서. 조금 더 시간이 필요했어. 조금만 더 시간을 주면, 언젠간 사과하려고 했는데… 그때 미안했다고 사과하려고 했는데, 내 사과도 안 받고 그렇게 가 버렸잖아!"

마음 깊숙이 꾹꾹 숨겨 놓았던 진심을 터뜨린 다경이 울분에 찬 목소리로 소리쳤다. 깊은 후회에 사무친 눈물을 토해 내는 다경 앞에 수한은 가만히 무릎을 꿇고 시선을 마주했다.

"지금이라도 늦지 않았습니다. 말씀하세요. 그 마음을."

다경은 수한의 진심 어린 제안에 단 한 번도 입 밖으로 끄집어내지 못했던 그 마음을 털어놓았다.

"미안해. 내 친구 수혜야."

수한은 다경의 진심 어린 그 마음을 워치에 담았다. 그 마음은 고스란히 망자에게로 전달되었다. 수한은 다시금 몸을 일으키며 다경에게 마지막 물음을 던졌다.

"보은이 수의사님께 있는 거 맞습니까?"

다경은 말없이 고개를 끄덕였다. 수한은 고맙다는 말을 남기고 골목길 입구로 발걸음을 돌렸다. 원정은 그런 수한의 뒤를 따르다 말고 다경에게 고개를 돌려 말했다.

"망자도 그 마음 알 거예요."

그 말의 의미가 뭔지 알 길 없는 다경이 눈을 동그랗게 뜨고 원정을 응시했다. 원정은 꾸벅 그녀를 향해 묵례를 남기고는 보은이의 수의사가 운영하는 병원으로 향했다.

"여기다!"

원정의 가리킴에 수한은 건물 외벽에 붙어 있는 간판을 확인했다. 햇살병원이라 적힌 간판 아래 서류에 적힌 전화번호도 새겨져 있었다. 이곳이 확실했다. 원정은 고민 없이 벌컥 문을 열었다. 이곳에서 단초인 보은이를 꼭 찾아야만 한다. 그래야만 복구되지 않는 그 1%를 찾을 수가 있다.

원정은 서둘러 동물병원 안으로 들어서려다 흠칫하며 멈춰 섰다.

"보은아. 인제 그만 기다려. 엄마 여기 못 와, 보은아. 그러니까 너도 인제 그만 편히 눈 감아. 응?"

225

안에서 들려오는 애달픈 음색이었다. 그 소리에 이끌려 원정은 다시금 걸음을 뗐다. 그러나 원정은 앞으로 더 나아가지 못했다. 그저 터져 나오는 탄식을 막으려 두 손으로 입을 틀어막을 뿐이었다. 수한은 절망 섞인 숨을 툭 토해 냈다.

"하…!"

수술대로 보이는 곳 위에 인공호흡기를 단 보은이가 거칠게 숨을 헐떡이며 누워 있었다.

수한은 천천히 보은이의 곁으로 다가갔다. 다경의 기억 속에서, 사진 속에서 봐 왔던 생기 있는 모습은 온데간데없이 사라진, 곧 숨이 끊어질 병약한 강아지가 보였다. 불행했던 누군가의 한 생을 축복으로 만들어 준 존재지만 끝은 참 허망하구나, 싶은 그런 모습이었다.

"누, 누구세요?"

보은이를 어루만지며 눈물 흘리던 수의사가 다급히 눈물을 닦고 수한에게 물었다. 수한은 착잡한 어조로 대답했다.

"…저희는 정수혜 씨가 보낸 사람들입니다."

"네?"

"긴 설명을 할 시간이 없습니다. 보은이를 찍어야 해요."

"보은이를 찍는다고요?"

수한은 수의사의 물음에 대답 대신 수술대에 힘겹게 숨을 쉬고 있는 보은이의 모습을 워치에 담았다. 워치 화면에서 붉은빛이 뿜어 나오며 활짝 핀 연꽃이 나타났다.

주마등 데이터가 100% 복구되었습니다.

* * *

"보은아! 보은아! 정신 차려 봐! 응? 보은아!"

내가 보은이의 생명이 조금 더 연장되기를 기도하기 시작했던 것은 보은이가 17살이 되던 해였다. 보은이는 한 해 한 해 무탈하게 넘겼지만, 나는 한 살 한 살 나이가 들어가는 보은이를 보면서, 언젠가 이별의 순간이 올 거라는 걸 마음에 되새겼다. 그리고 결국 그날이 오고야 말았다.

스무 번째 생일을 맞이한 보은이가 그날 저녁부터 음식물을 삼키지 못했다. 다음 날에도 그다음 날에도 증상은 이어졌다. 급기야 캑캑 소리를 내며 음식물을 토하는가 싶더니 그대로 주저앉았다. 보은이는 제대로 눈을 뜨지 못했다. 반쯤 뜬 눈으로 나를 겨우 바라보던 보은이는 가쁜 숨을 몰아쉬었다.

나는 그길로 보은이를 안고 병원으로 달렸다. 언젠가 이별을 맞이하는 때가 반드시 올 테지만, 지금은 아니었다. 이런 갑작스러운 이별은 생각하지 않았다. 천천히 이별하고 싶

두 번째 승객 — 정수혜

227

었다. 최대한 천천히, 나는 보은이와 이별을 준비하고 싶었다.

"선생님! 보은이가 이상해요!"

수의사 선생님이 보은이를 번쩍 안아 들고 곧장 진료실로 들어갔다. 간호사분들도 선생님 뒤를 따라 다급히 진료실로 따라 들어섰다. 작은 보은이의 입에 인공호흡기가 달렸다. 뾰족한 링거 바늘이 살 속을 파고 들어가도 보은이는 어떤 소리조차 내지 못했다. 각종 검사를 한 후 수의사는 대기실에서 초조하게 기다리던 나를 다시금 진료실 안으로 불렀다. 나는 진료실로 들어가자마자 제일 먼저 수의사의 표정부터 살폈다. 그동안 본 적 없던 심각한 눈빛이었다.

"담낭이 터졌어요. 응급수술을 해야 하는데, 이 수술이 매우 위험해요. 보은이는 아주 노견이라 수술 도중에 사망할 수도 있고, 수술이 성공했다고 해도 패혈증으로 사망할 수 있어요."

"네? 응급수술이요?"

하늘이 무너져 내렸다. 수술이라는 건 생각지도 못했다. 그때였다. 휴대전화가 날카롭게 울렸다. 일단 전화부터 받으라는 수의사의 말에 나는 넋이 나간 채로 전화를 받았다.

[대표님! 큰일 났어요! 옆 건물에 무슨 인질 테런가 뭔가 사고가 터졌는데, 거기 불이 저희 건물로 번졌어요! 진화가 안 된대요! 인화성 물질이라는데 지금 다 타요! 저희 건물 다

타고 있어요, 대표님! 어떡해요!]

"네? 불이, 불이 났다구요?"

휴대전화를 타고 흘러나오는 직원의 울먹이는 목소리에 나는 직감했다. 그동안 쌓아 왔던 모든 것이 와르르 무너져 내리는 큰일이 터졌다는 걸. 나는 진료실 안에 누워 있는 보은이를 바라봤다.

'엄마도 약속할게. 네 곁에서 끝까지 너 지켜 주면서 네가 원하는 거 다 해 줄 거야. 가장 행복하게 만들어 줄 거야.' 보은이에게 했던 철석같던 그 약속이 머릿속에 맴맴 돌기 시작했다. 끝까지 지켜 주면서 원하는 건 다 해 주겠다고, 행복하게 만들어 주겠다고 약속했는데 지금, 이 순간에 나는 어떻게 해야만 보은이를 행복하게 만들어 주는 것일까. 보은이가 원하는 것은 무엇일까.

"저 회사에 문제가 생긴 거 같아서요. 수술하시고 연락 주세요."

나는 보은이가 아닌 회사를 선택했다. 보은이는 수술을 잘 버텨 줄 테니까, 보은이를 살리고 계속 행복하게 만들어 주려면 회사를 먼저 챙겨야만 하지 않을까 판단했다. 나는 보은이가 지금 당장 원하는 것을 나중으로 미뤘다. 지금의 행복이 아닌, 나중의 행복을 기약한 것이었다.

그렇게 보은이를 뒤로 하고 회사로 온 나는 아무 생각이 떠오르지 않았다.

불길에 활활 타는 사옥을 보면서 아무것도 할 수 없다는 참담함 후에 오는 것은 빗발치는 거래처 전화들이었다. 거래처 사장들에게 사옥 창고에 넣어 두었던 발주할 양말이 모두 타 버렸다는 전화를 돌리던 사이, 병원에서 전화가 왔다.

[보은이 수술 잘 끝냈고, 지금 깨어났어요.]

혼자서 씩씩하게 수술을 잘 버텨 준 내 아이 보은이를 보러 가야 하는데 나는 쉽사리 금방 가겠다는 말이 떨어지지 않았다. 대신 간호사에게 보은이 귀에 전화기를 대어 달라 부탁했다.

[지금 말씀하시면 돼요.]

"보은아, 엄마 지금 회사에 일이 생겼어. 우리 보은이 혼자서 수술도 잘하고 대견해. 조금만 더 기다려 줘, 보은아. 엄마가 곧 갈게."

그때, 보은이에게 기다려 달라는 말이 아니라 차를 돌려 병원으로 갔다면, 잠깐이라도 보은이를 보고 한 번만이라도 안아 주었다면, 이토록 지독한 미안함과 후회가 남지 않았을까?

기다림이 모두에게 주어지지는 않는다는 걸 나는 몰랐다. 일들을 정리한 늦은 새벽, 보은이에게 달려가던 차 안에서 나는 과로로 인한 뇌출혈로 죽음을 맞이했다.

나는 보은이에게 한 약속을 지키지 못하고 죽었다. 결국 보은이를 보지 못한 채로, 그렇게 갑작스러운 이별을 맞이해야만 했다.

* * *

쌕쌕거리며 거칠게 숨을 토해 내고 있던 보은이가 파닥파닥 몸을 부르르 떠는가 싶더니 미동을 하지 않았다. 헐떡이던 보은이의 가슴도 푹 꺼지듯 원상태가 되었다. 고요한 병원 안에 삐- 하는 날카로운 EKG 모니터 소리만 들릴 뿐이었다.

"보은이가… 떠났어."

수한과 원정의 워치도 동시에 삐삐 울렸다. 인계에서 보낸 시간도 곧 끝이 난다는 알림이었다.

"보은이 잘 부탁드립니다. 정수혜 망자가 고마워하실 거예요."

"…네."

원정은 수의사를 향해 두 손을 배 아래로 공손히 모으고 깍듯하게 인사를 건넸다. 정말로 보은이의 마지막을 잘 부탁한다는 진심을 담은 인사였다. 수한 역시 그런 원정을 따라 수의사에게 잘 부탁한다는 당부를 남기고 병원을 나섰다. 이제, 저승으로 돌아가야 할 때이다. 수한은 쓸쓸함을 뒤로 하고 이제 모든 걸 기억해 냈을 망자가 있는 저승으로 향했다.

엘리베이터를 타고 다시 저승으로 향하는 동안 수한도 원정도 아무런 말도 하지 못했다. 제대로 된 인사조차 나누지 못하고 이별한 그들이 너무 안타까워서.

저승에 도착한 엘리베이터에서 먼저 내린 수한 뒤를 따라 원정도 내렸다. 섣불리 환등열차로 다가가지 못하는 원정 대신에 수한은 망자의 마지막을 인도하기 위해 삼도천 한 중앙에 멈춰 선 환등열차의 문을 열던 그때였다.

"왕왕왕!"

철로에서 강아지 짖는 소리가 들려왔다. 그 순간 환등열차 문이 열렸다. 수혜가 불쑥 열차에서 뛰어내려 왔다.

"보은이니? 보은이야?"

"우우우우!"

수혜의 부름에 대답하듯 늑대 울음소리가 점점 가까워지기 시작했다. 저 멀리서 하얀 점이 다가오고 있었다. 철로를 미친 듯이 달리고 또 달려오는 건 보은이였다.

"보은아! 내 딸 보은이!"

"우우우우!"

수혜는 미친 듯이 뛰어오는 보은이를 향해 철로 바닥에 주저앉아 두 팔을 활짝 열었다. 그 품 안으로 보은이가 와락 안겼다.

"미안해, 보은아. 네 옆에 있어 줬어야 했는데, 정말 미안해. 보은아."

긴 꿈을 꿨다. 그 꿈속에서 모든 일들이 주마등처럼 스쳐 지나갔다. 눈을 떴을 때 그것이 꿈이 아니라 자신의 기억이었다는 걸 깨닫게 되는 순간, 수혜는 오열했다. 보은이를 잊었다는 사실이 너무 미안해서. 누구보다 간절히 자신이 있어주기를 바랐을 보은이를 홀로 수술대에 놓고 온 그날이 떠오른 수혜는 심장이 찢어질 것 같았다. 딱 한 번만, 보은이를 딱 한 번만 보고 싶었다. 그럼 해 주지 못했던 무수히 많은 말들을 꼭 해 주리라고. 그런데 막상 이 아이를 다시 마주하니 나오는 말은 딱 하나였다.

"미안해, 보은아. 못난 주인이어서… 너무 미안해."

서로를 꼭 끌어안고 20년간의 감정들을 토해 내고 있는 그들에게 원정이 조심스럽게 다가갔다.

"보은이가 천사가 됐어요. 엄마를 따라오려고 부지런히 온 듯해요. 함께 열차에 오르세요. 이제 다시 환등열차를 움직여야 합니다."

"결국, 보은이도 왔군요, 저승에."

수혜는 보은이를 꼭 끌어안고 환등열차에 올랐다. 환등열차가 다시 움직였다. 원정은 판결대까지 가는 짧은 시간 동안 망자와 보은이가 함께할 마지막 시간을 주기 위해 열차 옆 칸으로 조용히 자리를 비켜 줬다. 수한은 열차 사이 중문을 통해 둘을 지켜보다 문득 원정을 바라봤다. 마치 과거의 자신을 생각하는 듯 추억에 잠긴 모습이었다.

"그런 말 있지 않나? 반려견은 죽으면 저승 문턱에서 주인을 기다린다, 근데 왜 기다려?"

"자신의 명이 짧아 먼저 떠난 것이 미안해서. 혼자 외로웠을 주인이 저승에 오면 다시 외롭지 않게 영원히 곁에 있어주기 위해 기다리는 거야."

"저 둘은 무슨 이야기를 하고 있을까? 대화가 통하기는 하나? 개랑은 대화가 안 되니 그게 제일 답답하던데."

"개똥밭에 굴러도 이승이 낫다는 말이 있잖아. 근데 저승이 나은 순간도 있어. 다시는 만날 수 없을지 모를 존재를 마지막으로 만나는 거. 살면서 하지 못했던 말들을 마지막으로 할 수 있는 거. 둘은 대화가 가능해."

"대화가 가능하다고?"

원정은 수한에게 손가락으로 어딘가를 가리켰다. 그곳은 환등열차 차창이었다. 차창에 낀 뿌연 성에 위로 글씨가 한 자 한 자 새겨지고 있었다.

[다음 생에도 꼭 제 곁에 있어 주세요.]

"그래, 우리 다음 생에도 다시 만나자. 꼭."

다시 출발했던 환등열차가 드디어 멈춰 섰다. 판결대 앞이었다. 수한은 보은이를 품에 안고 있는 망자에게 다가갔다.

"이제 판결대 앞입니다. 정수혜 망자는 망자가 미처 알지 못한 소소한 죄들은 있으나, 최선을 다해 한 생을 살아 내려 노력했으므로 그 죗값을 씻어 낸 걸로 판결받았습니다. 연옥 행입니다. 보은이도 함께할 겁니다."

수혜는 보은이와 함께 환등열차에서 내렸다. 수한과 원정도 그 뒤를 따랐다. 수혜는 그런 두 사람을 바라보며 빙그레 미소 지었다.

"고맙습니다. 소중한 기억을, 소중한 존재를 찾게 해 주셔서."

"그동안, 한 생을 살아 내시느라 수고 많으셨습니다. 안녕히 가십시오."

수한과 원정은 망자를 향한 진심 어린 예우를 담아 마지막 인사를 건넸다. 두 사람의 인사에 화답하듯 인사를 건넨 수혜가 보은이와 연옥 문을 열고 안으로 들어갔다. 열심히 꾸역꾸역 살아 냈던 삶의 긴 여운이 수한의 가슴을 뜨뜻하게 만들던 그때였다.

"키히히히 크흐흐!"

천박하고 기괴한 웃음소리가 사방에서 울려 퍼졌다. 수한은 도대체 저 악귀는 누군데 망자들의 기억을 헤집어 놓는 것인지, 이번에는 기필코 잡고야 말겠다는 다짐으로 악귀가 어디 있는지 두리번거리며 살폈으나 악귀의 모습은 그 어디

두 번째 승객 — 정수혜

에도 없었다. 이윽고 악귀의 웃음소리도 사라졌다. 이놈의 악귀가 어디로 숨은 것인가 사방을 살피던 그때였다. 그의 눈앞에 하얀 흰나비 떼가 구슬을 보호하듯 에워싸고 수한 앞에 나타났다. 모아야 할 두 번째 구슬을 손에 쥐는 순간, 수한은 문득 처음 정수혜 망자를 봤을 때 느꼈던 그 알싸한 통증을 또다시 느꼈다.

"이 통증은 도대체 뭐야. 왜 이렇게 슬프고 아픈데. 이원정, 이건 좀 알려 줄 수 없어? 그놈의 인과율 좀 집어치우고."

수한은 진심으로 답답한 듯 짜증스럽게 말했다. 원정은 그런 수한을 냉정하고 차갑게 쏘아봤다.

"모든 인연은 네 생각보다 무거워. 무섭기도 하고, 질기기도 하고, 아프기도 하고."

"인연?"

수한을 매섭게 노려보던 원정은 언제 그런 표정을 지었나 싶게 금세 가벼운 미소를 지으며 어깨를 으쓱해 보였다. 그러고는 수한의 어깨를 한 대 툭 치고는 뒤돌아섰다.

"그놈의 인과율은 절대 집어치울 수 없어, 저승에서는. 나 이제 보고서 써야겠다. 안녕."

수한은 원정의 말을 조용히 읊조리며 손에 든 구슬을 품에 안았다. 이제 마지막 하나의 구슬만 남았다. 수한은 째깍째깍 움직이는 환등열차 플랫폼 시계를 바라봤다. 곧 세 번째 망자가 다가올 시간이었다.

두
번
째
승
객

─

정
수
혜

세 번째 승객 ——— 한독고

가로등 불빛 아래로 벚꽃잎이 바람을 타고 휘날리는 아름다운 광경이, 커다란 창문을 통해 보이는 곳에서 한 장면이 펼쳐졌다. 아름다운 바깥 풍경과 이질적인 장면이었다.

"제발, 제, 제발 살려주세요. 살려! 선생, 커윽!"

하얀 가운을 입은 한 사내가, 자신보다는 조금 더 어려 보이는 환자복을 입은 한 남자의 목을 조르고 있었다. 어린 남자는 자신의 목을 조르고 있는 사내를 향해 선생님이라고 불렀다. 의사인 듯 보이는 하얀 가운을 입은 사내는 어린 남자의 애원에도 불구하고 그의 목덜미를 움켜쥔 손을 풀어 주지 않았다. 어린 남자의 얼굴이 점점 붉어졌다. 그와 다르게 목을 조르는 의사의 손은 점점 핏기가 가시는 듯 하얗게 질려가고 있었다. 의사의 얼굴에는 괴로움도, 슬픔도, 애처로움

도, 하물며 환희에 찬 기쁨 같은, 어떤 감정도 담겨 있지 않았
다. 왜 이런 짓을 벌이는지 그의 표정에서 읽히는 건 아무것
도 없었다. 그저 그는 무감각하게 사람의 목을 졸랐다.

어린 남자의 희미해진 동공 속 초점이 완전히 사라졌다.
살려달라 울부짖으며 의사의 손을 잡아 뜯던 그의 손길도,
발악하던 몸짓도 뚝 멈추며 온몸이 나른하게 축 늘어졌다.
두 눈을 채 감지 못한 어린 남자는 미동도 하지 않았다.

가로등 불빛 아래 벚꽃잎이 휘황찬란하게 휘몰아치는
예쁘고 아름다운 어느 날 밤 벌어진 살인이었다.

이름 : 한 독 고
나 이 : 1995年 9월生
사 인 : 교 통 사 고 사 (동맥파열로 인한 과다 출혈)

생애 모든 기억이 다 지워져 버린 이 망자의 기억 속에
유일하게 남은 주마등은, 살인이었다. 그 살인을 저지른 의사
가 바로 환등열차에 올라탄 망자, 한독고였다.

* * *

서로의 잘잘못을 따지는 사람들의 고성, 울분 섞인 눈물과 고압적인 사람들의 표정, 컴퓨터 자판 위에서 바쁘게 움직이는 손가락과 위협적인 목소리가 뒤엉킨 곳 한가운데 선 수한은 그곳을 빙 둘러봤다.

낯설지 않은 공간이 주는 익숙한 분위기에 수한은 한숨을 푹 내쉬었다. 죽음을 받아들인 이후, 이제 이곳에 올 일은 없겠구나 했던 곳, 경찰서였다. 그는 천장에 붙어 있는 팀 번호가 적힌 푯말을 바라보다 불현듯 미간을 찌푸렸다. 피딱지가 내려앉은, 이빨 자국이 선명한 손등이 욱씬 통증을 일으킨 탓이었다.

"개였다는 거 들키더니 아주 대놓고 개노릇 해, 이원정. 진짜 이번 건 하기 싫다."

사람을 마주하든, 사물을 마주하든 처음으로 무언가를 마주할 때면 받는 느낌이 있다. 그것이 좋을 때도 있고, 혹은 불길하거나, 싫은 느낌을 줄 때도 있다. 망자를 마주한 수한의 첫 느낌은 불길함이었다. 그리고 자신이 느낀 그 느낌이 틀리지 않았다는 걸 망자가 내뱉은 첫 번째 말에 확신했다.

"나는 심판 따위 필요 없습니다. 날 영원히 이 세상에서 사라져 버리게 만들어 주시죠."

세 번째 승객 ─ 한독고

243

환등열차의 시스템과 미싱 링크에 대한 설명을 읊던 원정의 말을 끊은 한독고가 처음으로 내뱉은 말이었다. 그는 담담하고 차분함을 넘어서 냉소적으로 자신을 소멸시켜 달라고 했다.

담담한 얼굴로 영원히 사라지게 해 달란 망자의 말이 수한의 귀에는 꼭 하계의 형벌을 피하려는 수작처럼 들렸다. 수한은 망자의 앞에 만수사화 꽃차와 옥춘당이 놓인 쟁반을 툭 내려놓으며 차갑게 말했다.

"보통 이승에선 죄인이 죽으면 죄도 사라진다고 여기죠. 그래서 죄인들이 죗값을 받기 전에 스스로 목숨을 끊기도 하고. 그런데, 저승은 그게 안 통합니다. 하계에서 형벌로 업을 다 씻은 후에 가능합니다. 소멸이든, 환생이든."

"하계라는 곳이 지옥을 말하나요? 당신들이 생각하는 가장 큰 형벌은 지옥의 형벌인가 보군요. 난 다시 인간의 생을 사는 게 가장 괴로운 형벌 같은데. 그깟 형벌쯤이야, 뭐 별거겠습니까? 다시 인간으로 환생만 하지 않는다면 뭐든 좋습니다."

하계에 대한 감이 없어서 그런 것인지 망자에게선 어떤 두려움도 엿볼 수 없었다. 정말 그깟 하계는 별것 아니라는 듯 편안함을 넘어선 안도하는 것처럼 보였다.

"정말, 하계에서 형벌을 다 채우면 영영 소멸이 가능한 거죠?"

내내 냉소적이던 망자는 급기야 작은 희망마저 품는 눈
빛으로 다시 묻기까지 했다.

이토록 소멸을 갈망했던 존재가 또 있을까? 저승 짬밥
이 얼마 되지 않아 알 수는 없지만, 이토록 소멸을 원하는 존
재는 없었지 싶은 수한은 이 망자를 어떻게 응대해야 할지 난
감하다는 듯 원정을 응시했다. 그러자 원정은 수한에게만 들
리게 조용히 읊조렸다.

"살아온 생이 너무 괴로웠나 봐. 환생을 끔찍해하는 것
을 보면."

다시 그 괴로운 생을 복기하게 하는 것이 미안하다던 원
정은 망자에게 연신 사과를 반복하며 괴로운 듯 환등열차 주
마등을 재생시켰다. 하지만 그 괴로운 생은 확인이 불가했다.
망자의 주마등은 태어나 응애 탄생의 소리를 내지르는 순간
멈췄다. 탄생부터 미싱 링크가 벌어진 초유의 사태였다. 마치
많은 것들을 기억하고 있는 것처럼 굴던 망자의 기억은 처음
부터 존재하지 않았던 거였다. 수한은 당혹스러웠다. 기억도
없으면서 사라지고 싶으니 죽이라니 그딴 말들은 왜 지껄인
것인가. 도대체 그런 이유가 무엇인지, 삼도천을 통해 망자의
주마등으로 들어가 유일하게 남은 기억을 살핀 후에야 알 수
있었다.

살인.

망자가 저지른 살인 주마등이 끝나고 사방이 암흑이 짙게 내려앉자, 수한은 원정에게서 홱 몸을 돌렸다.

"안 한다, 이번 일."

수한은 환등열차로 돌아가기 위해 쇠사슬을 불러 내리려 팔을 뻗었다. 그런 수한의 팔을 잡아 내린 원정이 그를 향해 냉정하게 쏘아붙였다.

"고작 하나의 기억이야, 차수한."

"고작 하나의 기억이 많은 걸 보여 주기도 하지. 저 기억하나로 다 확인됐어. 저 인간이 어떤 인간인지, 어떤 삶을 살았는지, 어떤 죄를 지었는지. 그거면 다 된 거 아닌가? 하계 보내, 그냥."

"그랬다가 저 기억이 진짜가 아니면?"

"뭐?"

"어쩌면 악귀가 기억을 조작했을지도 모르잖아. 망자가잘못 기억했을 수도 있고. 우린 지금 그 어떤 것도 함부로 확신할 수 없어, 저 기억 하나로는. 살인을 한 이유가 있겠지. 그걸 찾아야 하고."

수한은 선명한 살인의 추억만 남겨 놓은 자에게 그 이유를 찾고 앉은, 이해심이 넘쳐 보이는 원정에게 불쑥 화가 치밀었다.

"기억 조작? 악귀가 왜 굳이 살인의 추억으로 조작하지? 어차피 금방 들통날 일을. 그리고 뭐, 살인을 한 이유? 살인에 정당한 이유가 있다고 생각하는 건가? 살인 앞에 정당함이 붙을 수 있는 건 또 뭐지? 설명해 봐, 이원정."

"내가 이 세계에 살아오면서 깨달은 건, 보이는 게 전부가 아닐 때도 있다는 것. 한 인간을 잠깐 본 걸로 그 사람을 다 안다는 그 오만한 착각이 가장 무섭다는 것. 난 이 망자가 왜 자신의 생을 싹 지워 버린 건지, 하고많은 기억 중 왜 살인의 기억만 남겼는지, 기억도 나지 않는 망자가 소멸을 운운한 그 심경이 뭔지! 그게 알고 싶을 뿐이야. 살인을 할 수밖에 없었던 정당한 이유를 찾으려는 게 아니라."

오만한 착각. 그 말이 수한의 비위를 건드렸다. 이건 분명 망자의 기억 하나를 보고 모든 것을 다 안다고 말했던 수한 자신을 비꼬는 말임이 틀림없었다.

"너야말로 오만하게 판단했군. 그거 아냐? 기억을 잃었어도 몸에 남은 습관은 지워지지 않는다는 거. 나 생전 범인들 상대했던 사람이야. 환등열차에 올랐을 때부터 저 망자가 한 행동, 그 말, 그 눈빛! 절대 평범한 생을 산 망자가 할 짓은 아니라는 거 바로 알아. 고로 난 안 궁금해. 살인자의 생 따위. 정 궁금하면 너 혼자 내려가서 찾아."

원정은 수한의 단호함에 설득은 무리겠구나, 확신했다.

247

설득되지 않는다면, 남은 방법은 무력뿐이다. 원정은 다시 쇠사슬을 불러 내리려 손을 뻗는 수한을 향해 다다다 달리다 힘차게 두 다리를 바닥에 탁 튕기며 뛰어올랐다. 웬만해서는 돌아가고 싶은 생각이 없는 전생 백구의 모습으로 변신한 원정은 수한의 손을 꽉 깨물었다.

"아아악!"

수한이 외마디 비명을 지르며 하늘로 뻗었던 손을 바닥으로 내렸다. 원정은 그런 수한의 손을 더욱 꽉 깨물고 이승으로 데려다줄 엘리베이터 안으로 끌어당겼다. 속절없이 그대로 백구 원정에게 끌려온 수한은 엘리베이터에 오를 수밖에 없었다. 다시 인간의 모습으로 돌아온 원정은 이번 사태를 제일 빠르게 확인할 수 있는 경찰서로 향했다. 경찰서 뒷마당으로 도착한 수한은 엘리베이터에서 내리자마자 손부터 살폈다. 어찌나 세게 물었는지 구멍이 송송 뚫려 있는 손등과 손바닥에는 피가 찔끔찔끔 새어 나오고 있었다. 수한은 태연하게 벤치에 앉아 턱을 이리저리 돌리고 있는 원정을 노려봤다.

"이제 하다 하다 사람까지 문다? 뭐 하는 짓이지?"

원정의 수한은 물음에 보란 듯이 이를 탁탁거리며 천진난만한 눈동자로 읊조렸다.

"오랜만에 물어서 그런가, 턱 아프네. 네가 말을 안 들으니까 물지. 원래 개는 인간이 말을 안 들으면 물어. 그게 습성이야."

"뒷감당 할 자신은 있어서 문 건가?"

"뒷감당은 개뿔. 그리고 내가 시간 아까워서 말 안 했는데, 어차피 넌 인과율 때문에 이 일 해야 해. 기억의 사슬, 완성해야지."

"그놈의 인과율, 인과율! 야, 나 그냥 하계 보내! 하계 보내라고!"

원정은 분노가 끓어올라 급기야 발광하기 시작한 수한을 향해 방긋 미소 지으며 벤치에서 일어났다. 그때였다. 워치가 삑삑 날카로운 경고음을 내며 붉은빛으로 반짝였다. 웃던 원정의 얼굴에 미소가 가셨다. 원정은 다급히 워치를 확인했다. 이내 그녀의 얼굴은 경악으로 일그러졌다.

망자 한독고 이승 도망 감지. 한독고를 찾아라.

원정을 따라 워치를 확인한 수한이 기막히다는 듯 실소를 지었다.

"가지가지 하는구먼. 저승이 허술한 거냐, 이 망자가 신출귀몰한 거냐? 이원정 차사야. 내 말 듣고 처음부터 하계로 보냈으면 일 처리 참 깔끔하게 됐을 텐데."

그렇지 않아도 혼란스러운데 옆에서 깐죽대는 수한이

꼴 보기 싫은 원정은 그 입을 다물라는 의미를 담아 그를 확
째려봤다.

"내가 이 망자 찾을 테니까, 넌 망자 주마등이나 찾아!
너 주마등 복구 못 하기만 해 봐!"

"복구 못 하면 어쩔 건데."

"이번엔 손등 물리는 걸로 안 끝나겠지? 내가 내 모든 생
을 걸어서 네 사지를 갈기갈기 찢어 놓을 거다. 왜!"

"그래 보시든지."

"꼴 보기 싫어! 흥!"

연신 비웃음을 짓는 수한을 노려보던 원정은 그에게 콧
방귀를 날리고 경찰서에서 사라졌다. 그녀가 사라진 뒤에도
수한은 쉽게 발걸음을 떼지 못했다. 이 살인자의 주마등을
찾아 주어야 하는 것이 못마땅해서였다. 원정도 없겠다 자신
도 이참에 이승 도망자나 한번 되어 볼까 싶었지만, 이제 하
나 남은 기억의 사슬이 그의 발목을 붙들었다. 그 마지막 구
슬만 갖는다면 잊어버린 기억을 모두 얻을 수 있다.

저승이 던진 그 무거운 인과율을 차마 무시할 수 없어
수한은 어쩔 수 없이 경찰서로 온 것이었다. 경찰서 내 강력계
사무실로 들어와서도 수한은 한참이나 갈등했었다. 정말 이
망자의 주마등을 복구하는 것이 맞는 행동인지. 먼저 말을
걸어 온 이가 없었다면, 수한은 돌아섰을지도 모른다.

"어떻게 오셨습니까?"

얼굴로만 보면 범죄자인지 형사인지 딱히 구분이 되지 않는 한 남자가 생김새와 다르게 친절한 음색으로 수한에게 말을 걸어왔다. 수한은 그의 부름에 익숙한 척 명함 한 장을 내밀며 대답했다.

"저는 시사 탐사 추적을 하다에서 나온 차수한 피디입니다. 10일 전에 사건 있었잖아요. 한독고. 그거랑 관련해서 취재 좀 하려고 왔는데요."

대수롭지 않게 툭 던진 수한의 말에, 시끄러웠던 강력계 내부가 일순간 조용해졌다. 사람들의 시선도 일제히 수한에게로 쏟아졌다. 확 바뀐 공기와 시선에 수한은 뭔가 건드리면 안 되는 걸 건드렸구나 싶어 마른침을 꿀꺽 삼켰다.

정신을 바짝 차려야 한다. 여기서 말 잘못하면 바로 아웃이다.

"아, 진짜 너무들 하시네! 지금 한독고가 죽은 게 우리 때문이라고 보도라도 하게? 아니 우리가 음주 운전 차를 어떻게 피하나! 갑자기 날아든 차를 우리가 무슨 수로 피하냐고!"

강력3팀이라는 푯말이 붙어 있는 곳 정중앙 책상에 앉아 있던 한 남자가 벌떡 일어나 허리에 양손을 얹으며 격앙된 목소리로 소리를 질렀다. 딱 봐도 팀장급인 형사였다. 그의 외침에 수한은 한독고의 사인을 떠올렸다. 교통사고사라더니,

그 사고가 경찰과 연관된 교통사고인 모양이다. 그 마지막 순간마저 지워져 있었으니. 수한은 망자의 교통사고사가 경찰과 어떤 연관인지는 모르겠지만, 겉으로는 다 이해한다는 듯한 눈빛을 지어 보였다. 상대의 경계심과 분노에 격한 반응 대신 그 마음을 이해해야 한다. 그래야 상대의 마음을 열 수가 있다.

"제가 그 사고를 뭐 하러 파겠습니까? 형사님들 노고 모르는 거 아닌데. 저는 한독고 살인사건을 파 보려는 겁니다. 범인 죽었다고 살인사건이 묻히는 건 피해자에 대한 도리가 아닌 거 같아서 말입니다."

수한의 말에 형사는 허리에 얹었던 손을 은근슬쩍 풀며 퉁명스럽게 대답했다.

"우리도 조사한 게 없어요. 영장 심사 받으러 갈 때까지 입을 꾹 다물고 있어서. 이제 피의자가 죽어서 공소권도 없고. 그거 천벌 받은 거야. 아니면 영장 심사받으러 가는 차량이 음주 운전 차에 전복되는 게 말이 돼?"

역시. 한독고의 죽음이 천벌이라 확신하는 형사의 말에 혹시나 했던 물음표가 역시나 느낌표로 끝을 맺었다. 수한은 아주 잠깐 혹시나 하는 마음을 품었었다. 망자의 기억이 왜곡된 것은 아닌가 하는. 사실, 원정에게는 부러 말하지 않았지만, 수한은 봤었다. 소멸을 말하던 망자의 눈빛이 보인 낙망을.

희망을 잃은 살인자라니. 우발적 살인이었다면 억울했을 테고, 복수를 기반한 살인이었다면 죽은 피해자 때문에 저지른 일이라며 피해자 탓하며 원망을 품었을 텐데, 그는 희망을 잃은 태도를 보였다. 어쩐지 일반적인 살인자의 태도와는 다른, 뭔가 앞뒤가 맞지 않는 것만 같았다. 그래서였다. 원정의 추측처럼 망자의 주마등에 유일하게 남은 살인의 추억이 악귀가 왜곡시켜 놓은 기억은 아닐까 하고. 그러나 망자는 살인자가 맞았다. 그것도 영장 심사를 받으러 가는 차가 전복된 흔치 않은 죽음을 맞이한 생전의 천벌까지 받은.

수한은 저도 모르게 한숨을 흘리며 무겁게 입을 열었다.

"천벌 맞죠. 생명을 살리는 의사가 환자를 목 졸라 죽였으니, 당연히 천벌 받아야죠."

"엥? 목을 졸라? 한독고가 안광모 목을 졸랐어? 언제?"

형사는 그런 일이 있었느냐며 새로운 사실을 알았다는 것처럼 수한에게 되물었다. 되돌아온 질문 앞에 수한은 당혹스러움을 감추지 못했다.

"사인 경부 압박 아닙니까?"

"에헤? 뭐 별나라 있다 왔나? 약물 살인이야, 약물. 안광모 몸에 약물 주입해서 죽였어요. 한독고 지문이 묻은 주사기에서 안광모 사인인 약물이 검출됐다고."

"예에? 정말요? 경부 압박이 아니고? 아니, 진짜 목 조른 흔적 없었습니까?"

"어디서 뭔 소리를 듣고 온 거야? 사인 약물이야, 약물."

이게 어떻게 된 일인가! 분명 망자의 주마등은 직접 목을 졸라 살인을 저질렀다. 한독고 손에 혀가 튀어나오고 눈에서 피눈물을 쏟으며 죽어 가던 모습이 생생한데 약물 살인이라니.

이승에서 조사가 잘못될 일은 벌어질 수가 없다. 그렇다면 원정의 말처럼 악귀든 뭐든 망자의 주마등이 조작되었다는 것인데. 왜? 약물로든, 목을 졸랐든 살인은 같은데 왜 그런 잔인한 살인의 추억으로 조작했던 것인가?

생각지 못한 부분에서 의문이 터지자, 혼란스러운 수한은 바짝 마른 입술을 혀로 축이고 다급히 되물었다.

"아니, 그 죽인 이유는 뭡니까? 원한입니까?"

"아 몰라요, 몰라. 미란다 원칙 싹 다 없애야 해. 그거 고지했다고 아주 그냥 조개처럼 입을 콱 쳐 닫고 있어요들. 말 한마디도 안 하고 있다가 죽어서 몰라요. 나 진짜 아무것도 모르고, 공소권 끝난 사건으로 시간 뺏기기 싫으니까 그만 가쇼."

"아니! 저 조금만 더, 형사님!"

형사는 이미 끝난 사건 더 왈가왈부하기 귀찮다는 듯 수한을 형사과 사무실 밖으로 몰아냈다. 수한은 다급히 닫힌 사무실 문을 딸각딸각 돌려 봤지만, 문은 꼭 잠겨 열리지 않았다. 문전박대도 정도가 있지, 문까지 걸어 잠그다니. 심히 불쾌한 이 상황에 수한은 닫힌 문을 주먹으로 쾅 내리쳤다.

"국민의 알권리 무시하는 겁니까, 뭡니까!"

문이 다시 열렸다. 그 사이로 덩치가 소만 한 남자가 무섭게 수한을 노려봤다.

"안 가쇼?"

"지금 갑니다."

수한은 재빠르게 몸을 돌려 건물을 빠져나왔다. 저렇게 생긴 형사들은 피하는 것이 상책이다. 저런 형사들은 말이 안 통한다 싶으면 십중팔구 주먹부터 휘두르는 스타일이다. 괜히 더 있다가 주먹다짐으로 일이 커질 수 있으니 피하는 것이 상책이다. 수한은 일단 후퇴를 결정하고 물러서기는 했지만, 곧 막막함이 몰려왔다.

이 망자의 기억은 태초부터 지워져 있다. 고로, 망자에 대한 정보는 이름과 나이, 의사라는 것 외에는 아는 것이 전무했다. 원정이 경찰서를 선택한 이유도 아마 그 때문이었을 것이다. 장례식장을 가 봐야 알아낼 수 있는 것이 별로 없을 거라 판단했을 테다. 수한도 똑같은 생각이었다. 경찰서만큼 망자에 대한 가장 많은 정보를 가지고 있는 곳은 없을 테다. 이곳에서 그가 어디에 사는지, 피해자와 무슨 사인지, 살인을 저지른 이유가 뭔지 등등 아주 많은 것을 알아낼 수 있을 거로 생각했다. 그런데 건진 거라곤 망자에게 당한 피해자 이름이 안광모라는 것뿐이다.

수한은 건물을 빠져나와 경찰서 일각에 있는 벤치에 앉았다. 제대로 시작도 하기 전에 막혀 버린 상황에 원정에게 전화라도 걸어야 하나 싶지만, 그건 죽었다 깨어나도 싫었다. 그렇다고 다른 뾰족한 수가 떠오르지 않던 그때였다. 수한과 조금 떨어진 곳으로 두 사내가 손에 자판기 종이컵을 들고 나타났다.

"그 증거물 컴퓨터 말이야. 진짜 복구 불가래?"

"스티브 잡스가 와도 못 고친다나 뭐라나. 니미럴, 그것만 고쳤어도 빼박인데. 다른 데서 증거 찾아야 합니다. 별수 없어요."

손에 자판기 커피를 들고 선 두 사내가 수한과 똑같은 막막한 표정으로 와 담배를 입에 물며 나누는 대화에 수한은 허벅지를 탁 치며 자리에서 벌떡 일어났다.

"아! 증거물!"

그 생각을 못 했다. 망자를 현행범으로 잡았으니 곧바로 수색에 들어갔을 테고, 망자의 개인 물품은 모두 증거물로 압수되었을 거다. 그거면, 망자의 많은 정보를 알 수가 있다.

수한은 벌떡 벤치에서 몸을 일으켜 다시 경찰서 안으로 들어갔다. 각 조사계 사무실을 지나자 가장 구석 양 갈랫길

중앙에 섰다. CSI 과학수사팀 경리계 보관실이라고 적힌 팻말과 증거물 보관실 팻말이 보였다.

수한 자신이 죽은 후 갑자기 시스템이 바뀐 게 아니라면, 아직 감식되지 않은 압수물은 경리계 보관실에 보관할 테고, 감식이 끝난 물품은 증거물 보관실에 있을 것이다.

망자는 죽었다. 고로 수사도 공소권 없음으로 끝났다. 증거 보관실은 물품이 쌓이지 않게 폐기하는 것이 원칙으로, 이들이 빨리 처분을 하려고 했다면, 증거품은 증거물 보관실로 갔거나 폐기됐을 확률이 높다. 폐기 날짜는 매달 말일에 할 테니 분명 이 안에 있을 테지만, 문제는 이 안에 들어가는 것이었다. 보안을 철저히 해야 하는 증거물 보관실에는 창문이 없다는 점이었다. 고로 이곳에 잠입할 방법은 딱 하나였다. 직접 저 문 안으로 들어가서 증거물을 가지고 나오는 것. 들어가는 방법은 두 가지다. 형사로 위장하고 들어가거나 미친 척 이 문을 따고 들어가 안에 있는 경찰을 무력 제압하고 증거물을 들고 튀는 방법뿐이다. 수한은 다급히 품 안에서 원정에게 받은 이승 활동 가이드 책자 사이에 꽂힌 경찰 공무원증을 꺼냈다. 일단 무작정 무력을 이용하는 것보다는 활용하는 편을 택하는 것이 좋을 듯싶다.

수한은 공무원증을 꽉 움켜쥐고 태연하게 표정을 고친 후 증거물 보관실 앞에 섰다.

똑똑.

노크를 한 후 수한은 자연스럽게 손잡이를 잡아 돌리고 안으로 한발 들어섰다. 보관실 입구 데스크에는 젊은 경찰이 한껏 무료한 표정으로 그를 응시했다. 수한은 그 앞에 공무원증을 내밀었다.

"강력3팀 차수한 경위입니다. 한독고 살인사건 증거물 확인할 게 있는데 어디에 있지? 기억이 안 나네."

한독고 사건에 가장 민감한 반응을 보였던 형사가 있던 곳이 강력3팀이었다. 그 말은 한독고 살인사건의 담당은 3팀일 확률이 높다.

"강력3팀이요? 5번 4열이요."

늘 하던 업무라 그런지 타성에 젖어 보이는 경찰은 수한이 내민 공무원증을 보는 둥 마는 둥 하고 심드렁하게 보관 자리를 말했다. 수한은 그가 알려 준 위치로 최대한 자연스럽게 걸음을 옮겼다.

꽤 구석진 곳으로 들어가자 커다란 플라스틱 바구니에 담겨 진열된 물품들이 보였다. 그 사이 하나의 바구니에 '피의자 한독고 물품'이라고 적혀 있는 것이 보였다. 수한은 얼른 바구니 안을 살폈다. 그 안에는 휴대전화, 태블릿, 지갑, 의사가운, 악력기, 컴퓨터 본체가 바코드 붙은 지퍼백에 각각 담겨 있었다. 이 바코드를 찍어야만 밖으로 가지고 나갈 수 있다. 나갈 땐 무력 충돌을 피할 수는 없겠구나 싶은 수한은 이 중에 확실한 단초가 될 수 있는, 인간의 많은 정보를 담고 있는 휴대전화를 들고 가기로 결심했다. 수한이 전화를 챙기기 위해 바구니 속으로 손을 뻗던 그때였다. 섬뜩하리만치 차가운 목소리가 들렸다.

"차수한 경위님은 사망자로 뜨는데, 당신은 누굽니까?"

수한은 목소리를 따라 고개를 돌렸다. 진열대 입구를 막아선 채 총을 겨누고 있는 데스크 앞 경찰이 보였다. 젠장, 들켰다. 수한은 바구니를 바짝 쥐었다. 그러고는 경찰에게 바구니를 집어 던졌다. 그 안에 있던 물품들이 경찰을 덮치듯 쏟아졌다. 경찰이 반사적으로 얼굴을 가리는 사이, 수한은 그를 밀치고 바닥에 떨어진 것 중 손에 잡힌 것 하나를 집어 들었다. 그러고는 그가 바로 따라붙을 수 없게 그를 확 밀쳤다.

쾅, 쾅, 쾅!

경찰이 선반 위로 넘어지자, 그 반동에 선반도 도미노처럼 쓰러졌다. 수한은 그 틈에 빠르게 그곳을 빠져나와 달리기 시작했다. 복도를 한참이나 내달리며 계단도 다섯 칸을 한꺼번에 뛰어넘으며 내려왔다. 그 뒤를 경찰이 미친 듯이 쫓아오기 시작했다.

"야! 너 거기 안 서!"

곧 잡힐 듯 말 듯 한 추격이 시작됐다. 안 되겠다. 이대로 가다간 곧 잡히게 생겼다. 수한은 계단 벽에 붙어 있는 화재 경보기를 주먹으로 쾅 내리쳤다. 그 순간 삐익- 날카로운 화재 경보음이 울렸다. 소음을 들었는지 갑자기 비상구 문에서 사람들이 우르르 쏟아져 나오기 시작했다. 온갖 비명과 "빨리 피하세요! 빨리!" 다급한 안내도 들렸다. 수한을 향한 경찰의 외침은 금세 화재 소동에 묻혔다. 그 혼란을 틈타 수한은 서둘러 경찰서를 빠져나와 달리고 또 달렸다. 얼마나 달렸을까. 유유히 흐르는 강물이 내려다보이는 한강대교가 보였다. 그제야 수한은 서서히 걸음에 제동을 걸었다.

"하아, 하아!"

폐가 터질 것 같아 허리를 반쯤 숙여 숨을 몰아쉬었다. 수한은 오래도록 숨을 고른 뒤에야 손에 꽉 쥐었던 물품을 확인했다. 제발, 휴대폰이어야 한다. 휴대폰이어야 편하다!

"아… 악력기."

분명 살인 도구가 될 수 있는 묵직한 물품이라 증거품에 담겨 있었던 모양이지만 이게 단초가 될 거 같지 않아 절망스러운 수한은 악력기를 지퍼백에서 끄집어내어 이리저리 살피던 그의 눈에 악력기에 새겨진 의외의 글귀가 들어왔다.

무진 고등학교 증정. 한독고가 고등학교에서 받은 악력기를 가지고 다녔다는 건가? 왜?

수한은 어쩐지 심상치 않아 보이는 악력기를 워치에 담

았다. 곧 망자의 비밀이 부활하는 듯 워치가 빛을 뿜어냈다. 사방은 곧 한독고의 주마등으로 변하기 시작했다.

* * *

"한독고 선생님? 안녕하세요, 저 코치 이상훈입니다."

푸릇푸릇한 새싹이 선선히 부는 바람 따라 살랑이고 있는 논 위로, 따스한 햇살이 아름답게 뇌리 쬐는 평화로운 농촌 도시 무진의 전경을 우두커니 바라보고 서 있던 독고는 등 뒤에서 들리는 밝은 목소리에 몸을 돌렸다.

"전경 죽이죠? 학교가 산언덕에 있어서 올라오는 게 좀 힘든데, 이곳에서 보면 이렇게 무진 전체가 거의 다 보여요. 낙원 같은 도시죠, 무진."

독고는 상훈의 말에 힐끔 무진의 시내를 내려다보며 생각했다. 감히 자신이 이 평화로운 낙원에 살아도 되는지, 그 평화를 누려도 되는 것인지.

"신경과 레지던트셨다면서요? 전문의 포기하고 이렇게 지방까지 내려와 주시고, 진짜 너무 감사합니다."

사람 좋은 인상의 상훈이 독고를 향해 너털웃음을 지어 보였다. 독고는 감사 인사에 그를 말갛게 바라보며 대답했다.

"감사해하실 거 없어요. 도망 온 건데요, 뭘."

담담한 말투였으나 단어 선택은 담담함과는 거리가 먼, 독고의 독백 같은 소리에 상훈의 얼굴 위로 당혹스러움이 스쳐 지나갔다. 독고는 그를 당혹스럽게 할 의도는 없었기 때문에 화제를 바꿨다.

"애들은 어디 있습니까?"

그의 말에 어떤 반응을 보여야 하나 망설이던 상훈은 기다렸다는 듯 그를 학교 건물 옆 강당으로 안내했다. 넓은 샤워실부터 탈의실, 헬스실, 미니 수영장까지 갖춰 놓은 강당이라고 부르기에는 아주 큰 규모의 건물이었다.

"강당 죽이죠? 여기가 촌 도시라고 해도 나름 학부모님들 재력이 좀 돼요. 특히 우리 농구팀 학부모님들이 유난이시죠. 어떻게든 자기 자식 프로 만들려고 아주 뒤 빵빵하게 밀어주셔요. 솔직히 일개 고등학교 농구팀에 의사 샘을 팀 닥터로 초빙하는 것 보면 말 다 했죠. 그래서 아마 선생님이 무지 피곤하실 수 있어요."

학부모들을 만나 보지 않았지만, 강당의 규모만 봐도 알 것 같았다. 상훈은 강당 내부를 빙 둘러보던 독고에게 이제 때가 되었다는 듯 두 손뼉을 크게 마주치며 말했다.

"오시자마자 죄송한데, 지금 애들 연습 경기 중이거든요. 경기 보시면서 육안으로 애들 몸 상태 좀 체크해 주시면 좋겠는데요."

생각보다 연봉을 세게 준다 했더니 다 이유가 있었다. 아직 애들하고 제대로 인사도 안 했는데, 상훈은 독고에게 아이들의 이름과 나이, 키와 몸무게, 등번호가 적힌 명단 파일부터 내밀었다. 상훈은 그를 강당 2층에 설치된 부스로 안내했다. 경기장 전체가 내려다보이는 곳이었다. 경기가 한창 진행 중인지 아이들의 얼굴이 많이 상기되어 있었다. 명단을 보며 아이들 한 명 한 명을 바라보던 독고는 한 아이에게서 시선을 멈췄다. 선수들 틈 속에서 간신히 보이는 아이를 신기하게 응시하다 상훈에게 물었다.

"저 학생은 다른 학생들보다도 훨씬 키가 작네요. 170 되나요?"

"아, 광모요? 173cm예요."

독고는 상훈의 대답 속 이름을 명단에서 찾았다. 173cm, 65kg이라고 적혀 있는 프로필을 보고는 의아한 시선으로 상훈을 응시했다.

"이렇게 작은데 농구를 할 수 있습니까?"

"보시면 알아요. 쟤 미친놈이거든요. 농구에 미친 놈."

상훈은 긴 설명을 하지 않았다. 대신 아주 흐뭇한 미소를 지을 뿐이었다. 왜소한 몸, 작은 키를 가진 녀석이 어떻게 농구를 할 수 있을까 했지만, 그것은 독고의 섣부른 판단이었다. 광모라는 아이는 그야말로 경기장을 날아다녔다. 엄청난 점프력과 날다람쥐 같은 날렵한 몸짓 때문에 모두 광모라는 학생의 뒤를 쫓기 바빠 보였다.

"전 대한민국 고등학생 중에 저렇게 잘하는 놈을 본 적이 없어요. 몸이 작으니까 어떻게든 몸싸움을 피하려고 머리 쓰는데 그 스킬이 어우. 제가 저거 주장 만들려고 하다 선배들 다 제치고 1학년이 무슨 주장이냐고 학부모들한테 욕을 어찌나 먹었던지. 경기 한 번 보시곤 다들 주장 허락하시긴 했지만요."

상훈은 욕을 먹었던 과거가 떠올랐는지 부르르 치를 떨었다. 독고는 의아했다. 비록 키도 작고 왜소해 보이기는 하지만 곱상하게 귀티가 풍기는 아이였다. 아마도 이 아이들 중에 제일 부잣집 아들이 아닌가 싶은데, 학부모들이 코치에게 항의했다니 쉽게 이해되지 않았다. 재력이 곧 권력인 세상에 흔치 않은 일이다.

"저 학생 부모님이 제일 돈 많으실 거 같은데요?"

"그죠? 광모 딱 봐도 부잣집 도련님같이 생겼죠? 근데 쟤 부모님이 참여를 안 하세요. 학생부 주소 찾아서 집으로도 찾아갔는데 저 녀석 집이 아니라고 그러고. 저 녀석한테 부모님이 학부모회에 참여하시면 안 되냐고 그러면 입 꾹 다물고. 아무래도 부잣집 자식이라서 운동을 반대하시는 거 같더라고요. 그래서 제가 빽 섞어서 커버 치고 있죠. 광모 건드리지 마세요, 광모 부모가 나서면 농구팀 휘청합니다, 그렇게."

상훈의 장난 섞인 말에 피식 웃음을 지어 보인 독고는 다시 광모에게 시선을 돌렸다. 공을 집중해서 보는 반짝이는 녀석의 눈이 보였다.

'네 눈빛 보면 딱 미친놈 같아. 공부에 미친 놈.'

독고는 불현듯 의대 시절 친구가 했던 말을 떠올렸다. 그 친구가 봤던 그 눈빛이 저런 눈빛이었을지도 모르겠다는 생각이 났다. 마음이 오묘해졌다. 왜 하필 그 시절이 이렇게 떠오르는 것인지. 저 아이의 모습에서 독고 자신의 모습을 찾게 되는 것인지.

그렇게 되고 싶었던 의사를 때려치우고 도망쳐 이곳까지 온 그에게 그때의 일은 떠올리고 싶지 않은 기억이었다. 독고는 기억들을 털어내기 위해 고개를 흔들었다. 하지만 그 잔상은 오래도록 그의 머릿속에 머물러 있었다. 그 기억은 곧 3개월 전 도망치듯 나왔던 병원에서 겪은 일들을 떠올리게 했다.

벗어나야 한다. 이 기억에서 어떻게든 벗어나야 한다. 독고는 그 기억에서 벗어나고 싶어 서둘러 상훈에게 말을 건넸다.

"앞으로 일정을 어떻게 짜면 돼요? 출근 시간이라든지 그런 거요."

"아, 일과는 아이들 일과에 맞춰 주시면 됩니다. 좀 힘드실 수 있어요. 말씀 주시면 제가 조절해 볼게요."

상훈은 독고에게 일과표 한 장을 내밀었다. 독고는 일과표를 빠르게 훑어 확인했다. 잠깐의 쉼이라고는 용납이 되지 않는 듯 새벽에 시작해 새벽에 끝나는 빽빽한 일과였지만 독고는 괜찮다고 생각했다. 이렇게 바쁜 일상이라면 그날의 기억들에서 도망칠 수 있겠다. 서울을 벗어나 이 먼 무진까지 도망쳤던 것처럼 그렇게, 도망칠 수 있겠다.

"괜찮습니다. 이 일정대로 함께 움직일게요. 앞으로 잘 부탁드립니다."

벗어나자, 그 기억에서 이제 벗어나자.

독고는 그렇게 자신에게 최면을 걸며 새롭게 펼쳐진 일상을 맞이했다.

팀 닥터로서의 일상은 그를 과거의 기억에서 조금씩 조금씩 해방시켜 주었다. 물론, 농구에 미친 광모를 볼 때면 과거의 자신이 떠오르곤 해, 최대한 광모에게만큼은 관심을 덜 주려 하기도 했다. 어쩐지 자꾸만 자신과 겹쳐 보이는 광모를 보는 것이 조금은 착잡했기에. 물론 그 마음도 어느새 바쁜 일상 덕인지 조금씩 조금씩 무뎌져 가고 있었다.

점점 평온함이 그의 일상에 내려앉기 시작했다.

"너 요즘 악력 운동 잘 안 하지? 악력 측정 수치가 낮아

진다. 하루에 다섯 파트씩 운동해."

강당에서 연습 경기를 위해 몸을 풀던 아이들에게 아침
에 확인한 체력 수치를 읊어주던 독고에게 상훈이 다가왔다.
그러고는 그에게 엔트리 판을 내밀었다.

"선생님 다음 주 대회 엔트리요. 이렇게 짜려는데요."

독고는 상훈에게서 엔트리 판을 받아 빠르게 살폈다. 내
일 있을 대학교와의 친선경기 엔트리였다.

선수의 엔트리는 철저히 상훈의 권한이었으나 선수들의
몸 상태를 고려해야 한다는 그의 제안을 받아들인 이후 아이
들의 몸 상태에 따라 경기 투입을 조절하면서 훨씬 뛰어난 기
량을 펼치는 것을 눈으로 본 후 상훈은 꼬박꼬박 그에게 엔트
리를 상의했다. 물론 처음엔 팀 닥터 주제에 엔트리까지 관여
하는 것은 월권 아니냐는 학부모들의 항의가 만만치 않았으
나, "선수 생활 길게 가도록 하고 싶지 않으신가요?"라는 독
고의 물음에 반발은 사그라들었다. 오히려 한 경기라도 쉬고
투입되면 훨씬 뛰어난 기량을 펼치는 아이들을 보며 학부모
들은 급기야 독고를 추앙하기에 이르렀다.

독고는 상훈이 건넨 엔트리 판을 살피며 몸을 풀고 있는
학생들을 쭉 훑듯 확인하다 문득 시선을 멈췄다. 몸을 풀던
아이들 사이로 광모가 오른손을 연신 오므렸다, 폈다, 털기를
반복하는 것이 보였다. 그러면서도 주변이 의식됐던 것인지

눈치를 살피기도 했다. 그 시선은 곧 독고에게로 향했다. 광모의 행위를 놓치지 않고 눈에 담던 독고는 자신에게 향하는 광모의 시선에 보지 않은 척 고개를 돌렸다. 하지만 그는 다 봤다. 광모의 새끼손가락이 미세하게 부르르 떨리는 것을. 분명 손에 문제가 생긴 듯 보였지만, 버틸 수 있는지 쉬어야 하는지 판단이 서지 않는다.

독고는 엔트리 판 첫 번째에 적힌 광모의 이름을 손으로 찍으며 상훈에게 조용히 말했다.

"연습 경기 때 상태 좀 확인해야겠습니다."

상훈은 말없이 고개를 끄덕이고는 선수들을 모두 불러 모았다.

"내일 드디어 연희대학교와 친선경기 잡혔다. 다들 알다시피 그 대학 출신들 대부분이 프로 가는 건 알지? 너희보다 선배라고 쫄 필요 없어. 져도 상관은 없다. 다만 네들이 그들과 실력이 비슷하다는 것만 보여 줘라. 프로 감독님들 다 오시는 자리니까 잘하자. 연습 경기 시작하자. 실전이라고 생각하고 뛰어."

코치의 통보에 아이들 표정이 기세등등하게 바뀌었다. 독고는 힐끔 광모를 바라봤다. 다른 아이들의 기세와는 차원이 다르게 비장해 보이기까지 했다. 저건, 위험한 기세다. 독고는 최대한 티 내지 않고 광모의 연습 경기 모습을 확인했다. 역시나 광모의 손에 문제가 생겼다. 광모는 오른손이 아닌 왼손을 사용했다. 오른손으로 공을 받았다가도 새끼손가락이 아픈 듯 얼른 왼손으로 공을 넘겼다. 상태가 나쁘다.

독고는 모든 경기가 끝난 후 선수들이 휴식을 취하는 사이 상훈에게 다가갔다.

"안광모, 내일 경기는 쉬는 게 좋을 것 같은데, 혹시 내일 경기에 참석 안 하면 광모 선수 생활에 어떤 불이익이 생깁니까?"

"사실, 말이 친선경기지 프로 감독들한테 선보이는 자리기는 하거든요. 근데 뭐, 광모는 워낙 이 바닥에서 유명하기도 하고. 꼭 안 나가도 다들 아시긴 할 텐데."

"방금 연습 경긴데도 저렇게 욕심내서 하는데, 저 상태로 내일 경기 뛰었다가 더 큰 부상 당할까 염려되네요."

"아이고! 그럼 안 되죠! 광모가 어떤 녀석인데 다치면 큰일 나요. 빼요, 빼. 광모야! 안광모, 이리 와 봐!"

상훈은 부상이란 말에 화들짝 놀라 광모를 불렀다. 한바탕 경기를 뛴 후 페트병에 담긴 이온 음료를 단숨에 다 들이켠 광모가 상훈의 부름에 헐레벌떡 뛰어왔다. 독고는 상훈과 광모만 대화를 나누는 것이 좋을 것 같아 자리를 피해 주려했으나 몇 발짝 움직이지 못하고 멈췄다. 누군가의 강제적 힘에 멈춘 발걸음이었다. 걸음만 제지당한 것이 아니었다. 그의 몸도 휙 돌아갔다. 그를 돌려세운 것은 다름 아닌 광모였다. 독고보다 한참이나 작은 광모가 거칠게 숨을 몰아쉬며 그를 노려보고 있었다.

"선생님이 뭔데 자꾸 우리 엔트리에 관여하세요? 그 경기가 나한테 얼마나 중요한 경긴지는 알고 빠지라는 거예요?"

날이 바짝 선 광모가 잔뜩 격앙되어 언성을 높였다. 광모의 성격상 이럴 거라 예상을 못 한 건 아니었지만 그의 예상보다 훨씬 더 거칠었다. 독고는 광모와 조금 거리를 두며 차분하게 뜻을 전했다.

"선수 생활 오래 하고 싶으면 몸 아끼는 것도 중요해. 그분들 눈에 띈다고 네가 당장 프로팀 입단하는 거 아니야."

"씨발! 당신이 농구에 대해서 알아? 알지도 못하면서 무슨 간섭이야! 그렇게 의사 노릇 하고 싶으면 병원으로 가서 해요. 여기서 이러지 마시고!"

한발 물러선 독고를 향해 작은 광모가 바짝 다가섰다. 대화가 안 되면 몸으로 들이박겠다는 뜻이 담긴 제스처였다. 그런 광모의 목덜미를 상훈이 거칠게 잡아당기며 독고와의 사이를 벌렸다.

"이 자식이 어디 선생님한테! 그만 안 해, 안광모?"

"아, 씨발!"

상훈의 제지에 광모는 폭발한 듯 괴성을 질렀다. 급기야 바닥에 놓여 있는 농구공을 집어 들어 던졌다. 그 행위가 화근이었다.

"아!"

광모가 온 힘을 다해 던진 농구공이 벽을 맞고 그대로 독고의 머리통으로 날아들었다. 피할 틈도 없었다. 어찌나 세게 와 부딪혔는지, 독고는 휘청하며 바닥에 철퍼덕 쓰러졌다.

"선생님!"

별이 보인다는 게 이런 거구나.

"야, 야! 구급차! 전화해, 전화!"

상훈의 다급한 요청이 들렸다. 대낮에 별을 보이기는 했지만, 구급차로 실려 갈 정도는 아니라고 판단한 독고는 떠지지 않는 눈을 억지로 떴다.

"괜찮습니다."

불쑥 몸을 일으킬 상태는 아니었지만, 주변에서 쏟아지는 걱정이 담긴 눈빛들이 더 걱정돼 몸을 일으켰다. 그 찰나, 독고는 허공으로 광모와 시선이 마주쳤다. 당황하고 놀란 기색이 역력했으나 그렇지 않은 척 애를 쓰는 눈빛까지 감추지 못하고 고스란히 드러내고 있는 녀석이었다.

독고는 그런 광모를 보며 쐐기를 박았다.

"네 선수 생활 지켜, 안광모."

광모가 고개를 푹 떨어뜨렸다. 머리카락 사이로 잘 보이지 않았지만, 후회의 눈빛이었다. 그런 눈빛이라고 믿고 싶다. 독고는 곁에 선 상훈에게 슬쩍 멋쩍은 미소를 지었다.

"오늘은 좀 일찍 퇴근해야 할 것 같습니다만."

"죄송합니다, 선생님. 제가 애들 인성 교육을 잘못 시켜서."

"일부러 그런 거 아닌데요, 뭐."

별일 아닌 척 담담하게 말했지만, 이 상황이 심히 민망한 독고는 빠르게 학교를 벗어났다. 여전히 머리가 띵한 울림이 있는 것 같았지만, 그 통증보다는 다른 감정이 더 강하게 올라왔다. 창피함. 자신보다 20cm는 작은 녀석이 던진 공에 맞고 주저앉았다는 사실이 부끄럽다 못해 수치스럽기까지 한 독고는 걸음을 재촉했다. 걸어서 15분 거리에 있는 집이 아주 작은 점처럼 보이기 시작했다.

저 녀석이 언제까지 따라오려고 저러지?

독고는 학교에서 나온 후 얼마 되지 않아 따라붙은 발걸음 소리를 인지했었다. 언젠가 말을 걸겠지, 대비하고 있는데 집에 다 왔는데도 말을 못 건네는 녀석의 소심함에 괜히 웃음이 났다. 이럴 거면서 성질은 왜 부려서는.

계속 따라오게 둘 수 없어 독고는 걸음을 멈추고 그를 향해 몸을 돌렸다. 그 찰나에 예상치 못한 손길이 그의 뺨 위로 날아들었다.

"이 나쁜 새끼! 내가 너 여기 숨어 있으면 못 찾을 줄 알았냐? 사람 죽인 새끼가 어디 뻔뻔하게 살고 있어!"

너무 잊고 싶었던 그 목소리. 꿈속에서도, 일상에서도 따라다녔던 목소리였다. 독고 자신을 이 촌 도시 무진까지 도망치게 만들었던 바로 그 목소리였다. 너무도 잊고 싶었던 그 목소리가, 이제 조금씩 희미해져 가던 그 목소리가 다시금 귓가에 생생하게 들려왔다. 남자의 살기 서린 목소리에 독고는 꽁꽁 얼어붙어 꼼짝도 하지 못했다. 그런 독고를 향해 중년 남자의 손은 무자비하게 날아들었다. 독고는 아무런 반항도 하지 못한 채 그의 손길을 온몸으로 버텼다. 그러는 동안 그의 머릿속에는 딱 한 생각만 들었다.

여기도 들켰는데, 이제 어떡해야 하는 거지?

그때였다.

"뭐 하는 짓이에요! 하지 마세요!"

남자의 손길이 뚝 멈췄다. 독고가 고개를 들었다. 그의 눈에 남자의 손목을 우악스럽게 움켜쥐고 있는 광모가 보였다.

맞다, 이 녀석이 따라오고 있었지. 별꼴을 다 보여 주고 앉아 있다.

"너 꺼져."

독고는 광모에게 경고하듯 차갑게 그를 밀쳤다. 광모는 그의 반응에 놀란 듯 그대로 남자의 손을 놓았다. 동시에 남

273

자는 본격적으로 주먹을 휘두르기 시작했다. 그 손짓은 쉬이 멈추지 않았다. 살결이 터지고 짓이겨도 묵묵히 버티던 독고는 눈으로 날아든 그의 주먹에 휘청이며 풀썩 바닥에 쓰러졌다. 그제야 비로소 남자는 주먹질을 멈췄다.

"넌 앞으로 내 분이 풀릴 때까지 맞아. 도망갈 생각 말고. 난 너 죽을 때까지 쫓아다닐 거니까. 이 살인자 새끼야."

남자는 독고의 발목에 족쇄를 채웠다. 그가 영영 도망칠 수 없도록. 남자는 "내 말 명심해"라며 족쇄가 잘 채워졌는지 확인 후에 사라졌다. 독고는 오래도록 그 자리에서 옴짝달싹하지 못했다. 그는 주저앉아 자조 섞인 웃음을 피식 흘렸다.

설마 이곳은 못 찾겠지 싶어 아무 연고도 없는 이 무진까지 도망쳐 왔는데. 고작 석 달 만에 들켰다는 것이 허무했다. 그리고 그렇게 감추고 싶었던 그 비밀을, 무덤까지 가지고 가려던 그 비밀을 이 녀석에게 들키다니.

독고는 자신의 눈앞에 무릎을 꿇고 앉아 자신을 걱정스럽게 응시하는 광모에게 시선을 던졌다.

"저 그냥. 죄송했다 사과하려고 온 건데. 근데 선생님 사람 죽였어요? 그거 학부모들 알면 난리 날 텐데. 선생님 잘릴 수도 있어요."

영원한 비밀은 없다고 했다. 언젠가 누군가에 의해서라도 밝혀질 수 있을 거라 그도 생각은 했었다. 그래도 그 시간

을 최대한 늦출 수만 있다면 좋겠다 기도했었는데, 다 부질없
는 짓이었다.

"가라."

독고는 광모를 홀로 둔 채 그대로 집으로 들어와 버렸다.
광모와 더 마주했다가는 제발 아무에게도 말하지 말아 달라
는, 목구멍까지 올라온 애원을 내뱉을 것만 같아서였다.

레지던트가 되고 처음 담당한 환자가 죽었다. 환자를 죽
이는 의사가 되지 않겠다는 다짐이 무너진 그날 이후로 하루
하루 눈을 뜨는 것이 지옥이었다. 그 지옥에서 도망쳐 무진
으로 왔다. 그런데 그 무진이 다시금 지옥이 되었다. 병원보다
훨씬 더 지독한 지옥이었다.

불안하고, 초조하고, 두렵고, 괴로웠다. 모든 것이 무서
웠다. 언제 어디서 어떻게 유족들이 튀어나올지 모르는 두려
움과 행여 광모가 이 사실을 모두 발설한 것은 아닌가 눈치를
살피는 나날 속에 독고는 점점 피폐해져만 갔다. 다른 곳으로
또다시 도망가 볼까 갈등했지만, 어차피 또 찾을 텐데, 라는
마음이 그의 발목을 붙들었다. 그저 유족의 분노가 모두 사
라질 때까지 이 공포를 감당하는 수밖에 없다는 생각만 들었
다. 최대한 피할 수 있는 데까지 피하면서. 그 생각이 그를 집
으로 가지 못하고 오래도록 학교에 머물게 했다.

학교에는 찾아오지 않은 것을 보면 아직 학교는 모르는

것 같아서였다. 독고는 이른 새벽에 출근해 늦은 저녁까지 학교에 머물렀다. 학교에 머무는 사람은 독고만은 아니었다. 언제나 광모가 함께했다. 하지만 독고는 광모에게 다가가지 않았다. 피한다는 것이 더 맞는 표현이었다.

그날 이후 독고는 최선을 다해 광모를 피했다. 광모 역시 독고에게 다가오지 않았다. 물론, 학부모들 사이에서도 어떤 말들이 나오진 않았다. 무진의 여름이 겨울로 바뀌었을 정도로 서로가 서로를 외면하는 시간은 꽤 길게 흘러가고 있었다.

강당 2층에서 서류를 보던 독고는 강당에서 흘러나오는 노랫소리에 잠시 서류에서 시선을 뗐다.

훈련 시작했나 보네.

훈련을 시작하면 어김없이 한 노래를 크게 틀어 놓는 것은 광모의 오래된 습관이었다. 독고는 서류를 내려놓고 강당으로 내려가 슬며시 안을 살폈다. 열심히 슛 연습을 하는 광모 주변에는 이온 음료 빈 병들이 널브러져 있었다. 이온 음료가 담긴 상자는 텅 비어 있었다. 독고는 강당 옆에 붙어 있는 창고로 향했다. 큰 이온 음료 상자를 들고 강당으로 돌아서는데, 그를 향해 헐레벌떡 뛰어오는 광모가 보였다. 사색이 되어, 불안과 공포에 부들부들 떠는 눈동자였다. 독고는 흠칫하며 들고 있던 음료 상자를 툭 내려놓았다. 혹시 그 사람이 학교까지 찾아온 건가? 순간 독고는 자신에게 주먹을 휘두르던 그 남성을 떠올렸다. 하지만 그 사람이 찾아왔다고 광모가 두려움과 공포심에 떨 일은 없을 텐데. 무슨 일일까?

"서, 선생님!"

"왜 그래."

"저 좀 숨겨주세요. 아니! 정말 죄송한데, 저 사람한테 저 여기 없다고, 저 농구 안 한다고 찾아오지 말라고 좀 해 주세요! 네? 제발요! 제발!"

마치 공포에 질린 7살짜리 어린아이처럼 광모는 온몸을 부들부들 떨고 있었다. 독고는 광모 어깨 너머로 한 남자가 손에 깨진 소주병을 든 채 비틀거리며 강당 안을 누비는 것을 바라봤다. 허름한 행색으로 무언가를 찾는 남자의 걸음걸이가 묘하게 광모와 닮아 있었다.

"아버지야?"

광모는 대답하지 않았다. 그 침묵이, 대답이 됐다.

"창고에 있어."

독고는 광모를 창고로 밀어 넣고 문을 닫았다. 그러고는 다시 이온 음료 상자를 챙겨 강당으로 향했다. 강당으로 들어서자마자 코끝에 알싸한 알코올 냄새가 풍겼다. 가까이서 보니 남자의 행색은 더욱 형편없었다. 바짓단에는 오래된 진흙이 눌어붙어 있었고, 몇 년째 빨지 않은 것처럼 보이는 운동화는 너덜너덜하게 해져 있었다. 딱 봐도 거칠게 살아온 사람

같았다. 독고는 부러 들고 있던 이온 상자를 던지듯 바닥에
내려놓았다. 쾅, 하는 엄청난 굉음이 강당에 메아리쳤다. 그
소리에 소주병을 들고 있던 광모의 아버지가 움찔 놀란 기색
으로 비틀거리며 뒤돌아섰다.

"당신 누군데 멋대로 학교에 들어옵니까! 이 시간에!"

"뭐야, 당신 코치야? 야 이 새끼야, 너 누구 맘대로 내 아
들 농구 시켜! 어? 그 새끼 내가 돈 벌어 오라고 공장 보내려
했는데 지 주제에 무슨 농구를, 쌍! 안광모 어딨어, 아 이 새
끼야 나와! 너 있는 거 다 알아! 안 나와, 안광모!"

"안광모가 누군데요! 우리 농구팀에 그런 애 없습니다!"

"없어? 진짜 없어? 있댔는데?"

"여기 돈 많은 애들 아니면 못 들어옵니다! 당장 안 나가
면 경찰서에 신고합니다!"

독고는 양 허리에 손을 올려놓고 최대한 배에 힘을 주어
버럭 소리를 질렀다. 그것만으로는 위협적이지 않을 것 같아
상자에서 흩어져 나온 이온 음료를 발로 뻥 찼다.

"아씨, 그럼 이 새끼는 어딜 갔어. 만날 집구석에 안 있
고, 새끼가."

부러 한 독고의 거친 행동이 효과가 있는 모양이었다. 고
래고래 소리를 지르던 광모의 부친은 홀로 투덜대는가 싶더
니 재빨리 강당을 나갔다. 독고는 끝까지 그가 학교를 벗어났

는지 확인한 후에야 창고 문을 열었다. 공포와 모멸감, 수치심, 좌절감을 뒤집어쓴 광모가 보였다.

"가셨어."

"하아…."

숨조차 쉬지 못하고 있었던 것인지 광모가 그제야 숨을 푹 내쉬었다. 독고는 그런 광모를 짐짓 못 본 척 강당으로 돌아와 바닥에 떨어진 이온 음료를 줍기 시작했다. 뒤따라 들어온 광모도 이온 음료를 주섬주섬 주웠다.

"아버지가 행패 부렸어요?"

"행패는 내가 부렸지. 안 가실 거 같아서."

광모가 픽 웃어 보였다. 그러나 그 웃음 뒤에는 여전히 털어 내지 못한 수치심과 두려움이 따라붙었다.

"저 선생님. 오늘 일 코치님께는 말하지 말아 주세요. 오늘 일 알면, 코치님도 생각 달라지실 거예요. 어차피 뒷바라지 안 될 앤데. 다른 학부모들도 알면 저 빼라고 할 테고."

자존심 때문에 독고 자신은 광모에게 내뱉지 못했던 그 말을 광모는 그에게 했다.

아, 네가 더 절실하구나.

자신은 도망갈 궁리는 했었는데 이 녀석은 어떻게든 버티는 쪽을 택하는구나 싶은 마음이 그의 심장을 강하게 내리쳤다. 독고는 말갛게 광모를 응시했다.

"저 다 알아요. 코치님이 저 부잣집 아들이라서 운동 반대하는 거라고 생각하시는 거. 그래서 지금까지 그냥 봐주고 계신다는 거."

"또 오시면?"

"안 와요! 안 올 거예요. 오늘 온 거는 제가 저번달에 농구화 사느라고 알바비를 안 드렸거든요. 그래서 온 거예요. 혹시 농구해서 알바 안 하나 하고."

분명 새벽에 나와서 새벽에 집으로 들어가는 녀석인데, 알바라니. 독고는 알바도 하느냐는 눈빛을 지었다.

"새벽에 택배 상하차 일이요. 알바비 내일 나오니까, 그거 드리면 돼요. 당분간 농구화 바꿀 일 없고요. 그러니까 말하지 말아 주세요."

"참…!"

독고는 입 밖으로 쏟아지려는 말이 많았지만, 그 무수히 많은 말을 꾹 참았다. 그 말들이 이 아이에게 상처가 될 것 같아서였다. 독고는 그 말들 대신, 이 아이가 듣고 싶은 말을 해주고 싶었다.

"너 입 무겁더라. 나도 입 무거워. 말 안 해."

광모의 얼굴 위로 안도감이 흩어졌다. 금세 광모는 천진난만하게 배시시 웃었다. 그 웃음 끝에 광모는 우물쭈물하다 입을 열었다.

"죄송했어요, 그때. 그렇게 화낼 일은 아니었는데. 오해, 했거든요. 선생님이랑 다른 학부모들 사이가 좋으니까 날 견제하라고 돈 받으신 건 아닌가. 그래서 날 빼려고 하는구나. 프로 감독들 다 오는 자린데."

두 계절이 변할 동안 서로를 외면했던 일이었다. 독고는 자신은 선뜻 하지 못한 말을 먼저 꺼낸 광모의 어깨를 멋쩍은 듯 툭 쳤다.

"뭐 이제 뒷돈 받고 싶어도 못 받겠다. 네가 알아 버렸잖아, 내 비밀. 나 여기서 쫓겨나면 굶어 죽을 수도 있어. 사람 죽인 의사가 어딜 가겠냐."

그 누구에게도 쉽사리 하지 못한 그 말이 툭 튀어나온 것인지 독고 자신도 모르겠지만, 내내 속에 묻어 두었던 그 말이 툭 튀어나와 버렸다. 독고의 예기치 못한 고백에 광모가 놀란 듯 그를 응시했다. 무수히 많은 질문을 담고 있는 광모의 시선에 독고는 조심스럽게 입을 열었다. 한 번도 입 밖으로 끄집어내지 못했던 그날의 일을.

"내가 주치의로 처음 맡은 환자였어. 고령에 상태가 안 좋은 환자였는데 수술 예후가 안 좋았어. 담당 교수님은 처치 오더를 주지 않았고, 기다리다가 내 멋대로 교수님 무시하고 처치했지만, 죽었지. 유족은 내가 수술 전 동의서 받을 때 살릴 수 있단 말을 했는데 죽었으니, 의료사고라고 했고. 난 부정도 긍정도 하지 않고 무진으로 도망 온 거야."

"선생님도 의료사고라고 생각하세요?"

"…후회돼. 살릴 수 있다 장담을 한 게. 수술하면 살 수 있을 거라고 확신했거든. 교수님의 처치 오더가 늦지 않았음 살았을 거라 생각했는데, 내 어머니가 병원장이거든? 어머니가 그러더라. 넌 교수 무시하고 할 처치 다 했는데 죽었다고. 의료사고가 아니라 네 오만한 판단으로 말실수해 벌어진 일이라고. 넌 그 오만함을 인정하고 싶지 않은 거라고."

말끝에 독고는 씁쓸한 웃음을 지었다. 내내 속으로 묻었던 말을 내뱉으니 꽉 막힌 무언가가 뻥 뚫린 것처럼 시원해지는 기분이 그를 씁쓸하게 만들었다. 이 인정을 하지 못해 1년이라는 시간 동안 헤맸던 자신이 한심해 나온 웃음이었다. 독고의 긴 고백을 가만히 듣고만 있던 광모가 문득 피식 웃음을 흘렸다.

"나도 후회한 거 있는데요. 내가 좀 더 빨리 농구하는 모습을 보여 줬다면 어땠을까…."

"어?"

"가난한 집 아이는 평범한 아이들의 화풀이 표적이 돼요. 저처럼 작은 남자애는 더더욱. 입고 온 옷이 허름하다고 맞고, 운동화가 촌스럽다고 맞고. 말도 안 되는 이유로. 근데 중3 때 체육대회 농구 시합이 있었는데 우리 반에서 제일 농구 잘하는 애가 다친 거예요. 그놈 빈자리에 제가 들어갔어요. 어차피 게임에 질 거, 너 때문이야 탓할 애가 필요했겠죠. 근데 제가 이겼어요. 그때부터 애들이 절 안 때리더라고요. 농구 시합할 때마다 끼워 주고. 그게 미치도록 좋더라고요. 내가 농구를 잘하면 모두가 날 좋아하겠구나. 게다가 알고 보니 돈도 많이 벌더라고요. 내가 잘하면 가난한 우리 집 구제도 할 수 있겠다. 그걸 다 알고 나니까 빨리 농구 안 한 게 후회가 되더라고요. 그래서 여기 무진으로 이사 오고 바로 농구를 시작했어요. 후회되는 만큼 더 열심히 했어요."

마치 인생에 많은 것을 깨달은 도인처럼, 광모는 독고를 꿰뚫어 보듯 응시했다. 어린 녀석의 시선이 아닌 무척이나 어른 같은 시선이었다.

"환자를 살릴 수 있다 장담한 것도 그만큼 훌륭한 의사가 되고 싶었던 거 아니에요? 그런 일이 있었는데도 또 팀 닥터하고 있고. 그 말인즉 선생님 목표가, 꿈이 훌륭한 의사가 되고 싶은 거 같은데, 그럼 해야 해요. 후회되는 만큼 더 열심히."

광모는 말끝에 다시 천진난만함을 입가에 머금었다. 그 미소가 참 어처구니없게도 독고의 심장을 먹먹하게 만들었다. 이 어린 녀석에게 후회가 되는 만큼 열심히 하라는 말을 들은 것이 기막히면서도 그것이 그동안 독고 자신은 찾지 못했던 정답처럼 들렸다. 그 정답을 찾지 못해 의사 가운을 던져 버리고, 이곳 무진으로 도망쳐 왔는데, 후회되는 만큼 다시 의사를 열심히 하라는 그 정답을 어이없게도 이 어린 녀석에게서 찾았다. 참 간단한 그 정답이 독고의 가슴에 사무치게 맺혔다. 그 사무침이 눈물이 되어 흘러나오려 했다. 독고는 애써 그 눈물을 꾹 누르며 물었다.

"네 꿈은 뭔데?"

"전 국가대표요. 후회되는 만큼 더 열심히 해서 꼭 국대 되려구요. 선생님 이 노래 알아요? 이거 제 응원가거든요? 이 노래 들어 봐요. 뭔가 막 힘이 솟아요."

"노래 제목이 뭔데?"

"Goldfinger의 Superman이란 노래에요."

환하게 웃는 광모의 얼굴에서 주마등은 멈췄다.

* * *

단초가 복구한 망자의 주마등은 여기서 끝났다.

"서로 아는 사이였다. 그게 살인의 이유겠군."

의사와 환자 사이에서 어떤 이유로 살인사건이 벌어졌을까 궁금했던 수한은 망자의 복구된 주마등을 통해 확신했다. 살인의 이유에 대해. 그런 수한을 곁에서 지켜보던 원정이 혀를 끌끌 차며 고개를 절레절레 흔들었다.

"또 시작했네? 그 살인의 이유가 뭔데?"

수한은 언제 곁에 왔는지 모르게 와 있는 원정을 향해 고개를 돌렸다. 그러고는 비아냥이 서린 그녀의 표정에 얼굴을 구겼다.

"너 왜 여기 있어. 네 할 일 안 해? 한독고 안 찾아?"

"한강에서 망자 냄새 풍겨서 온 거거든? 그나저나 네가 생각하는 살인의 이유가 뭔데?"

"주마등 안 봤어? 보면 딱 답이 안 나와?"

"딱 답이 나오신 차수한 차사님의 생각은 뭐냐고."

"서로의 비밀을 간직한 두 사람이 살인 피의자와 피해자가 될 일이 뭐겠어? 감추고 싶던 비밀이 제삼자에게 밝혀져서겠지."

"고작 그런 이유로 사람을 죽인다고?"

한껏 비아냥 섞인 코웃음을 짓는 원정에게 수한은 이승의 물정을 하나도 모르는 것 같아 보이는 원정을 향해 무겁게 깔린 눈빛으로 차갑게 대답했다.

"단돈 만 원 때문에도 죽이기도 해, 인간들은. 긴말 말고, 향낭 내놔. 비밀을 제일 감추고 싶었던 코치한테 발설되면서 벌어진 일일 테니까, 코치한테 사용해야 돼."

"내놔? 너 나한테 향낭 맡겨 놨어? 향낭이 네 거야? 어?"

"넌 한독고 찾기만 하면 되니까 향낭 필요 없잖아."

"왜에? 나도 한독고 찾으려면 향낭 필요해. 혹시 아니? 한독고가 돌아다니면서 사람들 꿈에 나타나고 그럴지. 누구 꿈에 들어갔는지 증언 필요해."

"그걸 핑계라고. 잔말 말고 빨리 내놔."

"너 자꾸 그러면 나 다시 개로 변하는 수가 있다."

원정은 위협적으로 이를 탁탁거렸다. 수한은 재빨리 원정에게 펼쳐 내밀었던 손바닥을 접었다. 그것으로도 모자라 두 손을 얼른 도포 자락 주머니 속에 쏙 밀어 넣었다. 원정은 그런 수한을 귀엽다는 듯 픽 웃고는 돌아서 제 갈 길로 향해 걸었다. 수한은 원정이 어느 정도 멀어지자, 뒤늦은 울분을 토해 냈다.

"너 내가 기필코 없앤다! 이 똥개 새끼야!"

원정은 귓가로 흩어지는 의미 없는 수한의 분노에 손을 하늘로 번쩍 치켜들고 좌우로 흔들었다. 열심히 해 보라는 응원을 담은 손짓이었지만, 수한에게 전달될 리 만무했다. 원정은 수한과 멀어졌으나 완전히 한강을 벗어나지는 못했다. 이곳 어딘가에서 계속 망자와 악귀의 냄새가 공존해 머물고 있었다. 하지만 아무리 눈을 씻고 찾아봐도 둘의 모습이 보이지는 않았다.

"하아. 도대체 어디 있는 거야, 망자는. 그것도 악귀랑 왜 돌아다니는 건데."

원정은 이번 사태가 너무도 막막했다. 환등열차에 올라 탄 망자가 깨어나 이승으로 도망쳤다는 건 일어날 수 없는 사건이었다. 잠든 망자가 깨어난 것도 놀랄 일인데, 깨어난 망자가 이승으로 도망까지 쳤다니. 도통 이해가 되지 않은 사안이었지만, 일단 원정은 망자를 찾아야겠다 싶어 망자와 비슷한 냄새가 나는 그의 피붙이가 사는 집으로 향했다.

핏줄이 있는 곳이라면 기억이 없어도 찾아갔을 확률이 높다. 원정은 곧장 한독고의 본가로 갔다. 그러나 한독고의 모친에게 소금 세례를 받고 난 후 한독고는 이 집에 오지 않을 거란 결론을 내렸다. 그래도 수확은 있었다. 한독고의 유년 시절 주마등을 복구할 수 있는 단초인 앨범을 슬쩍해 워치에 담았다. 큰 수확을 하고 독고의 집을 나서던 그때였다.

"으! 냄새. 이 냄새 이건?"

원정의 코끝에 시궁창 냄새가 스치듯 지나갔다. 저승에서 처음 맡고 충격에 빠졌던 바로 그 더러운 냄새, 악귀의 향이었다. 문제는 그 악귀의 냄새에 뒤이어 나는 건 소나무 냄새였다. 이것은 망자 한독고 고유의 냄새였다. 설마 악귀가 그를 깨워 이승으로 데리고 간 것일까? 그랬다면 이해가 된다. 하지만 이해 끝에 더 큰 걱정이 몰려왔다.

망자가 악귀화되면 어떻게 해야 할까. 만약 그런다면, 이

건 보통 사안을 넘어선다. 그러기 전에 빨리 망자를 찾아야 하기에 원정은 악귀와 공존하는 망자의 냄새를 찾아 한강까지 왔으나 둘의 모습은 그 어디에도 보이지 않았다.

원정은 한참 동안 한강 주변을 맴돌아야만 했다.

"킁킁!"

한강 자락을 따라 걸으며 냄새를 맡던 원정은 문득 걸음을 멈췄다. 냄새가 갈라졌다. 악귀의 시궁창 냄새와 한독고의 소나무 냄새가 분리되고 있었다. 마치 양 갈래 길에서 분리되는 것 같은 냄새의 갈림길에 어떤 냄새를 쫓아야 하는 것인가 잠시 혼란스러웠다. 혹시 악귀가 일부러 소나무 냄새를 만들어 낸 것은 아닐까 하는 의심 때문이었다. 하지만 이내 원정은 곧 소나무 향이 가는 길을 택했다. 아무리 뭐든 다 할 수 있는 악귀라도 냄새만큼은 만들 수 없을 것이다. 이건 망자들이 가진 개개인의 삶이 묻어나는 향내이므로.

원정은 인간의 모습으로 냄새를 쫓는 것에 한계를 느껴 개의 모습으로 변신해 냄새를 쫓아 달렸다. 소나무 냄새가 한강을 벗어나 산으로 향했다. 능선을 넘어가고 또 넘어갔다. 그러는 동안 밤이 지나 아침이 찾아왔다. 냄새도 멈췄다.

무진 고등학교.

원정은 농촌 도시의 풍경과 학교를 바라봤다. 냄새는 이윽고 학교 안으로 사라졌다. 원정은 그 냄새를 따라 학교로 들어갔다. 냄새는 강당으로 들어가고 있었다. 원정도 강당으로 들어섰다. 그곳에는 언제 왔는지 수한이 보였다. 수한은 한 남자와 심각한 이야기를 주고받고 있었다. 원정은 단번에 그 남자를 알아봤다. 코치 이상훈. 수한은 두 사람의 비밀을 알고 있을 거라 추측한 상훈을 찾아온 것이었다. 그곳에는 두 사람만 있는 것이 아니었다.

"찾았다!"

원정은 강당 안을 두리번거리며 살피던 끝에 2층 객석에 앉아 있는 망자 한독고를 발견했다. 한독고를 찾았다는 기쁨도 잠시, 원정은 순간 불안해지기 시작했다. 수한은 망자의 복구된 주마등을 통해 살인의 이유가 바로 코치 상훈에게 비밀이 밝혀졌기 때문이라고 추측했었다. 그런데 그 상훈을 망자 한독고가 굳이 찾아간 것이다. 왜 한독고가 굳이 상훈을 찾아온 것이 그녀를 불안하게 만들었다. 설마, 상훈도 제거하기 위해 온 것일까? 한독고는 이미 악귀의 영향을 받아 악귀화가 되어 버린 것일까?

원정은 수한과 대화 중인 인간 상훈이 걸렸지만, 일단 그의 목숨을 노리고 있을지도 모를 한독고를 잡는 것이 우선이겠다 싶어 목에 찬 초크를 풀어 쥐었다. 꽉 움켜쥔 초크를 한독고의 몸으로 휘두르려 손을 번쩍 든 순간, 멈칫했다.

"왜, 우는 거야?"

한독고가 울고 있다. 강당에 울려 퍼지는 수한과 마주한 인간 남자의 말에 한독고가 울기 시작했다.

"전 진짜 믿어지지 않아요. 왜 선생님이 광모를 그렇게 했는지. 광모를 위해 제 앞에 무릎을 꿇던 사람이었어요. 두 사람은 그저 단순히 팀 닥터, 선수 관계가 아니었단 말입니다. 모든 걸 다 초월한 친구였어요, 친구."

친구.

원정은 다급히 그 말을 워치에 담았다. 워치 속에 선명하게 새겨진 친구라는 두 글자가 반짝 빛을 뿜어냈다. 동시에 망자의 주마등이 복구되었음을 알리고 있었다.

* * *

나이와 신분, 각자가 가지고 있는 환경 등등 그 모든 걸 초월해 그저 인간 대 인간으로서 친구가 된다는 것이 가능한 일일까? 가능하다. 독고는 광모를 통해, 그걸 확인하는 중이었다. 매일 매일.

늘 차분하게 공부만 했던 독고에게 운동의 세계는 상당히 놀라웠다. 걸핏하면 몸싸움하고, 싸웠다가도 언제 그랬냐는 듯 환상의 팀플레이를 펼쳤다. 물론 그중 감정이 곪을 대로 곪아 버린 아이들은 서로를 소 닭 보듯 했지만. 어쨌든 걸핏하면 몸싸움이 벌어지는 상황에 단연 표적이 되는 것은 실력이 뛰어난 광모였다. 그리고 그 싸움이 펼쳐지면 깨지는 쪽도 언제나 광모였다.

광모는 오늘도 독고의 처치실로 와 얼굴을 내밀고 앉아 있었다.

"아 진짜 기철이 자식 왜 걸핏하면 시비인지 몰라요! 패스해 주면 뭐 해, 골을 못 넣으면서."

"그 시비에 왜 번번이 걸려, 자식아."

"그럼 가만히 둬요? 막 욕하는데? 아, 빨리 약이나 발라 주세요. 저 훈련 마저 해야 해요."

독고는 절로 나오는 한숨을 꾸역꾸역 집어삼키며, 광모의 터진 입술에 약을 발랐다. 피딱지 위로 얹어진 약이 쓰라린지 광모는 눈을 질끈 감으며 인상을 찌푸렸다. 독고는 그런 광모의 얼굴을 바라봤다. 희미하지만 가시지 않은 멍들이 눈가와 광대에 남아 있었다.

"맞기 싫어서 농구했다면서. 또 맞고 있네."

광모의 상처가 안쓰러운 독고가 한숨을 푹 쉬며 말했다. 그의 말에 광모가 눈을 동그랗게 뜨고 발끈했다.

"에이, 이건 맞는 게 아니죠. 같이 싸우는 거지."

"그게 달라?"

"완전히 다르죠. 이유 없는 다구리가 아니잖아요. 원래 사내새끼들끼리는 싸우면서 크는 거예요."

독고는 참 해맑게도 웃는 광모를 보며 어이가 없어 웃음을 터뜨렸다. 하지만 독고의 속은 쓰렸다. 결국 덩치가 작아 맞는 광모를 더는 두고 볼 수 없는 노릇이었다. 독고는 약통을 정리하고 먼저 일어섰다.

"아무래도 너 훈련 좀 받자. 따라와."

"훈련이요? 무슨 훈련이요?"

독고는 광모를 데리고 강당으로 향했다. 독고는 광모를 세워 놓고 조금 거리를 둔 채 의기양양하게 허리에 손을 얹고 섰다.

"무슨 훈련인데요? 잘 때리는 훈련?"

"야. 사람 때리는 거 범죄야. 잘 맞는 훈련. 아니 맞은 척 하는 훈련."

"에에? 아 쌤! 그게 뭐예요, 찌질하게! 안 해요!"

"사람이 사람을 때리는 거 자체가 나쁜데, 스승 된 도리로 그걸 어떻게 가르치냐? 그리고 농구부 애들 죄다 부잣집 애들이라면서. 때렸다가 맷값 달라고 하면 어떻게 감당할래? 이 씁쓸한 현실이 싫지만, 내가 다 너 생각하고 하는 거야."

"싸움하는 방법을 모르는 건 아니고요? 쌤도 학창 시절에 꽤 맞고 다녔을 거 같은데."

"이게 가르쳐 준다고 해도! 헛소리하지 말고 잘 봐봐. 상대가 너한테 이렇게 주먹을 휘두른다, 그러면 슬쩍 피하면서도 맞은 척 바닥에 쓰러지란 말이야. 그리고 새우처럼 몸을 말아! 나 죽겠다고 고래고래 소리를 지르는 거지. 그럼 보통은 당황해서 더는 안 때려. 그래도 나쁜 새끼들은 널 밟을 거란 말이야. 그럼 더 몸을 말면서 두 팔로 머리를 막아. 머리 안 다치는 게 더 중요해. 자, 나 때리는 척해 봐."

독고는 자기 말을 그대로 재연해 보이는 열연을 펼쳤다. 바닥에 누워 새우처럼 몸을 웅크리고 머리 가드를 만들어 보이던 독고가 벌떡 일어났다. 독고는 어이없다는 표정을 지으며 서 있는 광모의 팔을 잡았다. 그러고는 자신에게 어서 주먹을 휘둘러 보라 손짓했다.

"아 진짜. 진짜로 해요?"

"물어볼 시간에 하겠다. 주먹 쥐고 나한테 휘둘러 보라니까. 보여 줄게, 제대로."

"저 진짜 해요."

"하라고, 자식아."

준비가 다 됐다는 듯 몸을 터는 독고를 향해 광모는 하는 수 없다는 듯 주먹을 꽉 쥐고는 냅다 주먹을 뻗었다. 독고의 얼굴이 아니라 배 위로.

전혀 예상치 못한 부위로 날아든 주먹에 충격받은 독고는 "윽!" 하는 가느다란 신음을 흘리며 허리를 푹 숙였다. 절대 주저앉고 싶지 않았으나 절로 무릎이 꺾이며 바닥에 무릎을 꿇으며 주저앉은 독고 앞에 광모도 주저앉아 그와 시선을 맞췄다.

독고는 눈물까지 고인 눈으로 표독스럽게 광모를 노려봤다.

"너 이 새끼…!"

"봐요. 이렇게 기습당하면 아무 의미 없어요. 그리고 맞는 건 내가 선생님보다 더 이골이 난 놈이라고요. 얼른 몸 피하고 누우세요. 그래야 통증이 빨리 사라져요."

광모는 검지로 독고의 어깨를 쭉 밀었다. 독고는 그대로 바닥에 벌러덩 누웠다. 여전히 고통에 신음하는 독고를 보며 광모는 급기야 깔깔 소리 내어 웃기 시작했다. 그 깔깔대는 웃음에 화가 치민 독고가 벌떡 일어나 광모의 뒤통수를 탁 때렸다. 그래도 웃음을 참지 못하는 광모는 배를 움켜쥐고 바닥에 누워 뒹굴며 웃어댔다.

"그만 웃지?"

"아 대박 웃겨! 어떻게 그거 살짝 맞았다고. 예전에 공 맞고 쓰러질 때부터 내가 알아봤었는데, 쌤 약골인 거."

"머리는 치명타야. 한 방에 죽을 수도 있어, 인마."

독고의 항변을 제대로 들을 생각이 없어 보이는 광모는 여전히 멈추지 않는 웃음을 흘리기 바빴다. 바닥까지 탁탁 치며 한참을 요란스럽게 깔깔 웃는 광모의 웃음소리가 경박하게 들리면서도 어쩐지 웃겨 독고도 웃음을 따라 피식 웃었다. 한참을 웃던 광모가 이제 다 웃었다는 듯 눈가에 찔끔 흘러나온 눈물을 닦으며 광모에게 고개를 돌려 그를 나지막이 불렀다.

"선생님."

광모의 부름에 독고는 대답 없이 그를 향해 고개를 돌려 그를 응시했다.

"아메리카 원주민 속담 중에요. 친구, 나의 슬픔을 등에 짊어진 자. 라는 말이 있대요. 좋은 말이죠?"

"그러네. 좋다. 친구, 나의 슬픔을 등에 짊어진 자."

조잘조잘 말 많던 광모가 갑자기 침묵했다. 침묵과 함께 독고를 빤히 바라봤다. 마치 그의 속내를 꿰뚫어 보겠다는 심산이 담긴 눈빛이었다. 독고는 자신을 한참이나 말없이 바라보는 광모에게 왜 그렇게 보느냐는 시선을 던졌다.

"제가요. 절 때린 중학교 친구들한테 원하는 게 뭔지 아세요?"

"합의금?"

"사과요. 내 맷값 같은 거 말고, 진짜로 진심으로 우러나오는 사과, 그거 하나면 되거든요. 사과만큼 큰 위로는 없겠더라고요."

"사과?"

"선생님 때린 그 아저씨요. 화가 난 게 아니라 위로가 필요해 보였어요. 선생님이 살려 드리지 못해서 죄송하다, 의사로서 진심으로 말씀드리면… 그 응어리가 풀리지 않을까요?"

독고는 난데없는 광모의 말에 당황하며 몸을 일으켰다. 머릿속에서, 가슴에서 애써 지우고 꾹꾹 눌러 두며 외면하던 그 일을 왜 갑자기 끄집어내는 것인지 이유를 알 수 없지만, 굳이 그 일을 끄집어내는 광모를 피하고자 독고는 자리에서 벌떡 몸을 일으켰다.

"그 이야기는 하지 말자. 일어나."

외면하려고 했었던 거다. 억지로 머릿속에서 지워 없었던 일처럼 만들고 싶었다. 최선을 다해 독고는 그 기억에서 도망치고 또 도망쳤는데, 광모는 그런 독고를 외면한 기억 앞에 세워 놓았다. 싫다. 피하고 싶다. 도망갈 곳이 있다면 최선을 다해 도망가고 싶다.

독고는 광모를 피해 도망치듯 걷자, 광모도 그를 따라 일어나 다급히 그를 붙들었다. 광모의 얼굴에는 안타까움이 담겨 있었다.

"선생님 매일 아침에 출근하실 때 모자 뒤집어쓰고, 마스크로 얼굴 가리고 출근하시는 거 다 알아요. 혹시나 그 사람들 찾아오는 건 아닐까 불안해서. 저 그 마음 알거든요, 아빠 때문에. 이제는 벗어나셔야죠. 저도 쌤 덕분에 벗어났잖아요, 저도 해 드리고 싶어요, 그렇게."

광모는 다 안다는 듯 이해의 미소를 지었다. 그 웃음이
이상하리만치 독고의 마음을 다독였다.

"제가 선생님의 슬픔을 같이 짊어져 드릴게요."

친구가 되어 주겠다는 광모의 손짓이었다. 독고는 인제
그만 집에 가자는 말로 그 자리를 피했다. 하지만 광모의 말
들은 집요하게 그를 따라다녔다. 인제 그만 도망치라고, 진정
으로 마주하고 벗어나 보라는 광모의 응원이 결국 그를 움직
이게 했다.

집으로 돌아온 독고는 그동안 서랍 깊숙이 넣어 두었던
유족의 내용증명을 꺼냈다. 내용증명에는 유족의 집 주소가
적혀 있었다. 독고는 휴대전화를 들었다.

[이번 주말에 유족 집 간다.]

곧 광모에게서 답장이 날아왔다.

[같이 가드릴게요.]

독고는 같이 가 주겠다는 광모를 말리지 않았다. 든든
한 버팀목이 필요했다. 그게 자신보다 한참이나 어린 광모였
지만 누구보다도 훨씬 든든했다. 유족의 집으로 향하는 내내
두 사람은 아무런 말을 하지 않았다. 그 긴 침묵 속에 도착한
유족의 집 앞에 선 독고는 대문 앞 명패를 확인했다. 이름을
마주하자마자 머릿속에 원망과 살기 어린 눈으로 자신에게

세
번
째
승
객
——
한
독
고

주먹을 휘둘렀던 남자가 떠올랐다.

독고는 선뜻 초인종을 누르지 못했다. 그런 독고를 광모
는 기다려 줄 뿐 채근하지 않았다. 독고는 몇 번의 망설임 끝
에 초인종을 누르려 손을 뻗는데 대문이 먼저 열렸다. 독고는
아직 마음의 준비를 다 끝내지 못했는데 불현듯 열린 대문에
당혹스러워 손을 뻗은 채로 굳어 버렸다. 열린 대문 사이로
그 중년의 사내가 얼굴을 내밀었다.

"뭐야, 당신!"

대문 앞에 서 있는 독고를 확인한 순간, 차분했던 그의
눈빛이 순식간에 살기로 바뀌었다. 그는 다짜고짜 독고의 멱
살을 움켜쥐고 위협적으로 주먹을 들어 보였다.

"여기가 어디라고 와! 이 새끼야!"

독고는 고개를 푹 숙이고 질끈 눈을 감았다. 독고는 그
동안 차마 내뱉지 못했던 그 말을 힘겹게 끄집어냈다.

"죄송합니다."

독고는 처음으로 묵직한 그 진심을 토해 냈다.

"…뭐, 뭐라고요?"

남자가 당황한 얼굴로 독고의 멱살을 움켜쥔 손을 풀었
다. 독고는 눈을 떴다. 그리고 고개를 들어 그동안 한 번도 마
주하지 못했던 남자의 눈을 똑바로 응시했다. 이제야 보인다.
상처가 가득 고인 중년 남자의 눈이.

"제가 오만했어요. 살릴 수 있을 줄 알았습니다. 저라면 환자를 살릴 수 있을 거라고 생각했습니다. 근데… 못 살렸어요. 죄송합니다. 정말, 죄송합니다. 살려 드리지 못해서, 정말 죄송합니다. 죄송합니다…."

남자의 눈동자 속에 담겨 있던 분노가 탁 끊어졌다. 분노 뒤에 감춰져 있던 슬픔이 터져 나왔다. 남자는 손바닥을 펴 자신의 두 눈을 감쌌다. 이윽고 그의 어깨가 들썩거렸다. 독고는 목 놓아 죄송하다고 외쳤다. 남자는 아무런 말을 하지 않고 대문을 닫아걸고 집 안으로 들어갔다. 닫힌 대문을 붙잡고 죄송하다는 말을 되뇌어 토해 내는 독고에게 먼발치에서 지켜보던 광모가 다가왔다. 그러고는 가만히 그의 어깨를 토닥였다.

* * *

수한은 워치에 담긴 망자의 주마등을 확인한 후 한동안 정신을 차릴 수가 없었다. 혼란스러웠다. 분명, 상훈에게서 서로의 비밀이 밝혀지는 바람에 죽이고, 죽임을 당하는 일이 발생한 것으로 생각했다. 그런데 상훈의 친구라는 그 단어 하나로 복구된 주마등은 전혀 예상치 못한 상황을 펼쳐 보였다. 그 어디에도 서로를 죽이고, 죽임을 당할 구석이 없었다. 이제는 정말 한독고가 안광모를 살인한 사람은 맞는 것인가, 그 사실조차도 의심스럽기 시작했다. 수한은 망자의 주마등을 보면 볼수록 점점 미스터리로 변해 가는 이 상황에 혼란을 느끼던 그때였다.

"한독고 씨!"

벼락처럼 떨어진 외침이 날아들었다. 수한은 소리 나는 쪽으로 고개를 들어 올렸다. 손에 긴 채찍을 든 원정이 2층 난간에 떡하니 서 있었다. 원정이 바라보는 시선 끝에는 망자 한독고도 있었다. 원정은 또 언제 이곳에 와 있었나 싶은 것도 잠시, 웬만한 인간이라면 절대 할 수 없는 난간 서 있기를 선보이고 있는 원정을 황당하게 바라봤다.

기인열전이야, 뭐야! 저게 인간도 있는데 생각 없이, 진짜!

수한은 힐끔 상훈을 바라봤다. 역시나 보고도 믿을 수 없다는 듯 토끼 눈이 된 상훈은 난간 위에 선 원정을 신기하게 응시하고 있었다. 이러다 상훈에게 망자 잡는 모습까지 보여 주게 생겼다.

수한은 이대로는 안 되겠다 싶어 상훈의 뒷머리를 강하게 가격했다. 갑작스러운 충격에 상훈은 그대로 스르륵 기절했다. 무력을 사용하고 싶진 않았지만 지금 당장 떠오르는 방법은 이뿐이다. 수한이 상훈을 한쪽 구석진 곳으로 눕히며 수습하는 사이, 원정은 독고를 향해 회유를 던졌다.

"한독고 씨, 이렇게 이승에 오는 건 큰 죄예요. 어서 이리

오세요.”

원정의 소리에 독고는 깜짝 놀라 손사래를 쳤다.

“제가, 제가 여기로 오고 싶어서 온 게 아니에, 윽!”

그때였다. 한독고의 눈동자가 초점을 잃었다. 이내 바닥
으로 풀썩 쓰러졌다. 그의 모습에 깜짝 놀란 원정이 독고에게
다가가려던 그때였다. 한독고의 몸이 하늘로 붕 떠올랐다.

기괴한 웃음소리가 강당 안을 메웠다. 그 소리에 원정이
고통스러운 듯 귀를 틀어막았다. 수한 역시 그 소리 공격에
귀를 두 손으로 감싸며 눈을 질끈 감았다 떠 다급히 사방을
살폈다.

“악귀 없어졌어.”

수한의 외침에 눈을 뜬 원정은 텅 비어 있는 악귀의 자
리를 허망하게 바라봤다.

“혼자 잘난 척은 다 하더니 어떻게 눈앞에서 놓쳐. 너 때
문에 애꿎은 인간만 기절시켜 놨잖아.”

안 그래도 속상해 죽겠는데, 불난 집에 기름 붓고 있는
수한을 때려주고 싶은 마음이 간절한 원정은 주먹을 불끈 쥐
었다. 원정은 그 주먹을 도포 자락에 쑥 집어넣었다. 계속 꺼
내 놓고 있으면 언젠간 휘두를 것 같다. 무엇보다 지금은 수한
과 싸울 때가 아니다. 이제 확실한 공조가 필요하다.

“너, 다음엔 안광모 집으로 가.”

"어디서 명령질이야?"

수한이 원정의 명령에 발끈했다.

"망자가 안광모와의 추억을 따라다니는 것 같으니까."

"무슨 소리야? 악귀가 데리고 다니는구먼. 망자 옆에 있는 시커먼 덩어리 악귀 아니야?"

"환등열차에서 망자를 깨워 이승으로 데리고 온 건 악귀여도, 이 학교로 온 건 망자가 혼자 온 거야. 아무래도 악귀한테 잡혀 있다가 도망쳐서 온 것 같아."

"여기로 망자가 스스로 왔다고?"

"네 말대로 자신의 비밀을 안 저 코치를 죽이려고 온 건가 했었는데, 너도 봤잖아 주마등. 망자는 자신이란 존재를 부정해서 그로 인해 모든 기억을 잃었지만, 광모와의 추억까지 지우고 싶었던 건 아닌 거 같아."

"그러니까 안광모와의 추억만은 따라다니는 거다?"

원정은 단호하게 고개를 끄덕였다. 수한은 그녀의 단정을 인정하고 싶지 않았지만 어쩐지 그 말이 맞을지도 모른다는 생각이 들기 시작했다.

"광모와의 추억을 중심적으로 찾아서 한독고를 유인해. 그럼 한독고는 자꾸만 그 주마등을 쫓아 악귀에게서 벗어나려고 할 거야. 그리고 이거, 꼭 필요하다 판단 될 때 써. 간다."

원정은 수한이 그토록 원했던 향낭 주머니를 그에게 휙

302

던져 주고는 다급히 사라졌다. 점점 더 멀어지는 악귀의 냄새를 서둘러 쫓아가는 듯했다. 수한은 원정에게서 건네받은 향낭 주머니를 집어넣고, 기절한 채로 바닥에 누워 있는 상훈에게 "고의는 아니었지만 미안합니다, 감사합니다." 인사를 남기고는 학교를 빠져나왔다.

수한은 원정의 지시대로 곧장 광모의 집으로 향했다. 사실, 수한은 한독고 망자의 모든 생을 다 복구해 줄 계획이 애초에 없었다. 오로지 그의 목적은 한독고가 왜 안광모를 죽였는지에만 관심이 있었을 뿐이었다. 살인의 이유를 밝혀 어떻게든 그를 하계로 보내려고 했었다. 모든 생을 복구하지 못해 하계로 떨어지는 것과 살인의 이유가 밝혀져 하계로 떨어졌을 때 받을 형벌이 달라질 거라 생각해서였다. 하지만 그 목적이 바뀌었다. 그를 하계로 보내기 위해 살인의 이유를 밝히려는 것이 아니라, 진심으로 궁금해졌다. 그렇게 소중히 아꼈던 친구를 왜 죽였는지 진심으로 궁금했다.

안광모가 사는 집은 그야말로 험준한 곳이었다. 제대로 정리가 되지 않는 울퉁불퉁한 길은 시멘트가 발려 있으나 산길이나 진배없었다. 언덕배기를 한참이나 올라가야 했다. 아직도 이런 산꼭대기 같은 곳에 사람들이 살고 있나 싶었지만, 여전히 그곳에는 많은 사람이 살고 있었다. 안광모의 집도 그곳에 있었다. 하지만 광모의 집은 다른 집들과는 차원이 달라 보였다.

"이게, 사람이 살 수 있는 집이…."

망자의 주마등을 통해 알고는 있었다. 안광모의 집이 가난하다는걸. 아버지가 평범한 아버지는 아니라는걸. 하지만 막상 눈으로 확인한 안광모의 집은 수한이 예상했던 것보다 훨씬 더 나빠 보였다. 아침인데도 광모의 부친은 잔뜩 술에 취해 신이 난 얼굴로 사람들과 평상에서 화투를 치고 있었고, 뼈만 앙상한 채로 씻지도 않아 보이는 어머니는 세상을 살아갈 의지를 잃은 채 그들 곁에 우두커니 앉아 있었다. 아들을 잃은 부모의 모습이 너무 상반되어 보였다.

"그래도 우리 아들이 죽으면서 효도는 했어. 우리 아들 목숨값이라고 그 의사 놈이 5억을 주더라니까. 아하하! 우리 이제 팔자 핀 거지."

"하…!"

수한은 입 밖으로 삐져나오는 욕을 막기 위해 입술을 꽉 깨물었다. 수한은 광모의 집 대문 앞에서 몸을 돌렸다. 도저히 집 안으로 들어가지 못하겠다. 들어가면 광모의 부친을 가만두고 볼 자신이 없었다. 무엇보다 대문 앞에 아무렇게나 버려져 있는 광모의 물건으로 보이는 것들이 그 집 안으로 들어가지 말라고 붙잡는 것 같았다.

수한은 문 앞에 버려진 쓰레기 봉지를 열었다. 그 안에는 광모의 교복과 다 닳아진 옷, 운동화가 담겨 있었고, 상패와 메달들도 담겨 있었다. 그중 접착제로 깨진 곳을 붙인 듯한 나무 상패도 보였다. 수한은 나무 상패를 집어 들었다. 한참을 이리저리 상패를 돌려 보던 수한은 나무 상패 밑에 조그마한 글귀가 새겨져 있음을 발견했다.

'안광모가 꿈을 포기하지 않기를 기도하며 - 안광모 1호 팬 한독고.'

단초다, 한독고와 안광모의 연결 고리를 복구시켜 줄.

수한은 서둘러 나무 상패를 워치에 담았다. 사방은 곧 복구된 한독고의 주마등으로 변하기 시작했다.

* * *

집으로 향하는 광모는 말이 없었다. 그 뒤를 따르는 독고도 그에게 아무런 말을 건네지 못했다. 광모 곁으로 나란히 걷지도 못했다. 그저 조용히 광모의 뒤를 따를 뿐이었다. 광모는 곧 부서질 것 같은 녹슨 철문을 열고 쏙 들어가 버렸다. 독고는 그런 광모의 뒷모습을 말없이 응시했다. 한참 동안 광모 집 앞을 떠나지도 못했다. 광모에게 벌어진 이 일을 광모 부모님께도 알려야 할 것 같았지만, 처음으로 보게 된 광모의 집 모양새에 저절로 입이 다물어졌다. 이러지도 저러지도 못하고 광모 집 앞을 서성이던 그때였다. 다시 녹슨 철문이 끼이이익 열렸다. 광모였다. 녀석의 손에는 그동안 받았던 것들로 보이는 상장과 상패, 메달이 가득 들려 있었다. 광모는 들고 있던 것들을 바닥에 던졌다.

"너 뭐 하는 거야, 안광모."

"이제 농구 못 한다면서요. 곧 뒤진다면서요. 그래서 그만두려고요. 의미 없는 짓 그만하려고요. 학교도 그만둘 거예요. 그냥 다 그만둘 거예요."

"다 그만두면 너 뭐할 건데."

"죽는 거, 그거 하려고요."

한 번도 본 적 없던 눈빛이었다. 원망, 광모는 사무친 원망을 담아 독고를 바라봤다.

"안광모 너!"

"차라리 놔두지 그랬어요. 모르고 농구만 하다 죽게. 왜 검사하라고 했어요! 왜! 왜! 왜!"

지금 눈앞에 다른 의사가 있다면 그에게 묻고 싶었다. 이럴 땐 어떻게 해야 하는 거냐고.

서로의 비밀을 알고, 서로의 꿈을 응원하고, 그 꿈을 이루는 모습을 보고 싶은 친구가 영원히 고칠 수 없는 불치병에 걸렸다면, 그걸 알게 만들어 버렸다면 어떻게 해야 하냐고.

독고는 진심으로 묻고 싶었다. 몰랐다. 전혀 생각지도 않았다. 이런 결과는. 단순하게만 생각했었다. 오른손이 말리고, 종종 통증을 호소하기에 그저 근육의 문제거나 힘줄의 문제겠지 생각했었다. 어떤 문제가 발생했는지 빨리 파악해서 고치면 된다고 생각했다. 그래서였다. 병원에 갈 필요 없다는 광모를 억지로 데리고 가 검사를 강행한 이유는. 광모의 선수 생활을 위해 빨리 병을 고쳐야 한다고 생각해 강행한 검사 결과는 독고의 예상을 배신했다.

근 위축성 측생 경화증, ALS.

고칠 수 없는 불치병. 서서히 다가오는 죽음을 막연히 지켜만 봐야 하는 잔인한 병이 광모의 육신을 야금야금 병들게 하고 있었던 거였다. 그걸, 독고 자신이 직접 광모에게 알려준 꼴이 되어 버렸다. 이 사실을 독고 자신의 입을 통해 알게 되는 게 아니었다면, 괜찮았을까?

독고는 광모가 버린 그의 꿈을 바라봤다. 산산조각이 난 광모의 고교부 올스타전 VIP 상패를 집어 들었다. 이 아이의 꿈을 이루는 것을 보고 싶었다. 국가대표가 되겠다던 그 목표를 이루도록 도와주고 싶었을 뿐이었다. 그걸 독고 자신의 손으로 망친 것만 같은 기분에 그는 절망 섞인 한숨을 푹 내쉬었다.

이제 어떻게 해야 할까. 어떻게 해야만 할까.

독고는 광모가 버린 것들을 챙겨 집으로 돌아왔다. 그러고는 무진으로 온 후, 한 번도 연락한 적 없던 어머니께 전화를 걸어 다짜고짜 뻔뻔스럽게 요구했다.

"저, 무진에서 다시 의사로 일하고 싶습니다. 루게릭병 관련해서 치료해 줘야 할 환자가 생겼어요."

어머니는 한동안 말이 없었다. 독고는 그 침묵이 거절의 답이구나 싶어 전화를 끊으려 했다. 그 찰나에 어머니의 목소리가 들렸고, 전화는 끊겼다.

[무진대 병원에 신경과 배 박사 있어. 다시 레지던트로 복귀할 수 있게 전화해 주마.]

감사하다는 말씀을 드리기도 전에 전화는 끊겼다. 독고는 전화를 끊고 팀 닥터 사직서를 작성했다. 사직서를 종이봉투에 넣은 후 광모가 버렸던 것들을 바라봤다. 광모의 부서진 꿈이었다. 독고는 그의 부서진 꿈을 다시 이어 붙이기 시작했다. 부서져 버린 나무 상패 조각을 하나씩 이어 붙인 독고는 그 상패 아래에 마음을 새겼다.

꿈을 계속 이어가 주기를.

다음 날 학교에 가자마자 독고는 상훈에게 사직서를 내밀었다. 상훈은 난처해하며 사직서를 집어 들었다.

"이거 너무 갑작스러운데요, 선생님."

"죄송합니다. 의사로 복귀해야 하는 상황이 와서. 그래도 팀 닥터 일은 계속하고 싶어요. 지금처럼 매일 오는 건 불가능

308

하겠지만 틈틈이 애들 봐줄 수는 있는데 혹시 가능할까요?"

"아이, 그런 거면 왜 사직서를! 그렇게라도 해 주시면 저희가 더 감사합죠."

"사직서는 처리해 주세요. 월급 받고 할 일은 아닌 것 같아서. 그리고 광모 말입니다."

"아, 들으셨어요? 광모가 갑자기 그만둔다고 그래서 미치겠어요. 전화도 안 받고, 학교도 안 오고."

"그거, 처리하지 마세요. 제가 다시 데리고 올 겁니다. 여기서 포기하기엔 너무 훌륭한 선수잖아요. 그리고 한 가지 더 부탁할게요."

"부탁이요?"

"앞으로 무슨 일이 있어도, 광모가 행여 발목이 부러졌다 해도 경기에 뛰고 싶다고 하면, 뛰게 허락해 주세요. 꼭 부탁드립니다."

독고는 상훈을 향해 허리를 꾸벅 허리를 숙였다. 자신의 이 행동이 과연 어떤 의미가 있는 것인지 독고는 답을 찾지 못했다. 하지만 광모에게 한가지는 확실히 알려 주고 싶은 게 있었다.

독고는 상훈과 독대 후 그 길로 광모가 버렸던 물건들을 챙겨 광모의 집으로 갔다. 그리고 방에 틀어박혀 있는 광모에게 물건을 건넸다. 그걸 받기는커녕 쳐다보지도 않는 광모 곁에 독고는 하나씩 하나씩 상패를 다시 진열했다. 그리고 광모 눈앞에 카세트테이프 하나를 불쑥 내밀었다.

"이거, 네가 맨날 듣는 노래 최초 음반이다. 진짜 어렵게 구한 거야, 이거."

독고는 강제로 그의 손에 CD와 CD플레이어를 쥐여 주었다. 그러고는 그의 곁에 털썩 앉았다. 그러거나 말거나 광모는 어떤 미동도 없었다.

"광모야, 나 너 위로 안 해. 아니 못 해. 이렇게 빨리 찾아온 죽음 앞에 어떤 위로를 해야 할지 솔직히 모르겠다. 죽을 줄 알면서도 산다는 말이 부질없다는 것도 알고, 너한테 잔인하게 들린다는 것도 알아. 근데 시간이 아까워, 광모야. 네가 움직일 수 있는 시간이 얼마 안 남았어. 1년, 빠르면 반년. 그 이후로 움직일 수 없을 거야. 이렇게 하루하루 보내는 시간이 너무 아까워 광모야. 그러니까 우리 소중하게 보내 보자, 그 시간을. 그 마지막 순간에 그래도 꿈에 조금은 가까웠다, 위안이라도 삼자. 후회 없이."

"…제 꿈이 뭔데요?"

"국가대표. 청소년 국가대표 상비군, 그거 해. 내가 도와줄게."

그 누구보다 간절했던 그 꿈을 마주한 광모가 결국 꺼이꺼이 소리 내어 울었다. 진단을 받았을 때도 울지 않았던 녀석이었다. 꿈을 던져 버렸을 때도 울지 않았던 녀석이 통곡하며 울었다. 독고는 우는 광모에게 아무것도 해 줄 수 없었다. 우는 걸 달래준들 그 상처를, 죽음의 공포를 없애 줄 수는 없기에. 지금 그가 할 수 있는 건 딱 하나뿐이었다.

이 삶이 끝날 때까지 끝까지 살게 하는 것.

이 삶이 끝날 때까지 끝까지 꿈을 포기하지 않게 하는 것.

이 섣부른 죽음이 너무 허무하지 않게 하는 것.

"너 나한테 그랬지, 의사가 꿈이니까 다시 의사 하라고. 네 덕분에 나 다시 의사한다. 내 꿈 이어 가 보려고. 그러니까 너도 이어 가. 그래보자, 광모야."

광모는 끝끝내 대답하지 않았다. 그저 울기만 할 뿐, 어떤 의지도 보이지 않았다.

독고는 강당에서 매일 자정에 기다리겠다는 말을 남기고 광모의 집을 나왔다. 하루가 지났다. 이틀이 지나고, 사흘이 지났다. 광모는 강당에 나타나지 않았다. 하지만 독고는 불쑥불쑥 찾아오는 불안감을 외면하려 노력했다. 광모가 먹으면 좋을 식단을 짜고, 운동법을 만들고, 몸에 편한 옷과 신발과 양말을 찾으며 광모는 꼭 올 거라고 최면을 걸었다. 그리고 매일같이 광모가 들었던 노래를 들었다. 하지만 광모는 끝내 강당에 모습을 드러내지 않았다.

나는 왜 이곳에 있는가, 하루에도 수십 번 독고는 그 생각을 했다. 순전히 광모를 위해 다시 의사 가운을 입고 병원에 앉아 있었지만, 광모가 없었다. 의미가 없는 이 일을 언제까지 해야 할지 막막했다. 레지던트 2년 차로 복귀한 독고는 신경과 전문의인 교수님의 외래 보조로 외래 진료실에 앉아 울리지 않는 휴대전화만 바라보고 있었다. 행여 광모에게 어떤 연락이 오지 않을까 하고.

"선생님 다음 환자요."

"들어오라고 하세요."

독고는 간호사의 말에 기계적으로 대답하고 손에 든 환자 차트를 바라봤다. 동시에 문이 열렸다. 모자를 깊숙이 눌러쓴 남자가 들어와 교수님 앞에 오른팔을 툭 내밀었다.

"제가 루게릭인가 그게 걸렸는데요. 오른손이 자꾸 말려요. 더 심해지는 것 같아요. 농구 선수라 조치가 필요해요. 마비 오기 전까지는 농구해야 해요. 친구랑 약속을 해서."

차트를 보던 독고가 환자를 응시했다. 웃으면 안 되는데 피식 웃음이 났다. 그 웃음은 웃음으로 끝나지 못했다. 눈물이 왈칵 쏟아지려는 걸 독고는 꾹꾹 그 눈물을 집어삼켰다. 교수님 등 뒤에 서서 눈물을 삼키는 독고를 보던 광모가 그를 향해 말했다.

"해 볼게요. 선생님이 시키는 건 뭐든. 꿈, 최대한 이뤄 볼게요. 죽기 전까지."

독고는 터져 나오려는 눈물을 막기 위해 이를 악물고 간신히 고개를 끄덕였다. 고맙다는 말을 하고 싶었지만, 그 말을 내뱉지는 못했다.

독고는 매일 밤 12시가 되면 광모가 훈련하는 강당으로 향했다. 보릿고개라는 말을 듣는 레지던트 생활이지만, 짬을 내어 광모의 상태를 확인하고, 그의 훈련 강도를 조절했다. 최대한 진행 속도를 늦출 수 있도록 광모의 담당 교수님께 부탁을 드리고 다른 신경 질환보다 더 루게릭병에 몰두했다. 광모를 살뜰하게 살피던 독고는 광모가 하던 택배 상하차 아르바이트도 중단시켰다. 대신 아르바이트로 받았던 월급을 내밀었다. 광모는 난감한 얼굴로 고개를 저었다.

"저 이거 못 받아요, 선생님. 부모님께 말씀드리고."

"이런 말 미안한데 네 아버지 그 병 이해 못 해. 그로 인해 넌 스트레스 받을 거고 신경계통 병은 스트레스에 취약해. 최대한 스트레스 받지 말자."

"제가 그거까지 선생님께 의지하면."

"선생님 아니고, 너보다 나이 있고 돈 좀 있는 친구. 친구라서 하는 거야. 나도 생판 남이면 안 해. 대신 너도 해 줘야 할 게 있어."

"뭔데요? 뭐든 다 할게요."

"일주일에 한 번씩 우리 집에 와서 청소해. 그게 이 알바

313

비야."

광모는 그깟 것 별거 아니라며 호기롭게 그렇겠다 대답
했으나 그 대답을 두고두고 후회했다. 주말마다 독고의 집으
로 와 청소하는 광모는 단 한시도 쉬지 않고 투덜댔다.

"아니 어디 흙밭에서 일하고 와요? 뭐 만날 집에 흙이 있
어?"

"오늘 내가 특별히 돈까스 쏜다. 한 달 만에 특식인 거 알
지?"

이제는 익숙해져 버린 광모의 투덜거림을 가뿐하게 흘
려 버린 독고는 광모 앞에 돈까스를 내밀었다. 기름진 튀김
음식은 신경계통 병에 가장 독이 되기에 절대 먹지 못하게 했
던 음식이었지만, 돈까스를 볼 때마다 침 흘리는 광모가 안쓰
러워 해 줄 수밖에 없었다. 돈까스 하나에 광모의 투덜거림은
사라졌다. 광모는 게걸스럽게 돈까스를 먹었다. 그 모습을 뿌
듯하게 바라보던 독고는 자신의 몫까지 광모에게 건넸다.

"샘 다음 주가 수능 백 일 전이래요."

"근데? 너 공부 못해서 수능이랑 상관없지 않냐?"

"에헤이! 수능은 공부를 잘하건 못하건 모든 고3에게는
특별한 날이라고요."

"원하는 바가 뚜렷하게 있고만, 특별함을 강조하는 게.
뭔데 원하는 거?"

"백일주요. 꼭 먹고 싶습니다, 백일주!"

광모가 애교 섞인 미소를 배시시 지어 보였다. 독고는 그런 광모의 어깨를 툭 쳤다.

"난 또 뭐라고. 담배도 가르쳐 준다, 내가. 몸에 나쁜 건 아주 다 해 보자."

"진짜죠? 그럼 우리 수능 끝난 다음 날 섬으로 놀러 가요! 거기서 술이랑 회랑! 헌팅이랑! 크으! 죽이겠죠? 그죠? 약속이에요, 약속!"

"이게 국대 상비군 대회 신경 쓰랬더니 뻘 생각을 하고 있네? 너 한 달 뒤에 국대 상비군 대회야."

"아 그거는 매일 훈련하니까요! 아, 잔말 말고 빨리 약속하세요! 빨리요!"

광모가 설렘 가득한 웃음을 지으며 새끼손가락을 내밀었다. 독고는 그 새끼손가락에 손을 걸었다. 하지만 이 손가락을 내민 광모도, 손가락을 건 독고도 안다. 그런 시간이 오지 않을 거라는 걸. 그래도 지금은, 미래가 있는 척해 보고 싶었다. 그렇게라도 즐겁게 그날을 위해 잘 버텨 주기를. 그날을 위해서라도 조금 더 힘을 내어 주기를 바랄 뿐이었다. 그리고 그날이 왔다. 광모가 그토록 원했던 국가대표 상비군 선발 대회가.

상훈은 머리끝까지 화가 난 얼굴로 씩씩거렸다. 그 분노가 한계치에 왔는지 주먹으로 벽을 내려치기까지 했다.

"말씀을 해 보시라고요! 광모 뭐냐고요! 몸 상태!"

광모의 몸이 인간다운 기능을 할 수 있는 시간은 1년이라고 생각했다. 진행 속도로 보았을 때 그래도 그 정도까지는 버텨 줄 줄 알았다. 하지만 끝내 1년을 버티지 못했다.

광모의 몸이 눈에 띄게 나빠졌다. 오른손으로는 농구공을 제대로 쥐지 못했고, 뛸 때마다 혼자 넘어지기 일쑤였다. 그 모습을 볼 때마다 독고의 심장은 조마조마했다. 상훈의 눈치를 살피며 무릎이 안 좋다, 인대가 늘어나서 공을 쥐지 못한다, 아킬레스건을 다쳐 넘어지는 거다 등등의 온갖 거짓말로 광모의 병증을 감췄다. 하지만 그것이 한계에 도달했다.

그것도 하필 가장 중요한 경기가 있는 오늘, 광모는 결국 일어나질 못했다.

새벽 연습 경기 때만 해도 몸 상태가 나빠 보였지만 광모는 뛰었다. 넘어지려는 걸 어떻게든 넘어지지 않아 보려 애를 썼다. 상비군으로 발탁되어 선수촌까지 입성을 바랐지만 불가능이었다. 다만 광모는 이 경기에 참석만 해도 된다고 했다. 그래, 그거면 됐다. 그 다짐 하나로 광모는 뛰었고, 가능성이 있어 보였다. 하지만 그 예측은 보기 좋게 빗나갔다.

시합이 치러질 경기장으로 와 유니폼을 갈아입고 몸을 푸는 그 짧은 시간 사이, 광모는 탈의실 의자에 앉아 일어나지를 못했다. 일어나도 오래 버티고 서 있지 못하다 주저앉아 버렸다. 이런 상황을 몇 번이고 상상했었다. 언젠가는 일어나지 못할 상태가 될 거라는 상상을. 그런데 막상 이 상황을 마주하니 독고는 이제 뭘 어떻게 해야 할지 모르겠다.

"선생님 말만 믿고 광모 엔트리에 넣었어요. 다른 학부모 불만 다 개무시하고! 근데! 광모 네가 말해. 너 뭐야. 네 몸 왜 이래!"

광모는 충격에 휩싸여 대답하지 못했다. 독고는 그런 광모의 어깨를 강하게 쥐었다.

"일어나. 뛰라고 안 해. 일어나서 서 있기만 해. 딱 5분, 아니 딱 1분만. 경기에 서 있자."

독고의 말에 광모가 서서히 고개를 들었다. 눈물이 그렁그렁 맺힌 광모가 울음을 참으려는 듯 이를 꽉 깨물었다. 그런 둘을 바라보던 상훈은 독고를 툭 쳐 그의 눈을 돌렸다.

"선생님 지금 뭐라고 하셨습니까?"

독고는 그런 상훈 앞에 털썩 무릎을 꿇었다. 그가 광모를 위해 할 수 있는 건 이것뿐이다.

"죄송합니다. 정말 죄송합니다. 이렇게 빨리 몸이 나빠질 거라고 예상 못 했어요."

"아, 아니, 선생님! 지금 뭐 하시는."

"광모 경기에 딱 1분만 서 있다 선수 교체해 주세요. 딱

세 번째 승객 —— 한독고

317

1분만요. 이 경기 뛰려고 어떻게든 버텼던 아이예요. 딱 1분만, 이 경기에 서게 해 주세요."

독고는 상훈의 다리를 부여잡은 채 무너졌다. 참아 보려 했으나 참아지지 않았다. 눈물을 참을 수가 없었다. 어떤 상황 설명 없이 눈물만 토해 내는 독고를 말없이 응시하던 상훈은 그 곁에서 소리 없이 눈물만 뚝뚝 흘리는 광모를 향해 수건을 휙 집어 던졌다.

"눈물 닦아. 눈물도 에너지야, 힘 아껴. 어떻게든 일어나서 네 발로 선수 입장 해. 널 위해서, 이렇게까지 하는 사람을 위해서라도 일어나서 걸어, 새끼야."

상훈은 엔트리 변함없이 그대로 진행한다는 걸 무전으로 알리고, 탈의실을 나갔다. 독고는 부지런히 광모의 몸을 마사지했다. 부질없는 짓이라는 걸 누구보다 잘 알았지만, 이런 것밖에는 해 줄 것이 없었다. 이제는 더 아무것도 없었다.

간절함이 때로는 기적을 만들기도 한다.

광모는 제 발로 일어나 선수 입장을 했다. 그리고 딱 5분 어설프게나마 경기를 뛴 후 교체됐다. 광모는 그토록 원하던 청소년 국가대표 상비군 경기를 뛰었고, 그것이 광모의 마지막 경기가 되었다. 광모는 그 뒤로 한 번도 일어서질 못했다.

"결국, 여길 오네요."

휠체어를 탄 광모가 자신을 위해 마련된 병실 침대를 보며 허탈하게 웃었다. 독고는 그런 광모를 직접 안아 침대에 눕혔다. 광모는 더는 두 다리를 쓰지 못했고, 오른쪽 팔도 쓰지 못했다. 그는 광모의 부모님께 광모의 상태를 알렸으나 광모의 부모님은 병원비를 감당할 수 없으니, 집에 데려다 놓겠다고 했다. 독고는 그 모든 걸 자신이 감당하겠다고 했다.

"광모 제게 가장 중요한 하나뿐인 친구예요. 친구로서 제가 다 해 주고 싶습니다."

그는 광모의 아버지께 자신이 가진 돈 전부를 건네주고 나왔다. 그런 독고에게 광모의 모친은 평소 광모가 좋아했던 반찬들을 싸 주었다. 가난한 엄마가 할 수 있는 건 그것뿐이라고 했다.

"사지를 못 쓰면 못 먹는다면서요. 지금은 먹을 수 있으니까 이것 좀, 챙겨 주세요."

"광모가 가장 좋아하는 게 어머님 밥이라고 했어요. 끝까지 잘 챙겨 먹이겠습니다."

독고는 광모를 병원 침대에 눕힌 후 담담히 식사를 차렸다. 광모는 의외로 씩씩하게 그 음식들을 하나도 남김없이 먹었다. 앞으로 하는 모든 행위가 마지막이 될 거라는 걸, 광모는 잘 알고 있었다.

루게릭병 환자에게 의사가 해 줄 일은 그다지 많지 않다. 제대로 씹지 못하는 근육 상태로 인해 영양실조가 되지 말라고 포도당 주사를 놔 주고, 최대한 근육이 말라가는 것을 늦추는 약물을 주입하는 것뿐이었다. 나머지는 모두 간병인이 해야 할 일들이었다.

대부분 앉아 있거나 누워 있는 것이 일상인 환자의 몸에 욕창이 생기지 않게 몸을 뒤집어 주고, 샤워를 시켜 주고, 대소변을 받아 내는 일 등등. 루게릭병이 잔인한 이유는, 온 사지가 마비되어 움직일 수 없지만, 감각은 살아 있어 간지러움이나 아픔 같은 작은 통증 하나하나 전부 다 느끼는 데 있다. 그래서 간병인의 역할이 전적으로 큰 병이다.

그런 광모의 간병인은 독고였다. 독고는 병원에서 환자를 보는 틈틈이 광모를 살폈다. 퇴근 후에는 집으로 가지 않고 광모의 병실에서 먹고 잤다. 그러면서도 독고는 어떻게 하면 광모에게 제2의 삶을 살 수 있게 할지 궁리했다. 그 궁리 끝에 그는 병원장에게 건의해 병원 옥상에 농구 코트를 만들었다. 이제 휠체어가 다리가 되어 버린 광모는 두 무릎 위에 농구공을 올려놓은 채 완벽하게 재현된 농구 코트를 빙 둘러봤다.

"우와. 김 간호사 누나가 크기도 똑같다고 그러더니 진짜 똑같네요."

"그럼, 헬기도 내려오는 곳인데. 딱 코트장 크기야. 좋지?"

"좋긴 한데, 왜 굳이 이걸 만들어 달라고 하셨어요? 설마 저보고 장애인 농구선수 뭐 그런 거 하라는 건 아니시죠? 어차피 저 곧 있음 휠체어도 못 타요."

광모는 앞으로 자신에게 벌어질 일을 남 일처럼 말했다. 그것이 목울대에 턱 걸리는 독고는 휠체어에 탄 광모와 시선을 맞췄다.

"직접 선수로 뛸 수는 없어도 분석가나 훈련서 같은 책을 만들 수는 있어. 넌 농구를 잘했으니까 네 노하우를 책으로 만들어 보는 거야."

"선생님, 왜 이렇게까지 하세요, 저한테?"

광모는 진심으로 궁금해하며 물었다.

"너 오래오래 내 친구로 두고 싶어서."

그것이 독고가 이렇게까지 한 이유였다.

* * *

한독고의 복구된 주마등에서 빠져나온 수한은 손목에서 울리는 워치를 확인했다.

[지금 빨리 병원으로 와! 안광모가 죽었던 병원!]

수한은 워치에 전송된 다급한 원정의 메시지에 곧장 병원으로 향했다. 주마등이 복구되자마자 한독고가 병원으로 간 모양이었다. 서둘러 병원으로 향한 수한은 병원 앞에 들어서자마자 병원 건물 전체를 에워싸고 있는 푸른 빛에 멈칫하다 조심스럽게 그 빛에 다가갔다가 화들짝 놀라 뒤로 물러났다.

"아, 뜨거워! 이거 뭐야?"

분명, 인간들은 아무렇지도 않게 드나들고 있다. 수한은 다시 한번 안으로 들어가려 했으나 들어갈 수 없었다. 푸른 빛이 너무 뜨거웠다. 이건 분명 악귀든 원정이든 인간이 아닌 존재가 해 놓은 것이 분명했다. 수한은 원정에게 연락을 취하려다가 병원 창 너머로 원정을 발견했다. 그녀도 수한을 바라보고 있었다. 그녀는 수한에게 병원 문으로 오라는 손짓을 보내고는 손가락으로 동그라미를 그렸다. 그러자 병원 문만 동그랗게 푸른 빛이 사라졌다. 수한은 얼른 그 안으로 들어갔다. 그가 들어가자마자 원정이 허공에 손가락을 탁 튕겼다. 사라진 푸른 빛이 다시 생겼다.

"이거 뭐야?"

"결계. 이 병원 안으로 악귀와 망자가 같이 들어가서 결계 쳐 놨어. 나가지 못하게."

"악귀도 같이 왔어? 또 망자 따라온 건가?"

"아니. 이번엔 같이 움직였어. 왜 악귀가 여길 왔는지 모르겠는데 아무튼, 이 결계 유효 시간은 딱 한 시간이야. 한 시간 안에 찾아야 돼."

"주마등 복구도 문제다. 한독고가 자신의 존재를 지운

게 아무래도 광모 살인과 연관이 있는 거 같은데, 왜 살인을 저지른 건지 아직 못 찾았어. 안 나와."

"이 병원이 살해 현장이니까 이 안에 단초가 있을 수도 있어. 찾아봐, 그 단초."

원정은 수한에게 구역을 나눠 단초와 한독고를 찾자, 제안했다. 수한은 원정이 정해 준 구역인 복도를 돌며 처음으로 원정의 개 능력이 부러워지기 시작했다. 쟤는 냄새라도 맡지, 이건 뭐 눈으로 찾는 것 외에는 길이 없으니 답답해 미칠 지경이었다. 들어가지 못하는 구역이거나 문이 잠겨 있는 곳을 마주할 때면 괜히 원정처럼 킁킁 냄새를 맡아 보기도 했다. 물론 맡을 수 있는 건 아무것도 없었다. 아무래도 망자를 자신이 찾는 건 무리 아닌가 싶던 그때였다. 막 간호사 스테이션 앞을 지나는데 대화가 들렸다. 수한이 걸음을 멈췄다.

"김 간호사님. 경찰서에서 혹시 독고 선생님 취재하러 왔다는 피디 없었냐고 전화 왔는데요? 피디라는 사람이 독고 선생님 증거 물품을 훔쳐 갔대요."

수한은 깜짝 놀라 스테이션 앞에 쑥 쭈그려 앉아 몸을 숨겼다. 주마등만 쫓아 오느라 잠깐 잊고 있었다. 자신이 이승에서 저지른 행위에 대해. 수한은 슬며시 머리를 빠꼼이 내밀고 간호사 스테이션 안을 염탐했다. 김 간호사로 추측되는 한 여자가 전화를 받고 있었다. 그런 사람은 찾아오지 않았다는 말에, 혹시 비슷한 사람 나타나면 연락해 주겠다며 전화를 끊었다. 수한은 전화를 끊은 김 간호사를 응시했다. 망자의 주마등에서 본 적은 없지만, 광모가 언급한 적은 있었다. 게다가 경찰이 직접 전화까지 해서 자신이 찾아갈지도 모른다는 말을 한다는 건, 저 여자가 뭔가를 알고 있다는 증명이 된다.

수한은 원정에게서 받아 두었던 향낭을 꺼냈다. 그사이 전화를 끊고 링거를 챙긴 김 간호사가 스테이션을 나왔다. 수한은 그 찰나를 놓치지 않고 간호사 호주머니에 향낭을 쏙 넣었다. 순식간에 하얀 안개가 김 간호사를 감쌌다. 금세 사방은 김 간호사의 한 기억 속으로 바뀌고 있었다.

[나 결정적 단초 찾은 거 같아. 옥상으로 와.]

망자를 뒤쫓아 중환자실 앞까지 온 원정은 수한의 메시지를 휘리릭 대충 읽고 다시금 사방을 살폈다. 면회 시간이라 그런지 중환자실 앞에는 보호자들이 착잡한 표정으로 굳게 닫힌 중환자실 문이 열리기를 기다리고 있었다. 원정은 다급히 사람들 사이를 살폈지만, 어디에도 악귀와 망자는 보이지 않았다. 분명 냄새가 이곳에 머무는데, 보이지 않는다. 원정은 혹시나 싶어 목을 꺾어 천장을 바라봤다.

"으히히히히!"

악귀와 정통으로 눈이 마주쳤다. 악귀의 손에 정신을 잃은 한독고가 대롱대롱 매달려 있었다. 악귀는 기괴한 웃음을 흘리며 망자를 쥐고 중환자실 안 벽으로 쓰윽 사라졌다. 동시에 중환자실 문도 열렸다. 원정은 사람들을 제치고 제일 먼저 안으로 들어갔다. 안으로 한 발짝 밀어 넣는 순간, 중환자실 모든 전등이 미친 듯이 깜박거렸다. 일순간 일대가 혼란스러워졌다. 미친 듯이 깜빡이는 전등으로 인해 아비규환이 된 그곳에서 원정은 악귀를 찾아냈다. 얼굴에 붕대를 감은 채 산소호흡기에 의지하고 있는 한 여자아이의 몸 위에 우두커니 선 악귀를.

"안돼! 너 하지 마!"

악귀는 여자아이 영혼의 팔을 잡아당기는 한편, 의식 없는 한독고의 영혼을 밀어 넣고 있었다. 원정은 다급히 초크를 풀어 의식 없는 한독고의 몸 위로 휘둘렀다. 저 환자의 몸 안으로 들어가면 여자아이의 영혼은 자연스럽게 튕겨 나오게 된다. 그 순간 악귀도 원정을 향해 무언가를 휘둘렀다. 눈으로 무언가 날아오자, 반사적으로 눈을 감았다 뜬 원정은 곧 충격에 휩싸였다.

"내 초크가, 끊어졌어."

악귀와 여자아이의 영혼이 온데간데없이 사라졌다. 그 사이 한독고의 영혼이 서서히 여자아이의 몸으로 잠식되고 있었다. 원정은 재빨리 한독고의 손을 붙잡아 당겼다. 한독고의 영혼이 여자아이의 몸에서 완전히 벗어나자, 날카로운 기계음이 울려 퍼졌다.

삐익-!

여자아이의 심장이 멈췄다는 알림이었다. 원정은 다급히 품 안에서 작은 호리병을 꺼내 환자의 몸 위로 휙 뿌렸다. 그러자 이내 멈췄던 심장박동이 다시 뛰었다.

"하! 이게 무슨 일이야, 도대체!"

원정은 다시 뛰는 여자아이의 심장에 안도하면서도 혼란스러워 머리카락을 거칠게 쓸어 올렸다. 비상약을 사용해 영혼 없는 빈 육신을 살려 놓기는 했지만, 이대로 빈 육신만 남겨 둔다면 조만간 이 육신의 생명력도 끝이 난다. 그 전에 여자아이의 영혼이 들어와야 한다. 명이 다한 영혼이 아니라면.

원정은 일단 의식을 잃은 한독고부터 챙겨 서둘러 중환자실을 빠져나왔다. 침대 구석진 곳에 잔뜩 몸을 웅크리고 있는 여자아이 환자의 영혼을 원정은 발견하지 못했다.

중환자실을 빠져나온 원정은 의식 없는 망자의 어깨를 흔들며 그를 깨웠다.

"한독고 씨. 한독고 씨, 정신 차려 봐요. 한독고 씨!"

원정의 격한 부름에 서서히 정신이 돌아온 것인지 한독고가 눈을 떠 시선을 맞추었다.

"괜찮으세요?"

원정의 걱정 어린 물음에 망자는 미안한 얼굴로 고개를 주억거렸다.

"죄송합니다. 학교에서 빨리 차사님께 갔어야 했는데."

"악귀를 망자 힘으론 이길 수 없었을 거예요. 이제, 많은 것이 기억나시죠?"

"…네. 잊고 싶지 않았던 것들까지 다 잊어버렸더군요. 광모를 지우고 싶진 않았거든요. 난 그냥 내가 싫었을 뿐인데… 내가 소중한 사람을 죽여서 내가 싫었나 봐요."

"알고 싶지 않으세요? 망자가 왜 소중한 사람을 죽여야만 했는지."

"그걸 찾으셨나요?"

"네. 찾은 거 같아요. 아직 확인은 못 했지만."

한독고의 눈동자가 두렵게 흔들린다. 원정은 그런 한독고의 두 손을 꽉 잡아 주었다. 두려워할 필요 없다고. 원정은 한독고를 데리고 병원 옥상으로 와 수한을 찾았다.

수한은 코트장 옆 화단 땅속을 미친 듯이 파헤치고 있었다. 향낭을 사용해 본 김 간호사의 주마등 속에서 광모가 김 간호사를 데리고 이곳에 와 이 화단에 독고에게 마지막 선물을 남겨 둔 것을 확인했다. 두더지 굴처럼 화단 곳곳을 판 수한이 드디어 상자 하나를 땅속에서 끄집어냈다.

327

"여깄다!"

"찾았어?"

수한은 원정의 목소리에 고개를 돌렸다. 그녀의 곁에는 한독고도 함께였다. 한독고는 슬픔이 가득 고여 있는 눈동자로 수한의 손에 들린 것을 바라보고 있었다. 수한은 상자를 열었다.

"이건…!"

"망자가 광모에게 준 CD와 CD플레이어예요. 광모가 망자께 남긴 선물이기도 하고요."

수한은 독고에게 들고 있던 상자를 건넸다. 떨리는 손으로 상자 안에 있던 쪽지를 펼쳐 보던 독고는 한숨을 툭 토해 내며 고개를 떨궜다.

[내 친구 한독고의 남은 삶이 행복하길 바라며 - 한독고 친구 안광모가]

한독고는 쪽지를 다시 상자 안에 넣어 수한에게 내밀었다.

"안 받을래요."

"이걸 들어야 해요. 그래야 당신이 왜 안광모를 살해했는지, 진짜 이유를 알 수 있어요."

"인제 와서 그게 무슨 의미가 있겠습니까, 제가 광모를 죽였다는 건 바뀌지 않잖습니까."

"그래야 안광모를 잊지 않을 테니까요."

수한의 말에 망자가 흠칫했다.

"당신이 당신 스스로를 지워 버리고 싶었던 이유는 오로지 안광모와 얽힌 이유 때문입니다. 그런데 당신은 아이러니하게도 안광모와의 추억만큼은 지우고 싶지 않아 했습니다. 그러니 안광모와 추억이 있던 곳으로만 갔죠. 당신은 당신이 안광모를 죽일 수밖에 없었던 이유를 알아야 합니다. 그게 당신이 당신 스스로를 지운 이유이자, 안광모를 영원히 추억할 수 있는 유일한 방법입니다."

독고는 수한에게 내밀었던 손을 다시 거두었다. 떨리는 손으로 CD를 플레이어 속에 넣었다.

원정은 독고의 손에 들린 그 단초를 워치에 담고, 단초 위로 하얀 가루를 휘리릭 뿌렸다. 그러자 낡아서 작동되지 않을 것 같던 CD 플레이어가 지지직 소리를 내는가 싶더니 작동되기 시작했다. 신나는 드럼 소리와 익숙했던 멜로디, 노랫소리 위로 광모의 목소리가 덮어씌워진 노래가 흘러나왔다. 부정확한 발음으로 한참 신나게 노래를 부르던 광모가 반주 위에 말을 얹었다.

"샘을 웃길 수 있는 저의 유일한 무기이자 선물이랍니다. 제가 떠나도 부디 선생님은 웃었으면 좋겠어요. 매일매일, 행복하게 웃으면서 사세요. 꼭이요."

그 순간, 수한과 원정의 워치에서 밝은 빛이 뿜어 나오며 화면에 연꽃이 활짝 만개했다.

한독고 망자의 주마등 데이터가 100% 복구되었습니다.

* * *

죽음을 마주한 순간, 눈앞에는 살아온 한 생이 스쳐 지나간 다. 그리고 가장 후회가 되던 순간에 머문다. 나는 그 순간으로 왔다. 광모에게 단 한 마디도 하지 못하고 보냈던 바로 그 날, 그 순간으로 왔다.

나의 꿈은 의사였다. 이 세상에 단 한 생명도 쉬이 꺼져 가지 않게 하겠다는 것이 나의 목표이자 소망이었던. 그런 나는 내 손으로 한 생명을 쉬이 꺼뜨렸다.

내가 가장 믿고, 의지했던 나의 친구를 나는, 내 손으로 죽였다.

[선생님, 아니 형, 저는 어릴 적부터 늘 기도했어요. 가난 하고 친구 하나 없는 내 인생에도 기적이 와 주기를. 그리고 전 그 기적을 마주했어요. 형, 고마웠어요. 제게 좋은 스승이 자, 친구가 되어 주셔서. 형에게 작은 선물 남겨요. 농구 코트 장 화단에 있어요. 그리고 염치없지만 저, 형한테 받고 싶은

게 있어요. 인제 그만, 절 죽여 주세요. 편히 쉬고 싶어요. 형
에게 받고 싶은 마지막 선물입니다.]

　　육신 대부분의 기능이 멈춰 버린, 이제는 삼키는 것도
숨 쉬는 것도 혼자 할 수 없는 광모가 눈알을 겨우 굴려 노트
북에 남긴 마지막 편지였다.

　　어떻게든 버티고 있던 나를 광모가 무너뜨렸다. 아무것
도 해 줄 수 없는 무력감 앞에서 꾸역꾸역 버티고 있는데, 광
모는 그런 나를 넘어뜨렸다. 화가 치밀어 올랐다. 어떻게 내
마음을 이렇게 몰라 줄 수가 있을까. 나는 광모에게 따지고
싶었다. 나는 진료실 문을 박차고 광모에게로 향했다. 광모가
누워 있는 병실 문을 거칠게 열어젖혔다.

　　"너 어떻게 나한테 그런!… 하아!"

　　나는 광모에게 따질 수 없었다. 코끝에서 맴도는, 통통하
게 붉어진 배로 인해 쉽게 날지도 못하는 모기 한 마리를 하
염없이 바라보며 고통의 눈물을 흘리는 광모에게 나는 아무
런 말을 할 수가 없었다. 이 처참한 비극 앞에 광모의 염치없
는 부탁을 나는 무시할 수가 없어졌다.

　　나는 광모에게 편안한 안식을 주기 위해 약물을 준비했
다. 천천히 잠든 것처럼 이생을 끝낼 수 있는 약물을 주사기
에 채워 놓고, 그것을 살가죽만 남은 광모의 팔에 얹었다. 나

331

는 천천히 광모의 몸 안으로 주삿바늘을 꽂았다. 무진에 오지 말았어야 했다. 아니 의사가 되지 말았어야 했다. 아니, 차라리 태어나지 말았어야 했다. 그랬다면 내 손으로 친구를 죽이는 이런 비극적인 일을 마주하지 않았을 거다.

광모의 생명이 서서히 꺼져 갔다. 나는 광모의 생명이 꺼져 가는 순간 그에게 그 어떤 말도 하지 못했다.

두고두고 남았던 후회의 순간이었다. 아무런 말도 하지 않고 녀석을 떠난 보낸 이 마지막 순간이. 그 마지막 순간에 나는 돌아왔다. 나는 그 마지막을 바꾸기로 했다.

나는 서서히 눈을 감는 앙상한 나뭇가지처럼 말라비틀어진 광모를 꽉 끌어안았다.

"광모야. 짧은 인생이지만 사느라 고생 많았다. 나도 고마웠어. 내 친구가 되어 줘서. 잘 가, 내 친구야."

나는 건네지 못했던 그 마지막 인사를 광모에게 건넸다. 광모의 눈꺼풀이 파르르 떨리다 서서히 멈췄다.

* * *

드디어 모든 비밀이 풀렸다. 한독고가 왜 안광모를 죽여야만 했는지, 환등열차에서 봤던 망자의 주마등이 왜 왜곡되어 있었는지. 왜 자신을 모두 지워 버렸는지. 그건, 악귀가 만든 조작이 아니었다. 한독고의 죄책감이 만들어 낸 조작이었다. 친구를 죽일 수밖에 없었던 그 마지막이 자기 자신을 잔인한 살인자로 기억까지 왜곡해 만들며 자책했던 것이었다. 그리고 죽을 때까지 남았던 그 마지막 후회를 바꿨다. 현실에서는 하지 못했던 그 마지막 인사를, 그는 자신의 복구된 주마등 속에서 이뤄 냈다.

삐삑. 이제 환등열차로 복귀하라는 알람이 울렸다.

원정은 회한의 눈물을 쏟아 내고 있는 한독고를 응시했다. 이승으로 내려와 한독고가 진짜 살인자라는 걸 알고 난 후 원정은 이미 저승의 판결을 예상했었다. 하계. 이 망자는 분명 하계에 가게 될 것이었다. 어떤 이유에서든 인간의 생을 빼앗은 자는 하계로가 형벌을 받는다는 것이 저승 법이기에. 하지만 원정은 그 저승 법이 처음으로 씁쓸했다. 그것이 정말 공정한 저승 법일까, 많은 생각이 들었다.

수한은 선뜻 망자를 이끌지 못하는 원정 대신해 한독고에게 때가 왔음을 알렸다.

"이제 환등열차로 돌아가야 할 시간입니다."

"저 하계로 가는 거 맞죠?"

수한은 그의 물음에 아무런 말을 할 수 없었다. 어떤 것도 정당한 살인은 존재할 수 없지만, 적어도 이 살인만큼은 다르게 봐야 하지 않을까. 수한은 힐끔 원정을 바라봤다. 원정의 얼굴에는 하계라는 두 글자가 새겨져 있어 보였다. 그것을 한독고 역시 읽었는지 괜찮다는 듯 웃음을 지었다.

"광모를 보내는 순간, 나는 극락은 못 가겠다, 생각했습니다. 어쨌든 나는 사람의 생명을 살리는 의사이고, 의사의 손으로 사람의 생명을 빼앗은 거니까요. 하지만 후회는 없습니다. 광모는 고통스러워했고, 현대 의학으로는 고칠 수가 없었으니까요. 무엇보다 광모를 고통 없이 보내 준 거, 그것만으로 만족합니다."

"만약, 그때 당신이 그 선택을 해서 하계를 가게 된다는 걸 알았다면… 그래도 그 선택을 했을 겁니까?"

"다 알면서도 해야 할 때가 있잖습니까. 친구니까, 친구로서 한 겁니다."

다 알면서도 해야 하는 것, 그 깨달음이 수한의 심장에 아로새겨지던 그때였다. 수한 앞으로 하얀 나비 떼가 몰려왔다. 그러고는 그의 눈앞에 하얀 흰 구슬을 살포시 내려놓고는 다시 사라졌다. 깨달음에 대한 보상 같은 마지막 구슬을 드디어 손에 쥔 순간이었다.

네 번째 승객 ── 차 수 한

병원에서 출발한 엘리베이터는 환등열차 플랫폼에 멈추었다. 엘리베이터에서 내리자, 그곳엔 이미 수동열차 한 대가 수한과 원정을 기다리고 있었다. 드디어 내가 어떤 삶을 살았는지 알 수 있겠구나, 하는 설렘 마음의 수한과 달리, 원정은 열차를 보곤 걸음을 우뚝 멈추었다.

"저게 왜,"

"어? 뭐 문제 있어?"

수한이 불안한 얼굴로 원정을 보며 물었다. 원정은 생각에 잠긴 얼굴로 열차를 보다가 고개를 짧게 가로저었다.

"별건 아닌데, 수동열차가 있는 게 좀 이상해서. 당연히 자동열차가 올 줄 알았거든."

"아. 정식 운행이 아니라 나 혼자 타는 거니까 수동열차

337

보낸 거겠지."

"…그래도 왠지 감이 좀 안 좋은데."

"그럼 뭐, 안 탈 순 없잖아. 이왕 가는 거 시원하고 기분 좋게 가자. 응?"

괜한 걱정을 하기 싫었던 수한은 원정을 다독이곤 열차에 올랐다.

열차 안은 처음 봤던 그 모습 그대로였다. 낯익은 책상과 집기들은 수한이 경찰 사무실에서 사용하던 것일 게 분명했다. 이제 이것들을 언제 어떻게 썼는지, 그걸 알 수 있게 되는 건가. 수한은 긴장과 설렘으로 심장이 두근거렸다.

원정이 열차 운행 조작키에 수한의 기억 코드를 입력하자, 열차는 천천히 출발했다. 역을 지나 삼도천 강이 모습을 드러내자, 차창 위로 수한의 기억 빛줄기가 쏟아져 내렸다. 모자이크처럼 조각난 빛들이 하나둘 자리를 잡더니, 모래 놀이터가 보였다.

"야아, 너만 먹지 말고 나도 줘! 엄마한테 이른다?"

뻥튀기 봉지 하나를 갖고 티격태격 다투는 형제에게 한 아이가 다가갔다.

"싸우지 말고 이렇게 해! 자, 너 몇 개 먹었어?"

"…다섯 개."

"아냐, 열 개 먹었어!"

형으로 보이는 아이가 동생의 답을 정정했다.

"형은 하나도 못 먹었어?"

"응. 애 하나 먹고 나도 먹으려 했는데, 애가 계속 먹었어."

"그럼 일단 형이 열 개 먹어. 그다음부턴 하나씩 번갈아 가면서 먹는 거야. 알았지?"

형제는 아이의 중재에 고개를 끄덕이며 과자를 나누어 먹었다. 그리곤 중재한 아이에게도 과자를 나누어 주었다. 아이는 "고마워!" 하곤 환히 웃었다. 이것이 바로 수한의 첫 기억으로, 형제의 싸움을 말린 아이, 그 아이가 바로 수한이었다.

수한의 초년은 다재다능, 모범생에 운동도 잘하고, 친구들 사이에서 인기까지 많은, 그야말로 '엄친아' 그 자체였다. 거기에다가 수한은 새벽 신문 배달까지 해내며 가계에도 도움을 주었다. 굳이 수한이 일하지 않아도 어머니의 수입으로 가계는 돌아갔지만, 그럼에도 수한은 졸린 눈을 비비며 새벽마다 집을 나섰다. 쟤는 정말 아빠 없는 애 같지 않다, 오직 그 말을 듣기 위해서였다.

수한의 아버지는 수한이 초등학교에 들어가기 직전, 갑작스러운 사고로 세상을 떠났다. 사흘 밤낮을 눈물로 아버지를 보내 드린 어머니는 집으로 돌아온 다음 날부터 단 한 방울의 눈물도 흘리지 않으셨다. 아버지가 돌아가시기 이전과 다름없이, 아니 전보다 더 열심히 생활하시는 어머니를 보며 수한도 다짐했다. 아버지가 돌아가셨다고 해서 달라질 건 없고, 아버지의 부재가 삶에 어떠한 영향을 주지 않도록 하겠다고. 아버지가 없어도 자기 삶의 정답을 찾아 나가겠다고. 종종 남들의 시선이 의식될 때나, 아버지가 필요할 때면 수한은 일기를 썼다.

'나는 꼭, 아이에게 힘듦이 아닌 행복을, 결핍이 아닌 사랑을 주는 아버지가 될 거다.'라고.

일기를 쓰며 눈물을 흘리는 어린 날의 자기를 바라보던 수한의 눈가가 촉촉해졌다. 다른 망자들의 기억과 달리, 자기의 기억이라 그런지 영상을 보는 동시에 텅 비어 있던 기억이 차곡차곡 쌓이는 느낌이었다. 그랬지, 저 때는 저렇게 아버지에 대한 생각이 컸었지. 정말 좋은 아버지가 되고 싶었지, 하는 한편, 생의 기억을 모두 돌이켜 본다는 건 꽤 고약한 일이라는 생각도 들었다. 누구에게나 기억을 지우고 싶은 이유가 있을 텐데 왜 그걸 꼭 다시 들춰야만 하는 건지.

부디, 지우고 싶었던 기억이 많지 않기를 바라며 계속 보는데, 옆에서 흐느끼는 소리가 들려왔다. 돌아보니, 원정이 입을 손으로 막고 눈물을 펑펑 흘리고 있었다. 뭐야, 왜 자기가 오바야…. 원정의 과한 반응에 수한의 물 일던 감정이 잠잠해졌다. 기억은 천천히 흘러, 경찰대학교를 졸업하고, 형사가 된 수한의 모습이 상영됐다. 수한은 하고 싶은 것도 많고 포부도 큰 경찰이었다. 어느 정도 팀에 적응한 이후로 수한은 매 사건 최선을 다하면서도, 틈나는 대로 다양한 연수에 참석해 커리어를 쌓았다.

형사의 정석이라는 소문이 나며 자연스럽게 상사들의 눈에 든 수한은 상사의 소개로 사귀게 된 여자 친구와 일 년 뒤 결혼도 하게 되었다.

"자기야, 우리… 아기 생겼어."

체포한 범인을 경찰서로 데려가던 길, 아내의 전화를 받은 수한은 심장이 펑, 터지는 기분이었다. 아빠라니. 내가 아빠가 된다니. 수한은 퇴근길 서점에 들러, 좋은 아빠가 되는 법에 관한 육아 서적을 잔뜩 샀다. 이 세상 어느 아빠보다 좋은 아빠가, 옳은 아빠가 되고 싶었다. 같은 팀 선배 형사들은 아기가 태어난 뒤에야 실감이 났다던데, 수한은 벌써 아기에게 해 주고 싶은 것들을 생각하는 재미에 푹 빠졌다.

"김주영 산모 남편분, 들어오세요."

파란색 오염 보호복과 마스크를 쓰고, 초조한 마음으로 분만실 앞을 서성이던 수한은 안에서 들려오는 간호사의 목소리에 마른침을 꿀꺽 삼켰다. 커튼을 열고 들어가자, "응애!" 하는 아기의 울음소리가 수한을 반겼다. 수한은 그렇게 갓 태어난 딸, 소라를 처음 만났다. 조금이라도 더 자세히 보고 싶었지만, 눈물이 하염없이 앞을 가려 제대로 볼 수 없었다.

이후, 수한은 소라의 성장을 하나하나 눈에 담기 위해 최선을 다했다. 하지만, 형사라는 직업 때문에 마음처럼 소라와 많은 시간을 보내지 못했고, 수한이 되고 싶던 아빠의 모습과는 멀어질 수밖에 없었다. 새벽 두 시 반. 긴급 출동 연락을 받은 수한은 외투를 챙겨 집을 나서려다, 소라의 방문을 조심스레 열었다. 소라의 방에는 딸과 아내가 함께 잠들어 있었다.

언제 이렇게 컸을까. 뽀얀 살이 포동포동 올라온 소라는 놀랍고도 사랑스러웠다. 색색, 소라의 숨소리를 들으며, 수한은 그 모습을 눈과 마음에 담았다. 그런데, 그때, 징- 휴대전화 진동이 울렸다.

"흐잉."

살짝 뒤척이던 소라가 수한의 인기척에 번쩍 고개를 들었다.

"아빠?"

"어! 아빠야, 소라야."

수한이 웃으며 팔을 벌렸다. 소라는 쭈그려 앉은 자세를 취하더니 무릎을 펴고 벌떡 일어섰다. 수한을 보며 환한 미소를 지은 소라가 한 걸음 조심스럽게 발을 뗐다.

"소라 걷는 거야?"

놀란 수한의 목소리에 아내가 부스스 잠에서 깼다. 소라는 한 걸음, 한 걸음, 수한에게 다가왔다.

"어머, 우리 소라 걷네?"

아내도 놀란 듯 외쳤다. 소라는 작고 소중한 걸음을 걸어 수한의 품에 폭, 안겼다. 아내도 기뻐하며 수한과 소라를 함께 안았다.

그 모습을 영상으로 보던 수한에게도, 두 사람의 따뜻한 온기가 고스란히 느껴졌다. 이보다 행복한 순간이 인생에 있었을까? 수한은 행복을 만끽하는 한편, 형사 생활을 계속해서는 자신이 원하는 아빠가 될 수 없다고 생각했다. 그건 과거 수한의 생각과도 같았다. 그리고, 때마침 기회가 왔다.

"하필 지금 위기 협상 요원들이 다 파견 중이라, 그나마 차 경위가 협상 교육을 몇 번 받았다길래 급하게 불렀네. 통영 가 있는 요원이 사건 마무리하고 올 때까지만 시간 끌어 줘. 매뉴얼대로, 차분하게. 알겠나?"

서장과 함께 이동한 수한이 도착한 곳은, 한 공시생이 자신의 면접관이었던 서기관을 인질로 삼고 있는, 정부 기관 중 하나였다. 면접에서만 세 번 떨어졌다는 공시생의 요구는 하나. 면접 평정 내용을 공개해 달라는 것이었다. 현장에 도착해 상황을 자세히 들은 수한은, 서장의 말대로 시간을 끌면 안 된다는 판단을 내렸다. 당뇨 환자인 서기관이 30분 내로 인슐린을 투약해야 했기 때문이었다.

물론, 범인에게 인슐린을 전달할 방법도 있지만, 인질에게 당뇨가 있다는 걸 범인에게 알려 주는 건 범인에게 무기한 자루를 더 쥐여 주는 거나 다름없었다. 빠른 진압이 최선이라 판단한 수한은 진압을 위해 대기 중이던 특공대 경위에게 다가가 작전을 짰다.

특공대 경위는 위층에서 로프를 타고 내려와 창문으로 진입한다면 타겟을 확실히 제압할 수 있다고 말하며, 다만, CCTV에 사각지대가 있다는 게 조금 우려된다고 했다.

"진입하시죠."

수한이 특공대 경위에게 말했다.

"예? 지금 바로 말입니까?"

수한은 CCTV 화면을 가리켰다. 화면 속 범인은 목마른 인질들에게 물을 나누어 주고 있었다.

"이런 인질 사건의 경우 인질들이 범인들의 심리에 동화되기도 하지만, 범인도 인질들과 일종의 감정 교류를 갖는 경우가 많습니다. 지금 보니까 인질들한테 물도 주고, 대화도 하는 걸 보면 진입한다고 해도 쉽게 공격하거나 하지 않을 겁니다."

수한의 말을 들은 경위는 고개를 끄덕였다. 수한이 범인과 대화하며 시선을 끄는 사이 특공대가 창문으로 진입하는 것으로, 두 사람은 작전을 세웠다. 깊게 심호흡을 한 수한은 용기를 내어 범인이 있는 현장으로 올라갔다.

범인은 수한의 예상보다 감정적으로 반응했다. 수한을 보자마자 칼을 집어 들고, 고함을 지르더니, 몇 마디 대화를 하려 하자 허공에 칼을 휘두르기까지 했다. 위협적인 범인의 모습에 수한은 오히려 마음을 놓았다. 범인의 흥분은 그의 시야를 좁힐 것이었다.

CCTV의 사각지대를 확인할 수 없는 것이 조금 불안하긴 했지만, 인질범의 시선이 자신에게 향해 있는 이상, 특공대의 진입으로 범인을 쉽게 제압할 수 있을 것 같았다. 마침, 범인이 수한에게 한 걸음 다가서며 인질들과의 안전거리가 충분히 확보되자, 수한은 무전기 마이크를 톡톡, 두드려 신호를 주었다.

1초, 2초, 와장창! 인질범과 인질들이 있던 팀장실의 창문이 깨지고, 로프를 탄 특공대가 안으로 진입했다. 수한은 인질범이 곧바로 제압당할 거라 생각하며 안을 보았다. 그런데, 인질범은 수한의 예상과 달리 빠르게 움직여 CCTV 사각지대로 향했다.

설마, 안돼! 수한의 바람과 달리, 사각지대엔 인질이 한 명 더 있었다. 범인이 인질을 끌고 나오는 과정에서 칼에 베인 듯 인질은 비명을 질렀다.

"다들 물러서!"

범인이 인질의 목에 칼을 가져다 대려는 그때, 탕! 특공 대원이 쏜 총알이 범인의 다리를 관통했다.

범인이 제압된 걸 본 수한은 안으로 달려가 다친 인질을 살펴보았다. 다행히 팔을 조금 베였을 뿐, 큰 부상은 아닌 듯했다. 수한은 인질을 안심시키며, 그냥 하루 일진이 사나웠다, 생각하고 잊으라며 인질의 놀란 마음을 다독였다. 꼭 치료받고 가라고 덧붙이는데, 아래층에서 달려온 서장이 수한을 와락 껴안았다. 그냥 시간만 끌 줄 알았는데, 이렇게 제대로 해낼지 몰랐다며 서장은 수한의 어깨를 연신 움켜쥐었다. 하이라이트는 그다음이었다. 기자들에게 사건 설명을 하는 수한에게 다가온 서기관의 가족들이 눈물 젖은 감사의 인사를 전했고, 그 장면은 며칠 동안 포털 사이트의 메인을 장식했다.

"그래서, 위기 협상 교육 더 받기로 한 거야?"

"어, 이번에 전국적으로 위기 협상가 키운다고 하니까, 그쪽으로 가는 게 여러모로 좋을 것 같아. 소라한테도 그렇고. 강력계 형사는 범인들 집어넣는 거지만, 위기 협상가는 생명을 구하는 일이잖아. 누구한테 원한 살 일은 없겠지."

아내의 질문에 수한이 대답했다. 기억 속 수한의 얼굴도, 그 기억을 보는 수한의 얼굴도 한결 걱정을 던 듯 가벼워 보였다.

"당신이 또 싸움, 갈등 말리는 거엔 타고났잖아. 위기 협상 그것도 잘할 거 같아. 비록 자기 문제는 완전 회피형에, 덮고 잊자 주의지만."

"내가 무슨 회피형이야. 심성이 긍정적이고 멘탈이 센 거지."

수한이 웃자, 아내도 따라 웃었다. 화면에선 진압 과정을 설명하는 수한의 인터뷰가 나오고 있었다.

"아빠다, 아빠! 아빠 진짜 멋지다, 최고!!"

수한과 아내 사이에 앉아 있던 소라가 벌떡 일어나 거실을 빙글빙글 돌며 춤을 추었다. 아내와 눈을 마주친 수한은 소파에서 일어났다. 서로의 손을 잡은 세 가족은 빙빙 거실을 돌며 와하하, 웃었다.

연수를 듣고, 훈련을 받는 게 쉽지만은 않았지만, 그래도 강력팀 형사로 있을 때보다 가족과 보낼 수 있는 시간은 훨씬 많아졌다. 가족과 여행을 가던 길에 긴급 출동 전화를 받고 다 같이 현장에 가게 된 일도 있었지만, 위험하게 범인을 잡는 게 아니라 사람을 구하는 일이었기에 불안하지 않았다. 사건을 잘 마무리 짓고 난 뒤에 사건에 대해 소라와 얘기할 수 있다는 것도 좋았다.

"아빠. 아까 손을 이렇게, 위에서 아래로 흔드는 건 왜 그렇게 한 거야?"

"어? 아, 그거. 범인과 인질, 모두 진정하고 안심하라고.

그리고, 이렇게."

수한은 한 손을 가슴 위에 올리며 소라를 보았다.

"이건 아빠를 믿어 달라고 하는 거야."

"믿어 달라고…. 오케이, 알겠어."

대체 뭐가 오케이고, 뭐를 알겠다는 건지 몰랐지만, 수한은 환히 웃는 소라를 보며 따라 웃었다.

"자, 오늘 학부모 1일 교사는 우리 소라의 아버지께서 해 주실 겁니다. 소라 아버지는 경찰이신데, 위기 협상 전문 요원 이라고 하십니다. 자, 박수!"

복도에 서서 기다리던 수한은, 담임선생님의 소개에 심호흡한 뒤 반 안으로 들어섰다. 초등학교 3학년이 된 소라의 반이었다. 긴장한 듯 딱딱하게 걸어가던 수한은 가운데에 앉아 있는 소라를 보곤 풉, 웃음이 터졌다. 소라는 수한이 한 것처럼 손을 위아래로 흔들었다. 진정하고 안심하라는 뜻이었다.

"경찰이 뭐 하는 사람인지 아는 사람?"

긴장을 푼 수한이 시원한 목소리로 아이들에게 물었다. 그러자, 아이들 전부가 손을 들었다.

"그럼, 위기 협상가가 뭐 하는 사람인지 아는 사람?"

이번엔 소라를 비롯한 대여섯 명의 아이들이 손을 들었다.

"아무래도 우리 소라가 제일 잘 알 거 같은데, 아빠가 어떤 일을 하는지 친구들한테 말해 줄래?"

"위기 협상가는 나쁜 생각을 하고 나쁜 행동을 하려는 사람들을 설득해서 다시 착하게 만드는 거야. 맞지, 아빠?"

"정확해. 잘 모르겠는 친구들을 위해서, 아저씨가 우리 친구들처럼 초등학생들도 나쁜 사람들한테 인질로 잡혔던 사건을 이야기해 줄게요. 그때 그 친구들이 어떻게 안전하게 풀려날 수 있었는지 같이 알아봅시다. 알겠죠?"

아이들은 눈을 초롱초롱 밝히며 다 함께 "네!" 하고 대답했다. 수한과 눈이 마주친 소라는 한 손으로 수한을 가리키며, 다른 한 손을 가슴 위에 올렸다. 아빠를 믿는다는 수신호였다.

"…천천히, 조금 더 천천히 갈 순 없어?"

훌쩍훌쩍 크는 딸의 모습이 아쉬운지, 기억을 보던 수한이 원정에게 말했다. 훌쩍, 눈물을 훔치던 원정은 고개를 끄덕이곤 열차의 속도를 가장 느리게 바꾸었다.

학원이 끝난 소라와 함께 분식집에서 떡볶이를 먹고, 아내 몰래 편의점에서 소라와 컵라면 데이트를 하고, 학교 가기 싫다는 소라를 데리고 아쿠아리움에 가고, 소라가 좋아하는 아이돌 춤을 함께 추고, 매일 등굣길을 함께하고…. 수한은 그 누구보다 딸과의 추억이 많은 사람이었다. 비록, 경감으로 승진하며 일도 많아지고, 소라가 크면서 자연스러운 거리가 생기긴 했지만, 수한은 소라의 관심사가 무엇인지 늘 살폈고, 작은 거라도 함께하며 시간을 공유했다. 소라 역시 수한의 일에 관심 갖고 늘 이것저것 물어봐 주었다.

"아빠 참 대단한 거 같아. 그런 나쁜 사람들을 설득하고. 난 친구랑 떡볶이 튀김 고를 때 오징어 대신 야채 튀김 먹자고도 설득 못 하는데. 어떻게 하는 거야?"

"음, 생각보다 쉬워. 인질범들은 대부분 잘못되면 다 죽이고 자기도 죽겠다는 생각을 갖고 범행을 시작하거든. 그럼 그 반대의 경우를 얘기해 주면 돼. 인질 상황을 지속하는 것보다 인질 상황을 해제하는 것이 훨씬 더 안전하고 좋을 거다. 이걸로 재판은 받겠지만, 그렇다고 인생이 망하진 않을 거다. 지금 빨리 그만두면 더 좋은 미래가 있을 거다, 이런 말로 꼬셔 내는 거지."

"이야, 아빠는 그런 사람들도 이해가 되나 보다."

"뭐, 이해하려고 하지. 근데, 진짜 이해 안 갈 때도 있긴 있어. 지금처럼 자기가 죽고 싶은데 용기가 안 나서 다른 사람들까지 해치려는 사람들 보면, 아빠도 화나지."

"그럼 어떻게 해?"

"음. 일단은 인질들을 구해야 하니까, 듣기 좋은 말들 해 주지. 그런 사람들이 듣고 싶어 하는 말들이 있거든. 당신이 힘든 건 우리 사회의 잘못이다. 지금까지 버틴 당신에게 우리 사회가 미안해하고 고마워해야 한다. 이번 일이 알려지면 많은 사람이 당신을 응원할 거다."

"엥? 그건 거짓말이잖아."

"거짓말인데, 잘 먹히더라고."

수한의 말에 소라가 웃었다.

"하긴 민혜 이모도 그러더라. 나쁜 놈들 쥐락펴락하는 게 아빠 주특기라고. 아무리 나쁜 놈이어도 아빠한테 걸리면 살살 녹는대. 그래서 더 아빠가 제멋대로라고, 싸가지가 됐다고 그러던데?"

"싸가지라니. 걘 무슨 말을 애한테 그렇게 했대."

"왜, 난 좋은데. 아빠 레벨이 더 높다는 거잖아."

"그래, 맞아. 아빠가 훨씬 세. 그러니까 소라는 아빠 걱정 안 해도 돼. 위험한 상황을 다루긴 하지만, 아빠가 위험에 놓이는 건 아니니까. 무슨 말인지 알지?"

"응. 난 걱정 없어! 아빠, 화이팅!"

아빠를 믿는다는 예의 그 수신호를 한 소라는 학교로 쫄래쫄래 달려갔다. 기억을 보던 수한은, 그제야 자신이 어떤 사람이었는지 확신할 수 있었다. 범죄자들에게 지지 않는 자랑스러운 아빠. 수한은 그런 사람이었다. 그렇게 정답을 찾기 어려운 육아에서도 나름의 정답을 찾아가는 것 같던 그때,

수한에게 한 통의 전화가 걸려 왔다.

"차수한 경감님, 지금 혹시 운전 중이십니까?"

"아뇨, 무슨 일로 그러시죠?"

"아… 여기 동북고속도로인데, 아내 분께서 음주 역주행
차량과 추돌하셨습니다. 지금 응급실로 가셨는데…."

곧바로 응급실로 달려간 수한을 기다리고 있는 건 흰 천
을 덮고 있는 아내였다. 믿을 수 없는 현실에 눈물조차 흘리
지 못하고 있는데, 수한의 휴대전화가 다시 울렸다. 소라였다.

"아빠, 엄마랑 연락돼? 계속 전화를 안 받네?"

소라의 말을 듣는 순간, 슬픔의 파도 위로 두려움이라는
해일이 들이닥쳤다. 수한과 아내, 그리고 소라는 완벽한 조화
를 이루는 가족이었다. 아내의 죽음은 가족의 균형을 무너뜨
리고 소라의 인생에 평생토록 그림자를 남길 게 분명했다. 수
한의 뇌리에 어릴 적 수없이 했던 다짐이 스쳐 지나갔다. 아이
에게 힘듦이 아닌 행복을, 결핍이 아닌 사랑을 주는 아버지가
되겠다는 다짐이.

"아빠? 듣고 있어?"

수한이 자꾸만 메어 오는 목을 가다듬고 대답하려던 그
때, 수한의 목소리가 점점 뭉개지며, 기억에 검은 반점이 생기
기 시작했다. 이전 망자들의 기억에서 본 미싱 링크의 증상과
똑같았다.

"뭐야?"

"잠깐 있어 봐. 빨리 내려갔다 올게."

원정은 수한이 뭐라 물어볼 틈도 주지 않고 품에서 링을 꺼내 삼도천 안 수한의 기억으로 들어갔다. 대체 뭐가 어떻게 된 거지? 설마 그사이에 악귀가 또 기억을 먹은 건가?, 생각하는데, 삼도천 아래에서 원정이 다시 올라왔다.

"악귀 짓이야."

"악귀가 기억을 먹은 거라고? 언제?"

수한은 긴장을 숨기고 침착하게 물었다.

"기억나? 네가 처음 타고 있던 열차도 이 수동열차였다는 거. 여기 처음 올 때부터 네 기억은 악귀한테 먹힌 상태였어."

"그게 무슨 상관인데. 망자들 기억 찾아 주면 된다며."

"열차 사고로 삼도천에 흩어졌던 기억은 다른 망자들의 기억을 찾아 줌으로써 되찾을 수 있었지만, 악귀에게 먹힌 기억은 돌아오지 않은 거야. 자동열차가 아닌 수동열차가 왔던 이유도 바로 이거였어."

수한은 이해할 수 없다는 얼굴로, 아니 이해하기 싫다는 얼굴로 원정을 보았다.

"미안해. 이럴 수 있다는 걸 생각했어야 했는데, 너도 알다시피,"

"나 같은 경우가 처음 있는 일이라, 몰랐다는 거잖아."

원정은 미안한 얼굴로 고개를 끄덕였다. 잠시 생각에 잠겼던 수한은 한숨을 푹 내쉬며 자리에서 일어났다.

"어쩔 수 없지. 기억을 찾을 수밖에. 대신, 나도 같이 가."

"뭐?"

"나도 같이 데려가라고. 내 기억이잖아. 내가 찾고 싶어."

"그니까, 같이 이승에 가겠다고?"

"어."

수한의 말에 원정은 말도 안 된다는 듯 헛웃음을 내뱉으며 고개를 흔들었다.

"야, 그런 경우는 진짜 정말 더 없었어. 안 돼."

"왜? 나랑 관련 하나도 없는 사람들 기억도 다 찾아 줬는데, 내 기억 찾는 거야 식은 죽 먹기 아니겠어? 그리고…,"

수한은 목이 멘 듯 잠시 말을 멈췄다가 겨우 입을 다시 열었다.

"우리 소라 좀 봐야겠어…. 너도 봤잖아, 소라 혼자인 거. 잘 지내고 있는지 한 번만 보게 해 줘. 부탁할게."

난감한 얼굴로 수한을 보던 원정은, 수한의 기억을 떠올리곤 눈시울을 붉혔다.

"하, 알았어. 대신, 소라한테 네 존재를 드러내거나 해서는 안 돼. 그리고,"

하는데, 까악-! 까마귀 한 마리가 원정의 말을 끊으며 열린 열차 문 안으로 날아들었다.

"강림 차사님의 전령이야."

까마귀는 수한의 발 앞에 무언가 떨어뜨리고 열차 안을 한 바퀴 돌더니 다시 밖으로 날아갔다. 수한은 떨어진 물건을 조심스럽게 들어 보았다. 하얀 얼굴에 입술만 빨갛게 칠해진, 얇고 가벼운 탈이었다. 탈을 본 원정은 반가운 듯 환히 웃었다.

"강림 차사님도 아셨어. 네가 이승에 갈 거라는 걸."

"이게 뭔데?"

"상좌탈이야. 그걸 얼굴에 쓰면, 다른 사람의 얼굴로 변하게 돼. 소라뿐만 아니라 주변 사람들에게도 존재를 들키면 안 된다고 말하려 했는데, 마침 딱, 이걸 보내 주셨네."

상좌탈을 이리저리 살펴보던 수한은 조심스럽게 탈을 써 보았다. 얼음장처럼 차가운 느낌이 들더니 이내 수한의 얼굴에 찰싹, 달라붙었다.

"어때?"

"훨 나은데, 이 얼굴이."

"뭐? 이게."

긴장을 풀기 위한 원정의 장난에 수한은 피식, 웃으며 거울을 보았다. 거울 속에선 낯선 얼굴이 자신을 바라보고 있었다.

"엄청 귀한 건데. 역시 널 신경 쓰고 계셨어."

원정은 안심한 얼굴로 수한을 보더니, 워치로 엘리베이

터를 불렀다. 강림이 관심을 가지고 있다는 건 그만큼 쉽지 않은 일을 해결해 내야 한다는 의미인 것 같아 아주 잠시 불안이 일었지만, 소라의 안녕을 확인할 수 있다는 사실이 주는 안도가 훨씬 컸다.

* * *

무사히 이승에 떨어진 수한과 원정은, 수한의 기억을 찾기 전에 소라부터 만나기로 의견을 모았다. 소라를 만나지 않고 기억부터 찾는다면, 둘 다 기억 찾기에 집중할 수 없을 것 같다는 것이 그 이유였다.

원정은 학교와 집을 차례로 가 보자는 수한을 제지했다. 수한이 고개를 갸웃하며 보자, 원정은 대답 대신 코를 톡톡, 두드린 뒤 워치로 수한의 기억 중 소라가 등장하는 기억 하나를 재생시켰다. 순식간에 주변이 떡볶이집으로 바뀌고 외식 중인 수한 가족의 모습이 보였다. 원정은 소라에게 다가가 킁킁, 냄새를 맡았다.

"…어?"

다시 소라의 냄새를 맡은 원정의 얼굴이 심각해졌다.

"왜 그래?"

기억이 끝나자, 수한이 원정에게 물었다.

"소라, 어디 있는지 알 것 같아."

"뭐? 어딨는데?"

수한의 질문에 원정이 손을 뻗어 어딘가를 가리켰다. 원정의 손끝을 본 수한은 심장이 철렁, 떨어지는 것 같았다. 원정이 가리킨 곳엔, 한독고의 마지막 기억을 찾았던, 대형 종합병원이 있었다.

원정은 자기가 어떻게 소라의 냄새를 알게 됐는지 힘겹게 설명했다. 한독고의 영혼을 데려간 악귀가, 소라의 영혼을 몸에서 빼낸 뒤 소라의 빈 몸에 한독고의 영혼을 억지로 넣으려 했다고. 수한은 원정의 말을 도저히 받아들일 수가 없었다. 악귀의 냄새가 엄청 지독하다면서, 거기서 맡은 게 소라의 냄새라고 어떻게 확신할 수 있는 건지, 이해가 안 됐다. 게다가, 악귀가 소라의 빈 몸에 직접 들어가지 않고, 한독고의 영혼을 넣으려 했다는 건 더더욱 이치에 맞지 않았다. 수한은 원정의 말을 절대 믿을 생각이 없었다. '차소*. 만 14세'라는 중환자실 재원 명단을 보기 전까진.

"차소라 환자, 지금 면회 가능한가요?"

충격에 얼어붙은 수한의 뒤에서, 원정이 호출기에 대고 물었다. 그러자,

"죄송합니다. 차소라 환자는 현재 상주 보호자 외에 면회가 불가합니다."

간호사의 상투적인 말투가 호출기 너머에서 들려왔다.

"누구… 세요?"

익숙한 목소리에 수한은 고개를 돌려 보았다. 따뜻한 물이 담긴 대야와 수건을 든, 수한의 경찰 후배 민혜가 서 있었다.

"선배나 나나 일하다가 누구 하나 다치거나 먼저 떠나게 되면, 남은 가족들은 서로 끝까지 챙겨 주는 겁니다?"

수한의 뇌리에 과거 민혜가 장난스럽게 했던 말이 스쳐 지나갔다.

"민혜야… 우리 소라, 어쩌다가……"

수한이 다가서며 말했지만, 상좌탈을 쓴 수한을 민혜는 전혀 알아보지 못했다.

"…누구, 절 아세요?"

"아, 안녕하세요. 혹시, 소라 상주 보호자님이신가요?"

민혜가 의심 어린 눈으로 수한을 바라보자, 원정이 수한을 막아서며 민혜의 시선을 돌렸다.

"네, 맞는데… 누구시죠?"

"저희가 누구냐면, 그러니까…. 하하, 누구더라….."

원정은 이승 가이드가 든 품 안을 손으로 더듬거리며 말 끝을 흐렸다. 잠시 눈을 지그시 감고 숨을 고른 수한이 민혜를 향해 한 걸음 다가가며 입을 열었다.

"저는 소라의 먼 친척이자, 차수한의 이종사촌입니다. 소라가 여기 입원해 있다는 소식 듣고 왔어요."

"아… 근데, 전 어떻게 아셨어요? 방금 민혜야, 라고 부르셨잖아요."

"민혜 씨가 보호자로 계신 것도, 들어서 알고 있었습니다. 경황이 없다 보니 저도 모르게 이름으로 부른 것 같네요. 불쾌하셨다면 죄송합니다."

"…딱히 불쾌했던 건 아닙니다. 근데, '우리 소라'는 차 선배가 부르던 애칭이었는데…"

민혜의 말에 수한은 멈칫했다. 우리 소라는 수한이 소라를 부르는 애칭이었고, 그건 민혜도 잘 아는 것이었다. 원정은 말 하나하나에 민감하게 반응하는 민혜를 보며 난감한 듯 얼굴을 긁적였다. 차라리 내가 나서는 게 나으려나, 하는데, 수한이 민혜의 말에 대답했다.

"뒤늦게 와서 할 말은 아니지만, 제가, 소라를 많이 아낍니다. 가능하면 제가 대신 저 안에 있고 싶을 정도로요."

눈시울이 붉게 물든 수한을 말없이 바라보던 민혜는 이내 의심의 눈을 거두었다.

"우리 소라, 지금 어떤 상태인 겁니까?"

"외상은 크지 않은데, 의식이 돌아오지 않고 있어요. 어젠 일시적인 심장 마비도 있었고요."

민혜의 말에 수한은 원정을 보았다. 어제 있었다던 심장

마비는, 원정이 말했던 악귀가 소라의 영혼을 몸에서 빼냈을
때 발생한 것이었다.

"의사들은 뭐라고 합니까?"

"몸에는 문제가 없고, 심리적인 문제일 것 같답니다. 그
럴 만도 하죠. 눈앞에서 아빠가 죽는 걸 봤으니."

"그, 그게 무슨, 누, 눈앞에서 아빠가 죽는 걸 봤다구
요?"

생각지 못한 민혜의 말에 당황한 수한은 말을 더듬으며
되물었다. 민혜는 아차, 하는 얼굴로 수한을 보았다. 그때, 정
적 사이로 TV 뉴스가 들려왔다. 복도에 설치된 TV에서 나는
소리였다.

[호정사거리 24시간 식당에서 인질 폭탄 테러극이 벌어
진 지 열흘이 지났습니다. 사건 현장에 마련된 차수한 경감
의 추모 공간에는 오늘도 추모객들이 끊이지 않고 있는데요.
경찰은 사건을 진두지휘하고, 위기의 순간 자신의 목숨을 희
생하여 식당에 있던 백여 명의 인질을 살린 차수한 경감에게
오늘 1계급 특진과, 녹조근정훈장을 수여했습니다. 한편, 사
건을 수사 중인 서울경찰청에서는, 오늘 중간 수사 발표에서
현장에서 즉사한 범인에게 범행을 지시한 주범이 있을 가능
성을 시사하며 조속한 시일 내에 주범의 신원을 파악, 체포하
겠다고 말했습니다.]

원정은 기자의 목소리를 워치에 담았다. 그러자, 수한의 기억 중 15%가 돌아왔다는 메시지가 떠올랐다. 워치의 알림에도 수한의 시선은 TV에 고정되어 있었다. 소라의 눈앞에서 죽은 거면, 테러 현장에 소라도 인질로 잡혀 있었던 건가? 가족이 인질로 잡혀 있는 사건에 어떻게 투입될 수 있었던 거지? 설마, 소라가 인질인 걸 몰랐던 건가?

"소라가 어떻게 거기에 있었던 겁니까? 그리고, 전, 아니, 차수한은 어떻게 그걸 몰랐죠?"

수한은 머릿속에 끊임없이 떠오르는 질문을 터뜨리듯 민혜에게 물었다.

"저희가 사건에 대해서는 자세히 몰라서요. 대략 어떤 일이 벌어졌던 건지, 말씀 부탁드립니다."

원정이 수한의 질문에 덧붙였다. 민혜는 어쩔 수 없다는 듯 작은 한숨을 내뱉었다.

"알았어요. 대신, 소라가 그 현장에 있었다는 건 함구해 주셨으면 합니다. 아직 수사가 진행 중이기도 하고, 차 선배의 딸이 인질로 잡혀 있었다는 게 밝혀지면 괜한 억측이 쏟아질 수 있어서요."

"네, 그건 걱정 마세요."

원정이 대답했다. 잠시 생각을 정리한 민혜가 천천히 입을 열었다.

"차 선배가 사건에 투입된 건, 범인이 협상 대상자로 차 선배를 지목했기 때문이었어요. 차 선배가 도착하고, 사건은 순조롭게 해결될 것 같았어요. 차 선배 스타일대로, 범인의 시야를 돌려놓고 특공대 진입시켜서 인질들을 구출하는 작전으로 진행됐죠. 그런데, 갑자기 수한 선배가 작전 지역에서 이탈하더니 폭탄이 설치된 트럭 앞에 나타났습니다. 어떻게 알게 된 건지 모르지만, 범인이 폭탄을 설치해 둔 트럭에 소라가 묶여 있었던 걸 알아낸 거예요."

당시의 괴로운 기억이 떠오른 듯 민혜는 길고 깊은숨을 내쉬었다.

"다행히 범인을 위협해서 소라를 트럭 밖으로 꺼내는 데엔 성공했어요. 근데, 범인의 실수인지 뭔지, 차 선배가 미처 몸을 피하기 전에 트럭에 있던 폭탄이 터져 버렸죠. 그 때문에 범인도 죽었고 수한 선배도… 목숨을 잃었어요."

"소라는, 왜 거기에 있었던 거죠?"

"TV에 나왔다시피, 아직 정확히 밝혀진 건 없어요. 다만, 현장에서 죽은 범인과 소라 사이엔 어떠한 접점도 없었습니다. 그래서 죽은 범인 뒤에 숨겨진 주범이 있다는 방향으로 수사 중인 거고요. 이건 제 추측인데, 범행 수법과 과정, 결과 모두를 보았을 때, 주범은 꽤 오랜 시간 치밀하게 테러를 준비한 것 같아요."

민혜가 말을 마쳤지만, 수한은 말해 주어서 고맙다는 말도, 어떻게 그런 비극적인 일이 벌어진 거냐는 상투적인 반응도 할 수 없었다. 그 비극적인 일이 자기의 일이었기에, 소라에게 벌어진 일이었기에.

자신이 어떻게 죽은 건지 알게 됐지만, 민혜의 담담한 목소리 덕분인지, 죽음에 대한 좌절이나 분노는 들지 않았다. 대신 소라를 위기에 처하게 하고, 세상에 홀로 남게 한, 그 주범이라는 놈을 당장 잡아 단죄하고 싶은 마음뿐이었다.

핸드폰이 울리자, 민혜는 전화를 받았다.

"아, 네, 앞이에요. 지금 들어갈게요."

전화를 끊은 민혜는 "그럼…" 하며 짧게 고개를 숙이곤 중환자실로 걸음을 내디뎠다.

"저기, 민혜 씨. 죄송한데 하나만 더 여쭤봐도 될까요?"

수한의 말에 민혜가 뭐냐는 얼굴로 돌아보았다.

"폭탄을 실은 트럭에 소라를 묶어 둔 거면, 어떻게든 소라를 해치려고 했던 거 같은데, 주범이 왜 하필 소라를 해치려 했다고 생각하세요?"

"말씀드렸다시피, 그 부분은 아직 밝혀진 게 없어서요."

"밝혀지지 않은 거라도, 아니, 증거 없는 주장이라도 상관없습니다. 민혜 씨의 개인적인 생각이 듣고 싶어요."

민혜는 망설이며 수한을 보았다. 경찰이기에, 쉽게 말을

네
번째
승객

차
수
한

꺼낼 수 없는 것이리라, 수한은 짐작했다. 하지만 수한은 민혜를 몰아세우더라도 꼭 그 답을 듣고 싶었다. 환등열차에서 본 기억들 속에서 민혜는 수한이 가장 신뢰하던 동료였기 때문이었다. 한동안 갈등하던 민혜가 마침내 입을 열었다.

"제 생각엔… 주범이 노린 주 타겟은 소라가 아니었을 것 같아요. 물론, 말씀처럼 소라를 해치려 한 건 맞지만, 그게 목적은 아니었을 겁니다."

"그게 아니면, 주범의 목적이 뭐였다고 생각하시는데요?"

"수한 선배. 수한 선배에게 가장 끔찍한 실패를 겪게 하는 것이요. 처음 수한 선배를 협상 대상자로 지목한 것부터, 소라를 인질로 숨겨 둔 것까지. 주범의 모든 계획이 수한 선배를 타겟으로 한 거라고 생각해요."

민혜의 말에 수한의 미간이 짧게 구겨졌다. 날 타겟으로 한 거라고? 대체 누가 무슨 원한이 있어서? 그때, 중환자실 문이 열리더니 간호사들이 침대를 밀며 나왔다. 침대엔, 소라가 의식 없이 누워 있었다.

"어, 보호자님. 안 들어오시길래 저희가 나왔어요. CT실이 지금 딱 시간 나서요."

"아. 네, 가시죠."

민혜는 수한과 원정을 향해 꾸벅, 인사하고는 간호사들과 함께 침대를 밀었다. 처음 보는 창백한 얼굴로 목석처럼 굳어 있는 소라를 보자 머릿속을 가득 채우던 질문과 복잡한 생각, 거친 호흡과 심지어 빠르게 뛰던 심장까지도 모두 멈춰 버렸다. 그리고 동시에 이런 끔찍한 감정을 느끼느니 차라리 모든 걸 잊고 저승의 판결대에 서고 싶다는 생각이 들었다.

잠시 후. 모두가 떠나고, 복도엔 수한과 원정만 남았다. 원정은 훌쩍훌쩍, 눈물을 훔치며 수한의 등을 토닥여 주었다.

"소라 영혼, 없는 거 확실해?"

수한의 질문에 원정은 입술을 잘근 깨물며 힘겹게 고개를 끄덕였다.

"악귀가 데려간 것 같아. 이대로면 하루만 더 지나도 소라는 영영 자기 몸으로 들어가지 못할 거야."

"우선 돌아온 기억부터 보자. 대체 그날 어떤 일이 있었던 건지 정확히 알아야겠어."

원정은 고개를 끄덕이곤 워치를 눌렀다. 병원 냄새로 가득했던 중환자실 앞 복도의 모습이 연기처럼 흩어지더니, 이내 24시간 국밥집 인근에 주차된 경찰 작전 차량 내부의 모습으로 바뀌었다. 수한이 차량에 오르는 장면으로 시작된 기억은, 민혜의 말처럼 순조롭게 흘러갔다.

수한이 전달받은 대략적인 현장 상황은 이러했다. 범인은 식당 앞문을 트럭으로 막은 뒤, 고속 절단기로 잘라야 할 만큼 두꺼운 자물쇠로 뒷문을 잠그고, 짐칸에 가득 실은 폭발물을 보여 주며 인질극을 벌이고 있었다. 수한은 100억을 요구하는 범인에게 시간을 달라 부탁하는 한편, 식당 내부에 있는 인질들과 소통하며 모든 사람을 뒷문으로 이동시켰다. 범인이 한눈을 파는 사이, 특공대를 투입해 뒷문 자물쇠를 풀고 인질들을 구출해 내는 것이 수한의 작전이었다.

특공대의 진입을 지켜보며, 범인과 대화를 나누는데, 식당 내부와 연결된 영상 전화 화면으로 인질 한 명이 다가왔다. 조심스럽게 말을 하는 인질은, 수한이 환등열차에서 처음으로 맞이한 승객, 미애였다.

"아무래도 트럭 조수석에 누가 있는 거 같아요. 트럭이 식당으로 들어올 때 잠깐 본 것 같거든요."

기억 속 수한은 확인해 보겠다며 트럭을 촬영 중인 화면을 유심히 보았다. 하지만, 트럭이 주차된 각도 때문에 조수석은 제대로 보이지 않았다. 그때, 수한의 핸드폰이 요란하게 울렸다. 발신자는 소라의 담임선생님이었다.

"소라 아버님, 문자를 이제 봤네요. 근데, 소라가 잘 왔냐고 하신 게 무슨 말씀이실까요? 소라는 이번 캠프 안 온다고 했었고, 아버님도 알고 계신 줄 알았는데…."

기억 속 수한은 선생의 말이 이해되지 않는 듯 고개를 갸웃하곤 소라에게 전화를 걸었다. 뚜-뚜- 이어지는 통화 연결음과 함께 범인과 통신 중인 이어폰 너머로 희미한 벨소리가 들려왔다. 소라가 벨소리로 설정해 두었던, 좋아하는 아이돌의 노래였다. 조수석 쪽을 흘깃 쳐다본 범인은 수한이 있는 작전 차량을 보며 씩, 웃었다.

"참 빨리도 알았네. 차수한 당신 딸 여기 있어. 그러게, 왜 그렇게 미움을 샀어, 내 친구한테."

수한은 이어폰을 빼 던지며, 작전 차량 밖으로 달려 나갔다. 그리고, 돌아온 기억은 거기까지였다.

"민혜 씨 생각이 맞았네. 애초에 타겟은 너였어, 차수한."

원정의 말에 수한은 이를 바득, 갈았다. 그건, 주범의 비겁함에 대한 분노가 아닌, 소라가 캠프에 가지 않은 사실조차 모르고 있었던 자신에 대한 분노였다. 대체 어떤 아빠로 살았던 거지? 아내의 빈자리를 느끼지 않게 해 주려 했었잖아! 문득, 악귀가 기억을 가져가기 위해선 기본적으로 기억을 지우고 싶은 마음이 있어야 한다는 사실이 떠올랐다. 설마, 지우고 싶을 정도로 형편없는 아빠였던 거야? 수한은 고개를 가로저었다. 내가 소라를 얼마나 아끼는데. 그럴 리가 없었다.

"근데, 묘하게 지금 상황이랑 비슷하지 않아?"

생각에 잠겼던 원정이 미간을 좁히며 말했다.

"그게 무슨 말이야?"

"왜, 네가 맨날 하는 거 있잖아. 사람 행동에 막 이유 갖다 붙이는 거. 그걸로 보면, 주범이 소라를 납치한 거랑 악귀가 소라를 데려간 거랑 비슷한 거 같은데?"

"그게 어떻게 비슷해. 악귀는 날 노린 게 아니라, 그냥 이유 없이 소라를 끌고 간 거잖아."

"이유가 없다라…. 그렇다기엔 악귀랑 너랑 얽힌 게 너무 많지 않아? 환등열차 사고도 그렇고, 한독고 망자 데리고 달아난 거랑 이제는 소라 영혼까지. 강림 차사님이 회의 때마다 하시는 말씀인데, 이승엔 이유 없이 벌어지는 일들이 존재할지 몰라도 저승은 아니야. 저승에서 벌어지는 모든 일엔 이유가 있다고."

"그래서 네가 하고 싶은 말이 뭔데? 인생 왜 그따위로 살았냐, 이거야?"

"아니, 주범이 악귀가 됐을 수도 있다는 말이야."

"그게 가능해? 내가 죽기 전부터 악귀는 있었다며. 사건이 터지기도 전에 죽은 사람이 어떻게 폭탄 인질극을 하겠어."

"아예 가능성이 없는 건 아니지. 민혜 씨 말대로 주범이 치밀한 놈이면 사흘 뒤의 일을 다 계획한 뒤에 죽었을 수도 있잖아."

수한은 대답 대신 고개를 저었다. 원정이 억지로 모든 일을 엮으려 하는 것처럼 느껴졌기 때문이었다.

"그런 말 같지도 않은 추리는 너 혼자 마음껏 해. 난 그동안 악귀 찾아서 소라 구할 테니까."

"아니, 악귀는 내가 쫓을게. 넌 주범에 관해 찾아봐."

"내가 왜. 그딴 새끼의 범행 동기 따위 궁금하지도 않아."

"그래? 그게 안 궁금해? 무서운 게 아니라?"

"뭐?"

수한은 헛웃음을 터뜨렸다. 대체 원정이 무슨 말을 하는 건지 도무지 알 수 없었다.

"그게 그렇게 중요하면, 알았어. 내가 사건에 대해 알아 볼게. 대신 네 목숨 걸고 우리 소라 찾아. 알겠어?"

원정은 잠시 수한을 보더니 물었다.

"넌 우리가 왜 망자들의 기억을 찾아 주고 삶의 마무리 를 돕는다고 생각해?"

"왜긴 왜야. 판결 내리려고 하겠지. 천계든 하계든 보내 야 하니까."

급한 상황에 원론적인 질문을 하는 원정에 수한이 차갑 게 답했다.

"아니야. 삶을 제대로 마무리해야 악귀처럼 구천을 떠돌 지 않고, 그다음으로 넘어갈 수 있기 때문이야."

"......."

"지금 아무리 말해도 소라를 구하는 게 우선이겠지만, 이거 하나만 더 들어 둬. 악귀라고 해서 아무 영혼이나 육신 에서 빼낼 수 있는 건 아니야. 소라와 악귀 사이에 공유하는

감정이 있어야 가능해. 그리고, 소라의 영혼을 다시 되찾으려
면 그들이 공유하는 감정이 무엇인지 알아내야 하고. 그 단서
는 네 기억 속에 있겠지."

"…그러니까 그 주범이라는 놈이 나한테 무슨 원수를 진
건지 제대로 알아봐라, 이 말이지?"

"어. 기억을 못 찾으면 소멸할 거라는 협박은 더 이상 먹
힐 거 같지 않아서 하는 말이야."

세 번의 기억 찾기를 함께해서인지 원정의 말투는 수한
의 말투와 꽤 비슷해져 있었다. 그래서인지, 원정의 말은 꼭
수한이 자기 자신에게 하는 말처럼 느껴졌다.

* * *

수한이 향한 곳은 집이었다. 한동안 사람이 드나들지 않은 집
에는 냉기만 가득했다. 거실로 들어선 수한은 테이블 위에 올
려진 경찰 로고가 박힌 상자를 발견했다. 뚜껑을 살짝 열어
보니, 개인 노트북과 수첩 등 경찰서에서 쓰던 물품들이 들어
있었다. 민혜가 가져다 둔 것이리라 짐작한 수한은 상자 안에
들어 있는 물건을 하나씩 꺼내 보았다.

대다수는 수한이 개인적으로 정리해 둔 사건 자료들이
었고, 핸드폰은 보이지 않았다. 하긴, 폭발 사고로 죽었으니,

남아 있을 리 없지. 수한은 아쉬운 마음을 뒤로하고, 노트북을 펼쳤다. 평소 핸드폰과 노트북을 동기화해 놓고 사용했었기에, 노트북으로도 많은 기록을 확인할 수 있을 것이다.

수한은 바탕화면에 떠 있는 다양한 아이콘을 보며 잠시 고민했다. 자신에게 한을 가진 주범의 정체부터 조사하는 게 맞을지, 소라가 학교 여행을 간다며 자신을 속인 이유가 무엇인지 알아보는 게 맞을지. 둘 다 알아야 하지만, 둘 다 내키지 않았다. "그게 안 궁금해? 무서운 게 아니라?" 하는 원정의 목소리가 귓가를 스치고 지나갔다.

"무섭긴. 사람 뭘로 보고."

수한은 결심한 듯 인터넷 앱을 클릭했다. 소라가 자신을 속인 건 사춘기 소녀의 사소한 일탈일 거라 생각하며.

폭탄 테러 사건을 검색하자 수많은 기사가 떴다. 기사 대부분은 살신성인의 정신으로 백여 명의 인질을 구하고 순직한 수한을 찬양하는 기사였다. 하지만, 기사를 보는 수한은 전혀 뿌듯하지 않았다. 오히려 화가 났다. 주범의 정체나, 소라가 주범에게 언제 어떻게 왜 납치되었는지에 대해 다룬 기사는 거의 없었을뿐더러, 수한의 공을 키우기 위해 도리어 소라의 부상을 축소시키고 있었기 때문이었다.

사상자의 수가 사건의 크기를 나타낸다는 건 수한도 잘 알고 있었지만, 막상 백여 명의 사람이 살아난 것만 기억하고,

소라 한 명이 다친 일은 마치 그 대가인 것처럼 말하는 기사들을 보자 분노를 참을 수 없었다. 심지어, 일부 기사 중에는 소라가 숨겨진 주범이 아닐까, 하는 뉘앙스를 풍기고 있는 것도 있었다.

수한은 기사가 아닌 게시글 검색 결과를 살펴보기로 했다. 분명 누군가는 주범의 정체를 추측하고 있을 거고, 허무맹랑하고 무분별한 추측들 사이에 알맹이 있는 단서를 발견할 수도 있었다. 게시글은 기사보다 훨씬 많았고, 그만큼 무의미한 글도 많았다. 얼마나 살폈을까. 훌쩍 지난 시간을 보며 초조함의 탄식을 내뱉던 그때, 한 게시글이 수한의 시선을 사로잡았다. 게시글의 제목은, '국밥집 테러 예견 글 발견 ㅎㄷㄷ'이었다.

글 내용은 이러했다. 사건 발생 일주일 전쯤 다크웹에서 조만간 서울 한복판에 있는 대형 식당에서 인질 사건이 일어날 거란 예견 글을 보았다는 것이었다. 작성자는 다크웹 게시글을 다시 찾아보았지만, 현재는 삭제되었는지 찾을 수 없다며, 자신이 기억하는 바론 폭탄 테러란 구체적인 말은 없었지만, 차수한 경감의 첫 사건인 공시생 박민수 사건과 유사한 인질극이 벌어질 거라는 내용이 적혀 있었다고 했다.

박민수 사건? 게시글을 읽던 수한은 고개를 갸웃했다. 수한이 기억에 따르면, 박민수 사건과 국밥집 폭탄 테러 사건

간의 유사점은 하나도 없었다. 수한은 자신이 모르는 부분이 있을까, 하는 생각에 검색창에 박민수 사건을 입력하고 엔터를 눌렀다.

'중부서 차 모 경장, 정부 청사 난입한 인질 협박범 단 30분 만에 제압.'

'위기 협상 교육 수료한 차 모 경장과 인질 협박범의 단판 승부. 차 경장의 완벽한 승리.'

'정부 청사에서 일어난 인질극, 빠른 특공대 투입으로 무사 종결'

기사들의 제목을 훑어 내려가던 수한은 순간 무언가를 깨달았다. 박민수 사건 때 큰 부상자는 없었지만, 분명 경상을 입은 인질이 있었다. 그런데 기사들은 수한의 빠른 사건 진압을 치하하느라, 부상자에 대해선 축소하거나 생략하고 있었다.

설마… 이건가? 수한은 이번 폭탄 테러 사건의 주범이 박민수 사건과 어떤 식으로든 관계가 있을 거란 가능성을 염두에 두고 두 사건을 비교해 보았다.

네 명의 인질, 사각지대에 있던 인질이 입은 부상.

백여 명의 인질, 역시 사각지대에 있던 소라.

"하, 말도 안 돼."

수한은 엄습해 오는 불안을 애써 무시하며 헛웃음을 내

뱉었다. 10년 전에 있었던 사소한 일을 이런 식으로 확대 재생산한다고? 대체 어떤 사람이, 어떤 삶을 살아온 사람이 그런 일을 벌일 수 있단 말인가?

허나, 만에 하나 정말 그런 미친놈이 사건을 벌인 거라면? 그렇게 생각하니 무거웠던 마음이 되려 가벼워졌다. 자신을 타겟으로 한 이유가 비정상적인 사고에 의한 이상 행동이라면 그나마 받아들이기가 수월했다.

문득, 그런 정신 이상자가 자신을 타겟으로 삼은 거면, 자신의 기억 속에도 어떤 식으로든 남아 있을 거란 생각이 들었다. 수한은 박민수 사건 자료를 찾아 하나하나 워치로 찍어 보았다. 하지만, 수한의 예상과는 달리, 떠오르는 기억은 없었다. 수한은 포기하지 않고 메일과 문자, 메신저까지 열어 이름 모를 사람에게 온 협박이나 범죄 예고 같은 것이 있지 않았나 살펴보았다. 그리고 그때, 발신자 불명의 메시지 하나가 수한의 눈에 들어왔다.

'안녕하세요, 차수한 경감님. 오늘 뵙게 돼서 정말 영광이었습니다. 앞으로도 잘 부탁드립니다.'

메시지를 워치에 담자, 30%의 기억이 돌아왔다는 알림이 떠올랐다. 수한은 마른침을 꿀꺽, 삼키며 워치를 눌렀다. 그러자, 온기라곤 하나 없는 거실의 모습이, 사람들로 북적거리는 24시간 국밥집의 모습으로 바뀌었다.

국밥집을 본 수한은 자신이 폭탄 테러가 일어났던 국밥집에 간 적 있다는 사실에 놀랐다. 국밥집은 수한의 집과 멀지 않은 곳에 있었지만, 자신과 아내 모두 국밥을 좋아하지 않았기에 딱히 찾은 적이 없었기 때문이었다.

"여기 자주 온다고 하지 않았어? 경감님께서 국밥을 좋아하시나 봐?"

"아. 그런 건 아닌데. 동네에 엄마랑 간 적 없는 식당이 여기뿐이라. 그래서 요즘엔 맨날 여기만 와."

수한은 뒤에서 들려오는 소라의 목소리에 깜짝 놀라 돌아보았다. 그곳엔 평소 즐겨 입던 후드티를 입은 소라가 처음 보는 남자 한 명과 함께 앉아 있었다.

"소라야…."

수한은 자신도 모르게 소라를 불렀다. 하지만, 이번 폭탄 테러 사건의 기억 속 소라에게 닿지 못했다. 그때, 기억 속 수한이 물과 컵을 들고 소라와 남자 앞에 앉았다.

"우리 소라랑 꽤 친한가 보네. 소라가 저런 말도 편히 하고. 김재우라고 했죠? 어떻게 알게 된 사이라고 했지?"

"아, 그게,"

"SNS로 알게 됐어. 오빠도 엄마가 돌아가셨거든."

소라가 재우 대신 답했다. 수한은 그런 소라의 모습을 보며, 왠지 날이 서 있다는 느낌을 받았다. 그러나, 기억 속 수한의 시선은 소라가 아닌 재우에게 고정되어 있었다. 엄마의 죽음을 공통점으로 SNS에서 만났다는 사실이 꽤 거슬리는 듯했다.

"20대 초반으로 보이는데, 대학생?"

"대학생은 아니지만, 예, 20대 초반 맞습니다."

"아빠, 괜한 걱정 하지 마. 우린 친구니까."

"아무리 그래도 20대 성인이 중학생을 친구로 사귀는 게 좀…. 아빠는 이해가 안 되네."

기억 속 수한은 재우를 하나하나 뜯어보듯 보았다. 그리고 재우는 그런 수한의 시선이 재밌는 듯 씩, 웃었다.

"글쎄요. 소라의 마음에 제가 채워 줄 부분이 있어서 친구가 된 게 아닐까요?"

"하, 뭐라고?"

기억 속 수한이 헛웃음을 내뱉으며 되물었다. 그런데, 주문한 국밥이 나오는 바람에 대화는 잠시 중단됐다.

"아, 맞다. 아빠한테 물어보고 싶은 거 있다며."

"어, 맞아. 차 경감님. 제가 질문 좀 드려도 괜찮으실까요?"

기억 속 수한은 대답 없이 재우를 보았다.

"사실, 저희 어머니가 차 경감님 첫 사건 현장에 계셨었거든요. 왜, 있잖아요. 박민수 사건."

기억 속 수한은 살짝 경계를 누그러뜨리며 재우를 보았다. 반면, 기억을 보고 있던 수한의 얼굴은 차갑게 굳어졌다.

"뭐가 궁금한데?"

"범인이었던 박민수 옷차림, 기억하시나요?"

기억 속 수한은 예상치 못한 듯 살짝 고개를 갸웃하곤 기억을 떠올렸다.

"양복 차림이었어. 청사에 근무하는 공무원인 척하고 진입한 거였거든."

"박민수가 요구한 건 뭐였나요?"

"공무원 시험의 면접 평가 내용을 공개하라는 거였지."

기억 속 수한은 이런 걸 왜 묻는 거지, 하는 얼굴로 재우를 보며 답했다.

"박민수가 잡고 있던 인질은, 몇 명이었죠?"

재우가 쉼 없이 물었다. 마치, 매우 오랜 시간 공들여 질문들을 고른 것처럼.

"범인의 면접관이었던 서기관 한 명과, 팀원들 세 명. 총 네 명이었어."

"처음엔 인질이 세 명인 줄 아셨다던데, 맞아요?"

수한은 잠시 멈칫, 했다가 고개를 끄덕였다.

"아. CCTV 사각지대가 있었거든."

"팀의 직원이 총 네 명이란 사실 정도는 처음 작전에 들어갈 때 확인하실 수 있었던 것 같은데요."

"그랬으면 좋았겠지만, 상황이 급박했어. 위기 협상가로 투입된 첫 사건이었기도 하고, 인질이었던 서기관이 당뇨 환자였거든. 인슐린 투약이 시급한 상황이었거든."

"…역시. 그렇게 대답하실 줄 알았습니다."

재우는 미소를 지으며 수한을 보았다. 만족스러운 것 같기도, 묘하게 씁쓸해 보이는 것 같기도 한 미소였다. 국밥집의 풍경이 연기처럼 사라지고, 수한은 다시 거실로 돌아왔다.

수한은 곧바로 사건 파일을 뒤져 박민수 사건 때 인질로 잡혀 있던 서기관의 인적사항을 찾아냈다. 적혀 있는 전화번호를 워치에 입력하고 전화를 걸자 이내 상대방은 전화를 받았다. 수한은 자신을 차수한 경감의 추모 자료를 만들고 있는 기자로 소개하며 당시 부상을 입었던 직원에 대해 물었다.

"아, 이서영 씨요? 그 사건 있고 얼마 뒤에 죽었어요. 그때 범인 칼에 조금 긁혔던 데가 덧나서 파상풍으로 죽었다고 들은 거 같은데. 안 됐죠, 뭐. 남편도 없이 혼자 아들 키우고 있었는데."

"혹시, 아들 이름까지는 기억 못 하시겠죠?"

"예. 근데, 필요하시면 물어봐 드릴 순 있어요. 우리 막둥이랑 같은 학교 다녔었거든요."

수한은 부탁한다며 전화를 끊었다. 잠시 후, 워치가 울렸다. 서기관의 전화였다.

"김재우라네요. 막둥이 녀석이 그놈 참 똑똑했었다면서 어떻게 지내는지 연락 닿으시면 자기도 꼭 좀 알려 달라네요."

수한은 이제야 퍼즐이 맞춰지는 느낌이 들었다. 왜 주범이 그리 오래전 일을 마음에 품고 있었는지. 왜 그렇게 치밀하게 범행을 계획했는지. 왜 자신의 눈앞에서 소라를 해치려 했는지. 재우의 비뚤어진 심리를 마음으로 이해할 순 없지만, 머리로는 알 수 있었다.

이제 뭘 어떻게 해야 하지? 경찰에게 재우에 대해 말해주면 되나? 아니, 원정에게 먼저 연락해서 재우와 악귀와의 관계를 밝혀야 하나? 거실을 서성이던 그때, 수한의 눈에 닫혀 있는 소라의 방문이 들어왔다.

소라, 소라를 구해야 하는데….

소라를 구하려면, 악귀와 소라가 공유하고 있는 감정이 무엇인지 알아야 한다는 원정의 말이 떠올랐다. 그와 동시에, 소라의 마음에 채워 줄 부분이 있다던 재우의 말도 생각났다. 수한은 어떻게 하면 소라의 마음을 살펴볼 수 있는지, 잘 알았다. 집안의 모습을 워치로 담아 내면, 지워진 기억들이 일부 돌아올 거고, 기억 속 소라의 모습을 통해 재우와 악귀가 소라의 어떤 부분을 어떻게 꼬여 낸 건지 알아낼 수 있을 것이다.

하지만, 수한은 두려웠다. 거기에 아내의 빈자리를 제대로 채우지 못한, 자신의 부족함이 있을까 봐 무서웠다. 수한은 천천히 집안을 살펴보았다. 거실에 걸린 액자엔 수한과 소라가 환히 웃고 있었다. 소라에 대한 수한의 애정이 묻어나는 건 액자뿐만이 아니었다. 집안 곳곳엔 소라가 좋아하는 아기자기한 소품들이 놓여 있었고, 준비물을 적어 두는 작은 화이트보드에는 '소라야, 사랑해!'라는 문구도 적혀 있었다. 그 어디에도 아내의 흔적은 남아 있지 않았고, 누가 봐도 수한이 부족했다는 증거는 없었다.

다만, 소라가 직접 남긴 흔적 또한 남아 있지 않다는 것과, 소라의 닫힌 방문을 보면 마음이 아려 온다는 것. 그 두 가지가 마음에 걸렸다.

잠시 동안 소라의 닫힌 방문을 바라보던 수한은 결국 고개를 돌렸다. 내가 소라와 얼마나 돈독했는데. 내가 얼마나 소라를 생각하고 아꼈는데. 게다가, 부모의 빈자리가 얼마나 아픈지를 알고 있는 난데. 어떤 식으로든 소라를 아프게 할 리가 없었다. 재우와 악귀는 자신이 모르는 소라의 무언가를, 예컨대 사춘기 소녀가 겪는 그런 감정의 소용돌이를 건드렸을 게 분명했다.

기억을 찾는 게 오히려 객관적인 판단을 내리는 데 방해가 될 수 있다며 스스로를 합리화한 수한은 경찰에게 재우의 존재를 알리기 위해 워치 화면을 터치했다. 그런데, 그때, 지잉-. 워치에서 진동이 울렸다. 원정의 전화였다.

* * *

병원에서 나온 원정은 모든 감각을 코에 집중한 채 쉬지 않고 움직였다. 악귀 이 녀석을 빨리 잡아야 수한의 기억도 찾고 소라도 살릴 수 있다는 생각에 원정은 그 어느 때보다 열심이었다. 킁킁, 쉴 틈 없이 코를 찡긋거리던 원정은 바람에 실려 날아온 역한 냄새에 얼굴을 잔뜩 찡그렸다.

"잡았다, 이놈!"

원정은 냄새가 풍겨 오는 곳을 쫓아 골목으로 들어섰다. 굽이진 골목을 얼마나 들어갔을까. 원정은 한 다가구주택 앞에 멈춰 섰다. 냄새가 짙게 풍겨 오는 곳은 주택 아래쪽. 반지하 투룸이 있는 곳이었다. 몰래 대문을 열고 들어서려는데, 안에서 들려오는 중년 여자의 목소리에 원정의 귀가 쫑긋, 움직였다.

"하, 그니까. 재수가 없을래도 정도껏 없어야지. 왜 남의 집에서 죽길 죽냐고. 세상에 죽을 곳이 얼마나 많은데."

중년 여자의 말에 원정은 그녀가 이 집의 주인이고 누군가가 이곳에서 죽었음을 알 수 있었다. 맞게 찾아왔군, 원정

네 번째 승객 ── 차수한

은 여자가 말하는 망자가 악귀일 거라고 생각하며 계속 대화를 엿들었다.

"몰라, 나도 언제 죽었는지. 우엑, 그 생각하니까 토악질 나온다, 야. 그런 구더기는 정말 처음 봤다니까. 가족? 가족은 고사하고 친구도 하나 없는 것 같더라. 시신은 어떻게 무연고로 처리했는데, 안에 있는 것들을 내 돈 들여 치울 생각하니 정말. 한숨만 나온다, 한숨만 나와. 액땜하는 것도 아니고, 이게 뭐니?"

대화를 듣던 원정은 악귀를 잡고, 그에 대한 정보를 얻으려면 지금이 기회라는 생각이 들었다. 버릇처럼 이승 가이드북을 꺼내던 원정은 움직임을 멈추는 대신, 수한이라면 어떻게 했을까, 생각했다. 수한이라면, 가진 정보를 최대한 활용해서 신뢰를 얻은 뒤, 얻어 낼 건 확실히 얻어 냈을 거다. 꿀꺽, 마른침을 삼킨 원정은 용기를 내어 대문 안으로 들어섰다.

"안녕하세요, 사장님. 이번에 무연고 시신 이송한 게 이 집 맞죠?"

"…예, 그런데요? 무슨 일이죠?"

잠시 전화를 귀에서 뗀 중년 여자가 한껏 경계 어린 눈으로 원정을 훑어보았다.

"아, 다름이 아니라, 그 무연고 시신 처리 업체에서 연락을 받고 왔는데, 제가 이런 집들 청소를 기가 막히게 해 드리거든요. 그것도 무료로."

무료라는 말에 중년 여자의 경계심이 사르르 녹아내렸다.

"어머, 무료 업체가 있었구나. 왜 그걸 몰랐지? 호호호."

"하하하. 이게 일종의 시범 사업 같은 거라, 잘 모르세요."

호호, 하하, 하고 원정과 웃음을 나누던 중년 여자는 흔쾌히 반지하 방의 문을 열어 주었다. 원정은 방 안에서 풍기는 시체 썩은 냄새와 악귀의 악취에 숨이 턱, 막혔다.

"얼마가 걸려도 좋으니까 최대한 깨끗하게! 잘 부탁해요 옹!"

중년 여자는 방 안을 보기도 싫은지 원정의 대답을 기다리지 않고 문을 쾅, 닫았다. 지독한 냄새에 갇힌 원정은 악귀의 위치를 파악하기 위해 조심스럽게, 최대한 조금씩 숨을 들이마셨다. 하지만 아주 적은 공기에도 웩, 구역질이 치밀어 올랐다. 원정은 냄새로 찾는 것을 포기하고 거실을 둘러보았다. 구석에 놓인 좌식 식탁 위에는, '차수한, 넌 날 절대 못 잡아.'라는 쪽지가 놓여 있었다.

대체 어떤 원한이길래… 원정은 굳은 얼굴로 걸음을 옮겼다. 미닫이문에는 번호 자물쇠가 열린 채로 걸려 있었다. 뭘 보관해 두던 곳인가, 하며 문을 연 원정은 방 안의 흔적을 보고 그곳에 물건을 보관한 것이 아니라 누군가를 가둬 두었던 것임을 알아차렸다. 불길한 느낌에 원정은 용기를 내어 숨

네 번째 승객 —— 차수한

을 들이마셨다. 짙은 악취 사이로, 소라의 냄새가 느껴졌다. 설마, 하며 방 안의 흔적을 살피던 원정은 벽 한구석에 적힌 무언가를 발견했다. 더 자세히 보려 상체를 숙이는 그때, 벽에서 검은 덩어리가 꿀렁꿀렁 튀어나왔다.

"뭐, 뭐야!"

놀란 원정은 목에 두른 초크를 풀기 위해 손을 움직였지만, 원정보다 악귀가 더 빨랐다.

"으아아아아아아악!"

악귀에게 먹힌 원정은 어디론가 빨려 들어갔다. 마치 삼도천의 기억으로 들어갈 때의 느낌과 유사했는데, 악귀의 기억인지, 악귀가 먹은 다른 이들의 기억인지, 빠르게 스쳐 지나가는 기억들에 멀미가 날 지경이었다. 툭, 어딘가에 발이 닿는 느낌과 함께 마침내 움직임이 멈추었다. 하지만 이내 원정은 차라리 멀미 나는 게 더 나았을 거라고 생각하게 됐다. 도착한 곳은 한 주택으로, 원정은 곧바로 옴짝달싹할 수 없는 상태로 폭력을 당하기 시작했다.

"이게 지 애미 죽게 만들더니 이제 누구 명도 끊으려고. 말해 봐, 새끼야. 니가 니 애미 죽였다고. 미친놈한테 인질로 잡혀서 다치고, 그 와중에 너랑 여행 갔다가 감염돼 뒈진 거 아니야!"

남자는 원정의 머리채를, 아니, 원정이 들어 있는 누군가의 머리채를 잡고 뺨을 때리며 말했다. 원정은 몸부림을 쳤지만, 꼼짝도 하지 않았다. 기억 속에 갇힌 것이었다. 원정은 유리창에 반사된 모습을 통해, 자신이 갇혀 있는 사람의 정체가 어린 소년이라는 걸 알아냈다. 원정을 가둘 정도의 집념이라면, 저 소년의 정체가 악귀일 가능성이 컸다.

남자의 폭력을 견디지 못한 소년은 깨진 유리 조각을 집어 남자에게 휘둘렀다. 그러자, 기억은 다음으로 넘어갔다. 다음 기억도 폭력의 기억이었다. 소년원에 간 소년은 책을 본다는 이유로, 소리를 낸다는 이유로, 엄마와 먼 친척의 목숨을 앗아간 불길한 놈이란 이유로, 혹은 눈이 마음에 안 든다는 이유로 폭력에 놓였다. 그리고 폭력은 군대로 넘어갔다.

"폐급 새끼야. 넌 네 힘으로 일어서지도 못하냐?"

소년에게 다가온 군인은 겨우 일어선 소년의 뺨을 세게 때렸다. 소년은 무기력하게 바닥에 넘어지더니 다시 일어나지 않았다. 일어나도 또다시 넘어질 거라는 생각인 것 같았다.

"이게 이제 안 일어나네?"

소년에게 다가온 군인은 다른 군인들에게 눈짓을 보냈다. 그러자, 다른 군인들은 소년의 팔을 잡고 고정시켰다. 그리고 그 위로, 무차별한 폭행이 이어졌다. 원정은 끊임없이 이어지는 폭력에 속이 울렁거리고 숨이 턱턱 막혀 왔다. 다만, 소년의 원한이 왜 수한에게 향하게 된 건지 알고 싶다는 생각에 견딜 뿐이었다. 이제 소년은 벽을 보고 서 있는지 눈앞엔 회색 벽밖에 보이지 않았다. 대신, TV 소리는 선명히 들려왔다.

"협상가로서 수많은 사건에 투입되셨는데요, 차수한 협상가님께 가장 의미 있는 사건은 어떤 사건인가요?"

차수한? 원정은 긴장하며 소년의 반응을 살폈다. 아직 소년은 별다른 반응 없이 벽을 보고 똑같이 서 있었다.

"아무래도, 협상가로 처음 투입됐던 공시생 사건이 저한텐 가장 의미가 있어요. 사실 협상이라고 하면 시간과의 싸움인 걸로 배웠고, 지금 저도 후배들한테 기본적으론 시간 싸움이라고 말하고 있긴 한데, 공시생 사건은 시간을 오래 끌면 더 위험해질 수 있었던 사건이었습니다. 배운 건 시간을 오래 끌어야 한다는 건데, 처음 투입된 사건이 그렇지 않았던 거죠. 모두가 저한테 기본적인 것만 해 주기를 바라는 상황에서 빠른 진압을 결정하는 일은 쉽지 않았습니다. 저 스스로를 믿지 못했다면, 아마 그런 결정을 내리지 못했을 거고, 그랬으면 그렇게 완벽한 결과를 만들지도 못 했겠죠."

TV 속 수한의 목소리를 듣던 소년은 쿵. 쿵. 쿵쿵. 쿵쿵쿵! 벽에 머리를 마구 박기 시작했다.

"씨발, 씨발, 씨발!! 완벽? 완벽?! 우리 엄마가 죽은 게 완벽이라고? 다 너 때문이야! 내가 재수 없어서 그런 게 아니라, 너 때문에 엄마가 죽은 거라고!"

이거구나. 원정은 괴성을 지르며 발버둥 치는 소년을 쓰린 마음으로 보았다. 소년은 자신의 잘못이 아니었음에도 평생 마음의 짐으로 지고 살았던 어머니의 죽음을 수한에게 전가하기로 한 것이었다. 할 수만 있다면 지금이라도 소년의 마음을 달래고 싶었지만, 기억에 갇힌 상태로는 아무것도 할 수 있는 게 없었다.

답답함에 점점 가빠 오는 숨을 고르며 원정은 마음을 가다듬었다. 움직일 수 없는 이상 무기나 아이템을 쓸 수도 없었다. 가능한 거라곤 그저 생각하는 것뿐. 그때, 원정의 머릿속에 한 가지 주문이 떠올랐다. 오래전, 차사 교육 때 배웠던, 악귀의 죄를 정화시키는 밝은 빛을 비춰 준다는 광명진언이었다. 원정은 부디 주문이 통하기를 바라며 온 마음으로 광명진언을 외웠다.

* * *

"차수한! 나 좀 구해 줘! 악귀한테 잡혔어!"

워치 너머로 원정의 다급한 목소리가 들려왔다.

"뭐? 어딘데?"

"워치로 확인해 봐! 파트너 위치 버튼 누르면 돼!"

수한은 워치 화면을 이리저리 살펴보다가 '파트너 위치'

라고 적힌 아이콘을 발견하고 눌렀다. 워치가 보여 주는 방향을 따라 집을 나온 수한은 이내 원정이 잡혀 있는 반지하 집에 들어섰다. 악귀를 만나면 가만두지 않을 생각이었는데, 막상 슬라임처럼 원정의 몸에 찰싹 붙어 있는 검은 악귀 덩어리를 보자, 어떻게 처리해야 할지 난감했다. 되는 대로 손으로 잡고 뜯어내야 하나, 하던 그때, 수한의 눈앞에 단검이 떠올랐다.

아, 맞다. 이게 있었지…. 수한은 단검을 보았다. 처음 봤을 때처럼, 아니 어쩌면 그때보다 더 낡아 보였다. 녹슨 단검보다 손이 낫지 않을까, 고민하는 수한을 재촉하듯, 단검은 위아래로 움직였다. 그래, 뭐라도 보여 줘라, 하는 생각으로 단검을 쥐는 순간, 단검의 녹이 사르르, 벗겨지며 빛이 뿜어져 나왔다.

악귀도 단검의 기운을 느낀 듯 원정을 놓아 주고 수한에게 다가왔다. 수한 역시 악귀를 처치해 버릴 생각으로 단검을 꽈악, 세게 쥐었다. 그리고 마침내 악귀에게 단검을 내리찍으려는데, "아빠!" 하는 소라의 목소리가 들려왔다. 수한이 반사적으로 손을 물리자, 단검은 악귀를 정통으로 찌르지 못하고 빗나갔다. 귀가 찢어질 듯한 비명과 함께 악귀에게서 떨어져 나온 손가락 크기의 검은 덩어리 하나가 수한의 팔에 떨어졌다. 수한의 몸 위를 미끄러지듯 움직이던 덩어리는 눈 깜짝 할 사이 수한의 몸에 흡수됐다. 그리고 그 순간, 수한의 머릿속에 기억 하나가 들어왔다.

'미역국 테스트 어떻게 됐어?'

모니터 속 대화창에 문장 하나가 덩그러니 떠올랐다.

'오빠 예상이 맞았어. 그냥 다 버려 버리더라고. 우리 아빠, 오빠가 말한 그런 사람 맞나 봐. 아프고 싫은 건 피하고 지워 버리는 그런 사람. 자신의 판단을 과신해서 남을 다치게 하는 그런 사람.'

'맞아. 이번에 제대로 보여 주지 않으면 너희 아빠 평생 그걸 모르면서 살 거야. 학교에는 말해 놨지? 캠프 안 간다고?'

'응. 새벽 두 시쯤이면 아빠 모르게 나갈 수 있을 거야.'

'그래. 아파트 앞에서 기다리고 있을게. 디데이는 사흘 뒤. 사흘 동안 우리 집에 있다가 제대로 복수하는 거야.'

'알았어. 진짜 너무했어. 나한테도, 엄마한테도…'

재우의 얼굴은 보이지 않았지만, 수한은 알 수 있었다. 이건 재우의 기억이고, 재우의 채팅 상대는 소라였다. 기억이 끝난 뒤에도 수한은 숨을 내뱉을 수도, 들이마실 수도 없었다. 누군가 심장을 세게 잡아 쥐는 것 같은 느낌이었다.

아프고 싫은 건 피하고 지워 버리는 사람. 자신의 판단을 과신해서 남을 다치게 하는 사람. 그 말을 보는 순간, 수한은 자신이 절대 마주하고 싶지 않던 진실을 마주한 느낌이었다.

그럼에도 수한은 자신이 소라에게 그런 모습을 보여 줬다는 사실을 인정할 수 없었다.

그 사이, 악귀가 사라진 걸 확인한 원정은 식은땀을 닦아 냈다.

"폭탄 테러를 일으킨 주범도, 악귀의 정체도, 모두 김재우였어. 네 첫 사건에서 부상을 입었던 직원의 아들인데, 네가 자기에게서 어머니를 뺏어 간 거라고 생각하고, 자기도 똑같이 너에게서 소라를 뺏어 가려 한 거야. 테러 사건에서 소라의 목숨을 빼앗는 걸 실패하자, 악귀가 되어서까지 소라를 해치려 하는 거고.

문제는, 소라랑 김재우가 어떻게 알게 됐는지, 김재우가 소라의 어떤 마음을 파고든 건지, 그걸 알아야 악귀와 소라의 결착을 풀 수 있을 거 같은데."

수한은 대답 없이 눈을 지그시 감았다. 김재우가 소라를 타겟으로 삼은 것도, 소라가 김재우에게 동조한 것도, 악귀와 소라의 영혼이 결착된 것도, 모두 자신의 탓일 수도 있다는 말을 차마 할 수 없었다. 그 말을 뱉는 순간, 불안은 사실이 될 것 같았다.

"그냥 단검으로 찌르면 되잖아."

"지금 상태에서 단검으로 찌르면 악귀뿐만 아니라 소라의 영혼도 정화될 거야. 그럼 영영 소라는 자기의 몸으로 돌아갈 수 없게 되고."

수한의 얼굴을 본 원정은 그의 표정에서 불안함을 읽어 냈다. 수한의 얼굴에 어린 불안은 환등열차에서 미싱 링크가 발생한 걸 알았을 때와 병원에서 다친 소라를 보았을 때 보였던 것보다 훨씬 짙어져 있었다.

"네가 틀렸을까 봐 그러는 거지?"

"틀려? 내가?"

"네가 좋은 아빠가 되고자 했던 행동이 틀렸을까 봐 무서운 거잖아. 그래서 기억도 찾지 않은 거고. 아니야?"

"……."

수한은 괴로웠다. 원정의 말이 너무 맞아서 더 그랬다.

"…너도 알지. 내가 얼마나 좋은 아빠가 되고 싶었는지. 백 명의 인질 대신 자기의 목숨을 희생한 위기 협상가? 그런 거 따위가 되고 싶었던 게 아니라고. 난 그냥, 그저 소라한테 좋은 아빠가 되고 싶었어. 근데, 어떻게 내가 내 손으로 소라를 이런 곳에 있게 한 기억을 찾을 수가 있겠어…. 우리 그냥 여기서 끝내고, 소라는 강림 차사한테 부탁하자. 응? 소라를 위험하게 한 장본인이 난데, 어떻게 내가 소라를 구해."

원정은 울음 섞인 수한의 말을 잠자코 들었다. 그리곤 수한의 팔을 잡더니 천천히 어디론가 이끌었다.

"여기 봐 봐."

원정이 벽 한구석을 가리키며 말했다. 그곳엔, 손톱으로 수없이 긁어 새긴 문장 하나가 있었다.

'아빠 보고 싶어'

소라의 글씨였다.

"우리가 지금까지 함께 만났던 망자들을 생각해 봐. 미애 씨도, 수혜 씨도, 독고 씨도 기억을 모두 찾은 뒤에야 그들이 어떤 사람이었는지 제대로 알 수 있었잖아. 너도 마찬가지야. 아무리 너 자신이라도 네 기억을 모두 찾아야 네가 어떤 사람이었는지 제대로 알 수 있어. 그러니까 기억을 모두 찾기도 전에 스스로를 섣불리 판단하고 포기하지 마."

수한은 소라가 적어 놓은 문구 위에 손을 가져다 댔다. 그러자, 두려움에 도망치고만 싶었던 수한의 마음에 작은 용기가 피어올랐다.

원정과 함께 다시 한 번 집을 찾은 수한은 거실에 걸린 액자부터 화이트보드에 적힌 글씨들까지 모두 워치에 담았다. 잠시 후 지잉- 진동과 함께 워치에 연꽃이 밝게 폈다.

차수한 망자의 주마등 데이터가 90% 복구되었습니다.

* * *

아내의 장례식이 끝난 다음 날. 소라가 학교에 가고 집이 비자 수한은 아내의 흔적이 남아 있는 물건을 모두 버렸다. 눈물이 나고 마음이 아팠지만, 소라를 위해선 그게 맞다고 생각했다. 이후 한 달의 휴가를 내고 요리 학원을 등록했다. 질 낮은 식사로 소라가 아내를 떠올리게 하기 싫었다. 외식할 일이 있으면 아내랑은 간 적 없는 24시간 국밥집을 찾았다. 수한은 소라가 학교와 학원에 있을 때를 제외하면 거의 모든 시간을 소라와 함께하며 소라에게서 아내의 그림자를 지우기 위해 최선을 다했다.

처음 한, 두 달은 소라도 잘 따라 주었다. 대화 중에 문득 엄마 얘기를 했다가도 웃으며 화제를 돌렸고, 수한과 보내는 시간에 집중하려 노력하는 것 같았다. 그런데, 어느 순간부터인지 소라가 방에서 보내는 시간이 많아졌고, 수한과 함께 있을 때도 핸드폰만 보았다. 수한은 그게 사춘기 때문이며, 시간이 지나면 다시 자연스럽게 가까워질 거라 생각했다. 소라가 사춘기 감정에 엄마의 빈자리가 파고들게 하지 않는 것이 수한이 할 수 있는 최선이었다.

가족사진을 떼어 낸 빈자리가 거슬렸던 수한은 경찰서 인근 스튜디오에 들러 소라와 단둘이 찍은 사진을 크게 인화했다.

"그냥 다시 가족사진 걸지. 언니 자리를 너무 억지로 지우는 거 아니야?"

수한의 행보가 걱정스러웠는지 굳이 스튜디오까지 따라온 민혜가 말했다.

"내가 직접 경험해 본 거잖아. 이게 맞아. 지울 수 있을 때 확실히 지워야 돼."

"지우는 게 아니라 피하는 거 같은데…. 선배도 잘 알잖아, 애도의 5단계. 부정, 분노, 타협, 우울, 수용. 끝은 수용이어야지."

"이론은 이론일 뿐이야. 인질 협상만 해도, 책이나 이론에선 시간 끄는 게 제일이라고 하는데, 나 봐 봐. 괜히 시간만 끄는 것보다 적절한 타이밍을 노리는 게 더 중요하다는 걸 증명해 냈잖아."

"그놈의 잘난 척은. 됐고, 언제 한번 소라 우리 집에 보내. 내가 대화 좀 해 보게."

"네가 무슨 말을 할 줄 알고. 절대 안 돼."

수한의 단호한 말에 민혜는 고개를 절레절레 저었다.

액자를 들고 집으로 향한 수한은 현관문을 열자마자 풍겨 오는 미역국 냄새에 고개를 갸웃했다. 설마, 문득 든 생각에 핸드폰으로 날짜를 확인해 본 수한은 오늘이 아내의 생일이라는 걸 깨달았다.

"아빠 왔어?"

화장실에서 샤워기 소리가 끊기더니, 소라의 목소리가 들렸다.

"밥 안 먹었지? 샤워하고 나갈 테니까 같이 먹자!"

"어, 알았어!"

수한은 화장실을 향해 대답하곤 빠르게 부엌으로 걸어갔다. 이곳저곳 서툴게 요리한 흔적과 함께 김이 모락모락 나는 미역국이 보였다. …아직 완전히 지우지 못했구나. 수한은 우려했던 상황이 벌어진 듯 미간을 구기며 미역국을 바라보았다. 그리고 이내, 미역국이 든 냄비를 들고 싱크대에 쏟아버렸다.

"아빠… 지금 뭐 한 거야?"

화장실에서 나온 소라가 충격을 받은 얼굴로 수한을 보았다.

"어… 그게, 냄비를 옮긴다는 게 그만, 미안해, 소라야. 아빠가 다른 거 만들어 줄게."

"다른 거? 왜? 미역국은 싫어?"

"아니 그런 건 아닌데, 미역국 말고 맛있는 거 많으니까."

"하."

차가운 탄식을 내뱉은 소라는 고개를 돌려 수한이 내려

놓은 액자를 보았다.

"정말 아니길 바랐는데."

"응? 뭐라고?"

"그렇게 지운다고, 엄마가 없어져? 어떻게 엄마한테 그럴 수가 있어? 어떻게 나한테… 그런 걸 시킬 수가 있어? 날 아빠랑 똑같은 사람을 만들려는 거야?"

"소라야, 그게 아니라, 아빠는,"

"됐어. 아빠랑 더 이상 할 말 없어. 캠프 다녀올 때까지 나한테 말 걸지 마."

"소라야, 소라야!"

소라는 수한의 부름에 답하지 않고 방으로 들어가 버렸다. 그리고 다음 날 아침. 소라는 일찍 집을 나선 듯 보이지 않았다.

[소라야, 캠프 잘 하고 있는 거지?]

[아빠한테 사진 하나만 보내 주면 안 될까?]

[우리 소라 너무 보고 싶다, 아빠가.]

소라는 여행 간 사흘 동안 수한의 전화도, 문자도 받지 않았다. 깊은 한숨을 내쉰 수한은 담임선생님에게 소라가 잘 있는지, 오늘 여행에서 돌아오는 게 맞는지 확인 문자를 보냈다. 문자 전송 버튼을 누르는 순간, 수한의 핸드폰이 요란하게 울렸다. 호정사거리 24시간 식당에서 폭탄 인질극이 벌어졌다는 코드 제로 출동 명령이었다.

기억에서 빠져나온 수한은 눈물을 닦으며 말했다. 이제 소라를 구하러 가자고.

* * *

"여기 또 있다."

악귀가 흘린 기억 덩어리를 발견한 원정이 말했다. 악귀가 힘을 유지하기 위해 먹은 다른 이의 기억이었다. 기억 덩어리를 흘린다는 건 악귀의 힘이 많이 약해졌다는 뜻이었다. 기화되어 사라지는 기억 덩어리를 보며 수한과 원정은 악귀의 흔적을 쫓아 걸음을 옮겼다.

악귀가 숨어 들어간 곳은 폭탄 테러극이 벌어졌던 24시간 국밥집이었다. 폭발의 여파는 식당뿐만 아니라 주변 건물에까지 남아 있었다. 그리고 그중엔 수한이 기억을 찾아 주었던 두 번째 망자, 수혜의 사무실이 있던 건물도 있었다. 앞면이 완전히 허물어진 식당 안으로 들어서자, 구석에 웅크리고 있는 악귀와 그 곁에 있는 소라의 영혼이 보였다. 소라의 영혼에도 악귀의 검은 물이 스며들어 있었다.

"소라야…"

수한이 눈물을 흘리며 소라의 영혼을 향해 한 걸음 내디졌다. 수한을 본 소라의 영혼은 천천히 몸을 일으켰다. 소라의 영혼에서 느껴지는 기운은, 반가움보단 분노에 가까웠다. 수한이 한 걸음 더 다가가자 악귀가 소라 앞을 가로막고 섰다.

"소라 놓아 줘. 부탁할게."

"이제 와서? 이건 다 네가 자초한 거야. 너도 가족을 잃는 아픔이 뭔지 알아야지."

"너희 어머니 일을 안타깝게 생각해. 그런데, 그건 예기치 못한 사고였어. 너도 알잖아."

"아니. 네가 조금만 더 신중했다면, 네 자신을 과신하지 않았다면 벌어지지 않을 일이었어. 그 쉬운 사실을 인정하지 않고 오히려 네 성과인 양 떠들어 대는 꼴이라니."

"……."

"소라 생각도 나랑 같아. 오만함과 편협함으로 똘똘 뭉친 널 몹시 꼴 보기 싫어하지."

"나도 알아. 근데, 난 소라와 내 관계가 그렇게 끝나게 두지 않을 거야."

"차수한, 지금이야!"

반대쪽에서 나타난 원정이 악귀를 향해 채찍을 휘두르며 외쳤다. 원정은 위태롭게 흔들리는 채찍을 애써 부여잡으며 광명진언을 외웠다. 그러자, 채찍에 밝은 빛의 보호막이 생기며 악귀를 옥죄었다. 수한이 단검을 악귀에게 휘두르려던 그때, 악귀가 소라의 영혼을 잡아당겼고, 힘이 쇠한 소라의 영혼은 순식간에 악귀에 엉켜 들어갔다.

"이런, 씨!"

수한은 망설이지 않고 악귀를 향해 몸을 날렸다. "차수한!" 원정의 외침이 점점 멀어지며, 수한은 둘의 뒤섞인 기억 속으로 풍덩, 들어갔다.

원정이 악귀에게 갇혔을 때 그랬던 것처럼, 재우의 기억이 펼쳐졌다. 어두운 밤. 재우가 서 있는 곳은, 수한과 소라가 사는 아파트 단지 입구였다. 시간을 확인해 보니, 새벽 1시가 넘어가고 있었다.

"오빠."

고개를 들어 보자, 총총거리며 달려오는 소라가 보였다. 소라야…. 수한은 눈물이 차오르는 눈을 애써 부릅뜨며 소라를 보았다. 소라를 구하려면, 재우와 소라의 접점을 끊어내야 했다.

"결심한 거지? 아빠한테 똑같이 되갚아 주기로."

"응. 내가 뭘 어떻게 하면 될까?"

"일단 우리 집으로 가자."

재우는 소라를 데리고 반지하 집으로 향했다.

"여기서 며칠 있으면, 어떤 애가 올 거야. 그럼 걜 따라가면 돼."

"어떤 애? 그게 누군데? 뭘 어떻게 하려는 건지 나한테도 말해 줘야지."

"…그때 가면 다 알게 될 거야."

재우는 귀찮은 듯 소라가 있는 방문을 닫았다. 그리곤, 번호 자물쇠를 가져와 소라가 있는 문고리에 걸었다. 옆방으로 들어가자, 재우가 작업하는 컴퓨터 장비들로 가득한 방 안이 보였다. 켜져 있는 컴퓨터 앞에 앉은 재우는 소년원에서 자신을 괴롭히던 친구에게 메시지를 보냈다.

'준비 다 끝났어. 3일 뒤에 공용주차장에 주차해 놓은 트럭 갖고 와서 우리 집에 있는 여자애 데리고 호정사거리 국밥집으로 가면 돼. 다른 지시 사항도 트럭에 넣어 놨으니까 그대로만 하면 100억은 거뜬히 뜯어낼 수 있을 거야. 경찰이 협상하자고 하면 꼭 차수한 협상가를 찾아. 만약에 여자애가 반항하면, 기절을 시키든, 끈으로 묶든, 어떻게 해서든 데려가 줘. 내가 바라는 건 그거 하나야.'

메시지를 보낸 재우는 서랍에서 굵은 밧줄과 포스트잇 한 장을 꺼냈다. 재우는 차수한, 넌 날 절대 못 잡아, 라는 메모를 적은 뒤, 밧줄을 천장에 매달았다. 의자를 놓고, 줄에 목을 건 재우의 얼굴에 차가운 미소가 번졌다. 그리곤, 아무런 미련 없이 발로 의자를 걷어찼다.

재우의 의식이 완전히 끊어지자, 수한은 암흑 속에 갇혔다. 그래, 이렇게 날 가두는 게 네가 할 수 있는 최선이겠지. 수한은 어둠 속에서 일어났다. 소라의 영혼이 악귀에게 잠식되어 있다면, 악귀를 통해서도 소라에게 다가갈 수 있을 거다. 어둠 속을 돌아보니, 멀리 작은 빛 하나가 보였다. 허공에 떠 있는 작은 등 아래엔, 굳게 닫힌 소라의 방문이 보였다.

"소라야."

허공에 수한의 목소리가 울렸다. 문 건너편에선 아무런 인기척도 느껴지지 않았다. 하지만, 수한은 이유 모를 확신이 들었다. 건너편에서 소라가 듣고 있을 거라는.

"아빠가 너무 아빠 생각만 했지. 미안해. 아빠가 아는 아픔을 이겨 내는 방법이 그것밖에 없었어. 아니, 사실 다른 방법도 있다는 걸 알았는데, 아빠가 아는 게 정답이라고 생각했어. 아니, 그것도 아니다. 그냥 엄마의 죽음을 소라와 나눌 만큼, 아빠가 성숙하지 못했던 거야. 김재우 말이 맞아. 아빠의 오만함과 편협함이 소라를 아프게 했어."

수한은 목이 메어 오자 잠시 말을 멈추었다. 여전히 문 건너편에선 아무것도 들리지 않았다.

"아빠가 아빠 자신을 믿는 만큼 소라를 믿었으면 어땠을까? 그랬으면 우리 소라가 그렇게 아플 일도 없었을 텐데…. 아빠가 미안해. 그걸 이제야 알아서…."

수한은 울먹이며 말끝을 흐렸다. 그때였다. 끼익, 수한은 눈앞에 쏟아진 빛에 고개를 들어 보았다. 굳게 닫혀 있던 문이 열려 있었다. 조심스럽게 몸을 일으킨 수한은 한 걸음, 발을 내디뎠다. 방 안은 기다란 터널처럼 끝없이 이어져 있었다. 터널 옆면을 보자, 비눗방울을 불며 놀고 있는 수한과 아내, 그리고 소라의 모습이 보였다. 아. 이건 소라의 기억을 담은 방이구나. 수한은 걸음을 옮겨 가며 커 가는 소라의 모습을 눈에 담았다. 이게 소라의 모습을 보는 마지막이라고 생각하자, 한 장면도 허투루 볼 수가 없었다. 웃고 있는 기억이 훨씬 많았지만, 울고 아파하는 기억에 수한은 더 자주 멈춰 섰다. 이젠 소라가 아프고 힘들 때 그 곁에 있어 줄 수 없다는 잔인한 사실을 아주 천천히 받아들이는 것이리라.

터널의 끝에는 인간이었을 때의 모습은 하나도 찾을 수 없는, 덩어리 그 자체인 악귀가 서 있었다. 수한은 떠오른 단검을 쥔 손을 재우를 향해, 아니 악귀를 향해 뻗었다. 증오와 원망도 있었지만, 그사이 원정에게 물이 들었는지 연민도 조금 일었다. 부디 다음 생엔 이보다 덜 아프길 바라며, 수한은 악귀를 찔렀다. 단검이 악귀의 몸 깊숙이 들어가자, 어디선가 날아온 하얀 나비들이 악귀를 감쌌다. 그리고 이내 다시 사라졌을 땐, 그 자리엔 새로운 문 하나가 놓여 있었다. 이 너머엔 무엇이 기다리고 있을까? 두려움도 잠시, 수한은 용기를 내어 문을 열었다. 문 너머에는 권총 한 자루가 놓여 있었다. 마지막 기억의 단초였다.

* * *

내가 도착한 건, 폭탄 인질극이 벌어지고 있는 호정사거리 국밥집 앞이었다. 식당 앞 문을 가로막고 서 있는 트럭은 폭탄이 든 짐칸을 활짝 열어 놓고 있었다. 그리고 그 옆엔, 복면으로도 문신을 다 숨기지 못한 범인이 트럭에 기대 핸드폰 게임을 하고 있었다. 난 조수석을 스쳐보았다. 의식 없이 쓰러져 있는 소라의 모습에, 마음속에서 참을 수 없는 분노, 그리고 자책감이 치밀어 올랐다.

"손 들어, 새끼야."

게임에 매진하던 범인은 나를 보고 깜짝 놀라 핸드폰을 떨어뜨렸다. 난 조수석을 의식하지 않는 척하며 범인에게 다가갔다. 소라의 존재를 내가 안다는 걸 범인에게 들키는 것이 득이 될지, 아니면 실이 될지 판단이 필요했다.

"발화 버튼 어딨어?"

"에? 발, 뭐요?"

"폭탄 터트리는 버튼 어딨냐고, 새끼야."

"…그걸 말하면 내가 바보게? 더 다가오지 마. 그럼 확

폭발시킬 거니까."

나도 모르게 입에서 헛웃음이 터져 나왔다. 트럭에 폭발물을 한가득 싣고 식당 문을 막고, 절단기로 잘라야 할 정도의 자물쇠로 뒷문까지 막아 도주로를 막은 뒤, 100억을 가지고 오라는 범인치고는 말투와 태도가 허술해 보였다.

"너도 그게 어딨는지 모르는 거 아니고?"

내 말에 범인은 무슨 헛소리냐며 욕설을 내뱉었다. 난 오히려 그런 범인의 태도에 확신할 수 있었다. 저놈은 꼭두각시일 뿐 아무것도 모른다는 걸.

"이거 누가 시켰어? 지금 말하는 게 좋을 거야. 그래야 넌 단순 실행범으로 갈 수 있으니까. 잘하면 너도 주범한테 협박받았다고 하면서 빠져나갈 수도 있고."

잠시 고민하던 놈은 에이씨, 하며 침을 뱉었다.

"진짜 빠져나갈 수 있는 거 맞죠? 그 새끼가 먼저 꼬드겼어요. 큰돈 벌 수 있다고."

"그니까, 그 새끼가 누군데."

"김재우라고, 소년원 동기에요. 지 애미랑 삼촌 죽게 한 놈."

"…친족 살인범이라고?"

"진짜로 죽인 건 지 삼촌만이긴 한데, 맨날 잠꼬대로 엄마 내가 죽인 거라고 해서 그렇게 불렀어요. 뭐, 알아보니까 무슨 공시생한테 잡혀서 살짝 다쳤는데, 걔랑 여행 갔다가 파상풍으로 죽었다나, 뭐라나."

"공시생?"

설마. 불길한 기분에 권총을 쥔 손에서 땀이 배어 나왔다.

"걔가 왜 이런 짓을 벌인 건데?"

"나도 몰라요. 엄마를 잊혀지게 한 놈한테 복수해야 한다고 그랬던 거 같은데. 그게 무슨 개소린지."

"조수석에 있는 애는 어떻게 데려온 거야?"

"그것도 김재우 그 자식이 시킨 거예요. 무슨 일이 있어도 데려가 달라고 해서 데리고 오는데, 어찌나 반항을 하던지. 겨우 기절시켜서 데리고 왔다니까요."

조수석을 가리키며 말하는 범인을 당장 바닥에 눕혀 패고 싶은 마음이 들었지만, 그보다 먼저, 김재우라는 이름이 뇌리에 스쳤다. 이전에 소라와 만난 적 있는, 그 자식이었다.

권총을 다시 잡는 짧은 순간에, 수많은 생각이 머리를 스치고 지나갔다. 가장 최악의 상황은, 이 모든 게 소라와 날 노리고 벌인 일이라는 것이었다. 만약 그렇다면 범인이 원하는 건….

그때 범인의 뒤쪽으로 진입하는 특공대들의 모습이 들어왔다. 잠긴 뒷문을 열고 인질들을 구출하라는 내 지시에 따라 움직이고 있는 것이었다. 난 잠시 흩어졌던 생각을 다시

이었다. 내 예상이 맞다면, 김재우가 가장 원하는 건, 수많은 인질을 구해 내는 순간, 소라가 죽는 것이다. 그리고 김재우는 내가 인질을 구하기 위해 자물쇠를 절단할 거라고 쉽게 예상했을 거다.

난 특공대가 자물쇠를 절단하는 순간 트럭의 폭발물이 터질 거라는 확신이 들었다. 특공대가 진입했으니 기껏해야 남은 시간은 몇십 초 정도였다. 난 범인에게 위협사격을 해 조수석에서 범인을 떨어뜨린 뒤, 달려가 조수석 문을 열었다. 그리곤 소라를 깨울 틈도 없이, 소라를 차에서 끌어 내렸다.

"아빠…?"

때마침 의식을 찾은 소라가 의아한 얼굴로 나를 보며 물었다. 너무 오랜만에 듣는 듯한 소라의 진짜 목소리에 난 눈물이 앞을 가렸지만, 뒷문에서 들려오는 절단기 소리에 마음이 급해졌다.

"소라야. 뛰어."

"어?"

"뛰어, 어서!"

소라는 재촉하는 나를 이상하게 바라보다가 발을 움직여 뛰기 시작했다. 그 모습을 본 난 한 가지 생각뿐이었다. 어떻게 하면 소라에게 폭발물이 닿지 않게 할 수 있을까. 곧바로 폭발물이 있는 짐칸으로 가 문을 닫고 그 앞을 막아섰다.

"…뭐 하는 거예요?"

"살고 싶으면 뛰어, 너도."

"예?"

범인은 멀뚱히 바라볼 뿐 움직이지 않았다. 그때, 달려가던 소라가 뒤돌아보았다. 이게 소라에게 보여 주는 마지막 모습이겠구나. 난 최대한 편안한 미소를 지어 보이려 애쓰며 한 손으론 소라를 가리키고, 다른 한 손으론 가슴을 두 번 두드렸다. 널 믿는다는 수신호였다. 그리고 난, 그렇게 죽었다.

* * *

해와 달이 동시에 떠 있는 저승 하늘이 훤히 보이는 강림의 사무실엔 원정과 강림이 심각한 얼굴로 대화를 나누고 있었다.

"악귀가 사라진 자리에 이게 있었다고?"

원정이 건넨 씨앗을 받아 든 강림의 미간이 찌푸려졌다.

"네. 아무래도 저승에서 난 것 같아 가져왔는데, 대체 이게 뭔가요?"

"서천 꽃밭에 나는 악초야. 영혼이 가진 한과 악을 증폭시키지. 이게 악귀에게서 나왔다는 건…"

"누군가 악귀를 일부러 만들었다는 말씀이세요?"

"어. 그것도, 서천 꽃밭에 드나들 수 있는 위치에 있는 자가 그랬다는 말이지. 게다가, 새로 올라오는 망자들한테도 미싱 링크가 발견됐어.”

“예? 그럼, 저희가 파악하지 못한 악귀가 또 있을 수도 있다는 거예요?”

강림은 고개를 끄덕이며 꺼림칙한 얼굴로 씨앗을 쌈지 주머니에 넣었다.

"이건 내가 알아볼 테니 넌 당분간 TF팀 유지하면서 김재우처럼 수상한 움직임을 보이는 망자가 있는지 살펴보도록. 알겠나?”

“네, 알겠습니다.”

그때, 강림의 사무실 뒤, 간이침대 쪽에서 인기척이 들려왔다. 그곳엔 수한이 힘겹게 몸을 일으키고 있었다.

“정신 좀 드냐?”

강림이 수한에게 다가가며 물었다.

“네. 소라는 어떻게… 무사한가요?”

“어. 의식 잘 찾아서 치료받고 있고, 네 후배네 부부가 보호자로 잘 돌봐 주고 있어.”

강림의 말에 수한은 눈앞이 뿌예졌다. 하지만, 모든 것을 받아들였기 때문인가, 눈물은 떨어지지 않았다.

“이제 전 어떻게 되는 겁니까?”

“모든 기억을 찾았으니 판결대로 가야지. 천계로 갈지,

하계로 갈지, 아님 환생을 할지. 거기 가면 다 결정될 거야. 너무 걱정은 하지 마. 넌 생에 많은 사람의 목숨을 구했으니 천계로 갈 가능성이 커."

"아, 제 주제에 천계라니."

수한의 자조 섞인 말에 강림은 피식, 웃었다.

"다행이네. 기억 찾으면 더 거만해질 줄 알았는데, 겸손해져서. 여튼, 그동안 고생 많았다. 이렇게 고생 많이 한 망자는 네가 처음일 거야. 원정이가 마지막까지 배웅해 줄 거니까, 좀 더 쉬다가 괜찮아지면 움직여."

수한의 어깨를 다독인 강림은 돌아서 걸어갔다. 잠시 생각에 잠긴 듯했던 수한은 떠나려는 강림을 불렀다.

"저기. 강림 차사님."

"어?"

"혹시 천계행을 거절하면, 어떻게 됩니까?"

"뭐? 하계에 가겠다고? 왜?"

"아니, 그게 아니라…. 차사 일을 더 해 보면 어떨까 싶어서요. 망자들의 기억을 찾아 주는 것도 그렇고, 여러 가지로 제 적성에 맞더라고요. 지난번에 차사 일손이 많이 부족하다고 하셨던 거 같은데, 혹시 가능합니까?"

수한의 얼굴을 본 강림은 흠, 작게 한숨 쉬었다. 그렇게라도 이승을 오가며 소라의 안녕을 확인하고 싶은 수한의 간절한 마음이 얼굴에 그대로 드러나 있었다.

"기억 회수 성공률이 100퍼센트인 차사는 흔치 않아. 네가 차사로 일해 준다면 우리야 고맙지."

"감사합니다."

"그럼 내일부터 정상 출근하도록."

걸어가던 강림은 들릴 듯 말 듯 나직하게 말했다.

"상좌탈은 당분간 못 받겠군."

사무실을 나서는 강림의 뒷모습을 초조히 바라보던 원정은, 강림이 사무실을 나서는 순간 수한에게 달려갔다. 꼬리를 마구 흔들며 반기는 강아지 같은 모습에 수한의 얼굴에 미소가 번졌다.

"잘 생각했어, 정말! 내가 얼마나 마음 졸였는지 알아? 기껏 가르쳐 놨더니 떠난다고 할까 봐 걱정했잖아, 인마!"

"어쭈? 인마? 이제 그냥 말을 막 하기로 한 거냐? 나도 이제 동등한 차사거든?"

"참나. 한 번 선배는 영원한 선배다, 이런 말 모르냐?"

"난 백구를 선배로 둔 기억 없습니다."

수한과 원정이 티격태격하는 소리는 한동안 병실 안에 시끄럽게 울려 퍼졌다.

에필로그

"꽃 배달 왔습니다."

퇴원을 준비하던 소라는 익숙한 목소리에 병실 문을 보았다. 그곳엔 벌써 네 번째 본, 꽃 배달 기사가 서 있었다. 이상하게 양복을 입고 꽃을 배달하는 이 아저씨는, 소라가 중환자실에서 일반 병실로 옮길 때, 약물 치료를 중단했을 때, 걷기 재활에 성공했을 때, 발신인 불명의 꽃다발을 들고 소라를 찾아왔다.

꽃다발을 받은 소라는 혹시 발신인이 보낸 편지가 있을까, 살펴보았지만, 여느 때와 같이 꽃에선 아무것도 찾을 수 없었다.

"이제 학교 다시 다니겠네요."

늘 꽃만 주고 가던 배달 기사가 어쩐 일인지 말을 걸었다. 소라는 그런 배달 기사가 살짝 낯설긴 했지만, 부담스럽거나 싫진 않았다.

"네. 이게 얼마 만인지. 잘 해내고 싶은데, 설레기도 하고 긴장되기도 하고. 그러네요."

"…잘 못해도 괜찮아요. 왜, 그런 말이 있잖아요. 쉬는 때릴수록 강해진다, 하는."

"예?"

"어, 그니까, 그렇다고 꼭 어려운 길을 가라는 건 아닌데, 잘 해내려는 부담감이 힘들게 할까 봐. 뭐, 어느 정도 부담은 또 좋다고들 하지만요."

말 한마디 한마디가 조심스러운 듯 횡설수설하던 배달 기사는 대뜸 꾸벅 인사하곤 병실을 나갔다.

"…뭐야."

배달 기사의 행동이 어이없으면서도 웃긴지 소라의 입에는 한동안 웃음이 머물렀다. 외모도, 하는 말도 정말 달랐지만, 왜인지 아빠와 닮은 것 같다고, 소라는 생각했다.

이번 글을 쓰면서, 다시 한번 인연을 되짚어 생각했습니다.

　　인연 따라 누군가를 만나 불행하기도 하고, 행복하기도
하는 것이 인간의 생이고,

　　그조차가 필연이겠지만 그래도 인연으로 인해 불행보다
는 행복한 나날이 더 많기를,

　　악연이었더라도 선연으로 바뀌는 기적이 일어나기를 바
라는 마음으로 작품 속 주인공들을 마주했습니다. 아름답고
가슴 아픈 사랑의 인연으로 얽혔던 미애와 승현, 악연이었지
만 선연이 되었던 인간 수혜와 강아지 보은이, 어쩌면 스치고
지나쳤을 관계를 값진 우정으로 만든 독고와 광모. 그리고 원
치 않았지만 만들어진 악연을 정리한 수한과 재우, 소라와 원
정까지.

함께 울고 웃었던 그들의 인연 속에서 많은 것을 배우고 깨닫는 행복한 시간이었습니다.

제게 소중한 깨달음의 시간을 주신 안전가옥 김홍익 대표님 감사합니다.

전생에 어떤 인연이 있었는지 모르지만 이번 생에 선연으로 만나 함께 작품을 만들어 가 주신 이지향 피디님, 임미나 피디님, 고혜원 피디님 그리고 나의 파트너 최현유 작가님 감사합니다.

그리고 마지막으로 이 책을 읽어 주신 모든 독자님, 독자님께서 만나시는 모든 인연이 다 아름답기를 기원합니다.

심은정 올림

안전가옥과 함께한 첫 프로젝트! 안전가옥의 기획 작품,《기억을 비추는 환등열차》를 조이, 쏘냐, 리즈 피디님과 은정 작가님과 함께할 수 있어서 영광이었습니다. 6개월이라는 짧다면 짧은 시간 동안 원안 아이디어를 함께 개발하고, 에피소드를 나눠 발전시켰던 이번 경험은 저에겐 참 의미 있는 시간이었습니다.

지난 시간을 뒤돌아보니, 피디님들과 처음 만나 미팅 할 때가 새록새록 생각납니다. 그때 피디님들께서 자신 없는 부분이 무엇이냐고 물어보셨을 때, 두 가지를 답했었죠. 하나는 '로맨스', 그리고 또 하나는, '이야기의 절정'이었습니다. 로맨스는 개인적인 성향과 맞지 않아 자신이 없다고 했고, 이야기의 절정은 그야말로 이야기의 꽃이기에 작품을 할 때마다 가장 고심하는 부분이라고 말씀드렸었어요. 그런데 어쩌다 보니 제가 시작과 끝 에피소드를 맡게 되었고, 미애와 승현의 로맨스와 주인공 수한 이야기의 절정을 그리게 되었죠. 하하하.

순차적으로 에피소드를 나누지 않은 것이 작업 진행에 해가 될 때도 있었고, 전체 이야기를 맞추는 데 어려움을 주기도 했지만, 결과적으론 더 좋았다고 생각합니다. 저의 부족한 부분을 메꿔 주고 발전해 나갈 수 있게 도와주신 피디님들과 은정 작가님께 다시 한번 인사를 전하고 싶습니다! 감사합니다! 고생 많으셨어요!

최현유 올림

프
로
듀
서
의
말

소설 《기억을 비추는 환등열차》는 프로듀서인 저뿐만 아니라 안전가옥에게도 새로운 프로젝트였습니다. 작품의 원안이 되는 이야기를 안전가옥이 기획하였고, 공고를 통해 안전가옥 측에 합류해 주신 멋진 기획 작가님 두 분과 함께 전체적인 이야기를 발전시키는 과정을 거쳤죠.

소설 작업에서는 보기 드문 프로젝트를 함께한 이지향 피디님, 고혜원 피디님이 계시지만, 이렇게 제가 대표로 프로듀서의 말을 적게 되어 영광입니다.

길다면 긴 개발 시간을 거쳐 《기억을 비추는 환등열차》가 이렇게 독자님들을 만나게 될 시간이 오니 감회가 새롭게 느껴지네요.

작가님들과 피디들이 모여 이야기를 기획하면서 가장

염두에 두었던 것은 인물들의 '관계성'이었습니다. 현재를 살아가는 우리들이 쉽게 공감하고 이입할 수 있는 관계를 찾았고, 어찌 보면 무척 익숙한 관계임에도 다 읽고 나면 각자의 가슴 어딘가에 묻어 두었던 인연의 불씨가 아른거리길 바라는 마음으로 이야기를 함께 엮어 나갔던 것 같습니다.

개인적으로는 수한과 딸의 관계성에 가장 이입이 많이 되었는지, 가끔 길을 걷다가도 딸에게 자기 가슴을 툭툭 치며 부모라는 존재의 믿음을 주었던 수한을 생각하면 여전히 눈물이 납니다. 그리고 새삼 아버지에게 전화해야겠다고 다짐하죠. 이처럼 《기억을 비추는 환등열차》가 한 인간에게 감정적인 의무를 다하는 이야기가 되어서 더할 나위 없이 기쁘고 즐거웠습니다.

피디들과 치열하게 의견을 나누며 딱 알맞은 온도의 이야기가 나올 수 있도록 멋진 아이디어와 필력을 뽐내 주신 심은정 작가님과 최현유 작가님께 진심으로 감사의 인사를 드립니다.

앞으로도 여러분의 가슴 속에 안전가옥 이야기의 어떠한 순간들이 의미 있게 기억되길 바라며.

안전가옥 스토리 PD

임미나 드림

프
로
듀
서
의
말

기억을 비추는 환등열차

1판 1쇄 2024년 9월 25일 발행

지은이 심은정 최현유

기획 안전가옥
프로듀서 임미나
          김보희, 이수인, 이은진
퍼블리싱 박혜신, 임수빈
편집 박영산
일러스트 싸비노
디자인 무난한
서비스 디자인 김보영
비즈니스 이기훈
경영지원 홍연화

펴낸이 김홍익
펴낸곳 안전가옥
출판등록 제2018-000005호
주소 04779 서울특별시 성동구 뚝섬로1나길 5,
      헤이그라운드 성수 시작점 202호
대표전화 (02) 461-0601
전자우편 marketing@safehouse.kr
홈페이지 safehouse.kr

ISBN 979-11-93024-84-3(03810)

안전가옥 오리지널 근간 리스트